悬疑志系列

诡案组3

GUIANZU

公安厅绝密灵异案件大曝光

求无欲◎著

凤凰出版传媒集团
江苏文艺出版社
JIANGSU LITERATURE AND ART PUBLISHING HOUSE

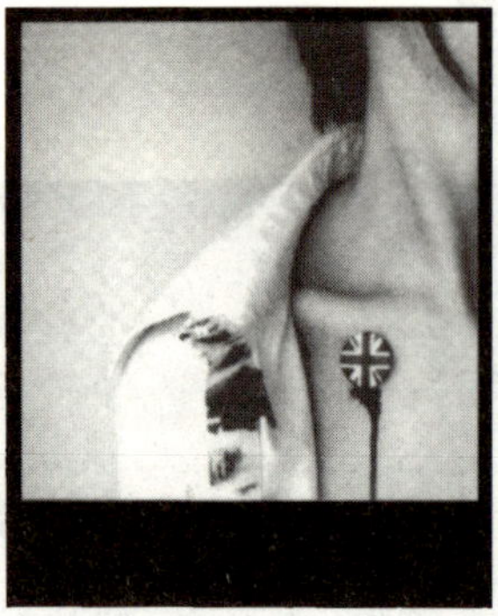

角色简介◎

慕申羽

职位：探员 / 性别：男 / 年龄：28 岁 / 身高：178CM/ 体重：61kg

特长：搭讪、过目不忘。

爱好：魔术、收集辟邪饰物。

缺点：好色、终日嬉皮笑脸、体能逊色。

简介：初入刑侦局即屡破奇案，曾与小相同被誉为最有前途的新人王。两年前因调查古剑连环杀人案致使右腿受伤，愈后留下心理阴影，总是在危急关头复发。因坚持继续调查古剑案，而被调至反扒队。

李蓁蓁

职位：探员 / 性别：女 / 年龄：24 岁 / 身高：175CM/ 体重：保密（健美型）

特长：近身搏击。

爱好：格斗游戏、烹饪。

缺点：脾气火暴、冲动、滥用暴力、做事不经大脑。

简介：武警出身，曾勇夺散打冠军，能以一人之力击倒三名男性教官。

韦伯仑

职位：档案管理员（编外临工）/ 性别：男 / 年龄：29 岁 / 身高：165CM 体重：53kg

特长：电脑、网络。

爱好：窥探他人隐私。

缺点：宅男、邋遢、自大、贪生怕死。

简介：曾经是令公安厅最头痛的黑客之一，多次入侵政府各部门的电脑系统，因其技术高超极少留下罪证，公安厅对他束手无策。在入侵香港警方的电脑系统时不慎失手，被公安厅以间谍罪拘捕，强行招安。

原雪晴

职位：探员 / 性别：女 / 年龄：27 岁 / 身高：170CM/ 体重：保密（苗条型，目测胸围为 C +）

特长：监视、跟踪、射击。

爱好：隐藏于暗处、茉莉花。

缺点：待人冷漠（面冷心热）。

简介：出身特种部队，一切背景资料均为保密。待人冷漠，绝对服从上级命令。枪械知识丰富，枪法如神，曾受严格武术训练。

乐小苗（喵喵）

职位：探员 / 性别：女 / 年龄：22 岁 / 身高：158CM/ 体重：保密（娇小型）

特长：目前还是个谜。

爱好：聊天、吃零食、网上灌水、发手机短信。

缺点：涉世未深、天真单纯，简单来说就是比较笨。

简介：应届大学毕业生，但智商、身形及相貌均与中学生无异。参加公务员考试落第，但因天生拥有特殊能力而被破格录取。

梁政（老大）

职位：组长 / 性别：男 / 年龄：42 岁 / 身高：168CM/ 体重：70kg

特长：沉着冷静、运筹帷幄。

爱好：书法、炒股、打麻将。

缺点：只说话不做事、坚持原则、绝不妥协。

简介：深藏不露的老狐狸，曾任刑侦局二把手，屡破奇案。两年前为彻查一宗诡异的古剑连环杀人案而与当时的厅长闹翻，后被调至扫黄队。其兄为现任厅长。

相溪望（小相）

职位：原刑侦局探员 / 性别：男 / 年龄：27 岁 / 身高：180CM/ 体重：65kg

特长：心思细密、机智过人。

爱好：钓鱼。

缺点：非常疼爱妹妹相见华，为了她会不惜一切。

简介：阿慕原来的拍档，两年前追查古剑连环杀人案时离奇失踪，至今音讯全无。

相见华

职位：学生 / 性别：女 / 年龄：19 岁 / 身高：163CM/ 体重：保密（纤细型）

特长：未知。

爱好：看书。

缺点：身体孱弱。

简介：小相的妹妹，因患有先天性心脏病，所以自幼就体弱多病。小相失踪后，一直由桂悦桐照顾。

桂悦桐

职位：技术队小队长 / 性别：女 / 年龄：26 岁 / 身高：165CM/ 体重：保密（苗条型）

特长：观察力强，能发现任何蛛丝马迹。

爱好：看书、听音乐。

缺点：经常戏弄阿慕。

简介：小相的女朋友。自小相失踪至今，虽然追求者众，但依然单身。

叶流年

职位：法医 / 性别：男 / 年龄：32 岁 / 身高：176CM/ 体重：60kg

特长：不畏尸臭，能对着尸体吃饭。

爱好：收集手术刀。

缺点：不修边幅、稍微变态。

简介：身上常年带有尸体的臭味，自己却浑然不觉，尸检后经常不洗手就主动跟别人握手。

潘多拉 · 菲利普

职位：国际刑警 / 性别：女 / 年龄：29 岁 / 身高：176CM/ 体重：保密（丰满型，F 罩杯）

特长：语言。

爱好：绘画、中国传统文化。

缺点：有些微洁癖。

简介：美籍法裔大美人，能流利说出中、法、英、俄、日五国语言，曾多次与阿慕及小相合作，既有美貌又有智慧。

游惠娜

职位：心理治疗师 / 性别：女 / 年龄：26 岁 / 身高：158CM/ 体重：保密（娇小型）

特长：催眠术。

爱好：瑜伽。

缺点：贪慕虚荣。

简介：阿慕的前女友，与阿慕交往了 3 年零 10 个月，两年前因父母反对而与阿慕分手。现为注册心理治疗师，擅长催眠术，较为贪慕虚荣。

杨帆（阿杨）

职位：刑侦小队长 / 性别：男 / 年龄：32 岁 / 身高：175CM/ 体重：64kg

特长：办事一丝不苟。

爱好：看电影。

缺点：墨守成规。

简介：阿慕旧同事，现在也经常合作。是个已婚的正直刑警，办事很让人放心，不过有时候也挺古板的。

李万刚（虾叔）

职位：跌打医师 / 性别：男 / 年龄：49 岁 / 身高：177CM/ 体重：71kg

特长：治疗跌打外伤、武术。

爱好：侃大山。

缺点：过分热情。

简介：蓁蓁的父亲，人称虾叔，经营一间小有名气的跌打馆。精通武术，为人随和，门下弟子众多。因为知道女儿对阿慕有意思，所以很想招阿慕做女婿。

沐阁璋（沐师傅）

职位：未知 / 性别：男 / 年龄：34 岁 / 身高：174CM/ 体重：62kg

特长：对古今中外的奇闻异事了如指掌。

爱好：未知。

缺点：闷骚。

简介：神秘的灵异论坛管理员，阿慕等人对他的了解非常少，只知道他对雪晴略有好感。

目录 · Contents

卷九 吸精公主 001

卷十 执念之剑 075

卷十一 猫脸婆婆

166

卷十二 冥府来使

254

卷九 · **吸精公主**

引　子

一

略带慵懒气息的初春午后，楚雄金属制品有限公司的办公室内，一众职员带着饭后的困意辛勤地工作，不敢有丝毫怠慢。因为此刻他们的经理薛楚凡，就在一墙之隔的经理室之内，隔着宽大的玻璃窗观察着他们的一举一动。

年轻俊朗且风度翩翩的楚凡看着自己的员工，无奈地叹了口气："唉，老李那浑蛋突然跑掉，害我积压了一批货。再找不到买家的话，手头上就没有多少流动资金了，要是连工资也发不出那可麻烦大了。"

虽然纵观经理室之内就只有他一个人，但他却并非自言自语，一个含糊的女性声音从幽暗的角落传出，给予他回应："有我在，你还用得着心烦吗……"

楚凡点了根烟，双眼仍然看着窗外的员工，微微笑道："那倒是，自从认识你之后，我摆的风水阵似乎就生效了，公司的生意一直都是顺风顺水，从没出过什么大问题，光是捡钱都捡了两百多万。要不是老李给我带来的大麻烦，我还打算带你去日本玩几天呢！"

"你以为我就一定会跟你去吗？我可忙着呢，而且言姐也不会放人。"含糊的声音又传出，但却无法看见声音的主人。

"那我包你半个月总可以吧，钱我有的是，十万不行就二十万，再不行就三十万，我就不信会有不贪钱的妈妈桑。"楚凡语气豪迈，虽然此时他的公司有些小麻烦，但三五十万他还不放在眼里。

"哪有人像你这样花钱的，金山银山也早晚会被你花光。"含糊的声音于经理室内飘荡，仿佛来自虚无缥缈的空间。

"你不用为我担心，在认识你之前，一个叫无尘的高人替我算过命。他说我的命格万中无一，年轻时虽然有些风浪，但步入中年就会事事顺意，家财万贯。而且，他还给我几本经书，我从中学到了一些风水术，公司的风水阵就是我的杰作，哈哈！"楚凡露出会心的笑容，顿顿又说，"本来我也不太相信风水命理之类的事，因为之前我的环境可不太好，公司才刚刚起步，生意也不怎么样，让我头疼的事情一大堆，摆了风水阵之后也没多大起色。可是在认识你之后，一切事情都突然迎刃而解，所以我就开始相信他了。不过，他所说的似乎有些不对，他说我要过了三十岁好运才会来，但现在我才二十八就已经万事如意了，也许因为你是我命中的贵人吧！哈哈……"

"就算是这样，也不能乱花钱啊！"含糊的声音略带责备之意。

楚凡稍有不悦："你还真奇怪，其他人都把钱看得比什么都重要，可你就有钱送上门也不要。"

"我的脾气你又不是不知道，反正我是不会跟你去旅游的。"幽暗中传来果断的语气。

楚凡无奈地叹了口气："知道，我怎么不知道呢！你不想去就不去吧，你可千万别像上次那样，好几天也不肯见我就行了，我的小乖乖。"

从幽暗中传出的声音带着调皮的口吻："那就要看你的表现喽！"

"嘟、嘟……"电话响起，楚凡按下免提键，秘书的声音马上传出："经理，是张老板打来的电话。"

"老张这老狐狸找我，肯定不会是好事吧！"楚凡皱了下眉头。

秘书又说："我想应该会是好事，他说有宗生意想跟你谈。"

"先接进来吧，希望他不是来找我当冤大头的。"楚凡虽然面露不悦之色，但当电话接入时却热情地说："老张，近来过得很滋润吧，怎么突然想起小弟来了？"

"找你当然是有好路数了，最近钢材的库存怎样？我有个客户跟我下了宗大单子，一时间忙不过来……"挂掉老张的电话后，楚凡沉默了好一会儿，突然仰天大笑。

"怎么了，是好消息吗？"含糊的声音又从幽暗中传出。

"当然是好消息了，我正为积压库存的事情烦恼，没想到老张竟然给我送来及时雨。不过说来也奇怪，这只老狐狸从来只会占别人便宜，这次竟然给我送钱来。"楚凡按捺不住心中的兴奋，喜悦之色尽表于颜。

"我都说有我在,你就用不着烦恼……"幽暗中传出的声音比刚才更为含糊，并带有急促的"窣"声。

楚凡面露销魂之色,陶醉地说:"你的功夫还真不赖……"他发出一声低吟。

"只要你开心就好了。"甜美的少女声音从办公桌下传出，它的主人而后便钻了出来。

楚凡把眼前这位相貌清秀，芳龄不过十八的美丽少女搂入怀中，深深吻向她的樱唇。唇分之时，他微笑着对少女说："你总会给我带来好运气，老张这宗生意有你的一份功劳，我可要好好地报答你啊！你不想跟我去旅游，陪我一晚总可以吧？今晚就别去上班了，我带你去玩一晚，你想去什么地方都可以。"

"那可不行哦！"少女娇媚地笑着，"如果你想让我陪你，那你今晚就来捧我场吧！如果你想报答我，那可要找十个八个帅哥伺候我哦！"

"有我伺候你，你还不满意吗？"楚凡把手按在少女胸前，面露色迷迷的笑容，隔着轻薄的衣衫抚摸没有受到文胸束缚的丰满乳房。

"你哪有伺候我啊，从来都是我伺候你。"少女也把手放在楚凡胸前，隔着衬衫以指尖在对方胸部附近有技巧地画圆。

"好啊，我现在就带你回家，好好地伺候你。"楚凡说着就把少女抱起来走向门口……

(妈妈桑源于日文音译，**ママさん**的发音为"妈妈桑"，意为妈妈或老板娘，由此意可引申为小姐的领班。现粤港澳地区的夜总会有"妈妈桑"一职，实为小姐领班，即老鸨，又称“妈咪”。另，若妈妈桑为男性则称之为“爸爸桑”，本为戏称，后渐成业内名词。）

二

宁静的夜空中飘荡着初夏的热情，新月躲藏于悠闲游走的薄云之后时隐时现，犹如一位害羞的姑娘。白天飘浮于空气之中的尘埃，此刻大多都已经找到了落脚之处，但清凉的夜风依然略带浮躁的气息。

在繁嚣的都市中，有一片叫园明新村的优美住宅区，这里本来很宁静，可是在这夜阑人静之时，却有一阵阵欢畅的呻吟于夜空中回荡，让人难以入睡。充斥着情欲的呻吟来自住宅区中一栋富丽堂皇的别墅，虽然知道会影响到邻居休息，但此刻正沉醉于肉体享受的别墅主人对此却毫不在乎，心中只想着用尽全力向最后的高峰冲刺，以给自己及胯下的少女带来最大的快感。

翻云覆雨之后，别墅的主人——年轻有为的私营企业家戚承天坐在床头点了根烟，看着床上全身不挂寸缕的娇媚少女，嘴角徐徐上翘。赤裸的身体暴露于异性充满欲望的目光之下，并没有使少女感到丝毫不适，反而使她略觉自豪，有意无意地向对方展示自己丰满而娇嫩的胴体。

“戚老板，还没看够吗？”少女娇媚地笑道，软若无骨的白皙玉手轻轻地抚摸着对方大腿内侧。

“不是跟你说了，只有我们俩就不要叫我老板，叫天哥！”承天故意板着脸，但面对美艳如此的佳人，他又没能用上责备的语气。

少女的玉手依然在对方的敏感部位摸索，脸上露出如蜜桃般的笑容，以让人全身酥软的娇柔声线说：“你今晚是我老板嘛，当然得叫你……戚老板了！嘻嘻……”

娇媚的笑声让承天难以硬起心肠，要是换上别人，恐怕早就已经挨了几个耳光了。今日的他有名有利，几乎没有谁能让他放在眼里。就在几小时之前，那个不识趣的服务员把他的西装弄脏了，他一句话也没说，拿起一瓶红酒就往对方的头上砸。事后丢下两千元给对方做汤药费，对方还得给他道谢。

十年前，他还只是个一无所有的黄毛小子，而现在他却拥有逾亿的家财，以及一家实力雄厚的钢材公司。他之所以能取得今日的成就，除了因为他懂得把握时机之外，更主要的是因为他拥有一颗狠毒的心。对待外人如此，对待自己人也不会手软，就像他的表哥……然而，他虽然能对所有人狠下心肠，但唯独对眼前的少女下不了手。因为这名娇媚少女的诱人胴体不但让他爱不释手，更是他生意场上重要的筹码。交通厅的牛厅长已经不止一次提出要她做情妇了，而能否包揽新高速公路的钢材生意，就全凭牛厅长一句话。

“真受不了你这小妖精。”刚把烟吸完，身体又起了反应。

“你又想做坏事了。”少女先温柔地抚慰对方的敏感部位。

“有你在身边，当然想做坏事了。”承天的双手不规矩地在少女白嫩肌肤上游走，准备开始另一次翻云覆雨……

梅开二度之后，虽然略显疲惫，但依然用手搓揉高挺且充满弹性的玉峰，脸上稍现不舍之色：“牛厅长好像挺喜欢你的。”

少女依偎在对方怀中，身体微微颤抖一下，但还是强颜欢笑：“怎么了，找到个正经女孩结婚，就嫌弃我了？我不需要名分，只要能待在你身边就行了。”

“不是，我哪有嫌弃你，只不过是想给你找个好归宿而已。”承天虽然嘴巴上是这么说，但脸上稍现不悦的神色。

“现在这样不是挺好的吗，我很喜欢现在的生活。”少女眷恋地依偎在对方怀中，轻抚着对方结实的胸膛。

“你还真奇怪，别人都是挖空心思想办法上岸从良，可你就是想做一辈子……”承天没有把“婊子”二字说出口，怕伤害到对方，虽然她的确是个人尽可夫的妓女，但她也是他生意场上的重要筹码。他稍微不耐烦地问：“你要怎样才肯跟牛厅长啊，只要你点头，你想要什么我都能给你。”

“真的吗？”少女露出欣喜若狂的神色。

承天亦露出欢颜，豪气万丈地说：“黑白二道有谁敢不给我戚承天面子，要是我也办不到的事，就没有谁能办到了。你尽管说，花钱能解决的绝对不是问题，就算是花钱解决不了的，我也有办法能解决！”

“要是你能把我爷爷的画像挂到市政府大楼上，我就答应你，嘻嘻……”少女顽皮地笑着。

承天的脸色一下子就沉下来，稍显无奈地说：“你这小妖精，我干脆给你一笔钱总可以吧，一百万行不行？”

“才一百万啊！”一丝怒意在少女俏丽的脸庞上一闪而过，她随即娇媚一笑，“你表哥当年开给我的价钱可不止这个数，但我最后还不是帮你拉倒他。钱我一点也不在乎。”

承天知道自己的话有点过分，所以马上转移话题："说起这事，要不是当年你帮我，我现在也不会这么风光。不过，我表哥可就惨了，听说他现在上山学道了，说不定正在用银针扎纸人来诅咒我呢！"

少女顽皮地笑着："你想这么多干吗，春宵苦短哦！"说着就把玉手伸向对方的兵器库。

承天感觉欲火再次升起，表哥及牛厅长的事情不禁置之脑后，三度提戈上阵。承天使尽全力向快乐的源头冲刺，在经历之前的梅开二度后，下身依然传来让人销魂的快感，使他不由想到一个问题："你一个晚上最多做多少次啊？"

"啊……应该是七次吧，啊……"少女娇媚的呻吟让他欲火焚身，征服的欲望空前膨胀。

"是谁那么色呢？"承天用尽全力冲刺，每一下刺激皆能使他在肉体及心灵上得到双重的满足。

"不就是牛厅长……啊……"受到对方猛烈的攻击，少女已经哽咽难言。

"那老色鬼竟然还能一夜七次，嘿，我可不行，我这一次就要干到天亮！"一想到胯下美女很快就得送给牛厅长做情妇，承天不由加上几分劲。然而，剧烈的床上运动已使他开始喘气，虽说他年轻力壮，但肆意挥霍精力总会有油尽灯枯之时……

翌日清晨，少女醒来后坐在床上舒畅地伸了个懒腰，随即便想穿上衣服离开。可是当她瞥了一眼身旁男人，全身的每一个细胞都被恐惧的情绪笼罩着，不禁放声尖叫。因为躺在她身旁的并非昨晚年轻的戚老板，而是一位白发苍苍的老人。更可怕的是，这位不知从何而来的老人已经没有了呼吸……

第一章　一夜老死

命里有时终须有，命里无时莫强求。

君可见漫天落霞，名利瞬间似雾化。

虽然只有只言片语，但这两句话却能道尽浪子心声。人性本为善良、淳朴，但处身于险恶世途中，难免会受到金钱、肉欲等诱惑从而变得堕落。有道是"浪子回头金不换”，当一个人在这险恶的世途中闯荡，努力过、得到过、堕落过，最终仍能得到心灵上的回归，恢复善良的本性，那当然是千金不换。只是在众多的浪子之中，又有几个懂“回头”的珍贵呢?

本人慕申羽，是一名另类刑警，之所以说另类，皆因我所隶属的部门在正常情况下，外人是不可能得知的。就算某天有人向检察院投诉我，最多就只能知道我隶属于刑侦局，但实际上我所隶属的部门不受刑侦局管辖。我所隶属的“诡案组”是由公安厅厅长下命成立，并直接听命于厅长，专门调查一些超自然事件。因为这些案件中可能会存在某些会引起市民恐慌的因素，所以在处理案件的过程中，我组有权不走正常的审讯程序，不向市民公开案中任何信息。

现在，我要向大家说的是关于一个浪子的故事，当然这并非一个普通的浪子，或者说他所遇到的事情并不是一个普通浪子能拥有的经历，要不然也不会惊动“诡案组”。

今天一大早就看见我们老大——组长梁政皮笑肉不笑地走进办公室，我想大概又有活要我们干了。果然，他一进来就把一份档案丢在我桌子上，狡黠地笑道：“园明新村那里出了宗奇怪的案子，你跟蓁蓁去调查一下。”

蓁蓁本来正百无聊赖，一听见老大的话马上就弹起来，兴奋地问道：“是什么奇怪的案子，发现妖怪了吗？”

“该不会又是闹鬼吧？”伟哥阴阳怪气地插话，蓁蓁立刻哆嗦了一下，瞪了他一眼后，稍微胆怯地问老大：“应该不是闹鬼吧？”

老大板着脸训斥道：“我看你不是看恐怖电影太多，就是近阿慕太多了，整天都说有鬼。这世上哪会有鬼，从古至今死了那么多人，要是他们都会变成鬼，地球早就给鬼占满了，哪还有你站的地方？”

蓁蓁傻乎乎地笑了笑：“那也是，都是阿慕不好，整天鬼前鬼后的，害我也以为这世上真的有鬼了。”

伟哥又插话：“那也不能这么说，虽然我们没有看见，但也不能就此否定鬼神的存在。譬如说，电磁炉是利用磁场感应电流来加热食物，我们虽然没能看见电流，但它能加热食物却是事实。”

这回轮到老大瞪着他：“我叫你做的事做好没有？还有好几个档案柜的资料等着你录入电脑，你还有空吹牛皮。不把所有资料录入电脑，你就别想下班！”

伟哥双手于键盘上飞舞，瞥了一眼办公桌上堆积如山的档案，无限感慨地喃喃自语："龙游浅水遭虾戏，虎落平阳被犬欺。得志猫儿雄过虎，落毛凤凰不如鸡……"边说边摇头叹息，大有英雄落难之意。

"好了，别再说什么鬼啊神啊的，阿慕你看完了没有。"老大扬了下手看着我。

我把档案放下，皱了下眉头："还真是不可思议，这宗案子的死者只有二十八岁，前天还生龙活虎的，可是昨天早上却突然死掉了，而且外表竟然跟八十岁的老人一样。更奇怪的是，死因居然是自然衰老而死。"

老大看着我狡黠地笑着："你觉得是什么原因让死者在极短的时间里，从一个二十八岁的青年变成一个八十岁的老人？"

我思索后方回答："之前听流年说过，铅中毒会使人出现提前衰老的迹象，不过也需要一个漫长的过程。而这宗案子的死者在死亡前一天也没有任何异常之处，但却在一夜之间就衰老而死，在医学上似乎很难找到解释，唯一的可能是……"

"是什么？别说一半没一半。"老大瞪了我一眼。

"是你叫我说的，我说了别骂我。"我摊了手又说，"唯一的可能是中了茅山术或者降头之类的诅咒。"

"没出息的家伙！就只会胡扯，也不见有人诅咒一下你。"老大果然开骂了。

"早就知道你会这么说。"我说罢便没有再理老大，向蓁蓁扬了下手，跟她一起外出调查，而我们首先要去的地方是法医处。

来到法医处看见流年正在写报告，看来已经做完了尸检工作，于是便问他园明新村的死者情况如何。他搔着脑袋，露出一副不知从何说起表情："我还是先带你们去停尸间看看再说。"到了停尸间，他把冷柜拉开并解开尸袋。在尸袋里，我看见一张苍老的男性面孔，头发白如银丝，皮肤干瘪得就像树皮一样，皱纹深得能夹死苍蝇。最可怕的是那稍微往内陷入的眼眶，仿佛在紧闭的眼皮之下是漆黑的空洞。然而，死者的唇部与眼眶截然不同，通常老人因为牙齿脱落，唇部会出现内陷，但死者并没有这情况，显然是因为牙齿没有脱落的关系。除此以外，死者不管怎样看，都与一个八十岁的老人无异。

"你们都看见了，死者明明就是个八十岁的老人。可是我手头的资料，却证明他是个二十八岁的青年人。"流年把一份基因鉴定报告及相关资料递给我。我翻阅这些资料后得知，该死者已经被证实为承天金属制品有限公司的总裁戚承天，他的实际年龄只有二十八岁，我实在无法把一个二十八岁的青年跟眼前的八十老翁画上等号，然而这却是事实。

“死者是因自然衰老以致多个主要器官严重衰竭致死，这对一个八十岁的老人来说是很平常的死因，但对一个年轻人来说就十分不可思议。”流年看着冷柜里尸体，面露疑惑之色。

我把资料交给蓁蓁看，跟流年说：“死者在出事前依然跟常人无异，他的亲友及下属均没发现他有任何不妥的地方，但却在一夜之间变成了白发老人。这在医学上有可能吗？”

“嗯，这个……”流年皱眉沉思，并没能立刻给我答案。

蓁蓁翻了翻资料突然插话：“一夜白发应该有可能吧，我在小说里有看过，譬如《白发魔女传》和《神雕侠侣》都有这样的情节啊！”

我无奈地笑了笑：“杨过还会黯然销魂掌呢，你小说看太多了。”

蓁蓁被我说得一脸囧容，还好流年为她解围：“也不能说小说里的情节就一定是虚构，一夜白发其实是有根据的，历史确有伍子胥一夜白发的记载。”

这段历史我也有些许印象，不过似乎跟案子中的死者有很大差别，于是我便说：“据我所知，伍子胥是为了逃出昭关而愁白了头，但他的身体并没有问题，最起码他在混出昭关之后还能继续逃走。”

流年点了下头：“嗯，的确是这样，一夜白发还能找到历史记载，但一夜老死似乎就没有先例。”

“既然在医学上找不到合理的解释，那么就只有一个可能了。”我微微笑着。

蓁蓁瞥了我一眼，不屑道：“你不会真的以为死者是被人诅咒了吧！”

我耸耸肩说：“我的确这么想，在没找到更合理的解释之前，就只有这个假设成立。”

“老大才不会听你吹牛皮。”蓁蓁白了我一眼。

“那我们就只好找出证据让他相信。”我说罢就向流年道别，跟蓁蓁前往死者的出事地点——园明新村。

死者戚承天是在自己家中死亡的，而他的房子就位于园明新村。这是一个高档的住宅区，保安十分严密，我们虽然是警察，但进入都必须登记姓名及证件，如此说明了闲杂人等是很难进入这个小区的。我们来到死者的豪华别墅门前按下门铃，没过多久就有一名年约四十的妇女给我们开门。表明来意后，妇女告诉我们她叫顺嫂，是死者生前聘用的用人。

顺嫂请我们进屋后，就给我们奉上热茶，并告诉我们她的老板死了，她收拾好自己的东西后就会离开，我们下次过来可能没人给我们开门了。既然她马上就要走，我当然得赶紧询问她一些问题，希望能从中得到线索："能跟我们说说戚承天的情况吗？"

"戚老板可不是一个好相处的人……"从她的语气判断，她的老板平时对她可不怎么样。不过死者为大，她也没有多说对方的坏话，只是较为中肯地告诉我们戚承天平日的一些情况——

我给老板打工已经三年多了，自从他买了这栋别墅之后，就请了我来做日常的清洁。本来他在请我的时候说我除了清洁之外，还得给他煮饭，不过我都做了好几年，他也没有在家里吃过一次饭。他平时都是在外面吃饭，白天一般都不会在家里，只是晚上很晚才会回来睡觉。

老板的脾气不太好，每次回来都是对我呼来唤去，有时候喝多了酒还会莫名其妙地骂我一顿。不过他在家的时候很少，而且给我的工资又比较高，所以我一做就做了好几年，一直也没想过要辞工。没想到他竟然走得这么突然，而且还走得那么奇怪。听说他马上就要结婚了，那女孩子来过，长得还算可以，不过脾气也跟老板差不多，都是看不起我这种下人。但是不管怎么说，他们都已经到了谈婚论嫁的地步，老板却突然走了，还是会让人觉得可惜。

虽然他经常在外面吃饭，又经常喝酒，但他的身体似乎没什么大问题，最起码在他走之前，我也没发觉他有什么不妥。不过他似乎跟亲戚的关系不太好，我在这里工作了三年多也没见过他的亲戚过来找他，只是经常会带一个叫百合的年轻女人回来过夜。百合并不是我刚才说的女孩子，我本来也以为她是老板的女朋友，因为他们真的很亲密。可后来才知道她原来是个妓女，不过她好像不介意让别人知道她是做这种丢脸的行业的。

老板走之前的那个晚上，也有带百合回来过夜，我也是第二天听见她的尖叫才知道老板出事了。当时她吓得脸都白了，一个劲儿地大叫，我冲进来问她发生了什么事，她一时说不出话，只是指着床让我看。我一看就吓到了，床上躺着一个白发苍苍的老头子，而且看样子已经死了。我本来还奇怪为什么会突然有个老头子跑到老板的床上，可是后来仔细看了看老头子的脸，却越看越像老板，于是就报警了……

听完顺嫂的叙述后我便问："戚承天经常会带妓女回家过夜吗？"

她点了下头："应该说是经常会带百合回来，除了她之外就没带过别的妓女回来了。”

“那他的女朋友不知道这事吗？”我又问。

“这个我就不太清楚了，我们打工的可管不了那么多。不过，自从老板谈上现在这个女朋友后，就比较少带百合回家了。”她说着顿了顿又道，“话说回来，百合的确长得很漂亮，比老板的女朋友漂亮多了。而且人品也挺好的，对我这个打工的也没有一点架子，我给她倒杯茶她都会说谢谢。要不是做这种行当，她肯定会是个好媳妇。”

“戚承天既然这么喜欢百合，那为什么不干脆把她包养呢？以他的家底要包养个妓女应该不成问题。”蓁蓁道出我心中的疑惑。

“这个你们就有所不知了，老板虽然跟百合好像很亲密似的，但他在百合背后也会说她的坏话，我也听过不少。老板好似不怎么喜欢百合，对她好只是因为她能帮老板拉生意，我已经不止一次听见老板在讲电话时，跟电话那边的人说，让百合去陪对方睡。而且百合也很奇怪，她好像不喜欢让人包养。上个星期我听见老板跟她说，有个什么厅长想包养她，就算是一百几十万也愿意出，可是百合竟然没有答应。你们说是不是很奇怪，做这种行当的女人不就是想赚钱吗？可是百合却似乎不太在乎钱……”她突然沉默了片刻，再次开口时略显尴尬，“不瞒你们，其实百合曾经借过钱给我。有一次我为了儿子的学费而犯愁，正想着该怎么开口跟老板借点工钱，百合看见我烦恼的样子就问我有什么困难。我如实告诉了她，她就把身上的钱全都塞给我。我知道那是老板给她的钱，不好意思要，就说我不知道什么时候能还给她。她竟然跟我说不用还，我不肯收她就问我是不是看不起她，我只好收下了。”

“戚老板平时跟人有过节吗？”这是一个很重要的问题，因为我觉得他很可能是死于茅山术或者降头之类的诅咒。

“说实话，老板平时挺拽的，可能因为他太有钱的关系吧！所以应该无意中得罪了不少人。”她似乎突然想起了些什么，顿了顿又说，“刚才我不是说过他跟亲戚的关系不太好的，我记得他有一次打电话时，好像说过有个和他合作做生意的亲戚跟他闹翻了，之后还去当了和尚还是道士什么的。”

听完顺嫂的话后，我突然对这个名叫百合的妓女很感兴趣，而我手头上亦有她的联系方式。不过，在拜会她之前，我倒想先到死者的公司看看，因为我对顺嫂提的那位去当了和尚或道士的亲戚更感兴趣，说不定就是他给死者下了诅咒。

第二章 妙龄少女

一名年仅二十八岁的年轻企业家戚承天，竟然在一夜之间衰老而死，尸检的结果显示他是死于自然衰老。中毒的可能基本上能排除，因为现今世上还没有一种能使人在如此短暂时间内衰老致死的毒药，所以我怀疑他是被人用茅山术或者降头之类的诅咒害死。而作为一名企业家，最想害他的大概就是生意上的对手，或者是合作不愉快的生意伙伴，因此我们来到了他的公司做进一步调查。

来到承天金属制品有限公司的办公地点，这里地方挺大的，员工也很多。不过大多数人都不是在自己的岗位上专心工作，而是围在一起交头接耳，似乎在讨论一些非常重要的事情。这也难怪，老板猝死，下属当然是人心惶惶，谁知道下个月有没有工资发。看着这乱作一团的员工们，我还真不知道该找谁来问话。

就在我正为该找谁来问话而感到烦恼时，一个戴着眼镜的长发美女出现在我眼前，她一上来就以威严的语气对着众名员工说："怎么了？全都围在一起聊天，都不用干活了！是不是都不想干了？"

众人闻言马上就返回各自的岗位，不敢有丝毫怠慢。不过我听见一个从身边经过的女生稍有不悦地嘀咕了一句："以为自己很了不起，不就是老板的堂妹吗，拿着鸡毛当令箭。"原来她是戚承天的堂妹，或许她能为我提供一些线索。

我正想上前向她表明来意时，她已经向我们走过来，并以不太友善的语气询问我们的来意："你们是来干什么的？"

"我们是警察……"我向她出示证件，并表明来意，"我们是为戚承天先生的案子而来的，想了解一下……"我刚说出戚承天这个名字，办公室里所有人几乎都在同一时间向我们这边望过来，似乎此刻这个名字牵动着他们的每一根神经。

长发美女本来对我们并不友善，但她肯定知道不能让我们继续待在这儿，不然就休想让这些员工集中精神工作。果然，她向我们露出一个较为牵强的笑容："这里说话不方便，请跟我来。"

她把我们带到一个会议室，关上门后才向我们作自我介绍："我叫戚舒泳，是这里的副总，你们想知道些什么可以直接问我。"

我坐下来就开门见山地问："我们想知道戚先生平时跟些什么人来往比较多，是否有跟别人产生摩擦，或者说有没有仇家？"

她慢条斯理地走到主席位坐下，并轻轻地把秀发往后拢，跟刚才的急躁判若两人。她悠闲地整理一下眼镜的位置才回答我的问题："戚总平时虽然是比较张扬，但他在商场滚打了近十来年，他不可能不懂得哪些人可以得罪、哪些人不能得罪，要不然也不会有今时今日的成就。"

"你说得没错，但戚先生做这么大的生意，应该或多或少会跟别人产生一些摩擦，而且他的死状离奇，所以我们不能排除是被他人所害。"我边说边观察她的表情，因为以现在所得到的情报判断，戚承天的死亡似乎对她最有利，因为她有机会把死者的公司据为己有。

她似乎对堂哥的死亡毫不在意，轻描淡写地说："你也说了，戚总死得莫名其妙的，要是被人害死，怎么会是这样的死法呢？我看你们是想得太多了吧？还是早点给他的死因下个定论，好让我们处理他的后事。"

看来顺嫂说得一点也不假，戚承天跟亲戚的关系真的不怎么样。戚舒泳咋说也是他的堂妹，而且两人又是一同工作，平日经常会有接触，但对于他的死竟然表现得漠不关心。说他们两人之间没有矛盾，似乎没有人会相信。

虽然她不太愿意合作，但我可不想白走一趟，还好顺嫂告诉我死者跟一个和他合作做生意的亲戚闹翻了，而且这个亲戚还去当了和尚或者道士，于是我便问她有没有这回事。她皱着眉想了一会儿才回答："嗯，是有这回事，不过都已经是好几年前的事了。"

"能详细告诉我们吗？"我想或许能从这件事中得到重要的线索。

"嗯，其实我也不是太清楚，只是听我妈说过……"她徐徐为我们讲述了这个昔日的故事——

这事得从七年前说起，当时戚总还只是一个二十出头的黄毛小子，在学校读书不成，就只好出来打工。那时候他的表哥薛楚凡是做钢材生意的，自己开了家公司，生意还挺不错的。伯母就帮他说了下情，让他进了表哥的钢材公司做事。

他刚开始时只是个普通的业务员，不过他虽然读书不怎么样，但有一张能言善辩的嘴巴，做业务还是挺适合的，没做多久就得到表哥的重用，升职做了业务主管。而且他还是表哥的亲信，所以公司里的大小事很多都是交由他处理。

他的工作能力的确是不错，可惜他这人野心太大，不甘心屈居于人下，总是想着自己当老板。可是想当老板不是单单依靠能力就能办到的，还需要很多其他因素配合，单是资金这方面，就不是一时半刻能拿出来的。所以他一直在等机会，等待一个能让他成为老板的机会。

或许是皇天不负有心人吧，四五年前，他终于等来了机会。那时他的表哥因为关税的问题，被海关抓了去坐牢，要坐九个月。因为他是表哥在公司里最信任的人，所以在坐牢期间，表哥把公司的大小事务全都交给他处理。他利用这九个月的时间，自己开了家公司，把表哥那家公司里能挖走的全都挖走了，等到表哥坐完牢，原本生意很好的公司只剩下一个空壳，客户、人才、资源都被他挖走了。

表哥当时很气愤，就去找戚总理论，他们就是从那时候开始交恶的。因为戚总母亲娘家那边的亲戚都支持他表哥，责怪他不该这样害自己的亲人，后来就连他父母也跟他闹翻了。所以除我之外，几乎没有其他亲戚跟他来往……

原来戚承天是如此狼子野心的，连自己的表哥也不放过，趁对方身陷牢狱之时，把对方的一切都据为己有，怪不得会落得众叛亲离的下场。如果我是他表哥，那我也会想尽办法报复他，或许我该从这个叫薛楚凡的落魄商人身上入手。于是，我向戚舒泳问道："你知道薛楚凡现在的情况吗？"

"不是太清楚，只听伯母说过他的情况。他的公司被戚总挖空之后，好像去了一座叫清莲观的道观里学道，现在应该还在那里，你们过去或许能找到他。"随后她说自己还有很多事情要处理，不能再给我们提供资料，然后就下逐客令了。

离开戚承天的公司后，我本来想到戚舒泳所说的清莲观找薛楚凡问话，可是我却不知道这间道观位于何方，于是就打电话给伟哥，让他在网上搜索一下，看能不能找到道观的地址。伟哥在电话中说这种小道观在网上是很难找到相关资料的，只能询问一下本地的道友，看有没有谁知道，一时半刻难以给我回复。无奈之下，我们只好先去找那个叫百合的妓女，毕竟她是第一个发现死者死亡的人，或多或少也应该能给我们一些线索。

顺嫂所说的百合，其实真名叫阮静，百合这个名字大概是艺名。干这行当的人大都不会用真名，一来因为艺名通常取得比较简单易记，二来这一行并不是光彩的行业，所以大多数都不愿意让别人知道自己的真实名字。我们手头上的资料里有她的住址，于是便直接去她家找人，她做的是晚上生意，白天应该会在家里。

她住在一栋高档住宅大厦里，进门时，一名年约五十的门卫要求我们登记身份，并询问我们找哪一户的住客，我如实告知他，他就用异样的目光看着我："小子，你是来寻开心的吧，怎么还带个女的过来啊？"我想他大概是把我当成嫖客了。不过这样也好，因为这证明他对阮静有所了解，于是便向他表明身份，并向他问有关阮静的事情。

"她的人品挺好的，就这样看，你根本看不出她是做那种事的……"门卫请我们进门卫室里坐，并告诉我们他叫炳叔，然后就给我们讲述有关阮静的事情——

她是两年多前搬来这里住的，她长得很年轻，当时我还以为她是个学生呢！不过这里的租金可不便宜，能在这里住的女学生，几乎都是被有钱人包养的。所以，那时候我想她应该是个被有钱人包养的二奶吧！

不过，之后我又觉得不是，因为她白天都没有去上学，反而每天晚上都会跑出去，而且不到凌晨三四点不回来，有时候甚至第二天上午才回来。后来，她因为忘记带钥匙，来门卫室找我帮忙，我们就聊上几句，之后就渐渐熟络起来了。有一次，我故意轻描淡写地问她是做什么工作的，她竟然向我道起歉来："真不好意思，我每晚都那么晚才回来，给你们添麻烦了。其实，我是做小姐的……"

她好像不介意让别人知道她是做小姐的，虽然她不会主动告诉别人，但有人问起她就会直说。有一次她还跟我开玩笑，我要是想跟她上床，她可以给我打折。

我跟她熟络后，就发觉她这人没什么架子，跟谁都很聊得来，而且还挺好心的。我每次值夜班，她回来时都会给我买夜宵，买多了弄得我也不好意思，就说要给她钱。可是她竟然这样跟我说："你又没跟我上床，为什么要给我钱呢？等你跟我上过床再给我钱吧！"她这样说，我就不好意思再跟她提起个"钱"字了。

不过，有件事也挺奇怪的，就是她经常会带些年轻的小白脸回家过夜，每次带回来的都不一样。因为我们通常是下半夜她回来时才会碰面，那时没有其他人，而且我们也挺熟络的，所以说话没什么避讳。有一次我忍不住好奇就问她，是不是把客人带回家里做生意，她笑着跟我说："才不是呢，能嫖我的都是些有钱的主，不是五星酒店他们都不去，才不会跟我回家呢！”我又问她带回来的是什么人，她调皮地在我耳边说：“是……童……子……鸡！”说完还往我耳孔哈了口暖气，害得我的老脸也马上红起来。

随后她跟我说，处男能为妓女带来好处，所以她上班的夜总会里，几乎所有还是处男的服务生都被她开苞了。她还开玩笑地跟我说，如果我还是处男的话，她也可以帮我开苞，不但不收我一分钱，而且还会给我一个大红包。嘿嘿，我儿子都有她那么大，还哪会是处男啊……

炳叔的言语间流露出几分惋惜之意，似乎为没能得到阮静的一夜情而感到遗憾。他这副德行让我很想立刻见识一下这位“名妓”是否真的倾城倾国，能使上至大老板，下至小门卫都为她神魂颠倒。

跟蓁蓁坐电梯上楼时，她突然莫名其妙地跟我说：“很心急想见那个女人吧？你们男人都是这样，全都是急色鬼。”

“你吃醋了吧！”我笑了笑就伸手去搂她的腰，结果当然是挨揍了。

我们来到阮静的住所门前，正准备按门铃时，门就打开了，一名年约十八，身材高挑，相貌清秀的少女从里面走出来，似乎正准备出门。我想她大概就是我们要找的人了，所以仔细观察了一下她的外表。她的确长得很漂亮，头发乌黑柔顺，如黑色瀑布般披肩而下，瓜子脸形显得她略为清瘦，水灵灵的大眼睛像有水滴在里面晃动，朱唇配上白皙脸色犹如雪地中绽放的玫瑰。身材高挑但又不会显得太过单薄，该突的地方突了出来，应翘的地方也翘了起来。

如此完美的女人，我还真是第一次看到。更难得的是她虽然像是要出门，但脸上却没有任何化妆，而且衣着也很随便，就是简单的T恤衫牛仔裤，不过依然很好看。炳叔说得没错，她就像个纯情女学生似的，从外表根本看不出她是做小姐的，怪不得那么多男人为她着迷。

她看见我们在门外稍感愕然，不过马上就很有礼貌地说：“请问有事吗？”

我还真的被她迷住了，呆着不知道说话，被蓁蓁踩了一脚才回过神来，连忙作自我介绍：“您好，我们是警察，我叫慕申羽，这是我的同事李蓁蓁。我们是为了调查戚承天的死因而来的。”

她露出一副惊慌失措的样子，连连摆手摇头：“他的死可不关我事了，只是刚好那么倒霉，他出事时就在他身边而已。”

此刻她跟一般的妙龄少女没什么两样，一点也不像阅人无数的妓女，害得我心里也泛起怜悯之心，连忙安慰她：“我们不是来抓你，只是想向你了解一下死者在死亡前后的情况而已，你大可放心。”

“原来是这样，你们把我吓死了。”她大口大口地呼气，胸前一双“山东大包”呼之欲出，害我不敢正视，免得小慕起反应被蓁蓁发现又说我好色。她呼了一会儿气后，就跟我们说：“你们进来谈吧！”

第三章　清莲道观

正所谓“百闻不如一见”，在调查戚承天离奇死亡一案中，我一再听闻有关一位名叫阮静的妓女长得非常漂亮，现在见到她本人果真是花容月貌，而且还是清花雅月。虽然我从来也不会嫖妓，但这一刻还真有与她共度良宵的冲动，要不是身旁的蓁蓁，或许我会马上跑去找自动柜员机取款呢！要知道她收的价钱肯定不会低到哪里去，最起码像这栋大厦的门卫炳叔这种收入，就一定嫖不起她。要不然炳叔跟我们说起她的时候，就不会流露出惋惜之情。

在门外向阮静表明来意后，她就请我们进屋里坐，并到厨房拿饮料给我们喝，显得十分客气。我稍微观察了一下她的房子，装修得比较简约，但给人的感觉却很舒服，就像她本人一样，没有过多的修饰反而有种返璞归真的美感。当然，这也是因为她天生丽质，所以才能如此漂亮。

“我能为你们做些什么吗？”她坐在布艺沙发上，把一双修长的美腿也缩上去，就像一个顽皮的女学生一样，十分惹人喜欢，实在难以想象她竟然会是个妓女。

“我希望你能告诉我们，你跟戚承天的关系，以及他在死亡前后所发生事情。”我虽然是对着她的脸说的，但视线却不知不觉竟然落到她的胸部上。真想不明白她这么年轻，为何会有如此丰满的胸部，实在让人有些想入非非。

“其实，那晚跟平时没什么两样……”她把食指放在唇前，摆出一个很可爱的姿势，思索片刻之后就徐徐向我们讲述她与戚承天之间的事情——

戚老板是我的常客，他经常会来我上班的地方捧我场，我们的关系说白了就是小姐与客人的关系。虽然他对我很好，但我知道他跟其他男人一样，都是冲着我的相貌和身体而来。等到我成了残花败柳的时候，他们可能连看也不想看我一眼。这一点我很清楚，因为我在夜总会上班，这些事情就算没有眼见也有耳闻。

他虽然很喜欢我，但我毕竟是个妓女，所以我们的来往也就只限于床上交易这个层面上。以前他几乎是每晚都来捧我场，但最近他好像要准备结婚的事情，已经有近半个月没来找过我了。

那晚，他就跟平时一样，我没发现他有什么不对劲的地方。他先是跟一些朋友来夜总会，点了我和其他姐妹跟他们一起玩，摇骰子、猜拳、喝酒，这些都是平时经常会做的事情。之后，他就带了我们出钟去吃消夜。吃消夜后，他的朋友就各自带着姐妹们去开房，而他就把我带了回家。

（“出钟”乃粤港澳地区的色情业术语，意为带小姐出夜总会外面玩。因为带小姐外出是按小时计费，而粤语中“钟”即小时的意思，所以便衍生出“出钟”一词。）

可能你们会觉得很奇怪，他为什么会把我带回家，而不是带我去酒店。他说这是因为他喜欢我，没有把我当成那些不三不四的女人，所以才会带我回家而不是到酒店开房。不过，我知道他这么做只不过是为了讨好我而已，要是他真的喜欢我，干脆跟我结婚就行了，还用我继续出来抛头露面吗？我心里明白他对我这么好，只是为了让我帮他拉生意。

他经常会带些客户或者高官来找我，让我帮他讨好这些人，这些年我可帮他拉来了不少生意，让他赚了不少钱。他能不重视我，不讨好我吗？

（我问她，戚承天既然如此重视她，为何不干脆包养她？）

嘻嘻，想包我的人可多呢！不过我从来都不会答应让人包养，这不是因为我不贪钱，而是因为我懂得男人的心理。我越让他们不能完全占有我，他们就越想把我弄到手，甚至为我争风吃醋，这样我就会更值钱了。如果我让人包养，虽然能在短时间里得到一大笔钱，但是当包我的老板玩腻我之后，我就不可能再有现在的身价了。

（接着，她继续讲述戚承天出事当晚的事情。）

他带我回家之后，就直接带我到他的房间，之后的事情你们也能想象得到，就是做小姐跟客人该做的事。那晚的一切都跟平时没什么两样，唯一的不同恐怕就只有那晚他一连跟我做了四次。可能是因为他快要结婚，以后不方便再来找我的关系吧，那晚他特别有兴致，尤其是在他问起我一晚最多做过多少次的时候。

要是在平时他一晚通常只会跟我做一两次，但那晚他做完两次之后又想要了。这对我来说是生意，他给我一晚的价钱，想做多少次是他的自由，我没有理由拒绝，当然就得迎合他。他做到一半的时候，突然问我一晚最多做过多少次。我告诉他最多做过七次，他一听就来劲了，说他一夜没能做七次那么多，因为这一次就会做到天亮。

他虽然嘴巴说得好听，不过身体可不太听话，这一次很快就结束了！我笑他没能坚持到天亮就走火了。他可能是有点恼羞成怒吧，把我按在床上又来了一次。

被他折磨了一个晚上，我累得都不想动，连衣服也没穿就睡着了。直到这个时候，我还没察觉他有任何不对劲的地方。可是，到了第二天醒来的时候却发现身旁躺着一个老头子，当时可把我吓坏了，以为自己中邪或者梦游什么的，半夜跑到别的地方去，当即就害怕得尖叫起来。

我叫了一会儿，顺嫂就跑进来的时候，我才知道原来自己没有跑到别的地方，还在戚老板的房间里。不过，当我回过神来后就发现躺在床上的老头子很像戚老板，虽然他没有八十岁，但越看就越像戚老板……

从阮静的叙述中，除了发现戚承天会利用她来拉拢生意之外，就再没发现任何有价值的线索。不过，这一趟也不算是白跑了，起码能让我见识到这花容月貌的美女，而且在戚承天死亡前后并无特别的事情发生，让我更加怀疑他是因为受到诅咒而死的。

准备离开的时候，我忽然想到一个问题，就是顺嫂说她三年多前开始给戚承天打工，当时就已经看见老板带阮静回家，但现在在我眼前的阮静就是十八九岁的样子，那么她不会从十六岁就开始做妓女吧？于是在离开之前，我便多口问她一句："你现在多大了？"

她娇媚地对我笑了笑："年龄可是女人的秘密哦！如果你只因为好奇而问我，那我只能告诉你，我看起来比实际年龄要年轻得多，因为我懂得美容的秘诀。"

在离开的路上，我一直在想着阮静的事。说实话，她的确是个很有吸引力的女人，难怪能拥有众多裙下之臣。不过，最让我琢磨不透的还是她的年龄，她看上去绝对不超过二十岁，但她却说自己的实际年龄要大得多，那她到底有多大呢？

"又在想刚才那婊子了？"蓁蓁以蔑视的目光向我扫射。

"别叫婊子那么难听，你应该叫人家做'性工作者'。"我装作若无其事地随意回应。在这种问题上如果太过较真，反而会起反效果，甚至越描越黑。我忽然觉得自己越来越在意蓁蓁的感受，虽然表面上我总是装作毫不在乎。

“叫什么也一样，反正你们这些臭男人就喜欢找这种女人。”她仍然想继续这个话题，我本来还想换别的事情说说，转移她的注意力，现在看来应该很困难。

既然不能转移话题，那就只好顺着这个话题说下去：“你不觉得很奇怪吗？”

“什么奇怪不奇怪啊！是奇怪你没有马上就跟她勾搭上吗？”她还真说到我的心坎里了，我刚才的确想马上跟阮静勾搭上，虽然我并不喜欢嫖妓，但对方实在太诱人了。当然，我可不会把心底话告诉蓁蓁，要不然她至少一个月不答理我。

“老实说，我对嫖妓一点兴趣也没有。就像贴身衣物一样，别人穿过的内衣，你应该不愿意用吧！更何况是不知道被多少人用过的内衣。”我这话在一般情况下是对的，不过如果是在没有选择的情况下，那么大多数都会凑合地用着。当然我说这么多废话，可不是想跟她讨论妓女的问题，当即一转话锋：“在男人眼中，妓女是肮脏的。这一点所有妓女都心中有数，所以所有妓女都不愿意让别人知道自己的职业，并想早日甩脱这个肮脏的身份。可是在刚才的谈话中，阮静对自己的妓女身份毫不忌讳，而且似乎很喜欢这份职业，一点也没有洗手不干的意思。你不觉得很奇怪吗？”

听过我的分析后，蓁蓁沉思不语，似乎是在认真思考我提出的问题。我要的就是这样的效果。其实，我并不太在意阮静的事件，正所谓“一样米养百样人”，有人喜欢做医生，有人喜欢做警察，当然也会有人喜欢做妓女，这并不是什么不可思议的事情。就像有部叫《金鸡》的电影，内容就是讲述一个乐于做妓女的女人。

回到诡案组办公室时，伟哥已经查到了清莲观的地址，竟然是在一个偏远的县区，跟本市的距离虽然没有十万八千里，但要过去可得花不少时间。现在已经是黄昏，要去找薛楚凡只能等明天了。

翌日一早，我就跟蓁蓁一起驾车出发，到达清莲观所在县区时已经是下午了。本以为还能赶得及在太阳下山之前找到那鬼地方，谁知道在路上问了不少人，竟然没有一个知道那座破道观在哪儿。虽然有几个老人听说过这个县区里，在很久之前的确是有一座道观的存在，但准确位置却没有人知道，甚至不知道是否已经荒废了。这让我怀疑伟哥到底是不是耍我们，也许他所说的道观早已人去楼空，并不是我们要找的那座。

给伟哥打电话，这厮一再用自己的脑袋担保没有耍我们，清莲观的确就在我们身处的县区里，而且绝对没有倒，现在还有人在那里修行。给我骂急了，他就说：“慕老弟，我给你说啊！那些有指示牌，什么人都知道在哪里的是旅游区，不是真正的道观。真正专心修行的人都不希望受到外人打扰，当然是躲到深山老林里去，肯定不容易找到了。而且这个地址是灵异论坛的管理员给我的，像他这样的高人会没事寻我们开心吗？”

我用十分怀疑的语气说：“他应该不会寻我们开心，但你就不好说了。”

“靠，连老哥我你也不相信！”伟哥稍微有点恼火。

“会相信你的是猪！”此时已经快要到黄昏了，我不想再浪费时间跟他扯淡，于是就恶狠狠地对着话筒喝道，“快再给那高人打电话，问清楚准确的位置！”

他似乎被我的气势压倒，怯弱地回答：“其实我也有让他告诉我准确的位置，不过他说能不能找到得看缘分。要是没缘分的话，说得再清楚也是找不到……”

“等我们回来的时候，蓁蓁肯定会让你知道你跟她的拳头有多少缘分！”骂完这句话，我就把电话挂掉，跟蓁蓁继续到处询问路人是否知道这间该死的清莲观在哪儿。

或许，我们跟那座清莲观还真是没什么缘分，直到天色全黑的时候，我们还没找到它在哪儿。此时肚子已经饿得咕咕叫了，还是先祭饱五脏庙再说。蓁蓁不太喜欢吃肉，所以当我说去吃饭时，她就指着路边的一家素菜馆说要到那里吃。我倒是没所谓，反正只要能吃饱就行了，于是就把车停在素菜馆门口，跟她一起到里面吃饭。

也许因为我们开的是警车，素菜馆的老板竟然亲自为我们点菜，并且逐一向我们介绍店里的招牌菜。老板姓丁，是个挺健谈的中年人，因为我们来得比较晚，已经没有多少客人，而且我们也聊得很投机，所以他就干脆坐下来跟我们聊天。

“你们应该是从外地来的吧,来这里抓通缉犯吗？”丁老板的样子挺紧张的，可能因为这里只是个小地方，平时治安比较好的关系吧，所以看见外地来的警察就以为是出了大乱子。

“嗯,我们是来抓一个用妖法害人的道士的。”蓁蓁边给嘴里塞饭菜边说话，竟然没有把饭菜喷出来，还真有两下子。

丁老板信以为真，脸色骤变："不会吧？平时经常都会有道友来这里吃饭，我也认识不少道友啊。我觉得真正用心学道的人都是比较正直的，应该不会害人吧？"

一听见"道友"二字，我马上就来劲了，连忙问："你们这里很多道友来光临吗？"

丁老板似乎以为我想找他的顾客麻烦，急忙辩解道："是很多道友来吃饭，但我想应该没有你们要找的人吧！来我这里吃饭的只是些普通的道友，都不会什么法术神通的。"

我可没心情给他解释太多，继续问道："那你应该有听说过清莲观吧？"

他点了下头："有听说过，这附近的道友都知道清莲观。虽然只是座小道观，现在也没什么名气，但以前可是很有名的，观里的现任观主无尘真人也很厉害，经常会有人慕名来找他算命。不过，他的脾气很奇怪，他要是不想给你算命，就算你送上金山银山也见不到他一面。但他要是想给你算命，就算你不愿意，他也要给你算，而且不收一分一毫。也许就是因为他的脾气古怪，所以清莲观现在没以前那么出名。"

"那你知道清莲观的位置吗？"这是我最想知道的事情。

"知道，就在五莲山的山顶上，离这里不是很远。怎么了，你们想找他算命吗？"他突然对着我笑了笑，我想他大概是以为我是想去问官途之类的事吧！

我没想给他解释太多，马上就追问他说的五莲山在哪个位置，他很乐意地回答："距离这里大概十里路有一座大山，样子有点像五朵莲花的，那就是五莲山了。"

得知清莲观所在后，我们马上就想离开，立刻去找薛楚凡。可是丁老板却把我们拉住："你们现在上山是找不到清莲观的。"

"为什么？"蓁蓁不解问道。

丁老板拉我们坐下才说："五莲山虽然不算高，不过占地挺大的，而且长满茂密的树木。你们要是现在过去，恐怕找到天亮也找不到清莲观，还是明天天亮后再去找吧！"

他说得也是，现在黑灯瞎火，要在茫茫树海找一座小道观的确不是一件容易的事。与其浪费时间去瞎找，还不如睡个好觉养足精神，明天一早再去找。然而，我怎么也没想到，要在五莲山上寻找一座破道观竟然会是一件如此可怕的事……

第四章　走为上计

吃过饭，我和蓁蓁就在附近找旅馆过夜。

找旅店过夜的时候，我开玩笑地跟蓁蓁说：“要不我们只要一个房间，这样不但省钱，还方便互相照应。”

她闻言脸色马上就红了，羞涩地骂道：“谁要跟你这大变态一个房间啊，你想找人跟你睡一个房间就找昨天那女人去。”她还在意阮静的事情，这证明她心里有我的位置。

翌日一早，天还没亮蓁蓁就来我房间敲门了，硬把我从美梦中拉回现实。这疯丫头自己起床起得早就算了，竟然还要我也跟她一样早，也不让别人多睡一会儿。没办法，既然已经让她吵醒，那就干脆早点去找那破道观好了。

五莲山并不难找，我们按照丁老板说的路线驾车十来分钟就来到山脚下了。东方虽然已经发白，但太阳却像个赖床的懒汉般，还没从地平线下爬上来。我想天色已经开始亮起来了，要找清莲观应该不会很难，于是就跟蓁蓁徒步上山。然而，要找到那座破道观比我想象中的要困难得多。

五莲山的林木非常茂盛，在山下时视野还比较清晰，但上山后因为茂密的林木遮挡了大部分光线，而且还有雾气升起，所以视野十分模糊，就连十米外的事物也没能看清楚。虽然视野不佳，但都已经上山了，我们可不想再跑一趟。于是就打算碰碰运气先找一下，反正晚一点视野会越来越清晰。

然而，我的想法似乎太天真了，因为随着时间的推移，雾气不但没有消散，反而越来越浓厚，一点消散的迹象也没有。置身于雾气缭绕的山林可不是一件让人感到愉快的事情，因为在浓雾之中，周围的树木都变成模糊的影子，犹如一群张牙舞爪的妖怪。被无数妖怪包围的感觉可不太好，就连一向剽悍的蓁蓁也不自觉地往我身边靠过来。我当然也好不到哪里去，同样也往她那边靠去，两人不知不觉就并肩而行了。我本来还觉得这样挺好的，不过马上就不这么想了。

“哎呀！”在棵大树旁走过时，我突然被敲了一下脑袋，想必是靠得太近被蓁蓁打了。可是，当我问她为什么打我的时候，她却露出一个莫名其妙的表情："你神经病，我哪有打你啊？"奇怪了，这里就只有我们两个人，不是她打我会是谁呢？

虽然觉得莫名其妙，但我并没有太在意，跟她继续在雾气弥漫的山林中寻找那该死的清莲观。然而，我们没走多远，蓁蓁突然尖叫一声，随即踹了我一脚。我不知道她在发什么神经，不解地问："你没事干吗踹我？"

她理直气壮地回答："谁叫你摸我屁股！"

我并没有摸她的屁股，但她为何会莫名其妙地冤枉我呢？她平时虽然是脾气火暴，但不至于会无理取闹，应该真的有人摸她屁股，她才踹我，可是这里就只有我们俩啊！我忽然感到一阵寒意，心想该不会是这里有鬼吧？

我把心中想法告诉蓁蓁，她的脸色马上就白了，声音颤抖地说："你是故意吓唬我吧？"

"我吓唬你干吗，刚才我真的没有摸你，而且之前我的头也不知道被谁打了一下，咦……"我还没把话说完就感到裤袋被掏了一下，下意识地往裤袋一摸，发现钱包不见了。于是赶紧回头一看，可是却什么也没看见。

"你看那里！"蓁蓁指着我身旁的一棵大树，我往那里一看，竟然看见一个细小黑影正在往远处逃走。

因为雾气太浓，很难看清楚那是什么东西，于是我就追过去，想近距离看清楚那到底是什么东西，竟然连警察的钱包也敢偷。可是，我没跑几步就被地上的枯枝绊倒了。"等等我！"我听见蓁蓁的叫声，她似乎没发现我绊倒了，从我身旁越过，一支箭似的往前跑。我想她大概是被吓坏了。

我爬起来叫她别乱跑，要不然跟我跑丢可就麻烦了。然而，我叫了她好几声，她也没有回答，似乎真的跑丢了。我连忙掏出手机给她打电话，可是却没能打通，看了一下手机的屏幕才发现原来一点信号也没有。这回可真是遇到大麻烦了，这片树林里似乎有些奇怪的东西存在，现在又跟蓁蓁失散了，我还真不知道该怎么办。

继续待在这鬼地方肯定不是个好主意，但我又不能丢下蓁蓁不管，只好边走边叫她的名字。可是叫了好一会儿，也没听见那疯丫头回话，我想她大概已经跑了很远了。正犯愁之际，耳朵突然被揪了一下，我自然反应地跳到一旁，这次又在身旁的大树上看见一个细小的黑影闪过。长生天哪，我该不会是遇上树精了吧？

不知道是否是因为雾气太浓的关系，我又感到一阵寒意，并觉得这里鬼气森森的，不由哆嗦起来。蓁蓁拳脚功夫了得，应该不会有什么大问题，我还是先逃离这个鬼地方再说。

然而，要离开这片山林似乎也不是一件容易的事情，因为雾气非常浓厚，我根本分不清方向。而且视野也相当模糊，地上又有很多枯枝败叶，一不小心就会绊倒。更可怕的是，那只疑似树精的家伙老是咬住我不放，经常突然在我身旁的大树上出现，一会儿敲一下我的脑袋，一会儿又揪一下耳朵。可是当我一回头，它闪一下就不知道蹿到哪里去了。

真该死，那树精似乎把我当成了玩具，不时来捉弄我一把。不过这样还好，它似乎对我没什么威胁，起码我到现在也没有受伤。然而，就在我以为自己的生命不受威胁的时候，“砰”的一声响起，眼前突然一黑，额头传来的痛楚让我感到一阵眩晕，不由蹲坐下来。我伸手往前额抹了一下，整个手掌都是鲜血。而在身前的地上，我摸到一颗沾有鲜血的小石头，我想刚刚就是它问候了我的额头。看来树精已经不再满足于敲脑袋和揪耳朵了，它想玩更刺激的，或许它还想要了我的命！

现在的情况并不乐观，这里的地形非常复杂，而且浓雾使视野变得极其模糊，别说要逃离这个鬼地方，我就连那该死的树精长什么样子也没能看清楚。就在我为树精接下来会怎样整我而感到担忧时，一个朦胧的人影出现在前方。

严格来说这并不算是一个人影，因为我没看见它的头部，也没看见它的双脚及双掌。那影子像是一件被晾起来的袍子，被一条大概有两根手指粗的绳子吊在树上。在这深山老林里看见一件挂在树上的袍子已经够让人觉得奇怪了，然而这并非重点，最让我感到害怕的是那袍子竟然会动，而且还正在向我招手。看来我这回不是遇到树精之类的精怪，而是见鬼了！

“哇！”我大叫一声立刻往回跑，可是没跑多远就被地上的枯枝绊倒了，虽然摔了个饿狗扑屎，而且额头上的伤口还冒出了不少鲜血，但为了活命我还是爬起来再跑，不过没跑多远又被绊倒了。我就这样跌跌撞撞跑了好一会儿，虽然摔得浑身是伤，但我可不敢停下来。因为那件可怕的袍子一直追着我，每当我一回头就能看见它正从一棵树飘到另一棵树上，反正总是跟在我身后十来米的地方，让我勉强能看见它，但又看不清楚。然而，越是看不清楚就越让人感到恐惧。更要命的是，它偶尔还会用小石头掷我，而且每次都能打中我的后脑，力度还不小。我真害怕下一次就会被它砸穿脑袋。

我被那可怕的袍子追得有点发慌，跑着跑着“砰”一声，就被前面的东西撞倒了。我本以为是自己撞到树上去，可是又觉得不对劲，因为我撞到的东西比较柔软，没有树干那么硬。我想我撞到的大概是个人，而且还是个女人。果然，我很快就听见蓁蓁的声音："你怎么不长眼啊！"

"现在雾气这么浓，就算多长几只眼也没用，而且我还正被鬼怪追着。"我虽然感到很无奈，但也为终于找到救星而大松一口气。有她在身边至少也能壮壮胆，虽然在面对鬼魅时，她比我更胆小。

"哪里有鬼啊，你别瞎说。"她没有站起来，而在地上迅速爬了几下往我身边靠。

"就在我后面，不信你自己看……"我往身后一指，"咦，怪了，怎么一下子就不见了？刚才它还死死咬住我不放呢！"

"你又想吓唬我，我看你才是鬼！"蓁蓁说着就往我手臂上狠狠地捏了一把，痛得我眼泪都快要掉下来。

"哎哟，我真的没有骗你啊！你也不看看我满头都是血，都快流血不止了。"我指着额头的鲜血让她看。

"呸！流那么一点血就哇哇叫，亏你还敢说自己是警察！"她嘴巴虽然是这么说，但却把我一边袖子撕下来，准备帮我包扎额头上的伤口，防止鲜血继续涌出。

蓁蓁先把我的袖子撕开成布条，然后再为我包扎伤口，手法蛮娴熟得很，可能是因为她经常有到虾叔的跌打馆里帮忙的缘故吧，没一会儿就包好了。包好后她就看着我一个劲儿地傻笑，我问她笑什么，她笑了好一会儿才憋出一句话："你现在很像个印度人。哈哈哈……"我想她是故意把我包得很难看，不过也没办法，在这种深山老林里能止住血就已经不错了。

误打误撞地跟蓁蓁会合后，就再没有奇怪的东西出现，而且太阳已经升起，雾气又随之渐渐消散，但我们还是迷路了。这片山林里根本就没有"路"，我们只能靠太阳辨别方向往山顶走。可是走了很久也没能走到山顶，虽然我们一直向山顶的方向走，但我却觉得只是在原地绕圈。因为我总觉得眼前的景物好像就在不久前见过，可是我却没能找到自己刚才留下的记号。

"我们是不是老是在绕圈啊？"到了中午的时候，蓁蓁终于忍不住问我。

"你也发现了，我想我们遇上鬼打墙了。"我无奈地苦笑了下。

蓁蓁脸色一寒，不自觉地往我身边靠了靠："真的会有这种事吗？"

"你现在不就遇上了。"我没好气地回答。

她的脸色越来越苍白，看来是很害怕。这疯丫头平时一副初生牛犊不怕虎的模样，但当面对虚无缥缈的鬼魅时，却比谁都要害怕。现在是中午时分，虽然当下的情况比较诡异，但我还不至于会像她那么害怕，不妨捉弄她。心念至此我便一脸严肃地跟她说："看来这次遇到大麻烦了，我们可能会一直被困在这片山林里。"

"一直被困这里……"她的脸色白得就像雪一样，身体还微微颤抖。

我故意神神道道地说："嗯，现在还好，起码大白天那些东西不会太明目张胆，要是到了晚上就不好说了……"话至此时，蓁蓁突然"哇"的一声叫出来，居然还扑到我身上牢牢地抱着我，丰满的酥胸结实地压在我胸前，压得我有点喘不过气。

我本以为这回可赚到了，轻抚她的背部，在她耳边温柔地说："有我在，不用害怕,我会保护你的。"可是她却以抖颤的声音跟我说："你后面有很多……那些'东西'……"

听她这一说，我马上全身打了一个激灵，本想回头看看到底是什么东西把她吓到，但看来是用不着回头了，因为我刚把头抬起来就发现周围的树上有不少黑影，我能看见的就起码有二三十个。

虽然现在正值中午时分，但因为山林里树林非常茂盛，枝叶阻隔了大部分阳光，所以还是十分阴暗，致使我没能看清楚那是什么东西，只能看见一团团黑影停留在树枝上，似乎就是早上袭击我的树精。而更让人心里发毛的是，虽然没能看清楚那些树精是长什么样子，但却能看见它们带着故意眼神的双眼。被二三十双眼睛包围可不是一件让人感到舒服的事情，更何况它们随时都有可能袭击我们。

"现在该怎么办？"蓁蓁在我怀中不住地颤抖。虽然我也不知道该怎么办，但在这个时候我觉得自己应该表现出一点英雄气概，故作镇定地安慰她："不用怕，有我在！我已经想到办法了。"

"真的，那我们要怎么做？"蓁蓁突然转惊为喜，可惜我的办法或许会让她感到失望："你知道《三十六计》中最厉害的是哪一计吗？"

"不知道。"

"就是最后一计'走为上'！"说罢我就拉着蓁蓁发疯似的逃走，硬是冲出树精的包围圈。我们的举动似乎惊动了那些树精，一阵尖锐的"吱吱"声从身后传来，与此同时还有无数小石头如暴雨般落在我们的身上……

第五章　玄之又玄

好不容易才在雾气弥漫的山林跟蓁蓁会合，并且雾气也渐渐消散，可是随后却似乎遇到了鬼打墙，一直走到中午也未能走到山顶。更不幸的是，我们还被一群疑似树精的东西包围，无计可施的情况下，我只好使出《三十六计》中最后一计——走为上！

拉着蓁蓁，或者说是被蓁蓁拉着在崎岖的山林中拔脚狂奔，犹如暴雨般的小石头尾随而来，我的背脊恐怕已经被砸得一大片淤青了。而且，那些可怕的树精还不断发出“吱吱吱”的尖锐叫声，让我大感心慌意乱，好几次差点就碰到树，还好蓁蓁反应快拉了我一把，要不然我可能会被树精分尸了。

然而，穷途未必末路，绝处也可逢生！被这群树精追了大半个小时后，我看见前方一片光亮，显然我们已经跑到了山林边沿了。蓁蓁似乎也发现这一点，跑得比刚才更快。我的体力远不如她，刚才又已经跑了一段不短的崎岖道路，现在都已经快跑不动了，几乎是被她拖着跑。我想如果我再轻一点的话，她大概会像拖着个麻布袋似的，让我在半空中飘扬。而实际上她还真的想这么办，只管自己狂奔，我被拉着碰了三次树，才走出这片该死的山林。

虽然我被弄得遍体鳞伤，但不管怎样总算是把小命保住了。冲出山林后，那些诡异的树精就没有再追来，我这才松了一口气，并认真打量我们身在何方。原来我们误打误撞地跑到山顶来了，不远处有座十分简陋的庙宇，我想这就是我们此行的目的地——清莲观。

看见这座破道观的那一刻，我心中的喜悦之情难以言喻，就跟我连续买两年福利彩票，第一次中了十块钱时差不多。蓁蓁也很兴奋，大声欢呼：“找到了，终于找到了！”并作势想跑过去。

我连忙拉住她，把食指竖在唇前：“嘘……这可是人家静修的地方，你这样大吵大闹的，会惹得人家不高兴的。”

她稍微露怯地应了我一声，随即又叫起来：“你怎么弄成这样，刚才不是帮你包扎好的吗？怎么现在又满脸都是血！”

“你还好意思问，还不是刚才被你拉着碰到树上去了。”我想我还能活着，是长生天对我的眷顾。因为我们身上什么也没带，要清理脸上的血迹还真不容易，虽然觉得有点失礼，但我们还是打算先到道观里再说。

沿着一条稍加人工修整的简陋石梯，穿过一个字迹已经被风雨磨灭的牌坊，我们来到一个小广场。这里地上铺设了石板，中央放着一个半人高的大香炉，简朴中带有几分脱俗的典雅。广场后面是一座简陋的道观，道观门上有一个木做的牌匾，上面写有三个笔迹苍劲有力的朱砂字——清莲观。

小广场上有一个穿着朴素但整洁的衬衫及西裤的中年男人在扫地，我想他应该是这里的道士吧！于是想跟蓁蓁上前向他询问，可是蓁蓁却拉住我，在我耳边小声问道："他是道士吗？怎么没穿道袍呢？"

我没好气地回答她："我也没见你穿过裙子啊，可我从来没怀疑你不是女人。"她恶狠狠地瞪了我一眼后就跟我一同上前。

扫地的道士一看见我们，就连忙上前扶我，并关切地问："你们是不是在上山的途中遇到麻烦了？"

"我们遇到一群树精，还有一件会飞的袍子……"我苦笑着把我们在山林遇到的怪事一一告诉给这位中年道士，他听完之后竟然哈哈大笑："你们遇到的不是什么树精鬼怪，只是一群调皮的捣蛋鬼而已。我先带你去处理一下伤口，待会再帮你把钱包要回来，反正我也正准备找那些家伙要回我的道袍。"他说罢就把我们带到道观后面。

道观后面有几间十分简陋的平房，他带我们走进其中一间，里面同样十分简陋，只有一张床、一只凳子、一张书桌和一个小木箱，床上有摆放整齐的枕头被褥，书桌上有几本线装书和一盏油灯，除此之外就什么也没有了。他让我先坐下，然后到门外的水井里打了一桶水进来帮我洗擦脸上的血污，再从木箱里取出一些应该是草药之类的东西让蓁蓁为我包扎伤口。等蓁蓁帮我包扎完后，他才跟我说他的道号叫忘恨，并询问我们为何而上山。

"我们是来找人的。"蓁蓁先我一步开口。

忘恨笑了笑对我们说："你们是想找我师父看相吧，那你们就来得不是时候了，师父只有初一、十五才会替来访善信者看相。可惜你们晚来了一天，今天已经是十六了，所以除非你们跟他有缘，要不然你们这趟算是白来了。"

"不是……"蓁蓁正想说话，我就拉了她一下，示意她先别急着道明来意，然后跟忘恨说："有很多人找你师父看相吗？"

"嗯，应该说有很多人想找师父看相，但能够亲自来到这里的人并不多，我想你们应该能体会到上山的路有多难走吧！”忘恨总是一副笑眯眯的表情。

“看相这种事好像没什么科学根据耶，你也会看相吗？要不你看看我是做什么工作的。”蓁蓁的语气中略带挑衅的意味。

“我只懂些皮毛，远不能与师父相比，不过你有兴趣的话，我也可以一试。”忘恨收起笑容，认真地看着蓁蓁的脸，片刻后便说：“你虽为女性，但眉毛细密，有若关刀，必定有打抱不平之心，应该是从事武职……”他指着蓁蓁的额头，眉心稍上的位置，“你的官禄宫饱满且带有皇气，如果我没猜错的话，你的工作应该是警察。”

蓁蓁先是一愣，随即便笑道：“还真让你蒙对了，我的确是个警察。”

忘恨又露出笑眯眯的表情：“不是蒙对，而是有根据的。相学其实不像世人所想的那么玄虚，只是因为世界上太多江湖骗子打着相学的旗号招摇撞骗，让世人对相学产生误解而已。如果要用科学来解释相学，那么相学能算得上是一种统计学，因为面相学是根据各类人的面相特点作出归类，掌相学亦一样。当然作为一种统计学，面相和掌相都不可能做到百分百准确，但也不能就此否定它们的科学性。譬如赌博，在概率论出现之前，赌博一直被人认为是完全依靠运气定输赢。但现在的人都知道在某些规则下，就会有只赢不输的人，所以开赌坊的人只会担心没人来赌，而不会担心输钱。

“真正的相学是一门很高深的学问，单纯依靠一两本所谓的相学书根本不可能得出什么成绩。这跟医学有些许相似之处，医生若要断症准确，必须有丰富的临床经验作为前提。相士也一样，没有丰富的阅历及善于观察的双眼，是不可能成为一个好相士的。”

忘恨的话的确有几分道理，相学的确是一门博大精深的学问，可惜却因一些江湖骗子而被世人贴上迷信的标签。现在的年轻人宁愿相信准确率极低的星座学，也不愿意相信更为科学的相学。不过，这已经成定局，要为相学平反并非一朝一夕的事情，也不是我们能做得到的。

跟忘恨讨论完相学的话题后，我想是时候进入正题了，于是便想问他道观里是否有个叫薛楚凡的人。然而，正当我准备开口的时候，门外突然传来几声让我汗毛也竖起来的“吱吱”声，我一听就知道是刚才那些树精发出来的，它们该不会是追到这里来了吧？

忘恨似乎看到我的脸色不对劲，笑眯眯地跟我说：“不用怕，它们只是些调皮鬼，有我在，它们就不会再捉弄你们。我现在带你们出去看看。”他说罢就扶我起来，带我们往门外走。

虽然他一再说那些家伙不会再伤害我们，但我心里还是有些忐忑不安，可是当我看清楚那群所谓的“树精”长啥样子之后，差点没哭出来：“哇塞！原来是这群马骝精整我们！”

（粤语中的“马骝”即国语中的猴子，而“马骝精”或“马骝王”意为齐天大圣孙悟空，通常用来形容调皮捣蛋的小孩子。）

在门外的空地上有二十来只猴子或蹲或坐，或追逐嬉戏，其中还有一只穿着一件不合身的道袍，拿着我的钱包向着忘恨吱吱大叫，像是在向我们示威一样。原来我们早上遇到的树精和会飞的袍子，就是这群“马骝精”！怪不得我看见袍子时，总觉得它是被一条两指粗的绳子吊着，现在想来那绳子应该就是猴子的尾巴。

忘恨对着那只穿道袍的猴子说：“好了，玩够了吧，想吃水果就先把东西归还，不然我可要生气喽！”

那猴子三两下就从道袍里钻出来，并把钱包往我们这儿扔过来。蓁蓁把钱包捡起还我。钱包失而复得本来是件好事，可我却一点也笑不出来，因为钱包上多了几个牙印，里面的钱更是没有一张完整的，全被撕咬成碎片再塞回去。这一刻我还真有点欲哭无泪的感觉。

忘恨让我们稍等一会儿，他走进道观里面，没过多久就拿来一些表皮皱巴巴的水果出来，抛给那群调皮的猴子吃。猴子们争先恐后地上前争抢水果，并立刻就地开吃，如饥民暴动般一会儿就把水果吃了个精光。它们吃完水果后，冲忘恨吱吱地叫了几声，不知道是向他道谢还是向他示威，随后就一溜烟地返回山林里。

我问忘恨是否经常会给这群猴子水果吃，他笑眯眯地说：“嗯，这些水果是用来供奉三清尊神的，每次初一、十五我们都会更换供品，换下来水果都是皱巴巴的没人想吃，但扔掉又觉得浪费，所以就给这些调皮鬼吃了。本来我们是一片好心，可是这些调皮鬼得了便宜还想再赚个彩头，每次快要换供品的时候，它们就会来偷我们的衣服之类的东西，然后再用来跟我们换水果。”说罢他就走过去把道袍拾起，并拍去道袍上的尘土。

“这群猴子还真聪明，都快成精了吧！”蓁蓁似乎对山林里的事情仍心有余悸。

“成精说不上，调皮一点就是了。”忘恨把道袍叠好，双手捧着，脸上还是挂着一副笑眯眯的表情。

虽说今天早上遇到的树精和飞袍子都是猴子闹的，但我还有一件事没能想明白，就是我们为何会在山林里迷路。当时我们明明是往山上走，虽然五莲山比较大，但也不至于走到中午还没到山顶吧！我向忘恨道出心中的疑惑，他笑眯眯地问我："你知道清莲观为何会建在这里吗？"

我稍加思索便答道："真正有志修行的人大多都喜欢清静，不想受到外界滋扰，我想这大概就是清莲观建在这里的原因吧！"

"嗯，本观创始祖师玄鹤真人就是为了清静才在这里兴建清莲观，但你知道这里为何会如此清静吗？"他说着指向山腰的山林自问自答地说，"原因就在于这片山林。"

"难道就是因为这片山林很难走吗？"蓁蓁不解地问道。

忘恨笑道："这片不是平常的山林，林中的树林是按照五行八卦方位来栽种的。"

"你这说得不太靠谱吧！"我向他投上怀疑的目光，"先别说五行八卦是否真的这么神奇，单是要以人力栽种整片山林就绝对不可能了。"

我本以为自己的质疑会让忘恨语塞，但他还是笑眯眯地回答："以人力栽种山林里的所有树木当然不可能，而且这里本来也不是光秃秃的。但要在原来的基础上，再在适当位置加种树木，那就不难了。其实，五行术数并不像世人所想的那样玄之又玄，以这片山林为例，当年师祖只是用上风水的理论，在合适的位置加种特定的树木，使得林中生态得到更好的平衡，让这片山林更加茂盛。在改变生态的同时，山林里的湿气加重了，早上就会出现雾气弥漫的情况。再加上那群调皮的猴子，外人要上山就非常困难了。而最妙的是，因为师祖栽种的树木是以八卦方位排列，使山林变成了一个天然的迷宫，要上山就更难了。"

"五行八卦真的这么神奇吗？"我还是有点不相信，虽然早上才领教过当中的奥妙，人就是这么奇怪的生物。

他笑眯眯地解说："我刚才不是说了，五行术数并不像世人所想的那样玄之又玄。其实说白了，只是在树木栽种的位置上花了些心思，使很多地方看上去都差不多，初次上山的人就会很容易迷路了。而且再利用地势差距等因素，使人分不清方向，以为自己是往山上走，但实际上却是在下山，如是上山者便在山林里不停地绕圈。但如果上山的人不受外在景物的迷惑，一口气往山顶上冲，那么很快就能上到山顶了。"

听完他的解释，我突然有种茅塞顿开的感觉，原来我们之所以会在山林里迷路，是因为太在意周围的景物，每当看见类似的景物就以为这个地方刚刚走过，结果反把自己弄糊涂了。五行学说虽然听起来很虚幻，但经过他解释之后，我又觉得在实际应用上还挺实在的。

解开心中所有疑问后，也是时候该做正事了，于是我便问忘恨，清莲观里是否有一个名叫薛楚凡的人。他闻言后先是一愣，刚才一直挂在脸上的笑容一度收起，但很快就恢复过来，微微笑道："我的俗名就叫薛楚凡。"

第六章　旁门左道

有道是"踏破铁鞋无觅处，得来全不费工夫"，我和蓁蓁苦心寻觅的薛楚凡，竟然就是眼前这个跟我们聊了老半天的忘恨，这还真让我们大感意外。既然他就在眼前，那我也不必再隐瞒来意，直接跟他说："薛楚凡，我们是刑警，现在我们怀疑你跟戚承天的死有关，希望你能配合我们的调查。"虽然我是一副把他认定是凶手的架势，但心中却一点也不觉得他会是凶手，因为从与他见面至今，他给我的感觉就是与世无争，实在难以想象他会是个杀人凶手。然而，身为一名警察，我知道绝对不能单凭表面就断定一个人的好坏。

薛楚凡露出一脸惊诧的神色，但是他惊诧的原因似乎并非因为我们怀疑他是凶手。他慌忙掐了几下手指，接着就连连摇头："不可能，绝对不可能！承天虽然做尽阴损之事，但依他的面相，阳寿至少也有七十岁，只不过年少得意，晚年落魄而已。怎么可能会还没到三十岁就去世呢？不可能，绝对不可能……"他喃喃自语了好一会儿后，似乎终于意识到我们在怀疑，对我们露出稍微牵强的笑容，"不好意思，刚才失仪了。不过，你们怎么会怀疑我跟他的死有关呢？我跟他都已经有好几年没见过面了。"

我冷冷地笑道："我们为何怀疑你是我们的事情，我希望你能详细告诉我们，你跟戚承天到底是什么关系。"

"他是我表弟，一个我曾经最信任的人……"他微闭双目似乎在回想很遥远的事情，良久之后才叹一口气，随即向我们诉说他与戚承天之间的恩怨情仇——

那大概是七年前吧，当时我尚未上山学道，是一家钢材公司的老板。有一天舅母打电话给我，说我表弟承天因为殴打老师，被学校赶出来了。现在整天无所事事，还经常跟些不三不四的女人来往。她怕这孩子在外面会学坏，想让他到我的公司工作。

那时候，我的公司刚刚开始发展起来，业务已经进入了轨道，但创业难守业更难。我正为身边没有一个能信任的人帮忙而犯愁，承天愿意来帮忙，我当然是求之不得的，于是马上就答应了，并叫舅母让他第二天就来上班。

承天虽然比较调皮不喜欢读书，但人很机灵，又会说话，所以很适合做业务。更重要的是，他是我表弟，我放心把重要的事情交给他办。虽然公司是我一手办起来的，但随着业务的发展，单凭我一个人要撑起整家公司根本不可能，所以我得有个值得信任的人帮忙，他可算是我的及时雨。

他当时虽然才二十出头，但很聪明，做事也很勤奋。他来了公司没多久，我就升他做业务主管，把公司里业务这一块全交给他打理。他也没让我失望，公司的业务蒸蒸日上，生意越做越大。后来，公司里的其他事情，有很多我都交给他处理，我不在公司的时候，有什么事都是由他拍板的。在我们共同努力下，公司发展得很好，赚了很多钱。本来一切都很顺利，可是五年前公司出了点问题，这件事就是我们交恶的开始。

当时公司有一批进口的钢材在报税方面出了问题，被海关查到了，我作为公司的法人代表当然不可能置身事外。虽然我为此花了不少钱，可最终还是被抓去关了九个月。其实，被关几个月也不算什么，因为公司有承天打理，我不在也不会倒。所以，当时我只当给自己放假，去作一趟特别的旅游。

在坐牢之前，我一再交代承天替我把公司打理好，我本以为出来的时候，他会把公司的业务发展得更好，帮我赚到更多钱。所以，我一出来没有马上回家，而是第一时间打车到公司看看。

当我走进公司的时候，我就呆住了。在我坐牢之前，公司里有一百多人，可是这时候却只有五六个人无精打采地坐在办公室里，有一搭没一搭地聊天。他们一看见我就马上弹起来，全都冲过来七嘴八舌地跟我说话，我好不容易才听明白他们说的是什么。

原来在我坐牢之后，承天另外开了家公司，把我公司的客户、资源、人才全都掏空了。剩下来的这几个人，因为跟他意见不合，不愿意到他的公司去才留下来等我回来。

那一刻我还真不敢相信自己的耳朵，我最信任的表弟竟然也会出卖我，把我苦心经管的公司完全掏空。然而，这却是铁一般的事实，就算我不相信这些员工也得相信自己的眼睛，偌大的公司里就只有他们几个，原本放满钢材的仓库现在却空无一物。我当时很生气，很愤怒，怒火几乎使我失去了理智。我问清楚承天那家新公司的地址后，就在仓库里找来一根钢管，冲出马路拦住一辆出租车，想到他的公司找他理论。

当时我真的像疯了一样，出租车一到他公司门前，我就拿着钢管冲进去。守门的保安看我来势汹汹，当然就立刻上前把我拦住了。我本想什么也不说，一棍子把他敲下去，可是当我看清楚他的相貌后，发现他不就是我公司的保安小马吗？承天那小子还是不是人，连我公司的保安也给挖走。小马边拦住我，边一个劲地跟我说："薛总，薛总，别冲动，打伤人对你没好处。"

经他这一说，我才稍微冷静下来。他说得没错，不管发生了什么事，我要是打伤人肯定会吃亏，所以我就把钢管扔到一旁，尽量心平气和地跟他说："带我去见戚承天那浑蛋！"

虽然我尽量让自己看起来心平气和，可是我实在是太气愤了，所以把话说出来的还是跟怒吼没什么分别。小马之前是给我打工的，现在虽然已经不再是我的下属，但还是很害怕我，给我这一吼他就变得有点结巴："薛、薛总，你、你别让我难做，行吗？"

以前我叫小马做什么，他马上就会去做，从来不敢多说半句，现在他竟然敢不带我去见承天那浑蛋。我突然觉得自己的威严受到蔑视，怒火又上来了，就冲他怒吼："不就让你带我去见戚承天那卑鄙小人吗？有什么让你难做的！"

就在我差点按捺不住，想要揍小马一顿的时候，承天突然出现在我面前。他在几个下属的陪同下走出来，脸上挂着卑鄙的笑容对我说："噢，表哥你终于出来了，怎么也不先跟我打电话，让我出来迎接你啊！"

"戚承天，你这卑鄙小人，我要跟你拼了！"我边骂着边冲上前，可是却被小马和其他人拦住了。这些人在九个月之前，还是我的下属，平时只会对我点头哈腰，别说拦我，就连大声跟我说话也不敢。

"你看你现在像什么样了，跟个疯子似的，是不是坐牢太久，给坐傻了？我们好歹也是表兄弟一场，要不要我派人送你到医院检查一下？哈哈哈……"他说着就哈哈大笑，我突然间觉得他变得很陌生，虽然我看着他长大，但在这一刻我却觉得他是一个我从不认识的陌生人。

我觉得非常气愤，很想狠狠地揍他一顿，而在跟小马等人的推撞中，我跌倒了，就倒在我带来的钢管旁边。我一时火起就拿起钢管向他冲过去，这时他开始慌张起来，连忙叫小马他们把我抓住。他们人多，我没能冲到他身前，只好胡乱地挥舞着钢管。他怕我打伤他，就对小马他们说："他真的疯了，你们给我好好地教训他一下，别让他砸坏公司里的东西！"

昔日对我阿谀奉承的下属，现在只听他一声令下就对我拳打脚踢，丝毫也不念旧日的恩情，拳拳到肉脚脚要命。他们把我暴打一顿后，承天就让他们把我扔出门外。我被扔到大街上，全身痛得爬不起来，引来了不少路人围观。这些人对着我指指点点，但没有一个愿意扶我一把。良久，终于有人把我扶起来了，我本想跟他说声谢谢，但当我看清楚他的相貌时，却发现他竟然是我的父亲……

其实，我开公司的钱有很大一部分是偷偷拿父母的房产证作抵押，到银行贷款得来的，因为这件事没有跟父母相商过，所以当父亲知道后就跟我闹了一大场。虽然在公司赚了大钱之后，我把贷款都还清了，但我跟父亲的关系一直都不太好。后来，我因为想跟一个他不喜欢的女人结婚，而又跟他闹过，还索性搬到外面住。之后，我们的关系一直都很差，我真没想到他竟然会在这个时候出现在我眼前。

在公司赚钱的时候，我可以说是不可一世，就算对父母也一样。心里想着只要我有钱，我就是皇帝，谁也不能给我脸色看，只有我才能给别人脸色看。那时候父母总跟我说做人要脚踏实地，不要好高骛远之类的话，但我却一句也没听进脑袋里，跟他们的关系也就越来越差了。然而，在我一无所有的时候，在我身边支持我的就只有他们两个……

听完薛楚凡的叙述，我觉得他痛恨戚承天是理所当然的事情，可是他在叙述这段往事时却丝毫没有表现出任何憎恨的神色，他的表情从始至终都是那么平静，仿佛在诉说别人的事情。因此我忍不住问："你恨戚承天吗？"

他的脸色稍微沉了下来，犹豫片刻后又展露笑容："恨，我的确曾经非常恨他，就算是现在我对他也有一点点恨意。不过，我也很感谢他，因为他我才认识到之前的我是多么的令人讨厌。刚才我不是跟你们说，我开公司的钱有部分是偷父母的房产证贷款得到的，而另外的部分则是从亲友手上半哄半骗得来的，所以我开办公司之后几乎是众叛亲离。承天跟那时的我几乎一模一样，为了钱不择手段，甚至不惜向最亲的人下手。被他把公司骗走之后，我才明白钱其实并不重要，亲情才是最可贵的。”

蓁蓁突然睁大双眼看着他，疑惑问道：“既然你知道亲情是最可贵的，那你为什么不管父母，跑到这里当道士呢？”

他笑眯眯地看着蓁蓁：“你这么问，是因为你对学道不了解而已，其实上山学道并不见得就要跟家人断绝关系。有道是‘一屋不扫何以扫天下’，为人子女当然得先安顿好父母，才做自己想做的事。我的公司虽然被承天骗走了，但总算还有些钱剩下来，我的父亲不是喜欢挥霍的人，这些钱已足够他们安享晚年了。而我虽然在里学道，但每隔一段时间就会回家探望父母，以尽孝道。所以，学道跟孝顺父母并没有任何冲突。”

虽然薛楚凡跟戚承天曾经有着深仇大恨，但现在看来，他似乎并不怎么憎恨对方，如果说他是凶手，我个人觉得可能性不大。而且他还长居深山，能加害对方的就只有我想象中的诅咒，这就更难让人信服了。不过，不管怎么说他也有嫌疑，所以我有必要询问一下清莲观里的其他人，以进一步了解他的情况。

我提出要见他的师父，可他却脸露难色：“刚才我已经跟你们说过了，师父只有在初一和十五才会接待善信，而今天可是十六，我得先请示一下师父才行。”他把我们带到道观的大殿里，让我们在这儿稍等片刻，然后就独自走进了内堂。

清莲观的大殿其实一点也不大，就只有百来平方，装饰也很简朴，或者说根本没有任何装饰。墙壁是裸露的青砖墙，地板是简朴的石砖地板，大殿中央有一个半人高的台阶，上面放有三尊约两米高的神像。每个神像前都有一张陈旧的四方桌，桌上放有香炉、油灯及水果之类的供品。我仔细观察了一下，发现这里竟然没电灯，甚至连电线也没有。印象中薛楚凡的房间也没任何电器，而且他给我洗去血迹的水是从水井里打上来的，敢情这里根本不通水电。

大殿里有一个五十来岁的男人正在打扫，他虽然稍微年长，但相貌却依然非常俊朗，给人风度翩翩的感觉，跟他身上所穿着的简朴衣服有点格格不入。我向他问好并表明来意，他很有礼貌地放下手头的工作，向我们点了下头：“您们好，我叫忘情……”

在等待薛楚凡向他师父通传的时候，我跟忘情聊了一会儿，他告诉我他本来是个多情种，曾经试过同时跟七个女生交往：“自古多情空余恨，此恨绵绵无绝期……我虽然多情，但并非负心汉，我对每一段感情都非常认真。我不想伤害每一个爱过我的人，但我没想到原来这才是对她们最大的伤害……”他说十多年前，他还年经的时候，有两个姑娘为了他争风吃醋。后来，其中一个一时钻牛角尖，就打算一拍两散，用剪刀伤了他的下体……

他长叹了一口气，很平静地对我们笑道："被她伤了之后，我一下子就清醒过来了，并从中得到了解脱，后来就到这里学道了。"随后，我向他询问有关薛楚凡的事情，他很乐意告诉我们——

忘恨第一次来的时候已经是很多年前的事了，应该有十年了吧，那次他是来找师父问命途的。他的运气不错，那天好像是初一还是十五，反正那天师父愿意会客，就请他进内堂给他看相。因为师父每次都是在内堂里单独与香客交流，所以我并不知道他们的谈话内容，只是记得那次他是忧心忡忡地到来，喜笑颜开地离开。

之后有好几年我也没见过他了，四五年前吧，他第二次来到这里，不过这次他是怒气冲天地闯进来。那时我还真让他吓到了，他一副要寻仇的模样，一冲进来就大叫师父的名字，还把祭台上的东西全都扔到地上，差点把我也打了。

后来，师父听见吵闹声就从内堂出来，问他到底是怎么一回事，他说师父看相不准，说他的公司被他表弟骗走了。师父当时没有急于反驳，而是仔细观察他的面相，片刻之后就跟他说："我说得哪有不准，我不说你三十岁之前会有风浪吗？现在风浪不就来了！"

他听见师父这么说才稍微平静下来，之后师父就请他进内堂详谈。他们出来的时候，师父就跟我说他成了我的师弟了。他天资聪敏，虽然学道的时日比我短，但经过这些年的修行，他对道学的理解可在我之上……

按照忘情这么说，薛楚凡，也就是现在的忘恨，是在公司被戚承天骗走之后就来了这学道。那么有他师父点化，他应该就不会再记恨戚承天，"忘恨"这个道号大概就是因此而起的吧！

然而，正当我以为戚承天离奇死亡一案应该与薛楚凡无关之时，忘情却向我们笑着说："说起来，我这个师弟还真有趣。他刚来的时候，其实并不是全心为了学道，而是想学些诅咒之类的旁门左道来向他表弟报复。那时候，他还经常缠着我，要我教他呢。"

第七章　君子报仇

在清莲观找到了薛楚凡，看他一副与世无争的样子，实在难以想象他会是杀害戚承天的凶手。然而，当我向他师兄忘情了解情况时，忘情却说他初来学道时，竟然是一心想学些诅咒之类的旁门左道。

“道教真的有把人害死的诅咒吗？”蓁蓁脸上稍露惶恐之色。

“有，肯定有。道家的哲学包含了世间万物的原理，只要仔细琢磨，别说把他人害死，就算让你爱上我这个糟老头也是很容易的事情……”忘情神神道道地说着，当看见蓁蓁越来越惊惶，就开怀大笑，“哈哈哈……其实，道教算得上是中国古代科学的基础，中国古代的天文、历法等科学都是源于道教的理论。就像现代的科学一样，道教的理论能用在造福人类的方面，但也有可能危害人类，关键是看学道者是否心术正而已。”

“那么说，道家的确有害人的法术？”这是我最关心的问题。

“法术啊……”忘情笑了笑才回答，“我觉得你这个词语用得不太合适。道教的智慧其实并非如世人所想那样，学道之人也不是只会追求长生不老那种不切实际的事情，又或者只会做些驱使鬼神之类的怪力乱神之事。当然，我也得承认，的确是有这种人，但他们只是极少数，并不能代表所有道友。”

“那道教的智慧中到底是有，还是没有害人的……方法？”我一时还真想不到有什么词语能代替我想说的“法术”，不过也没什么关系，忘情应该能明白我的意思。

忘情笑着往殿外走，并扬手示意我们跟上。当我们跟他走到道观外的小广场时，他就指着山腰的山林跟我们说：“你们上山的时候应该吃了不少苦头吧，是不是觉得这片山林像被人施了‘法术’？”

我稍微尴尬地笑了笑：“嗯，的确有过这种想法，不过忘恨已经跟我们解释过了。”

他又引领我们返回大殿，并边走边说：“风水是道家智慧的一种具体表现，世人不明白内里蕴涵的智慧,以为是子虚乌有的事情。其实风水也是一门科学，用现在的话来说，就是建筑学。譬如在庭院里建个水池，江湖术士可能会说是为了挡煞招财。但如果你问我，我会告诉你，水池能使空气湿润，使吹进屋子里的风不会太干燥，如此在屋子里住的人就会住得比较舒适。人住得舒适，身体就会好，办事也有干劲，自然就事事顺意。从这个角度看，一个小小的水池能起的作用并不少，甚至能影响到人的运情，这就是‘风水’！”

听似玄妙的风水术数，在忘情的简单易懂的解说下瞬间脱下了神秘的面纱，其本质原来是一门博大精深的建筑学。世人之所以觉得风水不可信，我想大概跟相学等其他道家智慧一样，都是被对此一知半解的江湖骗子骗多了。

忘情为我们解释完风水之后，就反问我一句：“你现在觉得道家智慧中有害人的‘法术’吗？”

“有！”我先给他肯定的回答，随后再作解释，“道家的智慧既然是古代科学的基础，那么自然能衍生出各种各样的具体应用方法。但是凡事皆有两面，就像山腰那片山林，虽然在应用了道家的智慧后，上山十分困难，不过对山林的生物来说，山林茂盛了，它们的生存环境就得到了改善。所以，在道家的智慧中既有造福人类的一面，相应也有危害人类的一面。”

“孺子可教，哈哈哈……”忘情仰天大笑，拍了拍我的肩膀又说，“你慧根匪浅，要是学道的话，他日必定会成大器，要不要我帮你引荐一下，在家学道也是可以的！”

“我恐怕不能静下心来学道。”我笑着推辞，随即就严肃道，“现在我想请你认真回答我一次，道家到底是不是有害人的法术？”

“有，就如你所说的那样，道家的确有专门用来害人的道术。”他也很认真地回答我，不过随即就换上一张笑脸，“不过，我不会这种道术，也没想过要学。”

忘情会不会害人的道术，对我来说并不重要，重要的是薛楚凡是否会这种道术？然而，正当我想继续向忘情询问有关薛楚凡的事情，以推测他是否真的会害人的道术时，他就从内堂走出来了。

薛楚凡礼貌地对我们说：“师父说想见你们，这边请……”说着就示意我们进入内堂。

他们没有跟我们一起进入内堂的意思，我们只好自行进入。他们好像对内堂十分敬畏，害我还以为内堂里别有洞天，但实际上这里跟道观的其他地方一样，都是那么简朴，甚至可以说是简陋。整个内堂就四十来平方，除了一个应该有点历史的木制书架外，我就没看见其他家具。书架上放满了书，仔细一看发现全是线装书，应该是有些年头的古书。不过，这些书似乎都保存得很完整，而且整个书架都一尘不染。我想应该是经常有人拿书架上的书看，但又看得非常小心，所以才会这样。

在裸露的青砖墙上挂了整个内堂唯一的装饰——一幅字画。然而，这幅字画就跟道观一样，都是那么简朴，全幅字画之内就只写了一个稍显笨拙的“简”字。在字画之下，有一个道骨仙风的老人盘坐在蒲团上，神态自若地向我们招了下手。他应该就是清莲观的观主无尘真人。

无尘真人身前有两个蒲团，他示意我们坐在蒲团上。我刚坐下还没开口，他就往头顶一指，并问我：“你是不是觉得这字画很奇怪？”

我的确是觉得这幅字画很奇怪，因为一般人只会在静修室里挂上“道”、“禅”、“静”之类的字画，“简”我还真是第一次见。不过，更让我觉得奇怪的是，他为何会知道我心里想什么？

然而，我还没道出心中疑问，他就已经给我作答：“观人于微，而知其著。一个人心中想什么，举手投足间皆有迹可循，只要细心观察自有收获。”

“这就是道家的智慧？”虽然初次见面，但我已经觉得这位无尘真人深不可测。

“是生活的智慧。”他淡然回答，随之又道，“智慧本源于生活，无教派之分，所谓的派别只开启智慧的不同方法。殊途同归，最终目的都是让世人达到智慧的巅峰。”听他这一说，我似乎略有顿悟。不管是佛教还是道教，其真正意义都不是教世人烧香拜佛，而是开启智慧的一种教育方式，只是现在早已被世人扭曲其真正的意义。

我深思片刻后，虽然想明白他话里的意思，但对于这个“简”字还是始终也没能想明白，于是便问道：“请恕晚生愚钝，并不明白这幅字画的含义。”

他缓缓作答：“简，道之根。易，经之本。道，事物之行径。经，事物之步法。无简之道则曲，无易之经则荒。简生道，道法于自然，失道无恒，循道而长。”

他的解释可不是一般的深奥，我想了好一会儿也没明白是什么意思。不过笼统而言，我想他的意思是，“简”是道的基础，但“简”是什么意思，我可想不明白。当然我也没必要明白，因为要明白当中的道理可不是一朝一夕的事情。所以，我还是先问我最想知道的事情：“忘恨是个怎样的人？”

“来找我不问自身而问别人的，你还是第一个……”他闭目片刻，似乎是在回忆旧日往事，睁开双目之时便准备向我们叙述有关薛楚凡的事情。但在此之前，他先作了一番自我介绍——

我是清莲观的第七代观主，道号无尘。

本观位处偏僻，环境幽静，是个适合静修的好地方。可就是因为过于偏僻了，所以平时根本没有香客前来参拜。没有人来，道观就自然没有收入，别说给三清师祖供奉祭品，就连我们的日常生活也成问题。因此，本观自第一代观主玄鹤真人开始，历代观主都会利用自身所学，外出为世人看相或看风水，以此赚取道观的开支。因为本观历代观主皆为真才实学之士，所以本观也日渐声名远播，不少人甚至不惜远渡而来求教。

我想你们能到达本观，必定也吃了不少苦头。正因为上山路途艰辛，能到达本观的人大多都是诚心求教，所以玄鹤真人当年定下规条："凡亲自上山者，不论所求何事，都要尽量为其解决，且不收分文。"

师祖定这条规条本是为帮助更多有需要的人，可是随着时间的推移，到我接任观主之时，每天都有好几个人上山求教，严重影响我们的静修。因此，我只好再定规条，只有初一、十五才接见上山的来客。这条规条可让不少人吃了闭门羹，本观也因此而名声大减，不过也没有关系，反正诚心求教的人也不在乎多走一趟，而我们也能静心修行。

虽然在我接任观主之后，本观的名声大不如前，但也不至于无人知晓，总有人能通过各种渠道获悉本观的存在，忘恨就是其中一个。他第一次来的时候是问事业的，我给他看了掌相和面相，发觉他慧根匪浅，是个聪明人，他日必定大富大贵。可惜，他这人心浮气躁，且急于求成，年轻时必定会经历不少挫折。因此，我一再告诫他行事莫过于急进，并送了一些经书给他看。没想到，我这么做竟然害了他……

我给他的都是些道家入门的典籍，如果他是用心参详必定大有所获。后来，他的确是有用心研究过这些经书，可惜他却急于求成，把从这些正道经书中得来的道理，用到旁门左道上。其实，道家的智慧本无正邪之分，关键只在于学道者是否心存正念，若一念之差很容易就会落得魔障，从而走上歪途。忘恨就是因为急于求成，把正道之术用于邪道，最终害苦了自己。

他第二次来的时候，我一看见他就知道不妙了，因为我一眼就看出他的福泽已经完全耗尽了。人的一生，祸福自有定数，所谓趋吉避凶之法，只是改变祸福降临的时日而已。命中注定之事，是不可能依靠一些旁门左道之术改变的，而且强行改变祸福到来的时日，必须付出相应的代价。如推迟祸劫的到来，只会让祸劫来得更加凶猛；而提前透支将来之福泽，只能得到福泽的一半。要想真正改变命运，只能依靠积德行善，除此之外别无他法。

在正常情况下，一个年轻人是不可能把自己一生的福泽完全耗尽的，于是我就问他是不是利用风水之类的方法催运。他说自己刚开公司时，生意不太好，而且很多事情都不顺利，于是就用从我给他的经书中参悟到的智慧为自己开运，希望公司能起死回生。本来他只不过是死马当活马医，碰碰运气，没想到他的生意果然就因此而好起来，之后一直顺风顺水，直到他出事之前都是这样。

当时我就告诉他，他这样做并不是给自己开运，而是把自己的运气透支。当这辈子的运气都透支完了，恶孽自然就接踵而来。然而，他却没能把我的话听进去，只是不停地要求我教他害人的道术，让他向骗走他公司的表弟报仇。我看他正气在心头，只好假意答应他，让他留下来学道，以便能教化他，替他化解心中的戾气。

这些年来，他都很用心学道，虽然开始的时候是为了报仇雪恨，但后来渐渐就明白了冤冤相报何时了的道理，不再为仇恨所困扰，专心学道静修……

听完无尘的叙述后，我发现了一个极其重要的问题，就是薛楚凡曾经自己研究过经书，并从中参悟出开运的方法。于是，我马上就问："忘恨在无须别人指点的情况下，就能自己参悟出道家的智慧？"

无尘闻言先是一愣，随即轻声叹息淡然道："忘恨这一劫注定是避不过的。我要说的话已经说完了，你们去做该做的事吧！"说罢就轻轻扬手示意我们离开。

正所谓"君子报仇十年未晚"，薛楚凡这些年虽然潜心学道，一副与世无争的模样，但难保他不是为了研究害人的道术才这么做，戚承天的死亡很可能与他有着莫大的关联。因此，当我们返回大殿时，我第一件要做的事就是为他铐上手铐，并对他说："你已经被捕了，我怀疑你杀害了戚承天！"

第八章　容颜不老

虽然薛楚凡这几年一直在清莲观里静修，过着与世无争的生活，但君子报仇十年未晚，他很可能只是为报仇而潜心研究道学。因此，我将他逮捕并带回局里拘留。我本以为他会因为被捕而表现得十分惊慌，但实际上他只是在我为他戴上手铐那一时刻稍微感到愕然，随后便处之泰然，仿佛知道自己不会有事一样。或许，他的想法是对的，他真的不会有事，因为我根本找不到能让他认罪的证据……

“你想把他关到什么时候？”老大板着脸问我。虽然我知道他是装模作样吓唬我，不过还是觉得有点压力。把薛楚凡带回来已经两天了，我盘问了他好几次，但他始终也不肯承认自己使用道术加害戚承天。

我现在可是一个头三个大，而老大这时候却似乎还想让我的头更大一点，我只好无奈提出建议：“我能肯定是他用道术害死戚承天的，反正我们能不走法院的审讯程序，干脆直接定他的罪就行了！”

“不走法院的审讯程序可以，但证据呢？”老大那双狐狸般的小眼睛，陷在贱肉丛生的大脸上滴溜溜地转动，“现在根本没有能直接证明他是凶手的证据，给他定罪别说厅长不会答应，我也不会答应。”

“那该怎么办？”我无力问道。

“你面前只有两条路可以选择，要么继续去调查，直到找到关键性证据为止；要么收拾私人物品……”老大突然瞪着我大吼，“下岗待业！”

被老大轰出来后，我就认真思考接下来该如何调查。继续把薛楚凡收押肯定不行，一来我们没有证据能让他认罪，二来继续把他收押也不见得能使案情有任何进展。既然继续收押不是个好办法，那么就只能放他走了。当然，我不会真的只是放他离开这么简单。

薛楚凡离开后，我就让雪晴跟踪他，希望能从他的行踪中得到线索。或许，我的决定是正确的，当晚深夜雪晴就打来电话，告诉我他这一天的行踪——

他离开刑侦局后就回到父母家中，直到傍晚之前也没有出门。十八点三十三分，有一辆银色的本田雅阁开到他家门前，一个穿着得体的中年男人下了车，并掏出手机拨打：“忘恨大师，是我，高哲。我已经到了，你出来吧！”

这个叫高哲的男人挂线后，没过多久薛楚凡就从家中出来。高哲一看见他就连忙上前跟他握手，并大师前大师后地称呼他，还为他打开车门让他上车，对他非常尊敬。他们上车后就到了附近一家饭店吃晚饭，其间他们聊了很多事情，当中主要是一些有关风水运程的话题。直到他们快吃完饭的时候，高哲突然说：“是了，大师，你表弟的事情，你应该知道吧？”

“嗯，我知道，其实我这次就是因为这事回来的……”薛楚凡笑着告诉对方，自己是因为受到警方怀疑，而被抓回来的。

高哲愤愤不平地说："有没有搞错？大陆的公安这样做事也行，什么证据也没有就把你关了两天。要是在香港，我非得替你投诉他们不可！"

"他们也只是恪尽职守而已，没有必要与他们为难。若不是他们请我回来，我也不知道什么时候才能再跟你见面，这也算是一种缘分。"薛楚凡脸上的表情很自然，仿佛完全不在乎自己被收押的事情。

"那也是，来，我们喝一杯！"高哲说着就向对方举杯。

"酒虽好，但多喝伤身，我们就随量浅酌吧！"薛楚凡举杯喝了一小口。

高哲把杯中的白酒一饮而尽，随即笑道："我可没你这修为，我一高兴就得多喝两杯。"说着就给自己的酒杯添满，又道："承天那小子死了，你应该很高兴吧？毕竟是他把你的公司骗走的。"

"人都已经离开了，又何必记挂这些陈年往事呢？人总得往前看。"薛楚凡说这话时，脸上虽然依旧挂着笑容，但却略显牵强。

"那也是，我们再喝！"高哲再次举杯。

之后他们还聊了很久，但他们所说的话题似乎与本案没有关联，直到饭店打烊，高哲才送薛楚凡回家……

听完雪晴的叙述，我突然有"山穷水尽疑无路，柳暗花明又一村"的感觉，这个叫高哲的男人应该知道薛楚凡不少事情，或许我们能从他身上找到突破口。于是，我便问雪晴是否知道他的底细。

"我已经调查过他的身份，他是个香港商人，在内地做钢材进出口贸易生意。我已经查到他公司的地址。"雪晴以她一贯冷漠的语气回答。

她的办事效率还真不是一般的高，现在可好了，明天一早就到这个香港人的老窝找他，死活也要从他口中挖出些线索来。

翌日一大早，我就和蓁蓁来到高哲的公司，向他的秘书表明身份后就直接走进他的办公室找他。"两位有什么事吗？"高哲对我们未经秘书通传就闯进来，似乎感到十分愕然，但当我们表明身份后，他就示意正在拦阻我们的秘书先出去。

"你们应该是为了忘恨大师的事情来找我的吧，我听他说，你们怀疑他杀了他表弟。"我们尚未开口，他就已经知道了我们的来意。

"没错，既然你已经知道我们的来意了，那我也不想再多费唇舌，希望你能配合警方的工作。"他似乎没有请我们坐下的意思，不过我可不想站着听他说话，自行拉开办公桌前的椅子，坐在他对面。

“虽然我有配合你们的义务，但我没有这个责任。责任和义务的区别，你们应该知道吧？”他露出一副轻蔑的模样，似乎并不想配合我们的调查。

从雪晴昨晚告诉我的情况得知，他似乎对警方稍有偏见，这种香港人最麻烦,总以为内地的警察都是坏人。虽然我不否认公安系统内的确存在害群之马，但我并不是其中一员。看来我得想个法办让他开口。

我稍微思索片刻便道：“嗯，你不想合作也可以，那是你的自由，不过我们必须做好自己的工作。非常时期必须用非常手段，希望你能理解……”我说着就站起来，装作准备离开，并给他递上名片，“要是税务和海关的伙计天天来找你麻烦，让你连生意也做不了，你可以找我。或许，我能帮上忙。”说罢就对他狡黠一笑，然后挥手示意蓁蓁跟我离开。

我说这话，已经是明显的露骨的威胁了，像他这种香港人最害怕的就是跟政府部门打交道，要是让税务局和海关的伙计天天来溜达，恐怕早晚会把他逼疯。果然，我们还没走出他的办公室，他就叫住我们，而且这次的态度明显比刚才友善得多：“你们先别急着离开，有话可以慢慢说。”

既然能抓住他的痛脚，那我也没必要跟他客气了，直接问道：“我要知道你跟薛楚凡，也就是忘恨，到底是什么关系？你们是怎样认识的，你们以及戚承天之间发生过什么事情。希望你能详细告诉我们，要不然……”我故意不说下去，但他当然不会不知道我想说什么。

“说到跟忘恨大师认识，这得从十多年前说起……”他点了根烟，缓缓向我们诉说他与薛楚凡之间的事情——

我跟忘恨大师认识的时候，他还没上山学道，也没开公司做老板。当时他是在一家钢材公司里跑业务的，跟我有生意上的来往，我们就是因此而认识的。他做事很有冲劲，办事能力也很强，所以我对他的印象很深。

后来，他辞掉工作自己出来开公司，也有跟我联系过业务。不过，做钢材这一行是需要大量资金的，没有雄厚的实力根本做不来，而他当时只是个黄毛小子，我可不放心跟他做生意。老实说，我当时觉得他的公司肯定很快就会倒闭，所以才没敢跟他做生意。

果然，我想得没错，他的公司开业不久就出现了困难。我本以为他的公司肯定不能熬过这一关，可是没想到他竟然能熬过，而且生意还越做越大。我们做生意的，当然是哪里有钱赚往哪里钻，他的生意做大了，而且价钱又合适，所以后来我就主动跟他联系业务了。

跟他做生意一段时日后，有一次我向他问起他刚开公司那段困难时期是怎样熬过来的。我本以为他是有贵人相助，给他的公司注资，然而事实并不是这么一回事。虽然他的确是得到贵人相助，但帮助他的并非那些富豪名流，而是一位隐世高人。这人就是他现在的师父无尘真人。

他跟我说，无尘真人给了他几本经书，他就是利用从这几本经书中参悟到的道理，给自己摆了个催运的风水阵。他本来对这个风水也不抱多大期望，只是在无计可施之下才想碰碰运气，没想到摆了风水阵之后没多久，他公司的生意就有了起色，之后还事事顺利。我们这些香港人最相信风水这玩意，知道他的风水术这么厉害之后，当然就想让他帮我摆个风水阵，让我也赚大钱，所以就有意讨好他。

可能他还记恨我当初没有帮他一把，在他刚开公司的时候没有给他订单，所以他对我的要求总是推搪了事。后来，我进了一批优质钢材，这批钢材在当时来说是非常抢手的，转一下手起码能赚两三百万。他知道后就给我开出条件，要我把钢材卖给他，而且他给我的价钱非常低，虽然不能说没钱赚，但相对于市价而言几乎是跳楼价。我不是傻子，当然不肯这么便宜卖给他，我可不想风水阵还没摆就先掉块肉。

本来事已至此，这事已经没什么好谈的了，可是我有一天到他公司找他时，发现他身边有一个女人很眼熟，仔细一想好像是香港一家夜总会里的王牌小姐。我记得那个小姐在几年前，不知道因为什么事被新义安的人追杀，后来就不知所终了。

虽然我上一次见她已经是好几年前的事，但她实在是太漂亮了，所以我的印象很深，一眼就能认出她。她之前是新义安一位老大的情妇，虽然不是卖艺不卖身，但想上她并不是一件容易的事情，不知道有多少财大气粗的公子哥儿排着队带她出钟。我虽然也算有点钱，但跟那些公子哥儿相比，就跟穷光蛋没两样，所以一直也没能跟她上床。男人就是这样，越是得不到的就越想得到，于是我就私下跟忘恨说……当时他还叫楚凡。我跟他说，如果他让这小姐跟我上床，那批钢材就按照他说的价钱给他。

这批钢材如果我按照市价给他，他也能赚两三百万，按他的价钱就至少能赚五百万。五百万啊，多少人一辈子也赚不到这么多钱，我本以为他一定会立刻答应，不就是开口叫一个妓女让我嫖一晚吗，只要开个口五百万就到手了，多容易的事情啊！可是，他给我的回复却是狠狠地打了我一拳，冲我怒吼："她不是妓女，她是我的女人！”当时，我还真怀疑他是不是疯掉了，竟然为了一只鸡而不要送到他面前的五百万。

我们因为这件事闹翻了，之后没过多久，他的公司就出了问题，他被海关的人抓了，要关几个月。我当时还笑他活该，并且庆幸没把钢材卖他，不然能不能收到钱也不好说。而且，他那些风水术似乎也只是半桶水，连自己也保不住，让他给我摆风水阵说不定还会害死我。

就在他被关的第二天，他的表弟承天就来找我。我之前也跟承天谈过业务，能算得上是半个熟人，我想他应该是为了表哥被抓的事情来找我帮忙，可是实际上他是来找我谈生意的。原来他自己开了一家公司，想买我那批钢材。

他一说明来意，我就忍不住放声大笑，奚落地问他：“你有钱吗？”要买我这批钢材，可不是随便那家小公司能做得到的，不管怎么看他也拿不出这么多资金出来。

实际上，他的确没这么多钱，他甚至连总价的十分之一也拿不出，所以他根本不是来买货，而是来借货。我跟他只不过是生意上有来往而已，连朋友也说不上，要是他跟我借一千几百元，我还会碍于面子借给他。但说到要跟我借货，简直就是异想天开。

我奚落了他几句就想打发他走，可是面对我的奚落，他竟然毫不在意，还露出一副稳操胜券的笑容：“如果我能把楚凡的女人送你玩一个月，那你是不是会重新考虑？”

“你有办法？”我急不可耐地问他。

“今晚有时间的话，就一起吃顿饭，她也会来。”他说完就走了，我一下子从主动变成了被动。

承天没有骗我，当晚真的把那小姐带来了，虽然那小姐有点不高兴，但还是跟我上了床。当然我也兑现了诺言，只收了一点定金就把钢材交给了承天开的新公司销售。他因此而赚了不少钱，公司顺利度过了开始时的困难时期，而我也终于能上到一直梦寐以求的女人。

她还真不错，不论是相貌、身材还是技术。跟她在一起的那个月，我几乎天天要喝鹿鞭汤，开始那几天还一连做三四次，不分日夜也不分地方，反正一回到家就跟她做，把身体都做坏了，之后调理了很久才好起来。真想不明白承天这小子把她留在身边这么多年，怎么没被她榨干。

不过，有件事还真奇怪，她好像不会老似的，这么多年来，她的样子也没怎么变过。我记得第一次见她的时候，她就是现在这样子，算起来那时到现在应该有十五年了……

听到高哲说到此处，我突然发现了一个问题："你说的小姐就是百合？"

他点了下头："嗯，她现在是叫百合，不过我还记得十五年前她在香港时是叫糖糖的。"

"十五年前她就已经开始做妓女？那她现在到底有多少岁了！"我觉得十分不可思议，前几天我才跟阮静见过面，她明明是只有十八岁左右，就算是长得比较年轻，充其量也就二十出头，怎么可能在十五年前就已经是香港夜总会的王牌呢？

"你很惊讶吧！"高哲对我笑了笑，"我也觉得很奇怪，她似乎真的不会老，开始时我还以为她像某些明星那样，经常打羊胎素来使自己看起来年轻点，可是后来承天告诉我，她根本没打过。而且她还不像其他女人那样，经常要做面膜抹护肤品，她甚至连化妆都不需要，什么时候看见她都是那么漂亮，要不然她跟我那个月里，我也不会时时刻刻都想跟她做。不像有些女人，不化妆的时候根本不能见人。"

"你知道她为什么会被黑道追杀吗？"新义安是香港有名的三合会，也就是黑社会，虽然香港的情况我不算十分了解，但身为一名警察，这点事我还是知道的。

他摇了下头："这个我就不太清楚了，应该和她跟那个大佬有关吧，听说那个大佬莫名其妙地死了，可能是被她杀死的。不过，我只是道听途说，实际情况并不清楚。而且像她这么柔弱的女人，别说杀人，杀鸡也不知道行不行。"

或许，我应该再调查一下阮静，毕竟戚承天死前是跟她在一起的，而且她的背景如此复杂且不可思议，更在十五年前牵涉另一宗命案。不过在此之前，我还是想先听高哲讲完他跟薛楚凡之间的事情，于是就问他跟薛楚凡反目之后，又是怎样再次成为朋友的。

"其实我们言归于好只是去年的事情……"他又点了根烟，缓缓地向我们叙述他与薛楚凡言归于好的经过。

第九章　风花雪月

从高哲的叙述中，我发现了阮静的背景原来极不平凡，更在十五年前牵涉另一宗命案，因此有必要再次调查她。但是在此之前，我想先了解清楚高哲跟薛楚凡之间的事情，他又点了根烟，缓缓向我们叙述与薛楚凡言归于好的经过——

金融海啸从去年开始席卷全球，我的公司当然不可能独善其身，生意受到很大影响，几乎做不下去。我可不想苦心经营了十几年的公司就这么倒闭，但大环境是这样，我也很无奈。刚才我跟你们说了，我们香港人最相信的就是风水，我想也许请个风水大师来摆个风水阵，说不定会对公司的生意有帮助。

大师我是请来了好几个，钱也没少花，可是一点效果也没有。我想我的公司肯定是熬不过这一关了，已经做好很快就要关门的心理准备。不过，虽然是这么说，但我心里还是很不甘心，总想找个办法让公司挺过去。就在这个时候，我打听到五莲山上有座清莲观，那里的观主精通风水术数，是个隐世高人，说不定能帮得到我。于是，我就立刻去五莲山找他。

你们能找到忘恨大师，应该也知道上五莲山有多困难吧！要是平时我恐怕早就打退堂鼓了，不过当时我可是火烧眉毛，不想吃苦也得吃苦，咬紧牙关终于走到山顶找到了清莲观。

我找到清莲观之后，才知道观主原来只有初一和十五才会接见上山的人，而我上山那天既不是初一，也不是十五。不过，我这趟也没白走，因为我在道观里碰见了楚凡，也就是忘恨大师。

再次见到他时，他跟之前可说是判若两人，举止谈吐比以前少了一份轻狂，多了一份儒雅。而且，他对我们之前的过节一点也没有在意，在知道我的困难后，更主动提出帮忙。

老实说，我对他在风水上的修为可不太放心，因为他的公司早就被承天骗走了，他连自己的公司也没能保住，我又怎能相信他能帮得到我呢？不过，他怎么说也曾经让自己的公司起死回生，这一点我是亲眼目睹的，而且当时我实在是没有别的办法，只好相信他一次了。

本来，我只是在无计可施的情况下才硬着头皮相信他，没想到他还真行。他给我公司摆了个风水阵后，公司的员工做起事来都特别有精神，生意渐渐就有好转了。不过，生意虽然比之前好了一些，但还是马马虎虎，只能勉强维持开支，根本赚不了多少钱。所以，我又找他，问他是不是有什么地方做漏了。

他当时笑着问我："你是不是打算下半辈子像我这样，在道观里学道？"我不知道他为何会问我这个莫名其妙的问题，不过还是跟他说，我只对风水感兴趣，要我长期在山里静修，我可吃不了这个苦。他听后又笑着跟我说："你不想吃苦，就别太贪心，现在这样不就很好吗？"

他随后给我解释，人一生的祸福是有定数的，要为自己添福只能依靠积德行善，相反纵欲行恶则会给自己招来祸劫。风水的作用并非像世人所想的那样趋吉避凶，而只不过是改变福祸到来的时间。命中注定的祸劫早晚都要来，用风水来推迟祸劫的到来，那么祸劫会来得更凶更猛。而用风水将福泽提前招来，则会削薄自身一生的运势，他就是因为之前将自己一生的运气都透支耗尽，所以现在才会在道观里静修，并多行善举为自己修德积福。

他帮忙摆的是个比较温和的风水阵，虽然会透支我将来的运气，但只是透支很少的一部分，不会对我一生的运情有太大的影响。这样我就既能熬过现在的难关，但又不至于会落得一个落魄的晚年。

他还给了我一本名叫《〈了凡四训〉益西彭措堪布讲解》的书，并跟我谈及关于命运的道理："你命中福德浅薄，改风水只能帮你一时，帮不了一世。而且，要是你现在就把福德享尽，那么下半辈子就得挨穷，到时候风水也起不到作用。为什么叫《周易》，何谓易，易就是变。改风水，改运程，改命都是变。但改命才是根本，命中无福，风水和运程也没用。

"所谓福人居福地，福地福人居，就是这个道理。就算是风水不好的地方，只要让有福德的人住上一段时日，风水自然会好转。因为风水的根本是在于人，纵欲行恶的人就算是住在风水宝地，也只会得一时顺境，待其一生运气耗尽，厄运自会降临，到时候宝地也会渐渐变成凶地。"

我听他这么说似乎很有道理，很多大奸大恶的人有的是钱，肯定有请风水大师给自己看风水，但他们大多都只是年轻时有过一时风光，后来要么就是壮年死于非命，要么就是晚年不得善终。于是，我就问他如何才能改命。

他笑眯眯地回答我："《太上感应篇》中有云：吉人，语善、视善、行善，一日有三善，三年天必降之福；凶人，语恶、视恶、行恶，一日有三恶，三年天必降之祸，胡不勉而行之！只要你以后不做坏事，并且忏悔之前所做的恶行，还要多做好事，当然最重要的是坚持一直都这样做，你的命自然就会慢慢地好起来。"

听他这么说，我就想起很多有钱人都乐于做善事，或许他们就是如他所说，为了给自己积德才这么做。我觉得他说得有一定道理，回家看过他给的书后，就更加相信他的话了。之后，我就经常做善事，不论是大善事还是小善事我都会做。但凡有什么要捐款的，我一定会捐，每个周末我回香港的时间，也一定会去买旗。看见有需要帮忙的人，也一定会伸出援手。而且，我现在已经很少去夜总会之类的地方，只有在应酬一些大客户时才会偶尔去一趟，以前我可是夜总会的常客。

（"卖旗"是香港慈善机构民间筹款的一种方式，每次"买旗"最低金额为一元港币，最高金额不设上限，不过通常不会有人一次捐款超过千元，一般为十元至百元之间。当捐款者把钱放进义工的筹款箱里，义工就会撕一张小贴纸贴在捐款者的衣领或胸前，这就是所谓的"旗"。每张"旗"上都印有慈善机构的名字，而进行这种募捐活动是必须通过香港政府的批准的，否则将会被视为非法募捐，并构成犯罪。）

我按照他所说的方法去做，生意果然就渐渐好起来了。虽然比金融海啸之前还差一大截，但在现在这种市道下，已经算很不错了。而且，我觉得现在的日子过得比以前舒服多了，以前我的员工都很怕我，现在我跟他们就像朋友一样……

听完高哲的叙述，我心里觉得很矛盾，从他的话中我得到两个十分重要的信息：一是薛楚凡精通风水术数，以此推测他有可能运用某些我们不能理解的方法来加害戚承天；二是薛楚凡自言自己一生的运气已经提前耗尽，为了给自己积德才在道观里静修，并且乐于帮助曾跟他有过节的高哲。同时，他亦深知行恶会为自己带来厄运，应该不会做伤天害理的事情，甚至谨言慎行，连骂人的话也不会说。那他又怎么可能会害死自己的表弟呢？或许，我该再找他谈谈，最起码我得了解一下，他跟阮静到底是怎么样的关系。

从高哲口中得知，薛楚凡打算留在家里陪伴父母几天，暂时不会回清莲观，所以我跟蓁蓁立刻就赶往他家。途中我给一个平时很少联系的朋友打了个电话："您好，菲利普小姐，今晚能赏脸跟我吃顿饭吗？"

"真让人感到意外啊！慕先生竟然会主动约会我，要是现在能收到你送来的鲜花，我会觉得更高兴。"听筒中传来潘多拉·菲利普那标准得能媲美央视新闻报道员的流利国语。

“那可能会让你感到失望了，我只有在前女友向我提出分手时才买过一束玫瑰。”我虽然笑着回答，不过心里却有些许酸溜溜的感觉。我活了近三十年，的确就只买过一束鲜花，那是小娜向我提出分手的时候买的。可惜，这束玫瑰并没有为我挽回那段逝去的爱情。

“还是有话直说吧，慕先生！听说，你现在已经有个不错的女伴，你别看我是老外就以为我很开放，我可不想做第三者。”她怎么好像知道我跟蓁蓁的事情，消息还蛮灵通的，还以此来取笑我。

蓁蓁就在我身旁，虽然她没能听见潘多拉的说话，不过我还是觉得十分尴尬。继续这个话题可不是件好事，还是如潘多拉所言，有话直说：“我想请你帮个忙，替我向香港警方要一宗案子的资料……”随后，我就向她说明阮静于十五年前所牵涉的命案，希望她帮忙索取相关资料。

其实，我自己也能弄到这些资料，但过程非常烦琐，而且需要很长时间。不过，让专门处理涉外案件的潘多拉帮忙，那就省事多了。她跟多个地区的警察单位保持着密切的联系，要向香港警方索取一宗普通案件的资料并不是什么难事。

果然，她听完后就跟我说：“没问题，我拿到资料后再联络你。不过，你可要记得自己说过要请我吃饭。”看来这顿饭是跑不了的，不知道老大会不会让我报销。

来到薛楚凡家门前按下门铃，很快就有人来开门，是薛楚凡本人。他见到我们时稍微表现出愕然之色，不过马上就恢复一贯的笑容：“请问有什么能帮到你们？”

“我们想问你一些事情，现在方便吗？”毕竟我们现在没有任何实质性证据能指证他，所以这次过来只是询问性质。而且，他虽然被我们抓回去关了两天，但还能以礼相待，我当然也得客气一点。

“方便，反正我在家里也只是跟父亲下棋，并没什么特别的事情。现在就跟你们回去吗？要不要上手铐？”他笑眯眯地伸出双手，仿佛一点也不在乎再被我们关上两天。

“你误会了，我们不是这个意思，我们只问你一些事情。”他的举动让我感觉十分尴尬，连忙作出解释，随即又说，“方便的话，我们不妨找个地方坐坐再慢慢聊。”

“如果你们不嫌寒舍简陋，那就进来谈吧！”他说着就请我们进屋。

“方便吗？你不怕惊动你的父母？”我稍有不解。一般人都不想让家人知道自己惹上官司，害怕家人会担心，但他却似乎对此毫不在意。

“无事不可对人言，刻意隐瞒也是一种欺骗。而且，我就这样跟你们出去，我的父母不就更担心吗？还不如直接在家中跟你们谈，这样父母知道发生了什么事，就不会胡思乱想。”他的想法有别于一般人，但也有一定道理。

他请我们到客厅里坐，并向父母说明我们的身份，丝毫没有隐瞒的意思。他的父母虽然看似有些许忧虑，但对我们还是十分客气，并不像大多数嫌犯的家属那样，要么对我们存在敌意，要么一个劲地跟我们说嫌犯是好人。

坐下来跟他的父母客套几句后，我就直奔主题，对他说：“我想知道你跟阮静，也就是百合，是什么关系？你们是怎样认识，你们之间发生过什么事？”

“这已经是十多年前的事了，当时我的公司还只是刚刚起步，现在回想起来就像做了一场绮梦。”他收起笑容微闭双目仿佛在回忆十分遥远的过去，就在我们等待他讲述那段风花雪月的往事时，他缓缓睁开眼睛对我们说，“在说我跟她的事之前，我得先说一下我开公司前后的事情……”

第十章 过眼云烟

我跟蓁蓁来到薛楚凡家，向他询问有关阮静的事情。他在讲述与阮静之间的往事之前，先告诉我们他开公司前后的事情——

我年轻的时候做事很有干劲，做什么都要做得比别人好。大学毕业后，我就进了一家钢材公司做业务员，公司的老板姓何，他很赏识我，教会了我很多事情。我也没有偷懒，不分日夜地跑业务，给他赚了不少钱。不过，当时的我十分好胜，总觉得“工”字不出头，业务跑得再多也只是给老板赚钱，虽然我也有提成，但比起老板所赚的连零头也算不上。所以，当把这一行的情况都弄清楚之后，我就想开一家属于自己的钢材公司。

现在回想起来，那时候的我还真是初生牛犊不怕虎啊，为了开公司到处向亲友借钱，还偷偷拿了父母的房产证，把房子抵押给银行贷款。当时我可是孤注一掷，要是亏本了，下半辈子就得背着一屁股债做人。虽然我跟所有人说一定能赚钱，但这世上哪有稳赚不赔的买卖，做生意肯定会有风险，其实我自己心里也没底。

要是赔光了，我自己倒是没所谓，毕竟是我作的决定。可是我的父母就很无辜了，不但因为我而赔光毕生积蓄，甚至那唯一的房子也得赔上。我可不想父母因为我而弄得晚年连住的地方也没有，但我更不想放弃一个飞黄腾达的大好机会。就在我为此而犹豫不决的时候，听到别人说五莲山上有一位精通术数的无尘真人，也就是我现在的师父。当时听人说师父的相术非常了得，找他看过相的人，没有一个会说他不准。虽然当时的我对相学只是半信半疑，但是人在感觉迷茫的时候，总是希望能预知未来，所以最后我就跑到五莲山上找他。

我跟师父还算是有点缘分，虽然我上山的时候跟你们差不多，都是弄得焦头烂额才上到山顶，不过那天恰巧是初一，所以师父就给我看相。我还记得当时师父认真看过我的面相后，再仔细地看我的双掌，然后才跟我说："你的命格很好，虽然谈不上万中无一，但也算世间少有。而且天资聪敏，慧根匪浅，他日必有家财万贯之日。不过你心浮气躁，年轻时必定会经历不少风浪，年过三十之后才会事事顺意……"师父还说我的悟性很高，本是学道的好材料，可惜做事急进，急于求成，很容易就会犯错。他给了我几本经书，叫我遇到困难的时候就认真参详一下，必定能大有收获。

师父虽然说我年轻时会经历风浪，但最终还是会家财万贯，所以我就下定决心闯一番大事业。之后，我就开了楚雄金属制品有限公司，把我原来跑业务那家公司的客户都抢了过来。刚开始的时候，生意还算可以，可是很快我就遇到大麻烦了。何老板知道我抢走了他很多客户之后，就想办法报复我，一会儿叫工商、税务的朋友来我公司查牌照翻账簿，一会儿又让相熟供应商给我抬价，一会儿又以亏本价抢我生意，几乎把我逼得走投无路。

公司才开了半年，就已经被何老板逼得几乎要关门了，当时的我还真是万念俱灰。因为瞒着父母把房子押给银行这事，我已经跟父亲闹翻了，要是公司倒了，我还哪有钱把房子赎回来啊！我越想就越钻牛角尖，连自杀的心也有了，不过一想到我要是死了，我借下来的钱就得由父母来还，我又狠不下心来。

我尝试过很多办法都没能扭转劣势，在无计可施的情况下，我就想起师父那几本经书。我记得师父叫我遇到困难时就看这几本经书，说不定经书里有能帮助我的方法。我翻箱倒柜地把那几本经书找出来，看了一整夜，越看就越着迷，原来这几本都是道家的入门典籍，里面记载的有一部分是关于风水术数。

虽然我只是看了一个晚上，但是可能如师父所说，我的确是个学道的好材料，在这一晚的时间里我就已经领悟到当中的一些道理。于是，第二天我就把这些刚学到的道理用到公司里，摆了个风水阵，希望能使公司的生意好起来。

可是，风水阵似乎远水救不了近火，并没有立刻起到作用，那天又有一宗生意被何老板弄砸了。我当时的心情很差，离开公司后不敢回家，怕回到家里母亲会问起公司的事情，我真不知道该怎样跟她说。所以，我就一个人漫无目的地在街上乱逛，走着走着就走到一家夜总会门前。

看见那些在夜总会门前出来的老板一身阔气，左拥右抱的，我心里就觉得不甘心。我好歹也有自己的公司，也算是个老板，凭什么他们能到这种地方玩，而我却不可以。我突然想，我也要像他们那样活得潇洒，活得像个阔气的老板。所以我就走进了夜总会，像个大老板那样大摇大摆地走进去。

在给何老板打工的时候，我就经常会跟客户到夜总会玩，不过当时是花老板的钱，所以不敢花得太过分。而现在是花自己的钱来玩，就没什么好顾忌的了。而且这一晚我是为找回自己的尊严而来，花多少钱也没关系，反正我欠别人的钱已经够多了，也不在乎再多添一万几千。

这家夜总会之前我来过不少次，记得这里的 100 号小姐很漂亮，我当业务员的时候就想上她了。不过，她可是这里的王牌，而我当时花的是何老板的钱，哪敢点她。但这一次就不一样了，我一上来就跟妈妈桑说要点她，多少钱也没所谓！我所说的 100 号小姐就是百合，也就是阮静。

那晚我本来很不开心，百合一过来，我就不停地跟她喝酒。她似乎知道我心情不好，温柔地问我："遇到心烦的事情了吗？"她虽然一是番好意地问我，但我的心情实在差得不得了，粗鲁地回答她："我的事还用得着你管？来，喝酒！"

对于我的无礼，她并没有表现出不耐烦，反而向我举杯："好，人生得意须尽欢，我们先来干一杯！"随后，我们就频频举杯，她的酒量很好，我都喝得有点迷糊了，她还一点事也没有。她非常善解人意，这一晚我喝得很尽兴，虽然已经有点醉，但正如她所说"人生得意须尽欢"，没有上她又怎能算尽欢呢？所以，我就带她出钟到酒店开房。

走进酒店房间时，我已经醉得差不多了，倒在床上就不想再动。遇到我这种情况，要是别的小姐很可能不会理我，反正等到天亮我就得给钱。因为到了第二天，我根本不会记得自己到底做了没有，跑业务时曾经遇到过好几次这种情况。可是，她并没有像其他小姐那样。

我醉得迷迷糊糊的时候，突然觉得脸上很热，原来是她用热毛巾给我敷面。她还为我解开衣服、脱下鞋袜，使我能睡得舒服一些。待我稍微清醒一点的时候，她就给我捧来热茶，十分细心地服侍我。

我虽然仍然有些醉意，但已经没刚才那么辛苦，就坐起来跟她说话，把公司的情况都告诉她，把平时不敢跟别人说的事情全部说出来。她默默不语，认真地聆听我的每一句话，直到我把话说完，她才开口："我想你的风水阵不是不行，而是你还欠缺一点儿运气。这样吧，我现在给你带来些运气，你的公司马上就会好起来的。"她说着就爬上床，把我按在床上，主动跟我做爱。

不怕你们笑话，那晚是我一生中最销魂的一晚，她真的很完美，不论是哪一方面都是我所遇到的女人当中最好的。在那段日子里，我为了公司的事情没有一晚能睡得好，可就是那一晚，我却能一觉睡到天亮。

天亮之后，我本以为自己跟她的缘分就此结束了，毕竟我们之间只是一场金钱与肉体的交易而已。然而，当我把钱递给她的时候，她竟然没有收下，笑着跟我说："别人都说财色兼收，我现在不收你钱，那你就算是收下'色'了，那么'财'也很快就会来。"我当时真的有点不敢相信自己的耳朵，这世上竟然有不肯收钱的妓女，而且还是个那么完美的女人。

也许，事实就如她所说的那样，我的风水阵不是不行，而是我真的欠缺了一点运气。在收下她的"色"之后，"财"果然马上就来了。就在第二天，一个以前跟我挺聊得来的大客户，突然主动打电话给我，说我自己开了公司怎么也不跟他打个招呼。当时我的公司只是刚刚起步，哪有能力跟他这样的大客户做生意呢，所以我就跟他直说我的公司只是小打小闹，没敢跟他联系业务。

我还记得很清楚他当时跟我说："大有大做，小有小做，我公司也有些小买卖要给钱别人赚，反正找谁都是差不多价钱，干脆就让你全部包上好了。"他给我的订单虽然只是些小买卖，但对当时的我来说，可真是雪中送炭，使我的公司能熬过最困难的时期。

之后，也许是风水阵开始起效果吧，公司的生意渐渐就好起来了。而且百合似乎是我命中的贵人，每次找过她之后，必定会有好事发生。在那几年里，我光是捡钱就捡了几百万，很多生意都是主动送上门的。所以，后来我一旦遇到麻烦，就会第一时间去找她，她总能为我带来好运。

跟她相处的时间越多，我就越觉得自己喜欢她，甚至带她回家见我的父母。

父母本来也很喜欢她，可是她却有意无意地透露自己是个妓女。父亲之前就因为我偷偷拿了家里的房产证到银行作抵押而一直对我不理不睬，当他知道百合是妓女时，更是当场大发雷霆，要赶百合走，说百合玷污他的房子。我因此而跟父亲翻脸，带着百合离开。

其实，最开始的时候，我也很介意百合是妓女出身，可是我实在是太喜欢她了，所以就想不理会父母的反对跟她结婚。然而，当我准备好新房，并向她求婚的时候，她竟然笑着跟我说："如果你能把我爷爷的画像挂到市政府大楼上，那我就嫁给你。"

要把她爷爷的画像挂到市政府大楼上，我是肯定做不到的，她这么说无非是想拒绝我而已。别的妓女都是朝思暮想要找到一个好归宿，不用再抛头露面出卖肉体，可她竟然不愿意。我当时实在是想不明白到底是什么原因，不过后来我就知道是怎么一回事了。

我当时非常相信百合，有时候甚至会让她到办公室里陪我，就算是打电话跟客户谈一些很重要的事情，也不会对她有所避忌。然而，我没想到这就是使我失去公司的原因之一。

我被海关抓捕的事情，其实是承天一手策划出来的。而百合竟然跟他一起暗算我，利用我对她的信任，把我跟客户通话的内容告诉了承天。承天就利用这些信息设计陷害我,并计划把我的公司挖空。这些事情我都是后来才知道的，不过在我被关的时候，就觉得奇怪了。我犯的只不过是小罪，一般来说花点钱就能搞定，就算一定要坐牢，最多也就是三四个月的事情。可是，我当时被判了三年，花了不少钱去疏通关系，最终也得坐九个月。原来这一切都是承天从中作梗，因为他需要时间把我的公司完全掏空。

爱也罢，恨也罢，人世间的情爱只是过眼云烟罢了……

薛楚凡在叙述这段往事时略显感慨，不过很快又露出一贯的笑容："世人总是被爱恨所迷惑，沉沦于苦海之中不能自拔。其实，只要放开心中的执著，就能发现世间还有很多美好的事情，又何必让自己为爱恨而苦恼呢？"

从他的语气当中，我感到一份甩脱凡尘束缚的洒脱与超然，有如浪子回头。实在很难想象他仍然会记恨于戚承天，甚至要置对方于死地。然而，以现在所得的情报看来，他的嫌疑却是最大的，虽然我们并没有任何能指证他的证据。

因为从他的叙述中，我们得知阮静与戚承天的关系非比寻常。所以离开他家之后，我们就准备再次找阮静问话，希望能得到线索。毕竟，阮静之前故意隐瞒了她与戚承天的亲密关系，而且后者死前又跟她在一起，如果薛楚凡不是凶手，那么她就有很大嫌疑。

在前往阮静住处途中，潘多拉打来电话："慕先生，你需要的可不是一宗普通案件的资料，为了得到相关资料，我几乎用上了所有关系。"

奇怪了，香港政府的信息透明度不是很高吗？怎么连潘多拉要索取资料也会遇到困难，难道这宗案子有什么异常之外？

第十一章　驻颜之术

让潘多拉帮忙向香港警方索取一宗十五年前的案件资料，本以为这对她来说，只不过是举手之劳，没想到她竟然说为得到相关的资料，几乎用上了所有人际关系。我不禁为此感到疑惑，因为根据我之前跟香港警察打交道的经历，跟他们要资料虽然在手续上比较麻烦，但基本上想要什么资料都能要到。于是便问道："香港政府的信息透明度不是很高吗？难道这宗案子有什么异样之处？"

"要一般案件的资料当然不难，但这宗案子很不寻常，所以有些许困难。"她以严肃的语气说，但顿了顿又笑道，"为了给你索取资料，我可欠了别人个人情……"

这洋妞还真会讨便宜，不过既然她都已经开口了，我总不能没有任何表示吧！于是便对她说："我不会忘记答应过请你吃饭，当然也不会忘记欠你一个人情。"

"我相信你不会忘记的！我已经派人把相关的资料送去你的办公室了，希望能对你有帮助。"她说罢就挂掉电话。这世上最不好还的就是人情债，希望当她要用上这个人情时，不会要我吃火炭、喝滚油、胸口碎大石就好了。

听到她说那件案子很不寻常，使我有些心痒难耐的感觉，很想立刻知道到底是如何不寻常。而且此事与阮静有关，所以我想先看过资料后再去找她，于是便立刻返回诡案组。

我们回到诡案组的时候，资料已经送过来了，我马上就拿起来仔细翻阅。

不看还好，一看就吓了一跳，并且知道潘多拉索取这些资料为何会遇到困难。这宗发生在十五年前的案子，案中死者跟戚承天情况几乎是一模一样，都是正值壮年，却在一夜之间死于自然衰老！

更不可思议的是，资料附带的相片中，我发现其中一张是阮静的，相片中的她跟我前不久所见的没有多大改变，然而这却是十五年前的相片啊！

仔细翻阅资料的内容后得知，阮静十五年前的名字是叫唐宝仪，艺名叫糖糖，当时的年龄是二十三岁，职业是夜总会公主。她跟新义安的一名小头目，也就是该案的死者关系密切。根据死者手下的口供，死者于死前曾经跟她在一起，但死者出事后她就不知所终……

资料中有关唐宝仪，也就是阮静的记录就只有这么多，香港警方虽然非常怀疑她，可惜至今也没有她的下落。因为该案至今也未能侦破，而且案中死者死状诡异，又牵涉黑道人物，所以这些资料被设定为较高的保密级别。这大概就是潘多拉在索取资料时，遇到困难的原因。

戚承天的死状跟这位黑道头目异常相似，而两者在死前皆与阮静有接触。更重要的是阮静在头目死后，逃到内地改名换姓，生活了十五年之久。如果说她与头目的死无关，谁也不会相信。那么戚承天的死也肯定跟她大有关联，甚至有可能是她下的毒手。

虽然我并不相信像她那样弱质纤纤的女人，竟然能以如此诡异的方式将人置于死地，而且还是曾经跟她亲密无间的男人。不过，世上不会有两次如此不可思议，但又几乎完全相同的巧合，她肯定大有问题！

既然知道阮静有问题，那就不用再浪费时间了，我准备跟蓁蓁立刻赶往她的住处，将她抓捕。可是在出发之前，我突然想到一个问题，就是我要怎么样才能使她认罪？

虽然以现在所得的情报，我有绝对的理由怀疑她是杀害戚承天的凶手，可是我却缺少能让她认罪的证据。毕竟戚承天的死因是衰老致死，没有任何凶器或证物能用于指证她，也没有证人亲眼目睹案发的经过，如果她拒不承认杀害戚承天，我们也奈何不了她。

正当我为此而迟疑之际，伟哥突然兴奋地跑到我身前，一副邀功的嘴脸对着我露出猥琐的笑容。我问他怎么了，他嘿嘿地笑着，反问我：“你猜我会给你带来什么好消息？”

“我又不是你肚子里的蛔虫，哪知道你会给我带来什么消息？”我心里正为阮静的事烦恼，才没心情理会这个猥琐男。

“别这么冷淡嘛，慕老弟，这可是我花了不少时间才弄来的重要资料，对我们来说绝对是天大的好消息。”我看见他那张邀功脸就热情不起来，甚至想把他塞进马桶里。

“有话就快说，别浪费我们的时间！”蓁蓁的急性子使她忍不住动手揍伟哥。

伟哥挨揍后就不敢再废话了，马上就直接说要点：“我知道有什么方法能使人一夜老死。”

“什么？”我跟蓁蓁同时叫道，蓁蓁更是揪着伟哥的衣领使劲地摇他的头，追问详细情况。

“放开我，放开我，我现在说就是。”伟哥待蓁蓁放开他之后，连呼几口气，蔑视地白了我们一眼，“刚才还对我爱理不理……”

“还不快说！”蓁蓁举起拳头，目露凶光。

“说说说，我现在就说……嗯，该从哪里说起呢？”伟哥似乎被蓁蓁摇得忘记了自己想说什么，但在蓁蓁的拳头“帮助”下，很快就想起来了——

你们应该还记得告诉我们清莲观地址的那个论坛管理员吧，我跟他聊起最近调查的案子，问他有什么诅咒能使人在一夜之间老死。他说的确是有能让人加速衰老的诅咒，但要使人在一夜之间衰老而死，据他所知就没有哪种诅咒能有如此厉害的威力。就算有，也是一些早已经失传的上古诅咒，现在不可能还会有人懂得详细的使用方法。

听见他这么说，我本来还挺失望的，不过他接下来又说：“诅咒是没有，但我曾经听说过有一个叫‘天仙门’的派别。”

他说天仙门是一个神秘的邪教，清末民初曾经在南方某地盛极一时，但只是昙花一现，现在早就已经销声匿迹。天仙门的成员全是女性，而且都是貌若天仙、美艳如花，然而她们虽然拥有美丽的外表，但所修炼的却是极其阴损的功法——“吸精纳运”。

据说这种功法只有女子才能修炼，因为此功法是依靠锻炼阴道的肌肉，并于男女交合的过程中施展。天仙门的女子在交合的过程中使用此功法，能将男性的精气吸纳据为己用，使自己能保持年轻貌美的外表。而被其吸取精气的男性，轻则缩减阳寿，即身体虚损，加速衰老。重则精气竭尽，瞬时衰老，甚至一夜之间从健壮青年变成白发老翁。

他还跟我说，这功法之所以叫“吸精纳运”，除了因为修炼的女子能吸取与她交合的男性精气外，还因为她们能吸取对方的运气。但她并不能将吸纳来的运气用在自己身上，只能转给其他跟她们交合的男子。不过，这只是坊间传闻，是否属实则难以查证……

刚才我还为如何让阮静认罪而感到烦恼，现在我可不用再想这个问题了，有了伟哥给我的信息，就算她不肯招认，我也总有办法让她认罪。大不了我就牺牲一下，亲自跟她做“实验”，虽然我心里是百千百万个不愿意。

跟蓁蓁来到阮静的住处时，已经是入夜时分。按响门铃没过多久，化了淡妆的阮静就给我们开了门。她不化妆的时候就已经十分漂亮，化上淡妆就更加艳丽了。然而她的美丽，此刻于我眼中却是带着邪气的妖艳。

“你们找我还有事吗？我正准备去上班呢！”她神色自若，仿佛是个从未做过亏心事的纯真少女。但当我想起她纯真的外表下，是一颗至少已有三十八岁的心灵后，我就觉得有些许恶心。

我取出手铐，严肃地对她说：“你涉嫌杀害戚承天，现在我们要逮捕你！”

她顿即花容失色，惊诧地说：“什么？你们是不是有什么地方搞错了？虽然承天死的时候，我是跟他在一起，但我什么也没做过啊！而且我也没本事让他突然变成一个老头子。”

“别再装蒜了，你就是有这个本事，十五年前你也是用这个方法把一个香港的黑社会老大弄死的！”蓁蓁突然冲她大吼。

“哪、哪、哪有，十五年前我才十岁，哪能跟男人上床啊？”惊慌已经让她不能认真思考了。

“我们没有说过你是通过做爱杀害戚承天和那位黑道大哥的，唐，宝，仪！”我一字一顿地说出她的名字，随即威胁道，“你最好向我们老实交代一切，不然我们把你转交香港警方，或许会有一大群古惑仔在警局门口等你出来。”

她意识到自己说错话，也意识到我们已经知道了很多内情，面露惶恐之色，不自觉地往后退了一步，随后露出无奈的苦笑：“要来的，始终都要来。我虽然能避一时，但不可能避一世。”

“其实，早在二十年前我就开始在夜总会里做公主……”她请我们进屋后，在客厅里向我们讲述她的过去，当中还包括她与戚承天及薛楚凡之间的爱恨情仇——

我是香港人，出身于低下阶层，母亲是个“凤姐”，父亲是谁到现在我也不知道。我的出身注定了我不可能像个正常人那样生活，从小母亲就忙着做她的“生意”，没有时间管教我。所以我很小就学会了抽烟喝酒，中五没念完就被退学了。

（“凤姐”是妓女中的一种，多见于香港。凤姐通常租住于廉价房屋，并于自家中经营卖淫服务，因此又被称为“一楼一凤”。另，香港的中四、中五，相当于内地的高中。）

没有念书之后，我就整天到外面玩，还跟些古惑仔混在一些。不过，这也不算什么，起码当时我还不至于要去卖身，毕竟我长得比较漂亮，愿意给我钱花的水鱼有的是。我之所以会到夜总会做公主，其实是因为我的母亲。

母亲一直都十分嗜赌，赌输了没钱给以致债主临门是经常发生的事，我早就见怪不怪了。不过，在我十八岁那年，有一天我回到家里发现母亲不在家，打电话给她又打不通。本以为她又过海搏杀，但随后我就发现事情并不是这么简单，原来她赌外围玩大了，输了一百多万。那时候的一百多万是什么概念啊，她就算每天不停地接客，做一辈子也不见得能赚到一百万。所以，她跑掉了，连跟我说一声也没有就跑掉了。

（“过海搏杀”是从香港坐船到澳门赌博的意思。而“赌外围”则是指向私人组织投注赌博，可以赌赛马及足球，先记账赛后交收，与内地的私彩相似。）

母亲这一跑，我这二十年来也就没见过她了，也不知道她现在是死是活，不过她留下的烂摊子可得由我来收拾。香港的黑社会有他们的规矩，父债子还、母债女还，反正欠钱的人跑了，就会找到跟他有关系的人头上。母亲欠下的债，当然是落到我的身上。

我连中五也没念完，要我去找正经的工作还这一百多万，恐怕把全部工资拿出来也不够给利息，而且我的债主也不会慢慢等我还钱。所以，我就被他们抓住了去夜总会做公主了。

也许因为是被别人强逼入行的关系吧，开始时我挺讨厌做妓女的，总觉得跟陌生的男人上床是一件很丢脸的事情，老是怕客人会带我出钟，就算在夜总会里也是扭扭捏捏，有好几次惹得客人生气。直到后来，萤姐告诉我有关妓女起源的事情，我才开始喜欢上这个身份。

萤姐是夜总会里的王牌，每晚都有很多客人要点她带她出钟，甚至为了她吵起来。她的确长得很漂亮，皮肤是我见过的女人中最好的，而且她当时看上去虽然跟我差不多大，但她私下告诉我，其实她比我要大十多岁。我本来还以为她是用了什么神奇的护肤品，所以才能保持得那么好，但后来我才知道原来她根本不用护肤品。

萤姐很同情我的遭遇，所以特别照顾我，她看见我因为得罪客人而被经理骂，就来安慰我，还跟我说做妓女并没有什么不好，也不见得是种肮脏的行业。她还跟我说妓女其实起源于宗教，是一种神圣的职业。在公元前3000年的巴比伦王国就已经出现了妓女，当时的神殿里除了男祭司、佣仆、工匠之外，还有不少很受人尊敬的女祭司。这些女祭司通常来自优裕的家庭，她们会代表“神”为祈祷者举行洁净肉体与心灵的仪式，而这种仪式就是做爱。

这种女祭司被史学家称为“圣职妓女”，她们的收入是神殿主要的经济来源。公元前5世纪希腊的历史学家希罗多德，曾经这样描写巴比伦神殿里的女祭司：“每一个当地的妇女在一生中都必须有一次去神殿里，坐在那里，将她的身体交给一个陌生的男人……直到有一个男人将银币投在她的裙上，将她带出与他同卧，否则她不准回家……女人没有选择的权利，她一定要和第一个投给她钱的男人一起出去。当她和他共卧，尽到了她对神的职责后，她就可以回家。”

所以，当时做妓女并不感到是种耻辱，而是一种神圣的职责。

听完萤姐的话后，我就觉得她很厉害，因为做我们这一行的，大多都是念书不成的人，像她这么有学识的可说是万中无一。而且从那时开始我就不再觉得做妓女是可耻的，并渐渐喜欢上这种职业。

之后，萤姐还教会了我很多事情，譬如怎样讨好客人，怎样使客人迷恋自己，甚至做爱的技巧。不过，萤姐教会我的众多事情中，最重要的还是怎样保持青春。

做我们这一行的，其实会比一般女人衰老得快，很多姐妹就算天天做面膜抹护肤品，也就最多只能做到三十来岁。年纪稍微大一点，脸上的皱纹就出来了，皮肤也会失去弹性，最重要的是下面会变得松松垮垮。这会让客人非常扫兴，自然就不可能再在夜总会里待下去，只能像我母亲那样做低档的妓女。

萤姐教我保持青春的方法很特别，就是锻炼下身，也就是……阴道。开始时，我以为这种锻炼只是为了不让下面变得松松垮垮，但后来她告诉我，这种锻炼不但能使下面永远像处女那么紧，而且还能使外表变得越来越年轻。她就是用这种方法使自己能一直保持着十八岁的外貌。

其实，萤姐开始时只打算教我部分锻炼方法，因为我们虽然是好姐妹，但毕竟是同行，总会有竞争的时候。不过，后来她跟了一个入了加拿大籍的香港人，并打算移民加拿大，所以才把完整的方法告诉我……

第十二章　爱的叛徒

每一宗案件背后都有一段不为人知的故事，在戚承天离奇死亡一宗中，就隐藏着一名妓女的爱情故事。现在，故事中的女主角阮静，就正向我们讲述这个故事——

萤姐跟她的男人去加拿大之前，教了我一种能吸取男人精气的方法，因为她之前一直有指导我如何锻炼下身，所以我一学就会了。她跟我说，利用这种方法能把男人的精气据为己有，这样就能使自己保持年轻的外表。不过，不能长期只吸取一个男人的精气，或者一次把对方的精气吸光，这样是会出人命的。她叫我要好好利用自己的公主身份，因为当公主能跟不同的男人上床，只要从每个跟我上床的男人身上吸取少量精气，就既不会伤害到对方，又能使自己保持青春。如果可以的话，最好是多跟些处男上床，因为处男的精气最旺盛，就算多吸一点也不会出问题。

她还告诉我，她用这种方法不但能吸取男人的精气，还能催旺男人的运势，使客人跟她上床之后，运气都会特别好。客人每次跟她上床之后都事事顺意，自然就会像蜜蜂见到蜜糖一样，整天围着她转。经她这么一说，我就想起她的客人好像曾经有提及过这回事，她的一个常客在带她出钟之后第二晚又来找她，说赌马赢了几十万，那晚他还赏我几千元。

萤姐移民之后，我就成了夜总会的王牌公主，那几年香港的经济特别好，我的收入也水涨船高。还清母亲的赌债后，银行户口里的存款也总不会少于七位数。

以前没钱的时候，我总想着将来有钱就要怎么怎么样，可当我有钱了，就又不觉得怎么样了。别人喜欢买车买楼，但我却不想被这些东西绑住，想继续过无拘无束的自在生活。所以银行里的存款再多，对我来说也只是一个数字，我每个月的花费也是差不多。我曾经有想过不再做公主，拿着这些钱移民或者做生意，但当知道萤姐移民后的情况，我就打消了这个念头。

萤姐移民之后，就没有像做公主的时候那样，每晚都跟不同的男人上床。虽然她有老公的滋润，但她可不敢吸取老公的精气。没有吸取男人的精气一段时间后，她就开始出现明显的衰老迹象。原本她看上去跟我差不多大，但只是半年左右的时间，她就变成了一个三十多岁的中年女人。她的老公以为她得了什么怪病，而且她也已经不再像以前那么漂亮，所以马上就跟她离婚了。之前的山盟海誓，此刻看起来就像个笑话。

还好，萤姐之前当公主时赚了不少钱，在生活上不成问题，只不过自此之后，她就不再相信男人了。她离婚时特意打电话回来跟我说："男人靠得住，猪乸都会上树！你年轻漂亮时，他们还会像只吉娃娃似的围着你转，等你人老珠黄的时候，他们就会一脚把你踹开。所以我们做女人的，一定要靠自己，绝对不能靠男人。"

（"男人靠得住，猪乸都会上树"乃广东俗语，意思为男人都是不可靠的。"乸"是指雌性动物，与"公"相对，如"猪乸"、"猫乸"、"狗乸"等，分别是指母猪、母猫及母狗。也有人用作对妻子的戏称。）

就是因为萤姐这句话，所以这些年来，我一直都是做公主，甚至有不少人想出高价包养我，都被我拒绝了。不过，女人总是想找个真心喜欢自己的男人来疼爱自己，十五年前我就遇到一个这样的男人。

他叫南哥，是个黑社会老大，在我上班的夜总会里看场子。有一次，一个客人喝多了，发起酒疯来硬要带我出钟，我当时还真不知道该怎么办。南哥看见了就立刻冲过来甩了他两巴掌，然后就让小弟把他拖出去。我当时还年轻，觉得南哥很酷，跟他一起很有安全感，而且他也不介意我是当公主的。所以，从那晚开始，我就跟了他。

我本以为有了南哥的照顾，从此以后就可以过上快乐的日子，不过我很快就发现他其实并不爱我。虽然他表面上对我很好，但实际上他只不过是为了把我留住，留在他看场子的夜总会里。我之所以知道这件事，是因为有一次我跟他上床后，他以为我睡觉了，就打电话给夜总会的老板，也就是他的老大。我听见他跟老大说，如果不能把我留住，就算把我脸刮花也不会便宜别人。听到他这句话我很伤心，萤姐说得没错，男人都是靠不住的。

我不甘心自己的感情受到欺骗，也不甘心继续被人利用，所以我要报复南哥。可是，我只不过是个弱质女流，而南哥却是个黑社会老大，要报复他又谈何容易呢？想来想去，我只想到一个办法，就是用萤姐教我的方法，在床上把他的精气完全吸光。

我本以为把南哥的精气吸光之后，他只会加速衰老，但没想到他竟然在一夜之间变成了一个白发老人，而且还没到天亮就断气了。当时我很害怕，不知道该怎么办，只想到一定要走，不走的话就算警察不找我麻烦，他的手下也不会放过我。

还好，当公主这些年我总算认识不少人，其中有一个是做假护照的，我赶在天亮之前找到他，让他帮我做本假护照，好让我马上逃到别的地方。我本来想坐飞机到加拿大投靠萤姐，可是坐飞机得提前订票，而且也有可能会被人发现我用的是假护照，所以我只好先逃到内地，打算到了内地之后再想办法去找萤姐。

我虽然能用萤姐教的方法帮男人催运，但我却帮不了自己，也许那时是我这辈子最倒霉的时候吧，刚逃到内地，我的行李就在车站里被人偷走了。我一个女人，在内地举目无亲，还身无分文，真不知道该怎么办？而且我当时到内地是为了避难，当然不敢向公安求助。不过还好我是个公主，凭着我的相貌和身材就不愁生活。

因为南哥的事，我不敢回香港，也不敢再用唐宝仪这个名字，所以我存在香港银行里的钱算是打水漂了。还好，我有的是相貌与身材，在内地的夜总会也很吃香，赚钱对我来说不是难事。本来我是打算赚够钱后，就去加拿大找萤姐，不过后来我发觉原来内地人要去加拿大比香港人要麻烦多了。而且我也渐渐安定了下来，所以就没有再想去找萤姐了。

七八年前吧，当时有个大学教授经常来捧我场。他姓许，平时看上去挺斯文的，但实际上只不过是个道貌岸然的老色鬼，脱了衣服就看不见一点斯文的影子了。我本来挺讨厌他的，不过因为他的关系，我能认识到不少大学生，很容易就能找到些处男来开苞，所以我才愿意跟他来往。

后来，我跟大学里的男生混熟后，我就用不着他了，所以总对他爱理不理。可是，有一次我在大学里溜达碰到他时，他竟然把我拉到没人的地方想跟我做爱。我虽然是个妓女，但也有自己的尊严，我不想跟他做就推开他想走。但是他却把我拉住，并且撕破我的衣服，凶巴巴地对我说："你只不过是个妓女，我有钱你就得跟我做爱！"说着就想强奸我。

虽然很不愿意，不过我的上衣都已经被撕破了，也只好认命了。就在我以为这次肯定跑不掉的时候，突然有个男生冲过来，揪起许教授就是一轮拳打脚踢，并冲他大吼："她是我女朋友，你要是再敢动她一根头发，我就把你活活打死！"这个男生就是承天。

承天是许教授的学生，我是通过许教授认识他的，当然也有为他开苞。我做梦也没想到这个只跟我上过一次床，而且还知道我是个妓女的小男生，竟然会说我是他女朋友，还为我打他的老师。当时我还真是有点感动，后来就开始跟他交往，就像男女朋友那样交往。说实话，我还真的对他动了真情。

过了没多久，承天因为殴打许老师的事情被赶出了校，之后竟然进了楚凡的公司。其实，当时我已经跟楚凡认识了好几年，他还为了我而跟家人反目，向我求婚也有好几次。不过，我可不想再步萤姐的后尘，所以一直都没答应他。

承天进了楚凡的公司之后，大概过了半年吧，他就跟我说，不想再看见我跟楚凡在公司里出双入对，这样会让他觉得很难受。我说这没问题，我以后不见楚凡就行了，其实之前他也跟我说过类似的话，我也因此好几天没跟楚凡见面。不过，没过多久他的态度就突然改变了，默许我跟楚凡在一起，但这次不知为何又跟我说这种话。后来，我总算弄明白了，他的态度之所以会午时花六时变，是因为他想利用我谋取楚凡的公司。

(“午时花六时变”乃广东俗语，意为变化无常，多指人。)

然而，我当时可没想这么多，而且他是为了我而被赶出校，他的前途可以说是毁在了我手上，我一直为这件事耿耿于怀。所以当他提出要谋取楚凡的公司，让楚凡再也没有能力接近我时，我想也没想就答应了。

当时楚凡非常信任我，因为在此之前我用萤姐教的方法不断催旺他的运势，尤其是在承天到了他的公司之后。所以每次跟我上床之后，他都一定会遇到好事。他还以为是自己摆的风水阵很厉害，我只不过是他的贵人而已。其实，要不是我在他开公司时帮他催运，他的公司早就倒闭了。

我利用楚凡对我的信任，偷听他讲电话，偷看他公司的机密资料，并且把所有收集到的信息都告诉承天。承天就利用这些信息，暗中策划如何谋取他的公司。

是在五六年前吧，承天已经掌握了公司里的所有客户资源，有足够的能力另起炉灶。而且我听到楚凡在电话里跟客户说，正准备进口的那批钢材，实际数量比向海关申报的要多得多，只要小心处理就能省掉一大笔关税。我把这个消息告诉承天，他认为这是个好机会，就花钱疏通关系，不但向海关揭发楚凡逃税，而且还把事情闹大。

其实，楚凡犯的并不算多大的罪，本来只要多花点钱就能没事，不过因为承天在暗中搞鬼，所以最后还是得坐九个月牢。

楚凡坐牢后，承天就马上另起炉灶开了家新公司，并且把楚凡公司里能挖走的全部都挖过来。在短短九个月的时间里，楚凡的公司就被他挖得只剩下一个空壳。

楚凡坐完牢后有找过我，不过我却没敢见他，只是跟他通过一次电话。我在电话里告诉他，我跟承天的事情，我本以为他会对我破口大骂，但事实上他并没有责怪我，只是问了我一句："你有没有喜欢过我？"

在那一刻，我突然觉得楚凡要比承天更爱我，可惜事情到了这个地步，已经不可能再回头了，所以我就跟他说："没有，我从来也没有喜欢过你。"或许在之前，我的确没有爱过楚凡，但从这一刻开始，我却对他泛起了爱意。可惜为时已晚，既然不能跟他在一起，那又何必再要他为我而感到牵挂呢？

承天在挖空楚凡的公司后，新公司的生意渐渐走上轨道，也赚了不少钱，可是他虽然嘴巴上说爱我，但却从来没提及过要跟我结婚。不过我也不在乎名分，而且萤姐的经历让我知道，我是不能放弃小姐这份工作的，因为不能经常跟不同的男人上床，我就会像萤姐那样在很短的时间内快速衰老。我现在的实际年龄，我想我不说，你们大概也能猜到。如果我不再做小姐，那么现在拥有的年轻外貌马上就会失去，到时候承天还会愿意跟我一起吗？

所以，我并不希望承天娶我，只要能继续保持着现在这种关系，我就已经心满意足了。然而，我越来越觉得承天根本不爱我，因为他为了公司的生意，经常会让我去应酬他的客户或者高官，甚至让我跟他们上床。他跟楚凡完全不同，楚凡一看见我跟别人亲热就会很生气，而他却毫无感觉，甚至亲手把我送到别人的怀中。

我开始意识到，自己在承天心目中只是一个妓女，是一件为他招揽生意的工具，他根本不爱我。我有点后悔当初选择了他，而不是楚凡。

虽然我心里知道承天不爱我，不过女人就是这么笨，总存在着不切实际的幻想，认为承天会永远留在我身边。现在回想起来，也觉得自己可笑。

现在的承天已经不再是当年的纯情小男生，会因为跟我上过一次床，就把我当成女朋友,还为了我殴打自己的老师。现在的他只不过把我当成一件工具，或者一份礼物。

大概是两个月前吧，我知道他准备跟一个生意伙伴的女儿结婚。这也是应该的，他都二十八岁了，是时候成家立室。要结婚当然得找个正经的女孩，那女孩跟他是门当户对，身家清白，我这个下贱的妓女哪能跟她比呢？所以，我也很知情识趣，在知道他要结婚之后，就没有主动找他。还向他暗示，我不介意他跟别的女人结婚，只要他有空多来找我就好了。

然而，他并不是像我这么想，他不但打算跟别的女人结婚，而且还想脱掉我这个包袱。

他最近跟交通厅的牛厅长谈新高速公路的事情，建高速公路要用上大量钢材，如果这些钢材向他的公司购买，那么他就能赚取巨额的差价。然而，向谁购买钢材这事，就全凭牛厅长一句话，所以他百般讨好牛厅长，已经不止一次把我送到对方怀中。

牛厅长虽然已经有五十岁了，但也是个老色鬼。他很喜欢我，多次提出要我做他的情妇，不过都被我拒绝了。而承天却很想我答应牛厅长的要求，已经向我暗示过好几次，不过我都只当做没听见就算了。

承天出事那一晚，他又再次向我提起牛厅长的事，这次他还说如果我答应了，就给我一百万。我跟他一起这么久，他很清楚我是个怎样的人，我从来不缺钱，也从来不在乎钱，但这一晚他竟然向我开出价钱。

我终于死心了，这个男人根本不爱我，在他眼中我只不过是个用钱就能打发的妓女。爱的反面就是恨，当初我因为爱他，可以出卖另一个爱我的人，现在也能因为恨他而把他杀死！就像十五年前，我把南哥的精气吸光那样……

爱之深，恨之切。世人总以为妓女人尽可夫，所以在妓女中就不可能存在爱情。然而，在妓女当中却存在着不少像阮静这样，敢爱敢恨，毫不在乎名分，只求在爱人心中占有一席之地的人。她的爱情是纯洁的，没有任何瑕疵，可惜她选错了爱的对象，最终走上了这条不归路。

尾　声

一

把案子处理完之后，我去了一趟清莲观，把阮静的事情告诉薛楚凡。他听后露出恍然大悟的神色，过了好一会儿才回话：“怪不得，怪不得，当初我只是用一晚时间看师父给我的经书，第二天就自作聪明地回公司摆风水阵，开始我还以为自己天赋异禀，误打误撞也能摆出一个招财进宝的风水阵。但跟师父学道之后，我渐渐就发觉自己当时摆的风水阵纰漏百出，应该不会起任何作用，更不可能使我耗尽一生的运气。

“这些年来我想来想去，就只想到我当时之所以会事事如意，应该是因为遇到了百合。百合拥有一副旺夫益子的面相，会给跟她有过夫妻之实的人带来好运。不过，就算是这样也只是会让她的男人运气稍微好一点，绝不可能把一生的运气都耗尽。所以，我想可能是当初我摆风水阵时犯了某些禁忌，才会导致后来的恶果。没想到原来是这么一回事。”

“现在你知道一切了，你会恨她吗？毕竟是她毁掉你的一生。”我说这话时，特别注意了一下他的表情。

他稍皱了一下眉头，但很快就舒展开，恢复一贯笑眯眯的面容：“嗯，如果你早两三年前告诉我这些事，我一定恨她。但现在我就不会恨她了。你别看我现在在这里静修，只过着简单而平淡的生活，跟以往的花天酒地无法相比，但我却十分喜欢现在的生活。说起来，我还得感谢她呢。要不是她，我也不可能成为师父的徒弟，在这里专心学道。”

数年前的薛楚凡为了情欲与家人反目，为了金钱拿钢管到表弟的公司兴师问罪，但此时此刻他的言谈举止皆流露出与世无争的洒脱，就像他的道号“忘恨”一样，忘记了所有仇恨，抛开了一切的烦恼。

难道这就是道家的智慧吗？一种能化解仇恨、解除烦恼的智慧，一种能使昔日放荡不羁的浪子回归简朴生活的智慧。

或许，“大道无为”便是如此。

二

“竟然会有这样的事！这个叫阮静的妓女能在床上把男人的精气吸光？”梁厅长在听过梁政的汇报后，目瞪口呆了好一会儿才说出这句话。

梁政似乎对身为自己上司的哥哥露出惊诧的表情感到很满意，狡黠地笑着：“如果你不相信，可以亲自试验一下，我不会跟大嫂说的。”

厅长看着档案上阮静的照片，心里有些许心动，还真的有一点牡丹花下死的冲动。但他终究是浸淫官场二十余载的老狐狸，当然知道这是绝对不能做的事情，于是笑道：“别开玩笑了，狡兔不吃窝边草的道理是我教你的。还是说回这宗案子吧，你打算怎么处理这个女的？”

“这还不好办吗？她本来是香港人，又在香港犯了类似的凶案，把她引渡回香港，让香港的同胞操心好了。”梁政摆出一副毫不在乎的表情。

“这样也好，她怎么说也是个香港人，不走法院的程序恐怕不行。而且要是她闹起来，我们也不好办……那就按你的意思，把她交给香港的警方处理吧！”厅长把档案合上后，又从堆积如山的档案中翻出其中一个，并将其递给对方，表情从刚才的轻松突然变得非常严肃，“理南学院出了多宗命案，而且死者的死状都非常诡异。”

梁政接过档案，稍微翻阅后，陷在肉中的小眼猛然睁到最大，随即便露出爱恨交缠的笑容：“有意思，有意思，这宗案子一定会非常有意思！”他激动得双手也略微抖颤，而让他如此激动的原因就在于档案上的一行字——死者皆被不知名利器刺死，且全身血液被抽干，如同干尸！

这宗案子与两年前的古剑连环杀人案太相似了，或许是同一凶徒所为，梁政为这个洗雪前耻的机会足足等了两年。而且更重要的是，在这宗案子里，或许能发现与失踪两年之久的小相有关的线索。

◎灵异档案　容颜不老的妓女

本卷的原型是由一名学佛的网友提供的，鉴于某求答应为他安排一个重要角色，所以先不公开他的名字，暂且称他为“沐师傅”。

本卷男主角薛楚凡大起大落的人生，其实是一位跟沐师傅一起学佛的佛友自身的真实经历。某求是按照沐师傅的转述来创作这个故事的，而故事中的100号小姐阮静亦是真有其人。

佛友的经历与故事中相差无几，年轻时找一位高人算过命，说他一生必定大富大贵。随后开钢材公司遇到困难，但遇上阮静后，就从她那句“财色兼收”开始便事事顺意，之后就因为迷恋她而与家人反目。

数年之后，佛友因为出了车祸被撞伤，在医院躺了九个月，出院之时便发现公司被自己最信任的表弟掏空了。虽然钱财尽失，但凡事皆有两面，他正因为此事而与家人和解。后来，他又遇到之前给他算命的高人，就询问对方当年给自己算命时，明明说自己会大富大贵，为何此时却一贫如洗。

高人再次为他算命，这次的结果和之前相似，他的确是大富大贵之命。然而，与上次不同的是，之前他命中的福禄能享至百年归老，但此次再算得出的结果却是福禄已尽。高人为此也百思不解，硬拉着他询问自上次分别之后所发生的每一件事，他事无巨细地向高人一一道来。

高人听过有关阮静的事后，就问他是不是每次跟阮静行房后都一定会有好事发生？他说的确如此，所以他才会经常找阮静，后来甚至因为跟她走得太近而跟家人反目。

高人说某些妓女会对客人使用一些催运的法门，以讨得客人欢心，使自己的生意更好做，阮静肯定是会这种法门。然而，人一生的福禄是有定数的，要增加福禄只能依靠行善积德。使旁门左道的法门催旺运势，虽然在短期内能好运连连，但这只不过是透支自己未来的福禄，而且如此透支需要支付昂贵的“利息”，当福禄耗尽之时也就是大祸临头之日。

听过高人的话后，佛友大有恍然大悟的感觉，自己跟阮静一起的日子的确是好运得不得了，光捡钱也捡了几百万，客户、同行都像是排着队来送钱给他花似的。但自从发生车祸那天开始，他就倒霉得不得了，除了跟家人和解之外，还真是没遇过一件好事。

高人说他一生的运气已经被透支耗尽，以后想日子好过一点就得行善积德，为自己积累福禄。并给了他一本名叫《〈了凡四训〉益西彭措堪布讲解》的书，劝他在家学佛。而故事里因为要带出诅咒这一情节，所以改成了学道。虽然道佛有别，但都是导人向善的正教，也无伤大雅。现在他已经戒除了所有陋习，白天踏踏实实地做个普通的业务员，晚上就静修学佛，平日有空则多做善事。

他向沐师傅讲述自己的经历，并让沐师傅转告某求，目的就是让更多人知道，所谓的“趋吉避凶”，其实只是改变福祸降临的时间，要真正做到改变命运，只能依靠多行善举，除此之外别无他法。

说完佛友的大概情况后，再来补充一些细节。

佛友是在十三年前认识阮静的，她当时是在一间洗浴中心里工作，工号是100号。佛友那时候比较纵欲，平时经常出入色情场所，那天因为公司遇到困难，就想到洗浴中心放松一下，结果就点了她来服务，并出现了“财色兼收”的故事。

因为每次跟阮静发生关系后，运气都会很好，所以佛友每次去那间洗浴中心就只会点她来服务。不过，有一次他去到洗浴中心时，碰巧阮静休息了，所以他就随便点一个58号来为他服务。这个58号还真不赖，长得挺像某女明星，服务也令他很满意。

过了两天，他又到洗浴中心去，这次阮静有上班，他就跟阮静说起58号。谁知道阮静竟然说："58号半个月前就因为跟客人吵架，没在这里上班了，而且她长得跟某明星一点也不像。"

阮静还拿58号的相片给佛友看，跟他两天前所见的58号根本不是同一个人，而且整个洗浴中心里也没有一个长得像那位女明星的女人存在。可是，他那天却又的确是在这里点了58号，并带了她到酒店开房。

跟他发生关系的58号到底是什么人呢？他到现在也没能弄明白到底是怎么一回事。

说回阮静。佛友说他十三年前认识阮静时，她的样子就是十八岁的模样，现在十三年过去了，她竟然还是老样子，一点也没有变老。而她工作的地方，亦从洗浴中心换成了夜总会，她还成了里面的王牌公主，每晚都有不少人慕名去捧她的场。

据说有很多达官贵人想包养她，出的价钱一个比一个高，但她却从来不肯让人包养。数年前曾经有个厅长级的高官扬言一定要包养她，并且给她上班的夜总会很大压力。她拿那高官没办法，干脆就拍拍屁股走人，到其他省份遛了一圈，几年后又回来了。

还有，她很喜欢给处男开苞，就像故事里说的那样，她上班的地方，几乎所有处男都被她开苞了。若遇到仍是处男的客人，她就不但不会收钱，而且还会给对方红包。或许，这就是她能保持容颜不老的原因之一。

[卷九完]

卷十 · **执念之剑**

引 子

一

“大师，怎么我们家老是出事啊？我老婆昨天从楼梯摔下来，把骨头给摔断了。我儿子也是经常生病，这次发烧都吊了一个星期点滴也没有好转。而我也是经常犯头痛，打针吃药一点效果都没有，我们家到底是惹到什么脏东西了？”一名三十余岁的中年男人焦急地询问身前那位风尘仆仆的老者。

老者沉思不语，掐着指头似乎是在推算些什么，良久之后摇头叹息，语气沉重地回答道：“你的确是惹到不干净的东西了，不过这都是因为你作孽太深的缘故，现在你们一家正是受孽债所困。化解孽债并非易事，而且也不是一朝一夕的事情，要解燃眉之急只能以灵符镇压这些可怜的冤魂，使它们暂时不能胡作非为。”

男人闻言马上转忧为喜：“好的好的，大师，你快用灵符帮我一把吧，我的儿子还在发烧呢！”

老者略现犹豫之色，但在男人一再催促下，终究是无奈地摇了下头，当即从其小巧但沉甸甸的包袱里，取出朱砂、毛笔及黄纸，集中精神挥笔疾书。虽然他不消片刻即把灵符画好，但却像耗费了大量精力，露出极其疲倦的神色。他轻闭双目深吸一口气，稍微作调息后拿起刚画好的灵符，语气严肃地对男人说：“此灵符能力有限，只能镇压冤魂一个月，之后它们就会再次出来作祟。”

男人刚刚才展露出的欢颜，因老者这句话立刻消失，忧心忡忡地问道：“那、那有什么方法能免除后患呢？”

“这些冤魂怨气极重，已经到了无法化解的地步，只能用以暴易暴、以邪镇邪的方法来镇压……”老者说着就没有说下去。

“以暴易暴、以邪镇邪……”男人喃喃念道，似乎并不明白当中的意思，焦急地追问：“具体该怎么做才行啊？”

“这些冤魂的怨气如此深重，只能以上古神器才能将它们长久镇压。”老者说着无奈摇头，叹息一声又道，“但是上古神器乃可遇不可求之物，能否获得只能看机缘，强求不来的。”

“大师，你一定要帮我啊，花多少钱我也不在乎，只要我一家平安无事就行了。”男人说着竟然跪下来捉住老者的脚，语带哽咽地恳求对方，“大师，我求你了！我是死是活不重要，但儿子可是我们夫妇的命根啊！你一定要想办法帮我们……”

老者慌忙把男人扶起：“男儿膝下有黄金，你先起来再说。”

“大师，你肯帮我们了吗？”男人脸上愁容未减，硬是跪着不肯起来。

“起来再说，起来再说。”老者好不容易才让男人站起来，叹息一声又道，“虽然你所做的事有违天理，损尽阴德，但你我有隔世之缘，能帮上的忙我都会尽量帮。只是找寻神器并非易事……”他思索片刻又道，“这样吧，我现在先用灵符把冤魂镇压，然后立刻出发去寻找神器。不管寻获与否，每月都回来一次更换灵符，直到得获神器，为你们一家解除后患为止。”

“好的好的，只要能解决这事，一切都听从大师的。至于酬劳方面……”男人欲言又止，显然是想让对方先开口。

老者无奈一笑：“我只是看在你前世有恩于我的分上，才出手帮你，又岂会收取分文报酬呢？只求此事得到解决，你今后就不要再做如此阴损之事，多为自己修德积福便行了。”

“一定一定。”男人虽然嘴巴上爽快答应，但心里别有盘算：放着这么赚钱的生意不做，难道要我们全家讨饭去？先答应你，等事情解决了再说……

二

静夜，月满高悬，繁星黯然失色。

夜幕下的理南学院幽静且神秘，皎洁的月光洒落在平静的小湖上，犹如于湖面撒下一把银沙，给宁静的校园带来几分诗意。

湖边的草地旁，路灯照射不到的地方有把长椅，一对学生模样的男女正坐在长椅上窃窃私语。

“你真的喜欢我吗？”虽然没有路灯的照明，但借助皎洁的月色，不难发现女生那略带稚气的脸颊呈现出绯红之色，心中的羞涩尽表于人前。

“当然喜欢你了，你不相信吗？”男生脸上带上着淫秽的笑容，不过他背向明月，所以女生并不知道自己心中所系的是个登徒子，只看见一个帅气十足的脸庞轮廓，并为此而脸红心跳。

男生缓缓地往已到手的猎物身上靠，他的双眼虽然处于阴影之中，但仍能闪烁出让人心动的光芒，仿佛在向对方诉说：“我爱你……”

“你想干吗？”女生略显惊慌，因为此刻对方已经把她搂入怀中，并缓缓地把帅气的脸庞靠过来。

“你说呢？”男生突然捧住女生的脸，在对方还没来得及惊叫之前就用灼热的双唇封住了她的嘴巴。

女生做出矜持的反抗，但这种反抗在此刻却是那么无力。片刻之后，她便不再挣扎，身体犹如正在融化的软雪糕一般，依偎在对方胸膛，任由对方贪婪地吮取口中津液。

然而，男生并未满足于此，他继续有技巧地与对方接吻，双手似有若无地在对方软香温玉的娇躯上摸索，并在不经意间把手伸进对方上衣之内。

“不要……”当胸罩被解下的一刹那，女生惊惶地做出反抗，但这只是为了表示自己的矜持而已。男生再次狡黠地用灼热的双唇让她不能发出任何声音，受欲望支配的双手排除万难，直达玉峰之巅。

形如竹笋般的少女酥胸，使男生爱不释手。眼见昏暗的湖边四下无人，他便大胆起来，在对方无力的抵抗下，将其矜持的外衣完全脱下来。

“不要……会让人看见的……”半推半就地被对方脱掉上衣后，女生的脸色便羞红得有如晚霞一般，双手护胸一头扎进对方怀中，希望从中得到保护。然而，她并没有想过，温暖的胸膛才是万劫不复的堕落深渊。

受欲望支配的男生，在脱掉对方上衣的同时，也脱掉了自己的伪装。双唇离开对方柔滑的樱唇后，沿着脖子一直往下游走，最终停留于双峰之间不断地左右穿梭。他的双手也没闲下来，一手紧紧地抱住对方柔软的躯体，另一只则再次以似有若无的手法轻抚对方外露于短裙之外的美腿，渐渐地、缓慢地向上摸索，探索那神秘的生命起源之地……

“不要在这里，会被人看见的……”女生最后的防线已经被解除，初尝禁果的欲望虽然使她暂时忘却堕落的后果，但羞耻的感觉仍让她不愿意在这开放的地方一尝云雨。

“我们到那边的草丛里吧！在那里没有人会看见。”心急火燎的男生，把已经半裸的猎物抱起，大步流星地走向茂密的草丛，以求尽快宣泄体内的焚身欲火。

然而，当到达僻静而隐蔽的野合之地后，两人心中灼热的欲望之火便于瞬间熄灭，取而代之的是心胆俱裂的恐惧。因为，他们在茂密的草丛中发现了一具尸体，一具干枯的尸体……

第一章　草丛干尸

雄兔脚扑朔，雌兔眼迷离；
双兔傍地走，安能辨我是雄雌？

家喻户晓的《木兰辞》说明了一个道理，就是男人能做的事，女人不但也一样能做，而且还能做得比男人更好。我国自古以来就有男尊女卑的封建意识，虽然建国以后随着社会发展，女性的地位得到大大提高，但根深蒂固的古老思想仍难以根除。纵使男女平等的口号已经叫了几十年，但大多数父母还是为了得到一个能后继香火的男孩而煞费心机。

广东有句俗语说得好，“生仔好听，生囡好命”。意思就是生个儿子虽然能后继香火，但只不过是说起来好听，能赚个彩头而已；生个女儿虽然不像生儿子那么有面子，但女儿大多都比较孝顺父母，晚年有女儿照料，自然比生儿子要好命得多。这句俗语虽然有些许酸葡萄的味道，但无可否认，事实的确如此。孝顺父母的男性不是没有，但与女性相比，的确是少得可怜。

说了这么多闲话，差点忘记自我介绍，我叫慕申羽，是一名刑警，一名神秘的刑警。其实，我本人并没有任何神秘之处，但我所隶属的“诡案组”却非常神秘。顾名思义，“诡案组”是专门负责调查诡秘案件的特别小组，而这次我们要调查的是一宗与男女有关的诡异案件，这宗案件就发生在建校才四年的理南学院……

一大早，老大就把我叫进他的办公室，还向我摆出一副很“诡秘”的表情。他表面上是一脸严肃，但嘴角却不时往上翘，感觉就像是脸部肌肉抽搐了。很少能看到他这种表情，只有遇到天大的好事才会这样，我忽然有种不祥的预感。

“理南大学近期发现了多宗凶案，案中死者的死状都很诡异……”老大把一个档案抛到我面前，嘴角又不自觉地往上翘了一下。

“哪天不死人啊……”我没好气地翻开档案，但稍微翻看后就立刻跳起来叫道，“死者皆全身血液被抽干，如同干尸……这宗案子的情况怎么跟两年前的案子那么相似？”

“你也觉得很相似吧！”老大狡黠地笑着，“或许，在这宗案子里能找到有关小相下落的线索。”

“小相……”这个久违而又熟识的名字让我略感激动。两年了，自从两年前那宗诡异的古剑连环杀人案之后，我就再也没有见过小相，他就像人间蒸发一样，在这两年间音讯全无。

小相的母亲体弱多病，在他孩童时期就已经不在人世，父亲也因积劳成疾在他刚上大学的时候便撒手人寰，只留下年幼的妹妹见华跟他相依为命。也许，因为年少时便要担起家庭重担的缘故，他的思想要比同龄人成熟得多，我从没听见他为自己命途多舛而抱怨，他总是勇于向命运挑战。

小相曾经跟我说起过他年少时的事情，求学时期的他，聪颖、帅气、幽默，是大多数女生心中的白马王子，艳史也足以成书。但是，父亲的离世使家庭的经济重担提前压在他的肩头上，为了家庭、为了生活、为了学业，他的课余时间基本上都被兼职所占据。不过以兼职的微薄收入，就算不眠不休也只能勉强应付兄妹两人的日常生活开支，至于学费就力有不逮了。

眼见哥哥每天如此辛苦地工作，独力支撑家庭的开支，当妹妹的又岂能袖手旁观呢？所以年幼的相见华也想学他那样一边上学，一边兼职养家。他当然不会让自己最疼爱的妹妹去做那些又脏又累的童工活，为此他作出一个沉重的决定——出卖色相。虽然对男性来说出卖色相也不见得有多大损失，不过面子上终究是说不过去，可是面对家中的困境，他也只能豁出去。当然，这一切都是在妹妹不知情的前提下进行的。

小相就读的大学不是什么名校，富姐并不多，不过用心去找还是能找到的。与他同读大一的富姐中，有一个名叫陆影霞，样子挺不错的，要是瘦上二十公斤的话绝对是个大美人。以此女一米六三的身高，超过七十五公斤的体重，恐怕在大多数人眼中也是地震龙级的庞然大物，更何况当时的小相是终日与美女为伴。不过，此地震龙已经是为数不多的富姐中，比较能让人接受的一个。

不可否认小相泡妞是有一手的，从他能追到悦桐这个大美人就可见一斑。他跟我说，从向陆富姐发动攻势，到几乎被她在床上压断骨头，只是花了个把星期而已。一个月之后，陆富姐更是已经到了对他死心塌地，非君不嫁的地步。就这样，他的大学时代便于小白脸的阴影下度过，其间不但他的所有花费都被陆富姐包起，就连妹妹见华的所有开支也给包上了。由此可见，他还真是个当小白脸的人才。

然而，大学的恋爱就像看电影一样，不管电影有多好看，灯一亮就得散场了。大学毕业后陆富姐就出国留学，两人从开始的电话联系，渐渐变成后来的电子邮件往来，两三个月后便是音讯全无了。虽然在经济上失去了富姐的支持，但小相是个能干的人，毕业后就凭自身的实力当上了刑警，并且表现出色屡破奇案。我也因为跟他搭档而沾光，一度跟他双双被称为刑侦新人王……

“发呆够了没有！”被老大一吼，我就从回忆中回到现实。

我尴尬地笑了笑：“你看这份档案时，大概也跟我一样吧！”

“我的事要你管！”老大瞪了我一眼，随即吼道，“还不快去调查！”

老大表面上虽然不太在意小相的事情，不过我知道他跟我一样，都很想尽快获悉小相的下落。所以，我被他轰出办公室后，我就立刻跟蓁蓁前往理南学院调查，希望能从这宗案子里找到与小相下落有关的线索。

我们一来到理南学院就看见一个劲地抽烟的阿杨，他这人就是这样，遇到可怕的事情时就会一根接一根地抽烟。他看见我们就上前给我抛了根烟，露出牵强的笑容对蓁蓁说："吃过早餐没有，没吃就先吃点东西，不然我怕你待会吃不下。"

我把香烟点上后，便打趣地问他："你怎么不问我吃过没，怕我要你请客吗？"

"你这小子高兴还来不及呢，还会吃不下吗？"他瞥了我一眼又说，"我想你已经看过报告了吧，这次的案子跟两年前那宗很相似，你应该不会忘记那宗案子。"

"你认为呢？"我没好气地回答，"我可就是为了那宗案子被调到反扒队当了两年苦力，能忘记吗？"

"你没忘记就最好，我不用跟你解释太多了，你们跟我过来吧！"他说着就带我们去案发现场，并在途中简略地向我们讲述本案的大概情况——

这所理南学院是一所新建的大学，建校至今只不过四年的时间。因为是没什么名气的新校，所以来这里读书的学生要么就是成绩好，但穷得叮当响的农村学子；要么就是成绩差得没谱，但钱包饱满的纨绔子弟。正因为校内的学生贫富差距悬殊，所以经常都会出乱子，不过之前那些都是小打小闹，而这一次却是出了人命，而且还是连续出了五条人命。

第一次出事是三个月前，死者被发现倒卧在教学楼后的小山坡上。第二名死者于早上被发现倒在教室里，第三名是在停车场，第四名是教学楼通往天台的楼梯间，而昨晚出事的则在湖边的草丛里。五名死者皆为男性，死后衣衫不整，前四名死者的致死伤是胸口或脖子等地方挨上一刀，除第一名死者外，其他三名死者都是只有一个致命伤口。最不可思议的是，这四名死者都是在死后不足二十四小时内被发现，但他们竟然都变得像干尸一样……

此时我们已经来到湖边，这里环境很优美也很宁静，本应是个谈情说爱的好地方，可惜现在这里却有一具让人畏惧的尸体。尸体躲在茂密的草丛中，因为草长及膝，所以需要走近才能看见。

我们到达时，流年已经在检验尸体了，跟他打个招呼后，我就站在他身旁仔细观察尸体的情况。尸体看上去就像一具风干多时的干尸，脸部表情尤其让人感到可怕，在这张扭曲的脸上，我能看见死者在死亡前所感到的痛苦与绝望。

虽然从尸体的枯干程度看来，应该是经历了漫长的岁月，但是其身上的衣服却是崭新的，而且款式也很新颖，应该是最近才买的，与它主人干瘪的身体格格不入。

尸体的胸口有明显的刀伤，应该是被刺穿心脏致死。但奇怪的是，衣服上竟然没沾有一点血迹，仿佛刺进胸膛的并非锋利的刀刃，而是吸力强劲的吸管，在刺穿皮肉的瞬间便已经把死者体内的所有血液抽干。

死者上身的衣服相当凌乱，下身则更加不堪入目，优质的西裤及内裤一同褪到膝盖之下，私密之处尽露于人前。他那本应是值得骄傲的器官，现在却如同枯干的小树枝，丑陋无比。我突然感到有股酸性液体从胃里涌上胸口，差点没吐出来，怪不得阿杨说看了会吃不下东西。我当刑警这些年，多恶心的尸体也有见过，眼前这一具虽然并不是最恶心的，但却是最让我感到心寒的，我想没有哪个男人看见那“小树枝”会不觉得害怕。

我本以为蓁蓁看一眼就会不想再看，可是没想到她竟然很仔细地观察，而且还不时偷偷地瞄上我一眼。我注意到她老是瞄着尸体下身的“小树枝”，她应该不会想让我也有一根同样的“小树枝”吧？心念至此，不由浑身哆嗦起来。

在等待流年验尸的过程中，阿杨带来了一对学生模样的男女，并告诉我是他们发现死者的，于是我便把他们带到一旁，向他们询问情况。这两个学生，男的叫江胜华，大三学生；女的叫袁芃，是大一新生。他们的关系较为亲昵，女生一直牵着男生的手，应该是情侣关系。因为女生比较害羞，所以我向男生询问他们发现尸体时的情况。

“昨晚还真是把我们吓死了……”江胜华露出心有余悸的神色，身体稍微颤抖地对我们说，“昨晚，我们上完晚自修就一起来这里散步，并坐在湖边的长椅上聊了一会儿。之后，我们就走到草丛这里来……”

“这个位置晚上应该很暗吧，你们走到这里来干吗？”蓁蓁边东张西望，边问这个不解风情的问题。

袁芃闻言脸色立刻就红起来，牢牢地抓住男友的手臂，头低得大概只能看见自己的双脚。江胜华也露出尴尬的笑容，没有给予直接的回答，只是嘿嘿一笑。

蓁蓁没明白他的意思，似乎想继续追问。为免她丢人现眼，我只好在她耳边小声说：“他们三更半夜到这里溜达，除了亲热还能做什么？”经我这一说，她的脸马上就红了。

在现在这种尴尬的气氛下，想让证人毫无保留地把昨晚的情况说出来是不可能的，所以我叫蓁蓁带袁芃到一旁问话，而我则继续询问江胜华。我这个主意本来是挺好的，可是袁芃这小女生却并不乐意接受，久久不愿放开男友的手臂，不过最后还是跟蓁蓁到一旁去了。

待她们走远后，我才开口询问江胜华："你们走过来就发现死者了？"

"嗯。"江胜华点了下头，脸色稍微苍白，似乎回想起可怕的事情，良久才开口向我讲述昨晚的情况。也许因为只有我们两人的关系，他面对我这个大男人，说起话来要比刚才放松得多——

昨晚真的把我们吓坏了，当时我抱着小芃从长椅那边走过来，本想在这里把她放下，可是当我走近时，却发现好像有个人躺在这里。这里晚上虽然比较僻静，但也经常会有人过来，所以看见有人也不是什么稀奇的事。这个地方已经有人在了，我就想换个地方，但是我突然又觉得很奇怪，因为会来这里的都是两个人一起来，应该不会有人那么无聊一个人躺在这里，所以不禁好奇地多看了几眼。

昨晚的月色比较明亮，所以就算路灯没能照到这里，也不会太过昏暗。不过当时刚好有一朵浮云飘过，所以我没能看清楚那人的情况，只能看见草丛中有一个人影。人总是有好奇心的,越是看不清楚就越想看个明白,不过当时……你应该能猜到我们当时的情况吧！我想在那时候，没什么能比我们正准备做的事更重要，于是我就想抱小芃去找个没有人的地方。

可是，就在我想离开的时候，遮挡月光的浮云飘走了，周围顿时明亮起来。那时候，小芃……小芃身上没穿多少衣服，所以一亮起来，她就紧紧地抱着我，怕被人看见她的身体。我当然也不想她被人吃豆腐，于是就想马上抱她离开，可是我又好奇是什么怪人躺在草丛里，所以就忍不住瞥了一眼。

不看还好，一看就吓得我叫出来了，躺在草丛里的竟然是一具尸体……

从江胜华的叙述中，我并未发现任何有价值的线索，因为他只是发现尸体，并没有看见案发过程。袁芃的情况也是一样，蓁蓁从她口中得到信息与江胜华大同小异。既然他们没能提供有价值的信息，那么我们只能从死者身上找线索。

此时流年已经完成了初步的尸检，于是我便上前给他发了根烟，询问死者的情况。他把烟点燃后，狠狠地抽了几口才说："死者的情况跟两年前那宗案子几乎是一模一样……或许，你该到市博物馆找一下倪雪儿……"

第二章 上古异剑

在理南学院内接连发生诡异的凶案，案中的受害者于死后皆离奇地变成了干尸。我本想从在最近一次发现干尸的一对情侣口中套取线索，可是他们的口供却对调查没有实质的帮助。他们没能提供有价值的线索，我只好把希望寄托于死者身上。

我给刚为死者做完尸检的流年发了根烟，并询问死者的情况，他把烟点上狠狠地抽了几口才回答："死者的情况跟两年前那宗案子几乎是一模一样，看似是被利器刺伤致死，但实际上并没有伤及要害，真正的死因是严重失血。不过，你们应该能看见，现场没什么任何血迹……"他示意我们观察死者周围的地方，的确没能看见哪怕一滴血迹。

死者躺在草丛中，如果是因为过度失血致死，那么周围的杂草及泥土必定会沾上血迹。而要清除这些血迹，唯一的方法就是把杂草及泥土铲走，但这里的一切都保存得十分完好，不像曾经被人"大兴土木"过。

"会不会是这里并非凶案的第一现场？"蓁蓁这个假设不是全无道理，不过她忽略了一个十分重要的细节。

"你看这里。"流年牵强地对蓁蓁笑了笑，指着死者的上衣示意她看。死者的上衣破了一个洞，从形状判断应该是被刀剑之类的利器刺破的，跟他胸前的伤口相对应。也就是说，凶手是隔着衣服把凶器刺进死者体内。

"这有什么特别啊？"蓁蓁并未察觉当中的奥妙。

我跟流年对视，一同无奈地耸耸肩，然后就给她解释："死者的衣服没有血迹，这说明死者在遇害时根本没有鲜血从伤口流出体外。"

"怎么可能？"蓁蓁一脸惊诧之色，片刻才继续道，"他不是因为失血过多才变成现在这样吗？怎么会没有血流出来呢？"

"因为死者在遇害的瞬间，全身的血液就被烧掉了，就像两年前那宗案子那样。"我无奈地苦笑。两年前的古剑连环杀人案，死者的情况跟本案如出一辙，都是仿佛在被刺伤的瞬间，全身的血液被抽干。

"烧掉？怎么可能，死者不像被火烧过啊！"蓁蓁面露惊讶之色，似乎对此感到匪夷所思。

我正想向她解释“烧掉”的意思时，流年指着死者的伤口跟我说：“或许，你该到市博物馆找一下倪雪儿。”

“为什么？”我不解问道。

他把烟抽完才回答：“死者情况跟两年前那宗案子很相似，所以我以为关键就在于凶器。两年前的案子，虽然没能抓到凶手，但已经证实了凶器就是博物馆被盗的古剑。”

我点了下头：“嗯，当时你也有参与验尸工作，关于凶器方面的事情你比我更清楚。”

“没错，我对案情虽然没你那么了解，但尸体却能告诉我凶器的详细情况，所以……”他顿了顿才继续说，“所以我能肯定，这次的凶器绝对不是两年前那把古剑！”

“什么？”我大感愕然。虽然这一次与两年前的案子有很大差别，但死者诡异的死状却是完全相同的，因此我几乎肯定凶器就是那一把可怕的古剑，但流年却给予我一个否定的答案。

流年再次指着死者的伤口，对我解释道：“博物馆被盗的是一把唐剑，虽然已经年代久远，但保存得十分好，剑刃依然异常锋利。死于这把唐剑剑刃之下的人，伤口十分平整，而且伤口也很深。但是，这名死者的伤口却完全不同，不但伤口浅，而且参差不齐。所以，我能肯定凶器不是两年前那把古剑。”

“那凶器会是什么？”我的思想稍微出现混乱，竟然向流年问这个没头没脑的问题。

他牵强地笑着：“这就是我叫你去找倪雪儿的原因。从死者的伤口判断，我以为凶器应该是一把形状较为特别的匕首，她或许能为你提供一些线索。”

“唉，我可不想去找那个啰唆的欧巴桑啊！”一想起倪雪儿我就觉得头痛了。

流年露出幸灾乐祸的笑容：“去不去找她是你的事情，我能做的就是替你翻查一下之前四名死者的尸检报告，以进一步确认我的推断。”虽然此案至今已经出现了五名死者，不过因为之前校方及当地派出所一直把此事压下来，直到现在捂不住了才交由我们处理，所以另外四名死者都是由当地的法医进行尸检。

要我去找倪雪儿，我心里是千百万个不愿意，可是我又不得不去找她。因为此刻除了她之外，我还真想不到还有谁能为我提供线索，所以我只好跟蓁蓁到市博物馆走一趟。

今天不是周末，也不是免费开放日，所以市博物馆挺冷清的，我们进来时连鬼影也没看见一个。其实就算是周末这里也不见得有多少人，现在的人大多都只对新鲜的事物感兴趣，而对于祖宗留下来文化瑰宝却不屑一顾。不知道是否为了营造文化氛围，博物馆里的光线较为昏暗，虽然是大白天，但这里还是像间鬼屋似的。也不知道设计师是怎么想的，文化气息我可没感觉到，但背脊发凉的感觉倒是很强烈。

在展览厅没有看见雪儿，想她应该是在办公室里，于是就直接去那里找她。然而，当我想叫蓁蓁跟我过去的时候，却发现她正看着一件展览品发呆。那是一部旧式的木制打谷机，虽然有些历史价值，但我不认为她会对此感兴趣，于是就问她看着这部打谷机干吗？

她指着打谷机后面说："那个假人做得很逼真耶，跟真人一样。"

我往她所以指的方向看，果然看见有一个假人坐在打谷机后面，并且背靠着打谷机。乍一看还真是栩栩如生，不过再仔细看就不禁感到奇怪，因为这假人身上穿的是一套白领装，跟这台来自农村的打谷机格格不入。我正想道出心中疑惑时，她竟然上前去摸那假人的头发，还惊奇地说："头发也跟真的一样……"

蓁蓁的话还没说完，那假人就突然全身动弹了一下，并发出让人心惊胆战的尖叫。在这寂静无声的展览厅里，这声尖叫犹如午夜惊雷，吓得我差点连心脏都跳出来了。蓁蓁当然也好不到哪里去，吓得跌坐在地，随即连滚带爬地溜到我身后。她牢牢地抓住我的手臂，身体不住地颤抖，连说话也结巴起来："会动……她会动……"

我虽然也很害怕，但总不能在蓁蓁面前尿裤子吧，只好强作镇定地站在她前面，小声跟她说："别怕，静观其变。"我这么说，其实只是因为我不知道该怎么办。本来想先跑出去再说，可是双腿有点发软，大概跑不动了。

那疑似假人的物体挣扎似的动了几下后，就喃喃自语地说："我怎么在这里睡着了……"随即慌乱地爬行，双手不停在地板上摸索，像是在找某样东西，并向我们这边爬过来。

长生天哪！我想我们遇到的不是什么诡异的假人，而是那个我最不想见，但这次却是专程来找的笨蛋——倪雪儿。

她发现我们后，马上又尖叫一声："你、你们是什么人，博物馆都已经关门了，你们是怎么进来的？进来干什么？是不是想偷东西？”

我从她身旁捡起一副可能有二两重的近视眼镜，交到她手上后，没好气地对她说：“醒醒吧，同志，到站了！”

她戴上眼镜看清楚我是谁后，先是一愣随即就对着我傻笑：“咦！你不是阿慕吗？你怎么会来这里？”她说着发现我身后的蓁蓁，马上就惊奇地说，“哇，你女朋友真漂亮，怎么不介绍我认识呢？”

“你有机会给我介绍吗？”我没好气地回答。也许觉得我的回答较为暧昧吧，蓁蓁的脸色马上就红起来了，连忙跳出澄清：“我是他同事，不是他女朋友。”

经历过让人心惊胆战的见面后，雪儿就打算带我们到办公室详谈，途中不断地跟我们唠唠叨叨。一会儿说博物馆里的工作很忙，忙得让她坐在打谷机后面睡着了，一会儿又说自己很喜欢博物馆的工作，再怎么辛苦也无所谓。反正在到达办公室之前，她的嘴巴也没停过。

到了办公室后，雪儿似乎也没有闭嘴的意思，还是继续唠唠叨叨。蓁蓁在进办公室之前还小声问我，为什么会跟流年说雪儿是个欧巴桑，害她还以为雪儿是个五六十岁的老太太，没想到原来是个年龄跟她差不多的女生。我并没有回答她这个问题，不过我想现在她应该明白我为何会说雪儿是个欧巴桑。

我好不容易才能逮住雪儿说话的空当，立刻就向她道明来意：“理南学院出了多宗凶案，死者的死状跟两年前那宗案子很相似，因此我怀疑杀害死者的凶器就是博物馆被窃的古剑。可是流年却说这次的凶器并不是一把剑，应该是一把形状较为特别的匕首，所以我想请问你，是不是有一把性质跟被窃的古剑相似的匕首。”

“匕首……”雪儿傻乎乎地把双手伸到头顶，用食指在脑袋上画圆。蓁蓁疑惑地问她干吗？她傻笑着回答：“据说这样能加速脑部血液循环，想东西会容易一些。”

“真的吗？”蓁蓁这次问的是我。

我以蔑视的眼神瞥了她一眼：“你不会是也相信吧？她大概是小时候动画片看多了。”

蓁蓁被我说得不再吭声，而雪儿则完全无视我的嘲讽，闭上双目继续在脑袋上画圆。或许她的方法还真的有点效果，没过多久她就露出一个恍然大悟的表情，嘿嘿笑道：“我想到了，我记得之前被窃的唐剑，应该一共有三把。”

"三把？"听她这么说，我不禁略感惊讶，印象中在两年前她并没有向我提及此事，于是便问道，"之前怎么没听你说过？"

"你之前有问过我吗？"她理直气壮地回答。

仔细一想，之前我的确没问过这个问题。不过之前有问没问现在已经不重要了，重要的是在另外两把剑中是否有一把是形状特别的匕首。我道出心中的疑问，希望她能给我一个满意的答案。然而，她的回答却让我感到失望："没有，三把都是长剑，另外两把的款式跟被盗那把是一样的，只是花纹不同而已。"

虽然她没能给我一个满意的答案，但我并没因此感到气馁，继续问她有关这三把古剑的事情。"其实，我知道的也不是很多，之前都跟你说过。我再详细跟你说一遍好了。"她说着又在脑袋上画圆，良久之后才给予我详细的回答——

据说唐太宗在晚年时得到一把巨大无比的异剑，被这把异剑所伤的人全身的血液会立刻被其吸干。他本来想把这把可怕的异剑销毁，免得为祸人间，但太史令李淳风却劝说他把异剑一分为三，精铸成三把镇邪宝剑。还说有了三把宝剑，就能保李氏江山千秋万代，他听信李淳风献言，命其亲自监制这三把宝剑。

李淳风找来当时最好的铸剑工匠，把重达百斤的异剑精铸成三把唐剑，分别起名为：天道之剑"乾捭"、地道之剑"坤阖"以及人道之剑"仁孝"。镇邪宝剑铸成之后，他就跟唐太宗说宝剑需开光之后才能发挥作用，而开光的方法就是以宝剑屠杀大恶之人，而且每把宝剑得杀九九八十一人。

一次要杀二百多人，这种事现在听起来可能会让人觉得毛骨悚然。不过，对于贵为天子的唐太宗来说，这只是一件很简单的小事，当即就命李淳风从犯下死罪的囚犯中挑选大恶之人为宝剑开光。

说来也奇怪，虽然一次杀掉两三百个死囚并不算什么大事，但怎么说这三把宝剑也关系到大唐江山，绝对是一件需要记录在册的事情。可是，正史对此竟然没有任何记载，只是在野史中稍有提及。

据野史所载，唐太宗铸剑的目的是巩固江山，这三把剑分别能保李氏江山九九八十一年，三把剑加在一起就能保二百四十三年。说来也巧，野史上说这三把剑是在公元 648 年铸成的，而梁王朱温篡位致使唐朝灭亡是公元 907 年。如果扣除武则天自立为武周皇帝的十六年，刚好就是二百四十三年。

唐朝灭亡之后，这三把唐剑就失落于民间，其中一把在北宋年间落到一名富商手中，后被当做陪葬品埋藏于墓穴之里，近年才被考古队挖掘出来，这把剑就是我们博物馆被窃的“坤阖”。至于“乾捭”和“仁孝”，自从唐朝灭亡之后，所有史书包正史及野史，甚至民间传说都没有任何关于它们的记载，近年也没有发现它们的踪迹。我想它们要么就是被人找到了但偷运到境外，要么就是还躺在地下等待被人发现……

雪儿提供的资料对本案的调查似乎没有什么作用，毕竟资料中的重点，在两年前我就已经听她说过，而另外两把唐剑跟本案的凶器又有明显的区别。不过，在她的叙述中，我发现了一个问题，于是便问道：“你说唐太宗得到的异剑重达百斤，但博物馆被窃的唐剑应该只有两三斤重，三把加起来也不超过十斤，那么剩下那九十斤去哪里了？”

她想了一会儿才回答：“我不知道耶，野史上只说李淳风把异剑精铸成三把唐剑，那剩下的九十斤就没有提及过。不过，野史上还说异剑是一把年代久远的古剑，唐朝的年代久远，在现在能说得上是‘上古’了。”

“上古异剑……”我喃喃念着，心想李淳风除了把这把巨大的上古异剑铸成三把唐剑之外，会不会还多铸了一把匕首给自己防身呢？

第三章　本末倒置

为调查理南学院发生的凶案，凶徒所使用的凶器是否跟两年前那案子有关，我跟蓁蓁到市博物馆找啰唆的“欧巴桑”倪雪儿。从雪儿口中得知博物馆被窃的古剑原来是由一把巨大的上古异剑分铸而成，而且一共有三把，但另外两把自唐朝灭亡之后就不知所终。

然而，根据野史记载这把上古异剑重达百斤，分铸成三把唐剑后，应该还有大量金属剩余。而流年说本次凶案的凶器应该是一把匕首，因此我怀疑李淳风当年铸剑之时，是否用剩余的金属私下铸造了其他武器，譬如给自己铸造了一把匕首。

我把这个假设告诉雪儿，问她是否有这个可能。她托了托鼻梁上那副镜片厚得能当防弹玻璃用的近视眼镜，认真地思考着，良久之后突然做恍然大悟状：

"我不知道耶，史书上没有任何记载。"

长生天哪！这一刻我真有掐死这个书呆子的冲动。

离开市博物馆后，我一直在想两年前那宗案子。两年前，雪儿就跟我说过古剑是用八十一名恶贯满盈的死囚的生命开光，因此古剑充满怨念。当时我就是因为这一点而怀疑使用古剑杀人的凶徒，极有可能是受到剑中的怨灵支配而行凶。就算是今天，我也没有否定这个想法，甚至认为理南学院的凶案很可能也是因为古剑中的怨灵作祟。可是从死者的伤口判断，凶器并非这三把古剑的其中之一，而是一把形状特别的匕首。难道，这次的案子跟两年前那宗没有什么何关联？

就在我为寻找小相的希望幻灭而感到失落时，流年给我打来了电话："阿慕，我已经看过其他四名死者的验尸报告，你有时间就来法医处走一趟吧。"反正我正为没有线索而心烦，不妨过去看看他有什么发现。

来到法医处后，我向流年讲述从雪儿口中得到信息，他随后就把五名死者的验尸报告及他们的背景资料一同拿给我看。五名死者的背景十分相似，都是什么都缺就是不缺钱的纨绔子弟。而他们的验尸报告也大致相同，除了第一名死者吴浩较为特别，身上有多处伤口之外，其他死者的情况也没什么两样，都是只有一个伤口。

"这次的案子的确跟两年前那宗的情况很相似……"流年略皱眉头，迟疑片刻又继续道，"死者体内的血液似乎是在被凶器所伤的时候，于瞬间全部被'燃烧'掉。"

"到底是怎么烧掉的，尸体不像有被燃烧的痕迹？"蓁蓁已经第二次问这个问题了。

流年露出牵强的笑容："或许，让阿慕给你解释，你会比较容易明白。"他把问题抛给我，我只好简单地给蓁蓁讲述我们之前的发现——

在两年前的古剑连环杀人案中，我跟小相一开始也为这个问题而烦恼，因为死者体内的血液完全消失，但凶案现场却没能找到哪怕一滴血迹。在询问雪儿有关古剑的来历后，我们一度怀疑这把古剑拥有不可思议的吸血能力。不过，后来在小相的坚持下，我们终于知道到底是怎么回事。

古剑在出土时，为了研究其成分，考古队经过在剑身表面磨取了少量的金属粉末作研究用途。唐代最好的刀剑大多是用印度乌兹钢，以百炼钢工艺打造。然而研究结果显示，古剑虽然是以百炼钢工艺铸造，但主要成分竟然是铜！不过除了铜之外，还有微量锡、镍、镁、铝、锌、硅等其他金属，在这众多成分之中，考古队还发现了一种未知的金属。

我们觉得古剑之所以能“吸血”，可能是跟这种未知金属有关，还好当时古剑虽然被盗，但从剑身上磨取的金属粉末还在，于是我们就拿了些金属粉末给悦桐做实验。

我们想测试一下，这些金属粉末是否具备“吸血”能力，于是就滴了几滴鸡血上去。结果让我们很失望，因为鸡血滴在粉末上一点反应也没有。经过这次测试后，我想问题应该是出在古剑上，而不是这种未知的奇怪金属，于是就打算放弃测试，把调查的重点放在追查古剑的下落上。但小相却并不是这么想，他继续跟悦桐拿这些金属粉末做实验，试过鸡血、鸭血、猪血、羊血、狗血，最后甚至用人血。

我本来还叫他们别浪费时间，因为不同动物的血液虽然并非完全相同，但主要成分相差无几，继续做测试结果也是一样。但是当小相划破自己的指头，把鲜血滴到粉末上的时候，我才知道自己的想法原来是错的。

小相把自己的鲜血滴进放在极少量金属粉末的玻璃器皿的时候，我本以为这次会跟之前那些测试一样，不会出现任何变化。但当鲜血滴落器皿之中与粉末接触时，不可思议的事情就出现了。就在两者接触的那一刹那，鲜血就像燃烧起来一样，虽然没有出现火焰那么夸张，但却如同落在灯烧红的铁块上那样于瞬间蒸发，只是一眨眼的工夫就完全消失了。我把器皿放在显微镜下看，竟然也没能发现任何血迹，只是在金属粉末的表面上发现了少量已经失去了水分的细胞组织。

之后，小相又做了一次实验，抽了约二十毫升鲜血出来倒进装金属粉末的玻璃器皿里。之前因为血液太少，所以没能看清楚，但这次却能清楚地看见到底是怎么一回事。

鲜血倒进器皿之后，马上就像烧开似的不断地翻腾，而且明显地减少，只是三两秒钟的时间就已经见底了。要知道器皿内的粉末少得让我担心打个喷嚏就会全部吹走，跟二十毫升鲜血相比，实在是少得可怜。而且当我想再次把器皿放在显微镜下观察时，发现原来冰冷的玻璃器皿竟然带有些许温热，所以除了“燃烧”之外，我实在想不到别的形容词……

“你在显微镜里有什么发现吗？”我刚说完，蓁蓁就发问了。

我无奈地摊开双手回答：“还是一样，只发现少量失去了水分的细胞组织，不过比较前一次要多就是了。”顿了顿又说，“数量如此少的金属粉末都能在瞬间把血液‘燃烧’得几乎不留痕迹，你想想如果整把剑的话，会是怎样的效果？”

蓁蓁马上作出回应：“整个人的血液都会被燃烧掉？”

我点了下头：“嗯，就像现在这宗案子的五名死者那样。”

“所以你才会一口咬定这两案子有关联？”她再次发问，我亦再次点头称是。

“虽然在两宗案子中，死者的情况都非常相似，但看过之前四名死者的验尸报告后，我就肯定地回答你，这两宗案子中的凶器绝不相同。如果事实正如雪儿所说，古剑虽然有三把，但三把的形状都是差不多的话，那么这两宗案子的相似之处可以只是巧合，实际并没有关联。”流年肯定的语气再次给予我沉重的打击，他翻开本案第一名死者吴浩的验尸报告，指着报告中的照片给我详细地解释，“你看这名死者身上有多处伤痕，除了肚子上的伤口外，其他的伤口明显是在血液被‘烧’掉后，胡乱地砍上去的。从这些不平整的伤口能够看出，凶器绝对是一把拥有锯齿状尖端的匕首，而不是一把唐剑。”

流年把报告交到我手上，让我仔细看清楚报告中的照片，片刻后就问道：“你想到什么？”

我皱着眉头思索片刻，虽然已经想到流年想说什么，但我并没有急于回答，而且把报告递给蓁蓁并问道：“五名死者中，除第一名死者外，其余四名都是只有一个伤口，你认为是怎么回事？”

我本以为她得想好一会儿，但她看了一眼就说：“人都死了砍那么多刀，凶手应该跟这名死者有深仇大恨吧！”

流年笑了笑没说话，我则无奈地跟她解释：“如果凶手是因为跟这名死者有深仇大恨才杀人，那么他既然已经报仇了，干吗还要杀害其他四名死者？如果其他四名死者也跟他有仇，为何他又不多给他们几刀？”

面对我这两个疑问，蓁蓁虽然没能想出反驳的理由，但她却似乎有些许不服，不忿地反问我：“那你又知道凶手为何只在第一名死者身上划那么多刀吗？”

“因为那是他第一次！”我不怀好意地看着她，顿顿又说，“你第一次不会紧张吗？”

“什、什么紧张不紧张啊？”她的脸红了，并回避我的眼神。

我和流年一同大笑，在她不知就里了好一会儿之后才笑道：“我是问你，如果你是凶手，第一次杀人不会觉得紧张吗？”

她的脸色突然由红变黑，我想要不是流年在旁，她肯定会恼羞成怒地踹我一脚。她虽然没有踹我，但我还是能从她的语气中感觉到火药味："要是杀别人我可能会紧张，但杀你就肯定不会！"说着还狠狠地盯着我，我真怕她会扑过来掐我脖子。

我被她盯得心里发毛，马上就继续解释以分散她的注意力："他之所以会在第一名死者身上乱砍那么多刀，除了因为第一次杀人感到紧张之外，还因为他不知道自己手中的凶器能一下子就置人于死地，他害怕一刀没能杀死对方所以才会在死者身上乱砍。而在之后，他知道一刀就能杀死对方，那就没必要浪费力气了。也就是说，他是初次犯案，不可能跟两年前的案子有关。"得出这个结论，我心中多少也有些无奈。

"嗯。"流年点了下头，"凶手所用的凶器虽然跟博物馆失窃的古剑具有相同的特性，但这一点似乎只是巧合，两者并没有实质的关联。我想凶手大概是意外地获得一把奇特的匕首，并把它用作凶器。"

"那他是怎样得到这把匕首呢？是在别的博物馆里偷取，还是自己从地里挖出来，难道它跟两年前的案子真的没有任何关系……"就在我跟流年为这些问题烦恼不已的时候，蓁蓁突然大叫一声，把我们从沉思中拉来现实，我问她抽到哪条筋了，干吗突然叫那么大声。

她白了我一眼反问道："你们的脑袋才抽筋呢！干吗老是在凶器的问题上绕圈，我们首先要做的是找出凶手，之后才是凶器啊！找到凶手后再找凶器，不是更省事吗？但你们却本末倒置，就是一个劲地找与凶器有关的资料。"

一言惊醒梦中人，我跟流年因为急于追寻小相的下落，在这宗案子上都钻了牛角尖，一开始就在凶器的问题上绕圈，反而忽略了找出凶手才是我们工作的重点。

给蓁蓁这一说，我跟流年都不由露出尴尬的笑容，随即便开始重新讨论本案的线索。五名死者皆为理南学院的学生，而且都是在校园内遇害，那么凶手极有可能也是学院里的学生或者教职人员。而且死者均为纨绔子弟，凶手行凶的动机或许与仇富心态有关，又或者像早前那个马姓的大学生那样，因为贫困和受歧视而杀人。理南学院的学生中，贫富差距那么大，这个可能性并不低。

不管怎么说，再次到理南学院走一趟准没错，在那里我们必定能找到一些线索。然而，我万万没想到在找到线索之前，我竟然会在那里遇到两个人，两个与小相有着密切关系的女人。

第四章 神憎鬼厌

跟蓁蓁再次来到理南学院，并在五名死者被发现的地点逐一进行调查，希望能从中发现线索。之前四名死者被发现的地点——教学楼后的小山坡、教室、停车场、楼梯间，因为当时没有得到重视，在现场留下的痕迹早就已经受到破坏，所以我们没有找到任何线索。而发现第五名死者的湖边草丛，我们前不久才去过，也没能找到有价值的线索。我们除了发现这五个地方在某些时候，尤其是晚上都是人迹罕至之外，就没有其他发现。不过，如果我是凶手，我也不会找个人多的地方下手，也就是说这个发现并无用处。

在现场没能找到蛛丝马迹，只好寄望于死者身上了。于是，我们就根据校方提供的资料，到第一名死者吴浩的班级里，打算找他的同学了解情况，看看他是否跟别人有过节或者争执。然而，在我们前往他的班级途中，竟然遇到了一个熟人。

吴浩就读的班级在教学楼三楼，上楼梯的时候我突然闻到一股蔷薇花香，往上一看就看见一个熟识的身影，不由冲口而出："那不是悦桐的屁股？"走在前面的人闻言回过头来，果然就是桂美人。

"哎哟，你怎么凭屁股来认人啊，怪不得蓁蓁说你是大色狼。"悦桐向我们走来，并暧昧地瞥了我一眼。我知道她肯定是不怀好意的，果然随即就感觉到身旁有一股杀气传来，蓁蓁似乎又吃醋了。

为免被悦桐继续闹下去，我立刻就问她："这里发生的案子又不是你负责取证，你来这里干吗？"

"不是我负责我就不能来吗？"悦桐暧昧地看着我，似乎想继续戏弄我，马上又说，"这里对我们来说，可是个有着重要意义的地方哦，你不会忘记了吧！"

我还真想不起这所学校对我们有什么"重要意义"，因为在接手这宗案子之前，我根本就从没踏足过这里。不过蓁蓁肯定不是这么想，我好像看见她的头顶已经在冒烟了，我得赶紧解除这种危险状态，要不然她说不定什么时候会把我踹下楼梯。于是我便对悦桐说："我之前从来没来过这里，要不是为了调查这次的案子，或许这辈子也不会来。我实在想不起这里对我有什么重要意义。”我没像悦桐那样说“对我们”，而是故意说“对我”，目的是为了跟她划清界限。虽然我对她是有好感，但此刻我更在意蓁蓁的感受。

“唉，你们这些男人都是没良心的，自己说过的话转过头就全忘掉了。”悦桐还想继续在蓁蓁面前耍我，摆出一副受委屈的可怜模样，拉着蓁蓁的手眼泛泪光地对她说，“蓁蓁，你可要当心了，阿慕两年前还拍着胸口跟我说，要照顾那个对我们很重要的人，不但要把她抚养成人，还要给她一切最好的，绝不会让任何人欺负她。可是，可是现在他竟然说什么都想不起了，这种忘恩负义的负心汉能托付终身吗？”

我真想对悦桐说“你不去拍电影，绝对是演艺界的一大损失”。然而此时此刻，就算我怎样否认，蓁蓁似乎都不会相信，我只好想办法让悦桐自己露出马脚，于是我便跟她说：“我在这学院里连一个认识的人也没有，你怎么说得像我们有个私生子在这里读书似的。就算我真的和你生了个私生子，也不可能已经到了能上大学的程度吧！”

我本以为这样就能把悦桐镇住，使她不能再瞎扯下去，可是她竟然说：“我现在就带你去见她，看你这负心汉见到她后还有什么话可说！”她说罢还真的要带我们上楼，就像确有其事一样，可我却实在想不到有哪个认识的人会出现在这学院里。

悦桐要带我们去的地方竟然恰巧就是吴浩所在的班级，在进入教室的前一刻，我实在想不到她葫芦里卖的是什么药，但在进入教室之后我就知道了。仔细回想，她刚才所说的话虽然似乎是在戏弄我，但实际上她并没有撒谎，我的确是个“负心汉”，因为在这教室里确实有一名少女是我曾经说过要照顾，但之后却没有做到。

此刻，这名少女正坐在教室里安静地看书，她的面色稍微苍白，让人觉得她像是大病初愈。然而，这一脸病容并没有掩盖她的秀丽，只令人为她而感到怜悯。看着她独自看书的样子，我突然感受到一种莫名的孤独与落寞。我的确是有负于她，这两年来我不但没有兑现当初的诺言好好地照顾她，甚至连她进了这所学院念书也不知道。心念至此，不由有种抬不起头的感觉，我实在是愧对我的好搭档好兄弟了。

“悦桐姐，你来了！”少女看见了悦桐就放下手中的书本，站起来准备走过来，然而当她发现我就在悦桐身旁时，马上就露出惊喜的神色：“申羽哥，你也来了！”说着便加快脚步向我们走来。

“她是谁啊？”蓁蓁略带醋意地小声询问。

“她叫见华，是小相的妹妹。”在回答这个问题时，我突然有种百感交集的感觉。两年前，小相失踪的时候，面对孤苦无依的见华以及彷徨无助的悦桐我许下诺言，承诺在找到小相之前会好好照顾见华，不但会把她抚养成人，而且还会给她一切最好的东西，更不会让任何人欺负她。

然而，就在我说了这话之后不久，就接连遭受了两个沉重的打击，先是小娜向我提出分手，继而因为跟老大坚持要继续调查古剑连环杀人案以及小相的下落，而双双被调离刑侦局。当时我的心情可说是低落到极点，被调到反扒队后几乎每天都像行尸走肉一般，当然就没心情去理会见华了。虽然后来我渐渐恢复过来，但已经有很长一段时间没跟见华和悦桐联系，也就不好意思去找她们。

被调到诡案组后，虽然再次跟悦桐经常接触，也很想去探望见华，了解她的近况。可是，自从再次跟老大做事后，我就连睡觉的时间也没有，别说探望她了，就连母亲也已经好几次打电话给我，说快记不清我长什么样子了。所以，在这两年多的时间里，我一直都没有跟她见面，一次也没有。

两年不见，见华虽然仍旧是那么秀丽，脸色仍像以前那样不太好，不过她显然要比之前成熟了。也许是因为没有小相的照顾，事事要自己亲力亲为的缘故吧，要知道她以前可是最会向小相撒娇的。而小相亦把她当做掌上明珠，放在手上怕丢，含在口里怕化。

印象最深的一次是我进刑侦局没多久所发生的那件事，当时老大本来要带我和小相去开一个很重要的会议，并打算在会议中向上任厅长表扬我们早前破获的大案一事。然而，在这宗案子中，小相的功劳是最大的，我只不过是沾他的光而已。可是就在这个时候，见华的班主任突然打电话给他，说见华在学校里晕倒了，叫他马上到学校走一趟。其实，当时他大可以让悦桐替他到学校照顾见华，但他一挂掉电话就简单地把情况告诉我，然后就像长了翅膀似的一头往学校里扑。结果老大只好在会议上把所有功劳都推给我，我因此稀里糊涂地获得跟他相同的称号——刑侦新人王！

如果那一次他不是错过了这个会议，他应该可以升职加薪，不过他对此却并不在意，他当时跟我说：“小华的一根头发也比厅长位置重要十倍。”由此可见，见华在他心目中的地位有多重要。其实这也是无可厚非的，他们兄妹相依为命多年，换作是我，或许也会跟他一样。毕竟，与功名利禄相比，亲情要珍贵得多。

“申羽哥,你很久没来看我了耶。”见华娇柔的声线把我从回忆中拉回现实，看见她已经长得亭亭玉立，我不由往她头上摸了一下，随即笑道：“嗯，已经有两年没见过你了，现在都已经长大了，可以去找男朋友喽！”

“是啊，我本来还想找申羽哥做男朋友呢，可惜你现在已经有女朋友了，而且只记得去拍拖，都不来看我。”她嘟起嘴，用责怪般的眼神看着我，我只好尴尬地跟她打哈哈：“我哪有女朋友啊，现在还是孤家寡人呢！”

“你骗人,悦桐姐说你有一个很漂亮的女朋友……”她说着瞄了瞄蓁蓁几眼，小声地问，“这个就是你女朋友吧？”

我心虚地把她拉到教室外的走廊，小声说道：“别听悦桐瞎说，人家可没说过要做我女朋友。”说罢回头瞄了蓁蓁两眼,她似乎听见了,脸色突然红起来。

“你心里想人家做你女朋友是不是？”见华这小丫头大概是从悦桐身上学到不少东西，竟然还会戏弄我。

继续跟她扯下去，肯定对我没什么好处，还是快转移话题比较好。恰好此时我看见她右手手腕上那串泛紫流金的定魂铁珠链，于是便问：“你还戴着这串链子啊！”

“这可是你送我的生日礼物耶，当然得天天戴着。”她不但一点也没有责怪我的意思，而且还天天戴着我送的手链，这让我感到一阵愧疚，不由沉默了片刻。她见我没说话，就稍有不安地问：“我是不是说错话了？”

我连忙打哈哈说：“没有，我只是在想办案的事。对了，你们班上是不是有一个叫吴浩的男生？”

“是啊！”她点了下头，“不过，他已经很久没来上课了，听说好像出事了，难道是真的？”

校方的保密工作做得很不错嘛，人都死了三个月了，居然还能把事情捂盖住。我虽然没想过要向见华隐瞒些什么，但我可不想把她吓坏，毕竟她只是个小女生而已，而她的同学又死得如此诡异。所以，我并不打算告诉她实情，只是含糊地说：“嗯，我们现在还在调查，他的情况并不是太清楚，所以想问一下你，他是个怎样的人？”

“他啊,平时挺让人讨厌的,总以为自己有钱就很了不起。而且还挺花心的,之前还追过我呢……”见华稍微想了一下，就向我诉说起吴浩平日的事迹——

他是在学院附近的县区里出生的，但现在拿的却是加拿大的护照。听他说，他父亲早些年开诊所赚了很多钱，多得花几辈子也花不完，所以就全家移民到加拿大。他在加拿大住了几年，觉得不习惯就一个人回来上大学。

他是个见异思迁的人，之前为了追我，还跟着我进话剧社呢。那时他跟我说过不少肉麻的话，还说这辈子只喜欢我一个，可是我没理他，他就去追别人了。不过他真的很惹人讨厌，我想应该没有谁会愿意做他女朋友。

他平时老是跟别人讲在国外怎样好怎样好，国内怎么差怎么差，我可听得耳朵都长趼了。有一次我忍不住问他，国外的月亮是不是比国内圆，他很认真地想了一会儿后，竟然跟我说："国外的月亮的确是比较圆！你没看过不知道，国外的空气非常好，晚上要是没有云，抬头就能看见满天繁星。要是在秋天的时候就算没有月亮，走夜路也不用带手电筒，因为星光很明亮，视野很清晰。有月亮的时候，我们跟邻居在花园里 BBQ 也不用开灯。哪像国内，一年到晚天空都像铺了层灰似的，月亮还能勉强看见，星星嘛，能看见十来颗就已经说明没有近视了。"他把国外说得像天堂一样，我还真不明白他干吗要回来？

他还很看不起人，总喜欢说"你们这些国内的土包子"之类的话，感觉好像他能混到个外国国籍就很了不起似的，完全忘记了自己本来也是个"国内的土包子"。让人觉得好笑的是，他虽然在国外生活了几年，但他的英语可真是差得让人笑掉牙，每次英语测验不及格不说，就连日常的口语也蹩脚得让人忍不住笑出来。可是，他却以为自己的英文很好，平时说话经常蹦出几个不咸不淡的英文。而且竟然还敢说教我，说我跟他学个把月就能到国外跟老外沟通。我还怀疑他在加拿大时，活动范围是不是只限于唐人街……

听见华这么说，吴浩这人真挺招人讨厌的，说不定凶手的杀人动机与此有关，于是我便问见华，有谁跟他有过节。见华想了一下，就跟我说起一件发生在去年的事情——

其实，我刚才说这些也不算什么，最多只让人觉得他比较拽，他还有更多让人讨厌的事情。我想我们班大概没有谁跟他没有过节，他得罪的人肯定要比他认识的人还要多。不过，我最有印象的是他去年跟小坚几乎打起来那件事。

当时是冬天，天气挺冷的，小坚的女朋友亲手织了条雪白的围巾寄给他，他当天就系在脖子上向班里的同学炫耀一番，还特地跟吴浩说："我这围巾是手工做的，你有钱也买不到的。"

你知道吴浩当时怎么做吗？他先是问小坚："你这围巾会掉毛吗？"

小坚说："当然不会，我女朋友可是用最好的毛线织的，哪会掉毛。"

"真的不会掉毛？"吴浩用怀疑的口吻问了好几次，在得到小坚理直气壮的回答后，他就喃喃自语地说，"看来应该是不会掉毛……"说着竟然扯着围巾一端擤鼻涕。

小坚当时差点被他气疯了，几乎要跟他大打出手。不过，快要打起来的时候老师就来了，把他们俩都叫到了教员室。本来这次是他在惹是生非，但是他家里有钱，又拿了外国护照，所以老师偏袒他，最后竟然要小坚写检讨，反正他一点事也没有……

想不到吴浩是个如此神憎鬼厌的人，如果我是小坚肯定会想办法报仇……或许，我该跟小坚聊上几句。

第五章　情场初哥

向见华了解吴浩的情况后，我认为一位名叫小坚的学生略有嫌疑，有必要找他问话。就在我想向见华询问小坚的详细情况时，突然有个女生向我们走过来，笑吟吟地跟见华说："小华，这帅哥不会是你的男朋友吧？"

"才不是呢，他是我哥的朋友。"见华上前亲热地拉着女生的手，并给我们互作介绍："这位是申羽哥，这位是我的同学兼室友小菁。"这个叫小菁的女生长得也算不错，不过跟见华完全是两种类型，后者给人清纯秀丽的感觉，而她带有些许豪放的艳丽。

"你找我有事吗？"见华问。

"也没什么，只是想跟你说一声，我今晚可能会晚一点回寝室。"小菁看了一下手表，"不跟你说了，我约了人要先走喽，今晚记得别锁门哦！"她说罢便准备离开。

见华似乎还有话要跟她说，想拉住她但却没拉着，只好叫道："你又想翘课了，待会可是钟老师的课耶，他每次都会点名的。还有，放学后你还去话剧社吗？"

"待会你帮我报到一下吧，话剧社方面，你干脆帮我退社好了。"小菁抛下这句话后，就头也不回地走了。

见华跺了下脚，对着已消失于楼梯间的身影抱怨道："又是这样，每次翘课都让我帮她报到，早晚会被老师发现。"

"你这室友经常逃课吗？"虽然小相非常疼爱见华这个妹妹，但对她的管教可绝不宽松，很难想象她竟然会跟小菁这种经常逃课的坏学生有着亲密的来往。

"我认识她的时候，她不是这样的。可是从这个学期开始，就突然变得这么爱玩了。不但老是翘课，而且还经常都很晚才回宿舍。上个学期还是她带我进话剧社的，但这个学期却三天打鱼，两天晒网，近半个月几乎一次也没去过，师姐她们对她的意见可大了。"见华对小菁似乎也颇有微词。

小菁是好是坏对我来说并不重要，重要的是我不能让见华学坏，要不然小相回来后，不把我掐死才怪。所以，我就语重心长地跟她说："你可别被她带坏了。"

她调皮地笑了笑："这个你大可放心，要是我天天翘课，悦桐姐才不会放过我呢！"

"见华的事情就不用你操心了，反正这两年你没理过她，她还是过得好好的。"悦桐跟蓁蓁不知道何时走到我们身旁，她还以蔑视的眼神白了我一眼。

我还差点把悦桐给忘了，她现在能算得上是见华的监护人了，有她照顾见华，我就用不着瞎操心了，还是先做好自己的事情好了。于是，我就让见华带我们去找小坚。

小坚正在教室里跟同学侃大山，见华本想上前把他叫过来，可是走到他跟前时，身体竟然变得摇摇欲坠。从我这个角度只能看见她的背影，所以并不知道发生了什么事，只听见小坚突然发出一声惊叫："血啊！"随即整个教室里的学生都骚动起来。

见华摇晃了几下就像快要倒下来，幸好蓁蓁反应及时，一个箭步冲上前把她扶住，我跟悦桐随即上前查看。刚走到她身前，我就看见一抹鲜红，鲜血在她稍显苍白的脸上勾画出一幅美丽，但却让人感到怜悯的图画，犹如雪地里绽放的玫瑰——她流鼻血了！

悦桐连忙取出纸巾，跟蓁蓁一起帮见华止血。把血止住后，蓁蓁就使劲地掐她的人中，想把她弄醒。就在我们为了弄醒见华而急得手忙脚乱的时候，那几个刚才跟小坚侃大山的男生也乱成一团，因为小坚不知为何也晕倒过去了。

“这家伙到底是春鸽还是纯爷们啊，怎么每次看见小华流鼻血都会晕倒！”“他可不是看见小华流鼻血才会晕倒，而是一见血就会晕过去。”“就是嘛，上个学期我打篮球时擦伤了膝盖，才流了那么一点血，他一看见就晕死了……”班上的同学你一言我一语地议论着。

蓁蓁掐了好一会儿终于把见华弄醒了，立刻关切地问道：“你没事吧，怎么无缘无故就流那么多鼻血，而且还晕倒了？”

“这里人多，空气混浊，我们先送她回宿舍再说。”我跟蓁蓁扶起见华，并让悦桐带我们到她的寝室。

把见华送到寝室后，悦桐说她留下来照顾见华就行了，让我们继续去调查案子。我想有她照顾见华应该没什么问题，于是就跟蓁蓁离开了宿舍。

“见华怎么会突然就晕倒啊？还有她真的是小相的妹妹吗？他们两个的年龄相差很多耶。”刚踏出宿舍大门，蓁蓁就接连问了我两个问题。

“见华的身体一向都不太好。”我点上根烟，徐徐作答，“我听小相说过，见华患有先天性的心脏病，所以身体一向都很虚弱，经常都会像刚才那样晕倒。而且，她每一次晕倒都有可能不会再醒过来。”

“所以小相才会这么疼爱她吧！”蓁蓁似乎也对见华起了怜悯之心。

“也许是吧，越是脆弱的花朵就越会惹人怜爱。”虽然我在家里是老幺，但我想没有哪个当哥哥的，会不疼爱自己的妹妹，更何况是一个随时都会离开人世的妹妹。

“那他们的年龄又是怎么回事？我没记错的话，你好像说过小相已经有二十七岁了，见华现在才上大一，应该只有十九岁左右吧！两兄妹相差八年这么多，这也太奇怪了吧！”蓁蓁追问第二个问题。

“其实，他们不是亲生兄妹，见华本来是个孤儿，是小相在街上把她抱回来的。”我吐了口烟才向蓁蓁解释他们之间的关系——

小相曾经跟我说过，他第一次见到见华是在他八岁那年春节的时候，当时他的父母还健在。那天是大年初一，他们一家三口到亲友家拜年，回家的途中经过一条较为偏僻的小路，而就在这时候他们听见一阵虚弱的婴儿哭声从路边的巷子里传出来，于是他们就走进去看看到底是怎么回事。

走进污水横流的阴暗巷子，使人觉得格外的湿冷，然而在这让人不愿意多待一分钟的地方，竟然有一个不足三个月大的女婴躺于襁褓之中虚弱但顽强地挣扎着。年幼的小相看女婴那弱不禁风的模样，不由心生怜悯，忍不住把她抱起。虽然会把身上的新衣裳弄污，但他还是紧紧地抱着女婴，用自己的体温来给予对方温暖。女婴本来还哭个不停，但当小相把她抱入怀中之后，她就立刻止住了哭泣，安静地待在小相怀里睡着了。

后来，他们就把这个女婴带到派出所，希望能找到她的家人，可是半个月过去了，派出所方面依然没有任何消息。在这半个月里，女婴就住在小相家中，可能是日久生情吧，虽然当时小相家里并不算富裕，但他的父母最终还是决定收养这个女婴。

见华这个名字其实是小相取的，“华”的本义是花，他说第一眼看见她的时候，就像觉得她像一朵在寒风中颤抖的娇艳花朵，所以当父母说要帮她取名的时候，他就提出要叫她做“见华”。

见华刚到小相家的时候，虽然比较瘦弱，但她软绵绵水漾漾的可爱模样，怎么瞧就怎么惹人疼，实在很难理解她的父母为何会抛弃她。不过，小相他们没过多久就知道原因了。见华平时通常都会很安静，但那一天却哭个不停，而且脸色也不对劲，所以小相的父母就带她到医院做检查。不检查还好，一检查就发现她原来患有先天性的心脏病，而且她的情况还很特殊，不可能根治的，只能通过药物暂时控制情况。最可怕的是，谁也不知道她什么时候会撒手人世。也许，这就是她亲生父母抛弃她的原因。

知道见华的病情后，小相的父母曾经想过抛弃她，但当他们谈及此事时，小相却紧紧地抱着见华跟他们说：“见华是我妹妹，你们可以抛弃她，但我不能。我一定会用尽所有办法，让她在今后的每一天里都过得开心快活，哪怕就只有一天……”或许他的父母被这句话感动了，或许是他的父母没能拗得过他，反正最后见华还是留下来了。

然而，好花不常开，好景不常在。在见华三岁的时候，小相的母亲病逝了。从这时候开始，才十一岁的小相就得代替母亲的角色照顾见华。可以这么说，见华是小相一手带大的，所以他们的感情非常深厚……

“想不到小相原来是个如此重情重义的人，现在像他这样的人已经很少见了。”听完我的叙述后，蓁蓁不由感叹。

“所以我才会把他当做兄弟。”我无奈地苦笑。

蓁蓁不屑地白了我一眼：“把人家的妹妹丢下不管，还敢说当人家是兄弟。”

“这个嘛……”我一时语塞，顿感无地自容，在见华的事情上，我实在是愧对这位兄弟了。

“我们现在要去找小坚吗？”还好，蓁蓁没有继续挖苦我。

“我想没这个必要了，他不可能是凶手。”

“为什么？”蓁蓁瞪大双眼，一脸不解地看着我。

我没好气地给她解释：“你认为一个见血就晕的人，会是杀人凶手吗？而且还是连续杀害了五名死者的凶手。如果小坚是在杀人之后才见血就晕，那么他很可能是装的，但刚才我听他的同学说，他在上个学期，也就是凶案发生之前就已经是这个样子，你还觉得他会有可能是凶手吗？”

“听你这么说,他应该不会是凶手耶……”她皱着眉头想了一会儿又说,“那我们现在该怎么办，到哪里调查呢？”

“继续向死者的同学了解他们的情况吧！”除了这个方法，我还真没能想到别的办法。

五名死者分别来自不同的班级，从在大一到大四都有，我跟蓁蓁逐一到他们的班级中了解情况。综合从死者同学口中得来的信息，我们得到五名死者的一些共同点：

一、纨绔子弟，父母或官或商，花钱从不手软。

二、自以为是，以为自己有几个臭钱就很了不起。

三、喜欢炫耀，经常购买新潮玩物，以此来炫耀自己的家财，并以奚落别人无力购买为乐。

四、个性张扬，爱出风头，都进过话剧社，在校内小有名气。

五、注重外表，全身上下除了自己本人之外全是名牌。

除了这五点之外，我还发现另外四名死者都是校内著名的花花公子，女朋友多得要排编号,所以我觉得凶手行凶的动机或许是为了一个“情”字。但是，见华之前并没有跟我说过吴浩的艳史，难道她是不好意思跟我说？为了证实这个猜测，我本来打算跟蓁蓁再次到吴浩班级询问他的同学，可是我们有这个打算的时间已经很晚了，晚自修早就已经结束，而我又不想打扰见华休息，所以只好等明天再说。

正准备离开的时候，在学院门口遇见一对举止亲密的男女，男的我并不认识，但女的则是见华的同学小菁。虽然我对这个小菁没多少好感，但她也是吴浩的同学，所以我上前跟她打招呼，并询问是否方便聊几句。

“哦，方便就不太方便了，不过你们是小华的朋友，我总得给小华一点面子。”她说罢跟男朋友小声说了几句，对方就略显失望地离开了。

我们跟小菁来到学院的餐厅里坐下后，就开始向她询问有关吴浩的事情：“吴浩有女朋友吗？”

她突然露出惊愕的神色，过了好一会儿才讪讪笑道：“你这么问还差点把我吓到了，他之前曾经追过我跟小华呢。”

“你跟他的关系……”我疑惑地问。

“没有啦，我才不会跟他这种人交往。”她笑着向我们摆手摇头。

“那见华呢？”这也是我关心的问题。

“小华才没有理他。他是先追小华的，还跟着我们进了话剧社，小华没理他，他就来追我，真是讨厌死了。”她的眼神中带有不屑之色。

“他是个怎么样的人？”虽然我听见华说过吴浩十分惹人讨厌，但那只是她一家之言。

“他啊，老是在别人面前装情圣，其实只不过是个初哥而已，想追我还差得远呢！”她露出娇媚的笑容，仿佛正在向我们说一件值得骄傲的事情。男性会把自己的情史当做战绩，女生亦会视裙下之臣为炫耀的筹码，我想她就是这种人了。

“他没跟女生交往过吗？”我又问。

“没有，我能肯定。”她的语气十分肯定，仿佛在说一件自己非常了解的事。

“他跟你说过？”

“才没有呢！”她再次娇媚地笑了笑，“像他这种男人最要脸了，哪会承认自己没跟女生交往过。”

“那你为什么就能肯定他没有呢？”蓁蓁突然好奇地插话。

“怎么说呢……”小菁双手捧着脸，想了一会儿才说，“是经验吧，反正我就觉得他不曾跟女生交往过。如果他是情场老手，才不会整天跟别人唠叨自己在国外怎么泡洋妞。”

“他在学院里真的没有跟任何女生交往过？”吴浩在国外的事情对我来说一点也不重要，我只想知道他在学院里发生的事。

“没有，他国外有没有女朋友，我还不敢百分百肯定，但他在学院里肯定没有女朋友。”

她虽然并非确切知道吴浩是否跟女生交往过，但按照她的说法，至少能肯定吴浩在这所学院里并没有女朋友。那就奇怪了，为何之后四名死者都是情场老手，唯独吴浩是个初哥？难道其他四人都是花花公子，只不过是个巧合？

第六章 学院寻宝

因为吴浩并非花花公子，所以凶手为情而行凶的可能性并不大了。既然不是为情，那么仇的可能性就比较大。毕竟五名死者来自不同的班级，而且根据我们的了解，他们互相之间并不认识，但他们都是在学院里小有名气的人，也许树大招风惹来仇富者的嫉妒。

虽然对凶手的动机稍有头绪，但要靠着这点头绪找出凶手就好比大海捞针，也不知道该从何找起。在苦无计策的情况下，我跟蓁蓁唯一能做的就是继续在学院里溜达。然而，在理南学院里溜达了近一个星期后，唯一的收获似乎就只有……

"申羽哥、蓁蓁姐，你们又来了。"见华轻挥着手向我们走来，看来今天又得请她吃饭了，不过这样也好，就算是这两年没有照顾她的补偿。

我们三人一起朝餐厅走去，边走我就边想老大那张可怕的脸。这个星期天天往这里钻，但却一点线索也没找到，老大都快把我的皮也给扒下来了。要不是我把见华抬出，他肯定会把这宗案子交由雪晴来调查，抓住我去些干体力活。

"那个走路一拐一拐的欧吉桑是学院里的人吗？怎么我每天都看见他在附近溜达。"正跟见华聊着闲话的蓁蓁，突然指着远处问道。

"应该不是吧，看他也不像老师啊！不过我也见过他很多次了，近三四个月他好像每天都会来学院。"见华面露疑惑的神色。

我顺着蓁蓁所指的方向望去，那里有一个五十岁左右，左脚不太灵活的老男人正在东张西望，似乎是在找人。虽然我也记起这几天经常能看见这个欧吉桑，不过脑海正被老大那张杀人狂般的大脸占据，所以并没有多想，只是随意地说："他看样子应该是学生的家长吧！"

"家长怎么可能每天都来学院找孩子啊！"蓁蓁认真地说。

我还是随意地回答："你说得也有道理，不过人家做什么似乎跟我们没有关系，除非他做的是犯法的事情。我们还是先干好自己的事吧！"

"我们都在这里溜达了一个星期了，该问的人都问过，该调查的地方都调查过了，还有什么事要干？"蓁蓁一脸不悦地盯着我。

"嗯，我们还有一件很重要的事要办。"我严肃道。

"是什么事啊？"蓁蓁一听就来劲了。

我极其严肃地说："吃饭！"

"去死吧你！"蓁蓁把我踹了一脚，就在见华面前把我踹趴下了，一点面子也不给。

还好，见华不像她那么没良心，关切地把我扶起来，边为我拍去身上的灰尘，边抱不平般说："蓁蓁姐，你也太过分了，怎么能这样对申羽哥呢？耍花枪也不能这么使劲嘛！"蓁蓁本来似乎还想说我该打之类的话，不过听见华的后半句，脸色马上就红了，把头扭到旁边一声不吭。

在学院的餐厅里吃过味道一般的午饭后，见华就回教室准备上课，而我和蓁蓁则继续在学院里溜达，希望能寻找到任何与案件有关的蛛丝马迹。然而，今天似乎又是白费劲了，因为直到跟见华吃完晚饭，我们还是什么也没发现。看来只能用守株待兔的方式，等待凶手再次犯案了。

跟蓁蓁在学院里待到晚上十一时多，几乎连所有偏僻的地方都溜达过一圈了，凶手没找着，野鸳鸯倒是碰见一大堆。要是我一个人来还没什么，可是蓁蓁就在我身旁，尴尬是免不了的。

都已经一个星期了，还是没有收获，我琢磨着是否该把这宗案子交给雪晴调查，反正现在能做的就只有守株待兔而已。正为此而烦恼时，蓁蓁突然说："没想到这里到了晚上原来这么漂亮。"原来不知不觉间，我们来到了第五名死者的出事地点附近。

宁静的小湖在朦胧的月色下，仿佛蒙着银色面纱的少女，给人既纯净而又神秘的感觉。在这夜阑人静的时分，于湖边欣赏月下美景，多少能让人感受到一股浪漫气息。我就为此而略感陶醉，不由轻佻起来，暂时忘记了之前被蓁蓁暴打的经历，右手悄然地伸到她腰间，突然把她搂入怀中。

"你干吗？"她的语气虽然稍带怒意，但并没有挣脱我的怀抱，而且脸色绯红，双眼更是不敢与我直视。

"你说呢？"此刻四下无人，当然是我想干吗就干吗了。

然而，正当我准备给她情深一吻的时候，她却突然用力地推开我，以如蚊子般的声音羞涩地说："那边有人。"唉，真是好事多磨！我刚才还在想，这里鬼影也没一个，是个下手的好地方，谁知道居然会突然有人蹦出来。

被人坏了好事，心里不禁无明火起，真想把这坏事的人痛殴一顿。然而当我看清楚对方是谁时，这个念头马上就打消了，小声地跟蓁蓁说："这个跛子不就是白天那个欧吉桑？"虽然对方身处的位置路灯照射不到，但借助朦胧的月色，我还是勉强能看到他的样子，并认出他就是整天在学院里溜达的老男人。

欧吉桑一手拿着手电筒，一手拿着一把小锄头，向着曾经发生凶案的草丛走去，并不时往四处张望。为免被他发现，我赶紧把蓁蓁拉到一棵大树后，小声地跟她说："这欧吉桑到底想干吗呢，半夜三更鬼鬼祟祟的，还带着把小锄头。"

"他不会是来寻宝吧？"蓁蓁的声音很小，而且很柔弱，跟平日截然不同。

我本来双眼正紧盯着欧吉桑的一举一动，但听见她这种反常的声调，不禁就回过头来看着她。当我把她转过来时，不由心中一慌，原来我刚才一时情急把蓁蓁按在树干上，并用自己的身体把她压住，怪不得胸前的感觉那么舒服。

此刻，蓁蓁娇俏的脸庞就在我眼前不足十厘米处，我能感受她呼出的气息是如此的灼热。她的心脏急速跳动，我能从胸前传来的感觉知道，她此时是多么的心慌意乱。花前月下、良辰美景、伊人在怀，可谓万事俱备，只缺情深一吻。她大概也知道这一吻是跑不掉的，没有任何的挣扎，乖乖地闭上双眼等待我滋润她的双唇……

可是，就在准备吻向蓁蓁的樱唇时，手机居然响起来了！

手机铃声响起，蓁蓁立刻如从梦中惊醒般把我推开，羞涩地转过身，不敢与我正视。刚才的浪漫氛围，因为这个来电而消失得无影无踪。长生天哪，我怎么就这么命苦，接连被人坏我好事。我还指望凭借这一吻再次把我们之间的距离拉近，现在恐怕要泡汤了。

一股怒气直冲脑门，我立刻把手机掏出，转过头来看看是哪个杀千刀打来的电话。不看还好，一看就几乎气爆了，竟然是伟哥这猥琐男打来的，他该不会又拉肚子到医院才发现自己没带钱吧！

"找我干吗？"我平时对这厮就不会用上好语气，现在更恨不得把他杀了，所以一开口就像对待仇人那般。

"慕老弟，别每次听电话都像我准备跟你借钱那样嘛，我这回可是给你带来了好消息。"伟哥的开场白总是那么让人讨厌。

"有话直说，我现在可忙着呢，没空听你废话！"要是他现在就在我身边，我倒有空跟他来一场美式摔跤。

“别这样嘛，我真的是给你带来了好消息，你可知道我为了这事花了多少工夫，装了多少回孙子……”这厮又准备跟我邀功了。

我可不想听他那没完没了的废话，于是就对着电话低吼：“你丫有话就直说，再废话我明天就让雪晴把你的小鸡鸡枪毙！”

“别别别，我说就是了。”这厮不给他一点颜色看看，他就不知道花儿为什么那样红。

“还不快说，等着我办的事可多着呢。”我再次不耐烦地催促。

“好了好了，现在就说。”他慌忙答应，随即就说，“你之前不是叫我在网上找一下有关那把叫‘坤阖’的古剑的资料吗？我已经找到了。”

“找到了？”没想到他这次真的是给我带来好消息，怒意马上全消，连忙追问，“你找到了些什么资料，快告诉我。”

“这个嘛，我明天再告诉你好了。”他突然变得支支吾吾。

“为什么要等到明天，你现在说不就行了？”我大感不解，有什么不能在电话里说呢？

“你明天来到办公室自然就会知道。”这厮说罢就挂线了。

伟哥到底想耍什么花样呢？他是那种守不住秘密的人，平时让他找什么资料，他通常是一找到就马上通知我，最多就是在说之前邀功一番。可是，这次他竟然没有立刻告诉我，而要等到明天，难道这内里有什么不可告人的秘密？

虽然我感到十分好奇，但此刻我对蓁蓁更感兴趣，所以挂掉电话后，我就立刻盘算着如何再次制造气氛，以便能一亲香泽。可是，当我回过头时却发现蓁蓁正探头出树外，往不远处的草丛张望。我顺着她的视线望去，发现那个坏我好事的欧吉桑正在用小锄头在草丛中东挖西挖，看样子就真的像是在寻宝。

蓁蓁突然回过头来看我，发现我已经挂掉电话就轻声跟我说：“他好像在找什么东西耶，我们要不要过去把他抓住。”

我皱了下眉头：“他的确是很奇怪，但他只不过是在挖坑而已，我们总不能以破坏草地的罪名把他抓住吧！”

“那我们就这样不管他吗？我直觉觉得他应该跟这宗案子有关。”她露出肯定的神眼，我想她应该十分相信自己的直觉。

虽然调查案件是不依靠直觉这种不切实际的事情的，但这个欧吉桑的确很可疑。据见华说他大概在三个月前，也就是第一死者吴浩死亡前后，开始在学院里出现，而且他几乎每天都会在学院里溜达。他看样子不像是学院里的教职员工，如果是学生家长的话，又不可能每天都会过来找孩子，难道他真的是来寻宝的？他会不会跟吴浩等人的死有关呢？看来有必要调查一下他。

翌日一早，我本来打算回诡案组跟蓁蓁会合，然后就去调查那个可疑的欧吉桑，可是我刚进门就闻到浓烈的“火药味”。办公室里除了我的三位女同事之外，还多了一位不速之客。他是个三十来岁，衣着简朴但相貌俊朗的陌生男人，正气定神闲地坐在雪晴的办公桌前喝茶，不过站在他对面的雪晴却正用手枪指着他的脑袋，冷漠的脸庞上略现怒意。

眼前的画面实在太让人震惊了，我需要找个人来告诉我到底发生了什么事。我一把抓住缩成一团的喵喵，问她这男人是从哪里来的，她口齿不清地回答：“伟、伟哥带他来的……”我往周围看了看，没发现伟哥的身影，就问她这猥琐男跑哪里去了，她指着伟哥的办公桌说：“就在那里……”

我走到伟哥的办公桌前，把这个猥琐男从桌底下揪出来，问他到底发生了什么事，他讪讪笑道：“没什么，只是雪晴跟我的朋友有些小误会而已。”

雪晴受过严格的军事训练，善于控制自己的情绪，能让她拔枪指着对方脑袋的事情，绝对不会是芝麻绿豆的小事。所以，我能肯定这个“误会”一定很深，于是就揪着伟哥的衣领，恶狠狠地跟他说：“你不想和你的朋友一起脑袋开花的话，最好就老老实实告诉我，到底发生了什么事！”

第七章　三才镇武

一大早回到诡案组就看见一副剑拔弩张的架势，办公室里来一个陌生男人，而雪晴竟然用手枪指着他的脑袋。喵喵说他是伟哥带来的，所以我就把伟哥从桌底下揪出来，问清楚到底发生了什么事。

“之前帮过我们好几次的灵异论坛管理员，你还记得吧！他就是了……”我还以为这管理员是个七老八十的老头子，没想到他竟然是个年纪只比我大几岁的中年人，之前我还觉得奇怪，一个老头子怎么懂得在网上建论坛呢！然而，当伟哥把刚才发生的事情细细道来后，我更是对他另眼相看——

“我在网上帮你找那三把唐剑的资料，可是找了好几天都没找到任何相关的资料，我想除了专门研究唐代历史的考古学家之外，应该没有谁会知道这世上曾经有三把这样的唐剑。因为你说那三把唐剑是李淳风监铸的，而他又是个出名的道士，所以我想管理员应该会略知一二吧，于是就打电话给他了。

“我昨晚在电话里跟他说起唐剑的事，没想到他竟然说这事他知道得很清楚，我让他告诉我详细情况，可是他却向我提出一个要求。他说帮我们好几次，也就只跟我通过电话，连我长什么样子也不知道。而且我之前有跟他说过我们诡案组的情况，他对组里其他组员很感兴趣，想过来看看。我想我们组虽然算是个秘密单位，但也没有什么不可告人的事情，所以就带他来了。我本以为只不过是带他过来看看而已，应该没什么大不了的，没想到他来后竟然跟雪晴闹起来了。

“其实，他刚来的时候并没有跟大家闹不愉快，他挺健谈的，跟蓁蓁、喵喵都很聊得来，还给她们看相呢！他说蓁蓁正处于蜜运之中，对象就是她身边的人，而且很可能是她的同事，害得她脸都红了，一句话也不敢说。

“而喵喵呢，他说喜欢她的人不是没有，只是她自己太糊涂，很多机会都白白错过了。不过也没关系，反正以后还会有其他追求者出现，随缘就行了。

“他给蓁蓁和喵喵看过相后，就问雪晴要不要也来看相。雪晴说不信这东西，不需要他看相，但他硬是要给雪晴看。我们咋说也是有求于人，所以我就劝雪晴顺一下他的意思。雪晴虽然不太愿意，不过最后还是勉为其难地答应了，没想到之后他们竟然就闹了起来。

“他看过雪晴的双手的掌纹后，就笑着对她说：‘你外表虽然冷若冰霜，但内心其实是热情如火。你之所以如此冷漠是因为曾经受到伤害，你想以此来保持自己，使自己不再受伤。能令女人受到最大伤害的只有男人，我想你受到的伤害是来自一个你曾经深爱的男人，而能配得起你的男人必定智勇双全，所以伤害你的人名字中应该带有“文”、“武”二字。’他就只是说了这么多，雪晴就突然拔出手枪来指着他的脑袋了……”

雪晴怎么会突然发飙呢？难道她被对方说中了痛处？看来以后得注意名字中带有“文”、“武”二字的男人，印象中我有几个认识的人名字中都带有这两个字。

正想着是不是该把老大请出来收拾这个烂摊子时，那个罪魁祸首已经悠闲地把茶喝完了，对着能使他脑袋开花的枪口，从容笑道：“把枪放下吧，你用枪指着我这么久，手不酸吗？"

我还真佩服他的胆色，在枪口之下还能镇定自若，要是我就算表面不露声色，背后也肯定汗湿一大片。伟哥肯定就更不堪了，不过他还算是有点人性，虽然没敢出声，但一个劲地向对方挤眉弄眼，示意对方不要再惹怒雪晴。

然而，这男人似乎对指着自己脑袋的手枪毫不在乎，平静地对雪晴说："你不会开枪的，我知道你一定不会。从你的长相能够看出，你是一个严守纪律的人，或许你能容许自己一时情绪失控，但绝对不能容许自己因此而犯下不可弥补的错误。所以你不会对我开枪，在没有得到上级命令的情况下，不会对任何一个手无寸铁的普通市民开枪。"

雪晴冷漠的脸上露出了诧异的神色，但很快又恢复了冷漠，一言不发地把手枪收起，然后悄然无声地退到墙角，仿佛什么事也没发生过一样。这男人还真不简单，他似乎能知道雪晴心中想什么，难道他的相术真的这么准？准确到能随意拿自己的生命作赌注的地步？

"我想你应该就是慕申羽吧，小韦跟我说过你的事情，果然闻名不如见面，单从面相就能看出你是个能干的刑警。"他笑着向我走过来，并作自我介绍，"鄙人沐阁璋，自幼就喜欢钻研各种奇闻异事，或许在我的知识范畴内有你需要的资料。"

"沐师傅过奖了，不过我的确有需要你帮忙的地方。"我请他坐下，让喵喵给他倒茶，并给递上一根烟。

他婉拒我递上的香烟，悠闲地坐下来，喝了口茶才开口："你们所说的唐剑，其实是唐太史令李淳风亲自委托铸剑名师铸造的'三才镇武剑'！"

"三才镇武剑？"这个名字我从未听闻，雪儿也没有向我提及过。雪儿是个蛀书虫，她不知道的事情，在史籍中应该就不能找到。而他能说出这个名字，肯定知道一些雪儿不知道，或者说是史籍上没有记载的事情。所以，我马上就追问："能把详细情况告诉我们吗？"

"可以，但有条件。"他露出不怀好意的笑容，"有道是'三军未动，粮草先行'，我都已经帮过你们好几次了，你们是不是应该有点表示呢？"

老是要别人为自己做事但又不给报酬，在道义上的确是说不过去，所以我便笑道："这也很合理，我可以向上级申请给你发些津贴，要是批下来的数目较少，我自己掏腰包也行。当然太高的价钱，我可给不起。"

"良田万顷，日食一升；广厦千间，夜眠七尺。钱财我倒不在乎，反正我现在还没到无米下锅的地步，而且我要求的条件对你们来说也不是什么难事，甚至可以说是举手之劳。”虽然他是这么说，但看着他那狡黠的笑容，我觉得事情绝对不会这么简单。他该不会是做了违法的事情，想让我们帮忙疏通关系吧！虽然这对我们来说的确不难，但我想在场的所有人除了伟哥，没有谁会愿意做这种事。

就在我为他将会提出的条件而担忧时，他暧昧地瞥了雪晴一眼：“我的条件是，请原小姐给我按摩一下肩膀。”这句话一出除了雪晴外，在场所有人都差点没摔倒在地。

“什么？你要雪晴帮你按摩？”我想确认一下自己是不是听错了。

“嗯，这个要求不算过分，而且你们也能办到。”他又暧昧地看着雪晴，我突然觉得他是只大色狼。蓁蓁大概跟我的想法一样，以鄙视的目光往他全身上下扫射，不过她很快又用这种眼神看着我。她不会是认为我也是一丘之貉吧？

他这个要求看似不难，如果是要我或者他人为他按摩，应该没什么问题，不过是雪晴的话，我可不敢肯定她是否愿意。但不管怎么我还是必须碰碰运气，硬着头皮走到雪晴身前，讪笑道：“雪晴，你能不能给沐师傅按摩一下肩膀？”

“是命令？”雪晴的回答很冷漠，毫无感情可谈，单从表情及语气根本不能判断她是否愿意。不过，我跟她的职位是相同的，原则上我没有权力向她下达命令，而在此之前我也没有命令过她做任何事。她既然说出这话，那么可以肯定她并没有打算拒绝这个要求，只是想找个不让自己感到尴尬的台阶而已。

既然已经知道雪晴的心意，我当然就不会笨到把她的台阶搬走，立刻答道：“是，这是命令。”她闻言便一言不发地走到沐师傅身后，真的认真地帮他按摩。

雪晴似乎懂得一些按摩的技巧，沐师傅在她的纤手按压下，惬意地闭上双眼，露出一副陶醉的表情。

“沐师傅，我们已经满足你的要求了，现在可以告诉我们有关那三把唐剑的事情吧！据我所知……”我把从雪儿口中得知的消息告诉他，并提出疑问，“我最想知道的就是，根据野史记载这三把唐剑是由一把重达百斤的上古异剑而铸成，但这三把唐剑加起来不会超过十斤。另外那九十斤哪里去了呢？是否被做成了其他兵器？”

“哪里只有三把，一共是二十一把才对！”他闭着双眼，一边享受雪晴的按摩，一边告诉我们有关“三才镇武剑”的历史——

这事得从唐太宗晚年说起，当时民间忽然流传着“唐三世后，女主武王”

的预言，说唐朝开国三代以后，将会有一个姓武的女王代替李家统治天下。后来就传到宫廷里，李世民听了觉得很难受，于是就秘密传召太史令李淳风入宫，问他到底有没有这回事。

李淳风跟他说：“臣夜观天象，发现太白经天，这意味着有女主要兴起。我经过一番推算，发现这个女人已经在陛下的宫里，是陛下的眷属。不出三十年她就要取代陛下，代掌陛下的大好河山，而且还要诛杀李唐皇室的子孙。”

李世民听后大为紧张，既然预言和天象一致，便把心一横恶狠狠地说：“宁可错杀三千，不可使一人漏网。我要在宫里头清理清理，凡是姓武的、跟武沾边的我们都杀了。”

李淳风说：“这可不大好啊，有一句话叫‘王者不死’。上天既然派这么一个人下来，当然就会保护她，陛下要杀她恐怕并不容易。而且陛下如此大开杀戒，肯定会殃及众多无辜，上天是会怪罪的。退一步说，就算陛下真的把她杀了，上天的意思如果没有改变，还会再派一个人来。这个人我刚才说了，是陛下的眷属，已经在陛下的宫里了，现在是个成年人，三十年后就是老年人。老年人心地比较仁慈，可能对陛下的子孙还会留有余地，但陛下现在把她杀了，上天又派一个新人下来，那么这个人三十年之后可是年轻人啊！年轻人心狠手辣，对陛下的子孙恐怕会毫不留情，还请陛下三思！”

虽然天意难违，但李世民哪会甘心把李氏江山让给外姓人呢？于是就问李淳风是否有应对之策。李淳风说：“天意如此，要逆天而行是不可取的，只能推迟她登基的时日。这样她就没有多少时间诛杀陛下的子孙，陛下的江山也就有继后的可能了。”

李世民听后稍微安心一点，立刻命令李淳风不管用什么方法也要把姓武的女王的登基日子推迟，而且这事必须秘密进行。

李淳风说：“拖延之法只有一个，就是用铸造三把‘三才镇武剑’把武姓女王的王者之气镇压下来，而要铸造这三把宝剑得以一把上古神剑为原料。虽然我已经算出上古神剑所在的大概位置，但要将其搜寻出来恐怕得动用大量士兵，难以暗中进行，只能掩人耳目。”

李世民问：“那该如何掩人耳目？”

李淳风说：“这还不简单，陛下大可说微臣夜观天象得知有一妖剑即将出世，并得知其所在，为免其祸害一方，必须赶在其出世之前将其销毁，所以得动用大量士兵搜寻。寻得神剑之后，微臣再说其虽然为妖剑，但有得其法亦有定国安邦之效，便可名正言顺地铸造‘三才镇武剑’。”

待李世民答应后，李淳风就指点军队去搜寻神剑。他要找的这把神剑其实也是大有来头的。该剑乃三皇五帝时期,蚩尤所铸造的天下间第一把金属武器，名曰“兵主”，剑长八尺，重逾百斤，能吸活人鲜血……

（蓁蓁突然问道：“蚩尤的武器不是蚩尤刀吗？怎么你却说是兵主了，而且还说是把剑？”）

李小姐，你应该是在小说里看到有关“蚩尤刀”的说法吧！我劝你以后还是别看这种小孩子写的书了，这种书只会误人子弟。

南宋孝宗时代，学者罗泌所著的《路史·后纪四》中注引了战国时期赵国史书《世本》：“蚩尤作五兵：剑、戈、矛、戟、夷矛。”这里说明了三皇五帝时期只有剑、戈、矛、戟、夷矛五种兵器，根本就没有后世的“刀”，那又何来所谓的“蚩尤刀”呢？你在小说里看到的蚩尤刀，其实只是一些历史课没上好的小孩子，对应“轩辕剑”瞎掰出来的。

实际情况是，当时蚩尤在庐山脚下发现了铜矿，并于矿中发现吸血异石，便以异石及铜矿铸造出可怕的兵主。这把两三米长的吸血巨剑，使还是以木头为主要武器的轩辕黄帝吃尽苦头，所以他也想仿照蚩尤铸造一把巨剑，可是一来他的族群没有相应的冶炼技术，二来他也不像蚩尤那样力大无穷，就算巨剑铸造出来了也拿不起。无奈之下，只好退而求其次，仿照兵主铸造出一把小号长剑，也就是后世所称的“轩辕剑”。

跟兵主相比，轩辕剑象征意义远大于实际意义，你们能想象拿水果刀的人能跟拿杀猪刀的拼吗？不过，黄帝不像蚩尤那样只有一身蛮力，他懂得运用兵法战术，所以最终取得了胜利。要是他们俩单挑，蚩尤一剑砍下来，黄帝不是被砍开两截就是被拍成肉饼了。

历史上之所以对威力强大的兵主鲜有记载，而对没多大实用性的轩辕剑不吝笔墨，无非是因为蚩尤是异族，而编写史书的大多都是汉人。成王败寇的道理，我想你们应该明白……

“成王败寇的道理我们是明白，但我不明白你为什么要跟我们说这些。蚩尤的历史跟三才镇武剑有什么关系吗？”我听了好一会儿，除了知道三才镇武剑是用蚩尤使用过的巨剑兵主铸造之外，实在不知道这三把剑还跟蚩尤有什么关系。

沐师傅爽朗地大笑几声：“其实没什么关系，只是一时兴起跑题了，我继续给你们说‘三才镇武剑’的事情……”

第八章　哈欠念力

从沐师傅口中得知，我们想了解的那三把唐剑原来叫“三才镇武剑”，然而他给我们解说这三把剑的来历时，竟然说起蚩尤跟黄帝的历史。不过他自己也发现跑题了，于是继续给我们讲述三才镇武剑的历史——

三才镇武剑，顾名思义就是以天、地、人三才之力，镇压武姓女王的王者之气，将其气焰压下来了，登基之期自会因此而推迟，那么李氏子孙就能得以活命。

而铸造这三把剑是很讲究的，不但要以上古神剑为基础，还得以活人性命来开光才能起效。之所以要这样做，其原理就是以暴易暴，取神剑兵主之霸气，配以总共二百四十三名穷凶极恶的死囚之暴戾，才得成“乾捭”、“坤阖”、“仁孝”这三把宝剑。

然而，铸剑并非难事，难就难于如何保剑。李淳风当时是太史令，除了掌管天文历法之外，还负责记录史册，他当然不会把此事的真相记载在史书中，要不然待女王得势时，第一个要杀的恐怕就是他。他甚至连铸剑一事，也不敢在史册中提及。

史册方面虽然好办，但女王当时便是后宫眷属，或多或少也会对此略有耳闻。要是让她找到这三把宝剑，并将其毁掉，那么就前功尽弃了。李淳风当然不会让这种事情发生，所以他除了用兵主铸造出三才镇武剑外，还另外铸造出十八把伪剑。

你们可别以为兵主重达百斤，而三才镇武剑每把才两三斤，所以要铸造三四十把也不成问题。兵主虽然剑身巨大，但经历了不下三千年的风霜，早就已经变成了破铜烂铁了。而且蚩尤族群的冶炼技术虽然在三皇五帝时是最好的，但跟后世相比还是差远了，剑身中含有大量杂质，所以将其精铸成三才镇武剑后，所剩的余料并不多。

李淳风为了掩人耳目，就命铸剑工匠用余料混合其他金属，再铸造出十八把伪剑。这些伪剑在外观上跟“三才镇武剑”一模一样，更重要的是它们内含兵主的余料，也拥有吸血的特性，只是相比之下要弱很多。而且知道此事的人并不多，亲眼见过“三才镇武剑”的人更是凤毛麟角，所以要瞒天过海绝非难事。

他把这三真十八假的宝剑分别埋葬在七个剑冢之内，每个剑冢的位置都极其隐藏，而且只有他自己才知道准确位置。处理好剑冢一事后，李世民还是不太安心，于是就叫他推算一下大唐的国运，看自己的江山是否能留给子孙后代。他领命后就找上他的师父袁天罡，一同为大唐推算国运。不推还好，一推上了瘾，一发不可收拾，竟推算到唐后中国两千多年的国运，直到袁天罡推他的背说：“天机不可再泄，还是回去休息吧！”这就是《推背图》第六十象所说的事情，《推背图》也是因为这一下推背而得名。

唐太宗死后，武则天就开始活跃于皇宫之中，随后更得势成为了天后。这时她就已经有“女主武王”之意，欲吞占李氏江山，可惜她屡次想称王都受到阻碍，总是棋差一着。她召来幕僚细想原因，其中有人提出也许与当年李淳风铸造的三把定国安邦剑有关，于是她就下令赶快找出这三把宝剑。然而，宝剑的下落只有李淳风才知道，但他此时已经仙游了，所以要找出宝剑的下落并不容易。

本来武则天在这个时候就可以登基称帝，可就是因为“三才镇武剑”的原因硬是拖延了十多年。在这十多年间，为了寻找这三把宝剑，她不知道动用了多少人力物力，后来甚至下令制造铜匦（铜质的小箱子），置于洛阳宫城之前。史书说铜匦是用来接纳臣下表疏，并且能让任何人通过铜匦告密，但实际上主要是为了收集有关宝剑下落的情报。

虽然要在全国范围内找三把宝剑，有如大海捞针，但武则天毕竟是天命所归的女天子，在毁掉六个伪剑冢后，终究让她找到了真正的剑冢，并且把其中一把宝剑“仁孝”折断。宝剑一断，三才镇武之效就消失了，武则天终于能登上王位，成为我国历史上唯一的女皇帝。

武则天成为皇帝之后，延续了李淳风当年的谎言，说三才镇武剑是定国安邦之物，遂收藏于宫中，直到唐灭之后才流落民间……

从沐师傅的叙述中，我发现了一个极其重要的信息，就是其中一把宝剑被折断了，于是便追问他这把名叫“仁孝”的宝剑，如今身在何方。

“天晓得，除了市博物馆失窃的‘坤阖’之外，自唐灭至今都没什么任何关于这三把宝剑的文献记载。”他说着笑了笑，又说：“不过，这并不重要，重要的是这宗凶案中的凶器肯定就是只有半截的‘仁孝’！”

根据死者身上的伤口判断，凶器应该是一把尖端不平整的匕首，如果‘仁孝’正如他所言是一把断剑，那么极有可能就是本案的凶器。如此说来……我想我已经知道凶手是谁了，不过我还有一个疑问需要沐师傅给答案：“‘三才镇武剑’是以活人性命来开光，每一把都背负着八十一条人命，那么是否会因为杀人太多而附有怨气，或者说……这三把古剑里会不会有‘鬼’！”

“哈哈哈……”沐师傅仰天大笑，好一会儿后才反问我一句，“你以为什么是‘鬼’？‘鬼’又是什么？”

他这个问题还真不好回答，我一时间也想不到该如何回答他。还好，伟哥阴阳怪气地替我回答了这个问题：“人死了，阴魂不散就会变成鬼，一到晚上就会在人间随处飘荡，寻找替身……”他说着向喵喵做了个恶心的鬼脸，吓得喵喵尖叫着躲到蓁蓁身后。

“你也是这么想？”沐师傅笑着问我。虽然伟哥说得夸张了些，不过我的意思也是差不多，所以就向他点了下头。

“我可不是这么想。”他惬意地伸了个腰，很夸张地仰天打了个哈欠，然后轻拍还在为他按摩的雪晴，“原小姐，谢了！让你按摩真舒服，希望你以后还会为我按摩。”雪晴没有答话，停下手来就一声不吭地退到墙角，从她脸上冷漠的表情，实在难以揣摩她的心意。

雪晴走开后，他就又打了个哈欠，然后才说：“人们常说的‘鬼’，只不过是一种幻想产物，就像神魔仙妖那样，是世人对未知事物的一种敬畏表现。不过，这并不是说世上没有‘鬼’的存在，只是‘鬼’的存在跟人们想象中的不一样。”

“那你以为鬼是什么？”我对这个话题很感兴趣，因为我想他一定能给我一个与众不同的解释。

他不知道是否有点累，还是雪晴的按摩实在太舒服了，竟然又再打了一个哈欠。而且依然是那么夸张，像是怕我们没看见似的，缓缓地伸展双臂，嘴巴张得能放下我的拳头。他打完这个惬意的哈欠后才又开口：“所谓的‘鬼’，其实是一种念力的表现。念力并非‘鬼’的专利，事实刚好相反，但凡拥有生命的事物，那怕是一只老鼠也拥有念力，当然与人相比，老鼠的念力要低得多。人在活着的时候才会拥有念力，正常来说，人死了念力就会随之消失。不过……”看来他真的是累了，说着说着又打起哈欠来，而且还一连打了好几个，打完了又继续说：“不过，如果人在濒死的一刻，大脑被某种强烈的负面情感所占据，譬如愤怒、悲伤、惊吓、恐惧、内疚，甚至是失望，那么这种负面情绪很可能会形成一股强大的念力。这股念力在它的创造者死后一段很长的时间里也不会消失，甚至会影响到其他人，这就是所谓的‘鬼’。”

“或许，我举个例子，你们会容易点明白，哈……”他说着又打起哈欠来了，还是那么夸张。然而，他刚打完哈欠，我马上就听见另一个哈欠声响起，原来喵喵也打哈欠了。我本来对他的解释很感兴趣，而且现在是早上，本应不会觉得困倦，但看见他哈欠连连，不知不觉间也感到些许困意，于是就点了根烟提神。伟哥看见我点烟，也来跟我蹭烟抽，看样子他好像也有点困意。

看见我们略现困意，沐师傅狡黠地笑了笑继续说：“你们做刑警的，应该经常会听到有关交通黑点的传闻吧！某些路段特别容易发生交通意外，这除了地形等原因外，还有一个重要的因素，那就是念力！当司机遇到交通意外时，在那电光石火的一刹那，惊吓、恐惧、彷徨、痛苦……所以负面情绪都充斥于脑海之中，因此极有可能形成强大的念力。这种念力非常可怕，因为它会在一段很长的时间内凝聚于意外现场，并且影响到其他经过这个地方的人。”

刚被他说的事情挑起了好奇心，正兴致勃勃地仔细聆听他所说的每一句话，可是他突然又打起了惬意的哈欠。我再次感到困意袭来，原来的兴致一下子就消失了，便问他是不是觉得累了，如果想休息，可以迟些再跟我们说这个话题。

“没事，没事，我们继续……”他又露出狡黠的笑容继续说，“出事司机留下的念力，虽然非常可怕，但并不是像小说或者电影那样，半夜有只浑身鲜血的厉鬼满街跑那么夸张。这种念力对路人来说，几乎没有任何影响，它的可怕之处在于会引发更多的交通意外。

“有驾驶经验的人都知道，开车是一件很费神的事情，如果一个开了一整天车的司机，在身心疲倦的情况下驾车途经一处凝聚了念力的交通黑点，那么他极有可能会出意外。因为他在这个时候，精神处于疲倦状态，极容易受到念力的影响。当然，我所说的影响并不是说他会看到有只鬼在前方飞过，而是突然间感受到一些莫名其妙的感觉。譬如，突然觉得背脊发凉，又或者无缘无故觉得很害怕。这些感觉会使他在刹那间走神，如果是在康庄大道，走神一会儿也没什么关系，但是在地势崎岖的交通黑点，这一刹那就足以取他性命。”

“这就是念力的可怕之处？”他所说的念力，虽然虚无缥缈，但似乎又是确有其事。

“这还不算，哈……”他再次打起哈欠来。

看着他一而再、再而三地打哈欠，我越来越觉得困倦，不由自主地跟着他打了个哈欠。我一打哈欠，他就哈哈大笑：“哈哈……你终于也打哈欠了！”

我不明白他为何会取笑我打哈欠，如果打哈欠也值得取笑，那么他接连地打哈欠不是更加可笑吗？然而，他似乎另有想法，面对我疑惑的眼神，只是继续狡黠地笑着：“你有没有发觉，除了原小姐之外，你的同事们都打哈欠了，先是乐小姐，接着是小韦，然后就是李小姐，现在连你都打哈欠了。”

刚才只留意到他不住地打哈欠，他不说我还真没注意到其他人也有打哈欠，但仔细一想，又好像的确有这回事。不过，就算我们都打哈欠了，那又能说明什么？

我把心中的想法说出来，他就笑道：“这证明了念力的可怕。”

“这跟念力又有什么关系呢？”蓁蓁不解地问道。

他笑着回答：“刚才我跟你们解释了这么久，你们可能仍然会觉得念力是虚无缥缈的事物。但我现在跟你们说，其实我刚才不断打哈欠并不是因为我犯困，而是我在主动地向你们施加念力。所以，你们在一开始时虽然都很有精神，但在我一而再、再而三地施加念力后，就开始打起哈欠来了。”他跷起二郎腿，露出一副得意扬扬的表情，继续说：“念力其实是一种很常见的事物，把哈欠‘传染’给别人是念力中常见的一种表现。在日常生活中，我们还有更多机会体现念力的可怕之处，譬如一些运动员，我们经常会听到他们在训练时能做出很好的成绩，但到真正比赛时却只能成绩一般。大多数人以为是压力的原因，没错，的确是压力使他们不能达到最佳表现，但问题在于压力的来源。

“他们之所以会感到有压力，最主要的原因是来自观众，不管是现场的观众，还是电视机前的观众。在多不胜数的观众当中，肯定会有人想某名运动员获得胜利，同时也会想其他参赛者失败。这些观众每一个人都是一股念力，无数念力会集在一起便会成为一股强大力量，当这股力量全压在运动员身上时，你们认为他还会有好的表现吗？”

“那参加奥运会的运动员，在全世界观众的念力下，不就全都没有好表现吗？”蓁蓁这个问题也是我心中所想。

“这就是原小姐没有打哈欠的原因。”他得意扬扬地笑着解释，“念力可以是矛，也可以是盾，当持矛的一方念力强大时，盾就会被刺破；而当持盾的一方念力强大时，矛就会折断。”

听过他的解释后，我对念力的存在已经没有多少怀疑，但我还有一个问题，就是他说念力能维持一段很长的时间，到底能维持多久？

（身为读者的您，在阅读本章的过程中，是否也打哈欠了呢？）

第九章　真相初露

"'鬼'是活人在死前一刻所留下的念力，也就是说'鬼'是来源于活人，而并非世人所理解的那样，人在死后才会变成'鬼'。其实所有活人都拥有念力，不过活人的念力是不稳定的，会随着人的情绪变化而改变。'鬼'的形成是源自人在死前一刻的负面情绪，所凝聚的念力相对稳定，这就是其可怕之处。倘若活人能够意志坚定，那么也能凝聚成强大的念力，只是要做到这一点并不容易。说白了，'鬼'只是念力的一种表现，虽然在某些情况下会造成可怕的后果，但若以平常心看待其实并不可怕，最起码于我而言原小姐的手枪要比'鬼'可怕得多。如果硬是要说世间真的有'鬼'，那么所有活人都是'鬼'！"沐师傅用这段话来总结他对"鬼"的解释。

我对他的解释并没有太多怀疑，因为他已经用打哈欠来证明了念力的存在，所以我想不到怀疑他的理由。不过，我心中还有个疑问需要他给我答案，于是便问道："你刚才说念力能存在一段很长的时间，到底能存在多久？一个月、一年、十年，还是一百年？"

"你这个问题问得好。"他面露微笑从容作答，"念力分很多种，有的只能维持一瞬间，就像我刚才所说由众多观众所凝聚的念力。有的能维持几年，甚至几十年，例如人在死前所留下的念力。"

听到这个答案，我心中大感失望，不过我还是怀着一丝幻想，再问他一次："那有没有一种念力能维持上千年的？"

"有！"他给予我精神一振的回答，并于随后作出解释，"念力有多种表现方式，如果是物件作为媒介的话，那么在这件物件被销毁之前，念力也不会轻易消失。常见的例子就是文字或者画像，虽然年代久远会使凝聚于这些物件上的念力减弱，但并不会消失。哪怕是经历了一百年，甚至几百年，只要物件仍然存在，凝聚于物件上的念力就不会消失。"

“那凝聚于‘三才镇武剑’上的念力，现在还会存在吗？”这是我最关心的问题。

“一定仍然存在！”他给予我这个肯定的答案后，狡黠地笑了笑，“我知道你在想什么。当年李淳风之所以要用八十一名穷凶极恶的死囚的性命来开光，就是想以愤怒、怨恨等负面情绪来凝聚强大的念力，并用以暴易暴的方式来压制武则天的王者之气。为了能把武则天登基的时间尽量推迟，他想尽办法让凝聚于宝剑中的念力维持得更持久。虽然经历了千百年的岁月，而且‘仁孝’在武则天登基之前就已经被折断，因而威力大减，但我相信它余威犹存。如果它落在原小姐手上，也许不会有什么问题，但倘若落在意志不坚的人手上……”他说着向伟哥和喵喵瞥了一眼，又继续说：“那么后果就不堪设想了。”

“落在意志不坚的人手上会怎么样？”蓁蓁面露寒色。

沐师傅突然收起了笑容，严肃地说：“‘三才镇武剑’是以愤怒、怨恨等负面情绪来凝聚念力，如果落在意志不坚的人手上，那么此人必定会因为受到念力的影响，而引发出内心的阴暗面，从而产生愤怒、厌世、嗜杀等情绪。最严重的后果是，他会因为压抑不住内心的嗜杀情绪而随意地杀人。”

“啊！”蓁蓁突然叫了一声，似乎是想到些什么，急忙跟我说：“你记得那个经常在学院里溜达的跛脚欧吉桑吗？”

我笑着回答：“你也想到了，他很可能就是凶手……”随后，我就把自己的推测说出来：“这个欧吉桑很可能是个寻宝者，他通过某种途径获悉断成两截的‘仁孝’被埋藏在理南学院之内，所以就整天在学院里溜达，寻找这把价值连城的古剑。他很可能已经找到了‘仁孝’的其中一截,并带着这半截古剑，继续在学院里寻找另外半截。然而，在这个过程中，他因为受到凝聚于‘仁孝’剑身上的念力影响，心生愤怒、厌世、嗜杀等负面情绪，他因为压抑不住这些负面情绪，所以就将无辜的死者杀害。”

“那还等什么，我们现在就去把那个欧吉桑抓回来！”蓁蓁说着就抓住我的手，想拉我走。

虽然现在已经几乎能肯定欧吉桑就是凶手，不过我还有一个问题想问沐师傅，于是让蓁蓁稍等一下，向他询问：“你为何对‘三才镇武剑’的事情知道得这么清楚？雪儿这蛀书虫几乎看遍了所有相关的正史及野史，但她所知道的还是远不及你。”

“哈哈！我想我也是时候走了，以后有麻烦尽管找我，说不定我能帮上忙。

不过，我可不是义务帮忙哦，要我帮忙得劳烦原小姐再给我按摩才行。哈哈……”沐师傅边打哈哈边往门外走，显然是想回避我的问题。虽然我对他为何会知道这些事情感到很好奇，但他既然不愿意说出来，自然有他的原因，我当然也不会失礼地继续追问，毕竟以后还有很多事情会需要他帮忙。

因为出门前被老大叫去处理另一宗案子，所以我和蓁蓁来到理南学院的时候，已经是晚饭时间了，于是我们就叫上见华一起吃饭。跟见华在餐厅里吃饭时，我发觉她有点心不在焉，经常把手机掏出来查看，于是就问她是不是发生什么事了，她不无担忧地说："小菁不知道哪里去了，今天整天都没有去上课，打她手机又没能打通，发短信也没回。"

"她平时不也是经常翘课去玩吗？她这种人会照顾自己的，没什么好担心的。"蓁蓁安慰道。

"你们误会她了，她其实不是你们想象中的那么坏，之前她的成绩比我好多了……"见华显然已经无心用膳，把筷子放下轻声叹息，徐徐向我们讲述有关小菁的事情——

小菁家里很穷，她的父母是农民，没什么文化，又只有她这个女儿，所以就把全部希望都寄托在她身上。她也明白自己不多念书，以后就只能像父母那样靠种田养猪为生，又或者像她的小学同学那样，到小工厂里出卖劳力换取微薄的收入。如果只是照顾自己，这样或许还勉强凑合，但她的父母不但没有社保，就连医保、养老保什么保都也没有。而且他们也没有积蓄，到了不能再下田干活的时候，就连一日三餐也成问题。为了能让父母有一个安逸的晚年，她很努力地念书，希望将来至少能在经济上照顾父母。

她中学时成绩很好，高考的成绩达到一本线，并且收到了重点大学寄来的录取通知书，可是她的父母根本没有钱给她交学费。本以为大学的梦想要幻灭了，她这辈子充其量只能像她那些初中还没念完的同学那样，到小工厂里打工，节衣缩食地把微薄的收入寄回家里，让父母的生活稍微好过一点。

也许，是上天可怜她吧，就在她已经准备好行李，打算跟同乡外出打工时，突然收到理南学院寄来的录取通知书。理南学院是新校，每年都会招收一些成绩优异的新生，不但可以减免学费，而且还给这些新生发奖学金。而这封录取通知书除了通知她已经被学院录取之外，还说她是其中一位奖学金的受惠者。

她就是因为获得奖学金才能入读大学，虽然理南学院没什么名气，但好歹也是大学，只要努力学习，是金子总会发光的。她刚来到学院的时候，的确很用功念书，每次考试她都能拿第一。不过，自从上个学期末发生了那件事开始，她就没心思念书了，整天都出去玩。成绩从原来的全班第一，渐渐滑落到中下游……

“是什么事使她变成现在这样呢？”蓁蓁好奇地问。

见华轻轻摇头：“这个不能说。”

“为什么不能说？告诉我嘛！”蓁蓁求知欲还蛮强的，突然拉着见华的手，仿佛得不到答案就不肯放手似的。

“真的不能说，我答应过小菁，不会把这件事告诉任何人。”见华面有难色。

“我又不会到处乱说，你就告诉我吧！”蓁蓁摆出一副不肯罢休的架势。

见华只好向我求救：“申羽哥……”

“蓁蓁，你就放过她吧！她可十足像她哥哥的脾气，答应别人的事情就一定要做到，就算你给她用上十大酷刑，她也不会告诉你的。”虽然我也很想知道到底是什么事使小菁自甘堕落，但我很清楚见华的性格，她答应过小菁不跟任何人说这件事，她就一定不会说。所以，我不会做徒劳无功的事情。

蓁蓁知道见华不会满足她的好奇心之后，十分丧气，把头扭到一边一声不吭。见华大概以为她生气了，连忙去哄她：“蓁蓁姐，你别生气嘛，我真的答应了小菁不能说。你别生气嘛……”

她被见华哄了一会儿后，突然扑哧一声笑出来：“骗你的啦，我才没有生气。每个人都有自己的原则嘛。”

见华知道她没有生气后，马上笑逐颜开地跟她黏在一块，并问道：“蓁蓁姐，那你的原则又是什么呢？”

“我啊，当然是维持公义，除恶惩奸了。我之所以要当警察，就是为了把所有坏人都抓住，尤其是那些道貌岸然的大色狼！”她说着瞥了我一眼，似乎是在含沙射影。

饭后，我跟蓁蓁就开始在学院里找那个可疑的跛脚欧吉桑。之前没想找他的时候，老是看见他在学院里面溜达，可现在想要找他却没看见他的踪影。“他该不会是已经找到了另一截古剑了吧？”这句话是蓁蓁在快十一点的时候说的，希望不会真的被她的乌鸦嘴说中。

翻遍整个学院后，我们再次来到宁静的小湖旁，本以为又有机会可以跟蓁蓁拉近距离，没想到竟然又有人坏我好事了。正当我想温柔地搂住蓁蓁的小蛮腰时，她突然停下脚步，小声地跟我说："你听见没有？"

"听见什么？"虽然我的听力不错，但此刻我的全部心思只集中在蓁蓁身上，并没有发现特别的声音。

"你仔细听听，好像有人在吵架。"她说罢就闭上双目认真聆听。

我也学她那样闭着眼睛，聆听周围的细微声音。深夜的小湖旁非常宁静，只能偶尔听见一两声虫鸣，但当我仔细聆听后却发现的确像她所说的那样，好像有人在附近吵架。争吵的地点也许跟我们的位置有点距离，虽然能感受到言语中的激昂语气，但声音非常细微。不过，认真分辨后，还是能听出争吵的双方是一男一女。

男女吵架，最常见的就是发生在情侣身上，而且这里在学院范围之内，听见这种吵架声本是很平常的事情，并没有值得特别注意的地方。然而，蓁蓁却说："我的直觉告诉我，这吵架声很可疑，我们过去看看。"

要是平时我肯定不会答理她，不过这夜阑人静的时候，在这偏僻的小湖旁出现的男女，肯定不会是来温习功课的吧，现在过去说不定能大饱眼福。欣赏"人体艺术"还是次要，重要的是看过后，在这种"浪漫"氛围下，绝对是个下手的好机会。所以，我就假装不耐烦地跟她循声寻找那对可能在野合过程起了争执的男女。

在湖边的草丛旁有一片小树林，虽然不大但因为附近没有路灯，所以让人觉得十分阴森。吵架声就是从这片小树林里传出来的。我跟蓁蓁蹑手蹑脚地走向小树林，走得越近吵架声就越清楚，而且越听越觉得女生的声音似曾相识。难道，是我认识的人？在这学院里，我只认识见华而已。

我带着疑问跟蓁蓁走进小树林，这里没有路灯，朦胧的月色也被树上的枝叶阻挡，所以相当昏暗。在这昏暗的树林中有一对男女相对而立，虽然我没能看清楚他们的相貌，但还能看见他们并非我想象中那样没穿衣服，而是穿戴整齐。正当我为此而感到失望之际，就听见一个男人的声音，以愤怒的语气咆哮："你别跟我装蒜了，所有事情我都知道得一清二楚，神器就在你手上！"

"你神经病，我不知道你在胡说什么！"女生的回应也是怒气冲冲。

男人所说的神器到底是怎么回事呢？难道就是断剑仁孝？

第十章　诡秘往事

跟蓁蓁再次到理南学院溜达，不过这一次我们不再是守株待兔，而是主动出击，寻觅那个可疑的跛脚欧吉桑。可是，我们没想要找他的时候，他老是在我们眼前晃来荡去，现在想找他却找了半天也不见人影。蓁蓁说他可能已经找到了另一截古剑,所以才没有再在学院里出现。虽然我并不愿意相信她的猜测，但这个可能性还真不小。

所以，当我们来湖边时，我已经没有再想那个跛子了，心里只是琢磨着怎么跟蓁蓁拉近距离。然而，正当我准备开始行动时，却被一阵从不远处的小树林里传来的吵架声搞砸了。蓁蓁说她直觉觉得这吵架声可疑，虽然我并不这么以为，但还是跟她一起蹑手蹑脚地走向小树林。

在昏暗的小树林里，我看见一男一女在对峙，男的冲对方怒吼："你别跟我装蒜了，所有事情我都知道得一清二楚，神器就在你手上！"虽然没能看清楚相貌，但从声音判断，这男人应该是个上了年纪的中年人。

他所说的神器该不会就是本案的凶器——断剑仁孝吧？或者我们继续听下去会有意外收获。

"你神经病，我不知道你在胡说什么！"女生怒气冲冲地作出回应。

"你不用否认了，我知道所有人都是你杀的！"男生上前抓住对方的手。

女生使劲地把他的手甩开，怒道："我不知道你在说什么，你儿子的事也不关我事，我也没有你想要的东西！"说罢转身就走。

"我们走着瞧，我一定有办法让你把神器拿出来的。"男人冲着远去的背影大吼后，就准备离开小树林，而且还是向我们这儿走过来。从他一拐一拐的步姿，我马上就能肯定他就是我们找了老半天的欧吉桑！

蓁蓁大概也已经认出他了，一个箭步扑上前把他抓住，并把他的手往后拐将他制伏。他一面惊惶地大叫："干吗了？干吗了？想求财吗？我把钱都给你就是了，别伤害我！"

蓁蓁的举动还真不是一般的鲁莽，欧吉桑肯定是把她当成打劫的。我只好立刻上前出示警员证，并表明身份："我们是警察，我们怀疑你跟近期发生的案子有关，现在要带你回警局接受调查。"

"你们想要钱，我给就是了，只要不打我就行了。我的钱包就在裤袋里，你们自己来掏，钱都可以给你们，但证件要还我。拿完钱就快点放了我吧，我不会报警的，只求你们不要伤害我，我的手快被扭断了……”他以求饶的神色看着我，敢情把我们当做假扮警察的劫匪了。这也难怪他的，这里光线昏暗，他根本没能分辨出警员证跟银行卡有什么区别。就算他能看清楚，蓁蓁这架势也足以让人深信我们是劫匪，而不是警察。

我也懒得跟他解释太多，因为现在要解释也不见得能说得清楚，所以我用了最直接的方法，就是把他带到警局。

回到警局之后，他终于相信我们是警察，而不是想打劫他的劫匪，惊惶的面容也随之变成迷茫，并连连询问我们带他来这干吗，我没有马上回答他，而是先问他的名字及年龄。

“我叫吴宇，今年四十七岁。”他刚回答完我的问题，马上又追问：“我又没有犯事，你们到底抓我回来干吗啊？”

“我们为什么抓住你，你自己心中有数，你最好老老实实地给我们交代一切！”蓁蓁狠狠地瞪着他，吓得他缩成一团怯弱地说：“我真的什么也不知道，我也没犯过事……”

蓁蓁使劲地拍了一下桌子，冲他怒吼：“那你整天在理南学院溜达干吗？”

“我、我到那里找人。”他的双眼没有焦点，并且刻意回避我们的目光，显然是心中有鬼，不妨让蓁蓁继续吓唬一下他。虽然我并不指望蓁蓁能从他口中套取到一些关键性的线索，但人在慌乱的情况下是最容易出错的。等蓁蓁把他吓慌了，我再向他套取线索就省力多了。

“你到学院里找什么人？”蓁蓁又冲他大吼。

“找、找……”他没能说出找谁，支支吾吾了好一会儿后却反问蓁蓁：“你们到底抓住我回来干吗啊？”

“理南学院最近发了多宗凶案，我们怀疑你就是凶手。”蓁蓁凶巴巴地瞪着他，而他则目瞪口呆地看着蓁蓁，呆了一会儿才慌忙地分辩：“你们搞错了，我不是凶手，不是我，不是我。要我杀一个人我也不敢，更何况是五个……”

他终于说漏嘴了，我就是等这一刻，冷漠地跟他说：“你怎么知道是五个，这宗案子校方及派出所封锁了消息，外人不可能知道。除非……”我指着他，加重了语气：“除非你就是凶手！”

虽然我指出了他的漏洞，但他并没有表现出我意料中的惊慌，反而露出悲伤的神色，心情沉重地说：“你们真的搞错了，我儿子也是其中一名遇害者，我怎么可能是凶手呢？”

“什么？”我跟蓁蓁一同叫起来，随即向他询问，“你儿子叫什么名字？”

“吴浩，就是第一名遇害者，他遇害的时候，我还在加拿大。我移民到加拿大已经很多年了，这是我的枫叶卡……”他从钱包中取出一张印有枫叶卡图案的身份证，上面有他的相片及名字的拼音。

这张枫叶卡做工挺仔细的，质量不比我国的二代身份证差。虽然看上去不像是假证，但现在的假证做得也挺专业的，而且我也不会分辨枫叶卡的真伪。他似乎发现我对他的枫叶卡有所怀疑，马上就把一本中国护照掏出来递给我。护照的真伪我还能分辨，这本护照是真的，而且上面的出入境记录显示，他的确是在吴浩遇害之后才入境的。也就是说，他不可能是凶手，最起码他不会是杀死吴浩的凶手。

我正因这突如其来的变故而感到迷茫之际，蓁蓁突然小声地问了我一个很弱智的问题：“他怎么有加拿大的身份证，又有中国的护照？”

为免她丢人现眼，我把她拉到一旁才跟她解释：“中国虽然不承认双国籍，但加拿大承认。所以他移民到加拿大后，加拿大政府不会强逼他取消原来的国籍。”她似懂非懂地点了下头后就没有再说话了。

我没再理会蓁蓁，回过头来以安慰的语气跟刚失去儿子的吴宇说：“对于你儿子的死，我们深表遗憾。不过，我们还是需要知道，你为何会整天在理南学院里走动。还有刚才你在树林跟什么人起争执，你跟她有什么过节，你所说的神器又是什么回事？”

他长长地叹了口气：“如果你有时间听我唠叨，我可以慢慢告诉你……”随后，他就向我讲述他那段带有诡秘色彩的过去——

我本来就住在理南学院附近的一个小县区，年轻时在县里的医院做了几年保安。我在医院里跟一位叫张采的护士特别谈得来，后来我们就结婚了。

根据当地的政策，我们只能生一个孩子，我们农村人哪个不想有个儿子后继香火呢？我也不能例外，如果能多生几个倒无所谓，但只能生一个，当然就一定得生个儿子了。阿采的想法也跟我一样，一定要为我生个儿子，所以我们从一结婚就已经开始为生儿子作打算了。

虽然怀上的是男是女，我们不能决定，但我们能决定是否生下来。还好，我们是在医院里工作，等阿采怀上三四个月的时候，找熟人照个B超就能知道是男还是女。如果是男的当然就最好了，就算是女的也不要紧，流掉后等上半年，待阿采的身体恢复过来再怀一胎就是了。

我们当时都在医院里做事，本以为找熟人照个B超并不难，大不了就是塞个红包。可是当阿采怀上三个多月的时候，上面突然有文件下来，规定B超室的医生如果给别人鉴定胎儿的性别，就要立刻下岗，而且举报违规的医生还会有奖励。文件一下来，B超室的医生都不敢再给别人鉴定胎儿是男是女，我给他们塞红包，他们谁也不敢要，大概是怕我会举报他们。后来好说歹说，终于有一个平时跟我比较聊得来的医生点了头，答应偷偷为阿采照B超。当然为了让他帮这个忙，我可给他塞了不少钱。

照过B超后，发现阿采怀的是个女儿，我们只好又去求人偷偷把胎儿流掉。过了半年后，阿采又怀上了，可是又是个女儿，直到第三次才怀上个儿子。这一胎就是我们唯一的儿子小浩。为了能生个儿子，我们可没少花钱，不过花钱倒是次要，东奔西走地去求人才是最辛苦的事情。

经历这件事之后，我突然有个想法。我们夫妻俩都在医院里做事，让人帮忙辨别胎儿是男还是女也得大费周章，那外面的人不就更难了。而且，现在所有人都是只能生一胎，每天想给B超室那几个医生塞红包的人多得要排队。如果我能帮这些人做B超，那还用愁他们不把钱往我口袋里送。

有了这个想法后，我就托人找门路，买了一台从市里的医院淘汰下来的二手B超机。别看我当时买的是一台老掉牙的旧款B超机，为了这台机子，我可向亲戚借了不少钱，而且也找了不少人，拉了不少关系才买到。

小浩还没出生的时候，我就已经到处拉关系了，可到我把B超机弄到手的时候，他都一岁多了。我把他交给父母照顾，然后跟阿采在家里给别人照B超。本来，我们是偷偷摸摸地做这事，只在下班的时候才给熟人照B超。后来，熟人又介绍熟人过来，渐渐地来找我们的人就越来越多了。而且我们照几次B超就能顶医院里的一个月工资，所以我们就干脆把医院的工作辞掉，专心在家给别人照B超。

照B超其实是一件很简单的事，我们只要能看到胎儿的生殖器就能知道是男还是女，随便找个人也能做得来。不用像医院里的医生那样，因为要找出病因，所以需要有一定的医学知识。这活儿虽然简单，却非常赚钱，因为当时县里除了医院就只有我们才能照B超。医院里的医生因为怕被人举报，所以不敢收陌生人的红包，我们就不一样了，虽然开始时还只是通过熟人介绍，但到了后来就来者不拒。

虽然光给孕妇照B超也能让我们赚很多钱，不过人总是贪婪的，我们也不例外，肯定会想赚到更多的钱。很多孕妇发现自己怀上的是女儿后，就会想办法流掉，可是当时要流掉胎儿可不是一件容易的事，就像照B超那样到处得求人送红包。阿采是卫校毕业的，引产对她来说是种简单的活儿，所以我们干脆把这活儿也包揽了。

要是连人流也做上，就算是开黑诊所了，我家虽然有地方，但我可不想在家里做这种生意。于是我就在外面租了间出租房，而且还专门挑位置比较隐蔽的，因为这样就不容易被卫生部门发现。我们的顾客大多都是朋友介绍的，就算开到山沟里也不愁没人找上门，所以地点有多隐蔽也没关系。

至于做人流的工具，并不需要像B超机那样大费周章，直接到医药公司买回来就是。医药公司的管理不像医院那么严格，只要你手上有钱，想买什么都能买得到。哪怕是安定之类的非处方药，甚至是引产用的吸引器，只要你肯付钱，打单的人问也不问就会把单子打出来，让你到仓库找仓管员提货就是了。

把工具都准备好后，我和阿采就分工合作，我负责照B超，她就在隔壁的房间做人流。我们开了这间黑诊所之后，生意明显比之前好多了，经常忙得连停下来吃饭的时间也没有。不过这也值得，你别看我们只不过是开着间连招牌也没有的黑诊所，一个月起码也能赚个十万八万。几年下来，我们的银行存款就超过了七位数。可是，钱虽然赚了不少，但是自从我们做了这门生意后，家里老是出事，尤其是我们的儿子小浩。

小浩在一岁之前，身体一直很好，从没生过病。可是自从我们做了这门生意，他的身体就开始出问题了，经常会无缘无故地发烧，怎么打针吃药都没有效果，非得熬上三五天才会莫名其妙地好过来。这种情况一直持续到我们遇到一位名叫叶真的高人……

第十一章　远走他乡

把可疑的跛脚欧吉桑抓回警局审问，发现他竟然是其中一名死者吴浩的父亲吴宇。当我们询问他为何整天在理南学院走动，以及与谁在树林里争执时，他竟然向我们讲述他的往事——

遇到一位名叫叶真的高人之前，我家里老是出事，不但倒霉的事情接踵而来，而且我们还经常生病。更要命的是，我们的病都是莫名其妙的，怎么打针吃药都治不好，但过了几天却会不治而愈。尤其是我们的儿子小浩，他老是发烧，经常是接连打几天点滴都没有效果，但再过几天又会无缘无故地退烧。

我们夫妻俩倒是还能熬得住，可是小浩当时还小，哪能受得了呢？我们都很害怕这个得来不易的儿子会夭折，所以想尽办法也要把他保住。附近有什么儿科专家教授，反正能叫上名的，我们都带他去看遍了，但大部分医生都说他只是身体孱弱了一些，并没有什么大问题。

阿采自己也是个护士，虽然没有医生懂得那么多，但多少也知道一二。她也有跟我说过，小浩的身体不像出了问题，可就是不知道为什么老是会发烧。听她这么说，我就怀疑我们一家是不是中邪了。其实，我们一家三口的情况都很相似，我跟阿采经常会遇到一些倒霉的事情，偶尔还会有些莫名其妙的病痛，而小浩则经常无缘无故地发烧。

我想我们家可能是撞到些不干净的东西，于是就到处找跳大神之类的灵媒帮忙。为了这事，我们花了不少冤枉钱，可是问题始终都没有得到解决，家里还是经常出事，小浩还是隔三差五就会发烧。

有一次，小浩发烧烧得特别厉害，都快四十度了，跑了四五家医院，打了一个星期点滴也没能退烧，我想这次他肯定是熬不过去了。阿采也好不到哪里去，无缘无故地从楼梯上摔下来，把骨头给摔断了。而我也是经常犯头痛，每次发作都是痛得想死，打针吃药一点效果都没有。

我当时觉得，这世上最痛苦的就是不知道因由的病痛，而最让人心烦意乱的就是家人生病。当这两种事情同时发生，而且还持续了好些日子的时候，那简直就是一种最残酷的折磨。

就在我为此感到万念俱灰的时候，有一位风尘仆仆的老人突然来到我家门前。我本以为他只不过是个讨饭的，就随便塞他几块钱打发他走。可是，他并没有接过我的钱，反而跟我说："我是来帮你的，你近几年是否厄运连连？"

我当时很奇怪，我又不认识他，他为什么会说来帮我呢？而且他怎么还知道我家里经常出事？如果是在之前，我肯定会想他一定是个骗子，从别人口中知道我家的情况后，就想来找我骗钱。不过，当时小浩的高烧一直没能退下来，都已经快要不行了，我们几乎到了病急乱投医的地步，所以什么也没想就请他进了屋。还好，我当时没有把他赶走，要不然小浩的性命肯定不能保下来了。

把他请进屋后，我就跟他说明了我们家的情况，还告诉他小浩快要不行了。

“你们夫妇作孽太深，祸及儿女了……”他掐了一会儿指头后告诉我，我们一家之所以会老是出事，是因为我们这几年经常为别人做人流，作孽太深以致受孽债所困。

他跟我说，凡为善而人知之，则为阳善。为善而人不知，则为阴德。阳善享世名，阴德天报之。堕胎是极损阴德的事情，不管是胎儿的父母，还是施行手术的医者，都会大损阴德。损阴德虽然不像损阳善那样立竿见影，但上天自会降下报应，只是早晚的差别而已。

胎儿降生本是人世间最美好的事情，倘若因为人为阻碍而未能降临人世就会产生怨气，称之为“婴怨”。婴怨不但会困扰胎儿的父母，还会滋扰施行手术的医者。一般而言，若怨气不重，不论是父母或医者都会得到“日感轻疾、夜做噩梦”的报应。婴怨虽然不会自行消退，但只要多为善举弥补阴德，自会不治而愈。可是，你们这几年来每天都在为别人施行手术，每天都在自损阴德，以致婴怨积累，已经到了无法化解的地步，当然会招来厄运连连，百疾缠身也不足为奇，没损性命已经是万幸了。

听他这么说，我魂儿都被吓得飞出来了，连忙问他有什么方法能化解。他说婴怨太深无法化解，只能用以暴易暴、以邪镇邪的方式镇压。他给我画了一道灵符，说是能镇压婴怨。不过这是治标不治本的权宜之计，只能镇压一个月，之后就得更换一道新的灵符。要把怨气长久地镇压住，必须寻找一把杀孽深重，并且附有大凶之魂的上古神器，以神器的霸气强行把婴怨压下去，使其不能再骚扰我们一家。

他让我把那些流出来的死胎全部烧成灰，装到一个用来装先人骸骨的宝塔里。这些死胎其实可以卖钱，而且价钱也不低，不过为了小浩，我当然不会在意这点钱。把死胎烧掉装好后，他就念经作法，往宝塔里装了一些人形的纸符，说是用来代替之前被我卖掉的死胎。之后就用灵符把宝塔的盖子封好了。

他把宝塔封好后，我马上就有一种如释重负的感觉，一直困扰我的头痛突然减轻了不少。不过，小浩的高烧还没能退下来，于是我就问他是不是还有什么做漏了，他叫我先别紧张，凡事都有一个过程，说着就从包袱里取出几根白色的植物根茎，点燃后就走到小浩床前。我问他那是什么，他说是灯芯草。

我本以为他只是像那些神婆那样，只是拿这几根灯芯草在小浩身上绕两圈，但他竟然拿这几根冒着火的灯芯草，逐根往小浩脸上不同的位置点上去！

小浩被灼得号啕大哭，我和阿采也吓了一大跳。不过，小浩哭了一会儿后就安静下来了，面色也比之前好看了一些。我摸了下他的额头，虽然还在发烧，但明显没有之前那么烫，过了个把小时之后，烧就全退了。

小浩退烧之后，我就想答谢这位帮助我们的老人，而这时候我才想起我连他叫什么名字也不知道。跟他一阵寒暄之后，我才知道他名叫叶真，是一名四处云游的术士。他说我上辈子有恩于他，所以他才会帮我，而且不收分文。

虽然他答应每个月都会帮我换灵符，但我真的被吓怕了，要是他遇到什么事情来晚了，我们一家又会被婴怨弄得鸡犬不宁。我和阿采倒是还能撑一会儿，但小浩可撑不了，要是再高烧不退，难保不会出大问题。所以，我就跪下来哀求他帮忙，尽快找一件神器来镇压婴怨。

他对我摇头叹息："神器乃可遇不可求之物，我只能尽力而为，至于能否寻获，得看缘分……"随后，他一再劝说我以后不要再为别人做人流，因为这样会使婴怨越积越深，假以时日单凭灵符的力量恐怕镇压不住。

他刚把小浩从鬼门关里拉回来，要是别的事情我肯定会对他言听计从，但这可是我全家吃饭的生意，哪能说不做就不做呢？所以，我表面上答应他不再给别人做人流，但他离开后，我们还是照样做这种数钱数到手软的生意。人就是这么奇怪，当自己及家人受病痛困扰时，总想着钱再多也不及身体康健，甚至为了治病不惜散尽家财。可是，当身体好起来的时候，又想要赚很多很多的钱。

叶真大师没有食言，每个月都会来我家一趟，给那个装着死胎骨灰的宝塔更换灵符。他每次到来都会问我诊所的事情，问我还有没有给别人做人流。我怕跟他说实话，他就会不再帮我更换灵符，所以我一直都是跟他说没再做人流，只是给别人照B超。他对我很信任，没怎么怀疑过我，只是语重心长地跟我说："种恶因得恶果，虽然你们没有直接施行手术，但为别人辨别胎儿的性别，最终还是会扼杀新生命的降生。这样做也是有损阴德的，同样会为你一家招来厄运。"

后来，他帮我在家里挂了个八卦，还在窗户上贴了些纸符，说是能帮我们家抵挡怨气。说实话，现在回想起来，我感觉自己真的很对不起他。他这么帮我，这么信任我，但我不但没听他的话，而且还骗他。也许是报应吧，就在他快要找到神器的时候，我们家就出事了。

那一天，我跟阿采如常地给别人照B超做人流，一切就跟我们平时所做的没两样。不过很不幸，那次的人流手术出了问题，孕妇在手术过程中因为大出血死了。我们的诊所没有牌照，我们夫妇俩也没有医生资格，要是闹到派出所肯定会惹大麻烦。不过，有钱能使鬼推磨，我以前在医院工作时也见过不少这种情况，大不了就是多赔点钱把这事私了，只要没闹到派出所去，就不会出大问题。可是，我万万没想到，对方虽然没有到派出所闹，但结果却比这更糟糕。

那名孕妇的丈夫是个粗人，他知道自己的老婆死在我们的诊所后，没有打算抓我们到派出所，也没打算要我们赔钱。当然，他也不会当什么事也没发生过，他要我们赔，但不是赔钱而是赔命。他带了一帮人冲进诊所，见东西就砸，见人就打。我的左脚就是那时候给他们打断的，阿采更是活活地被他们打死了……

阿采死后没多久，叶真大师就再次来访，而且这次他还带来了一把只有半截残旧的古剑，这就是他寻找多时的神器。本来他为我带来能镇压婴怨的神器，我应该感到非常高兴，可是我实在高兴不起来，因为当时我的双眼已经被仇恨所蒙蔽。老婆刚刚被人打死了，自己的腿也被打断了，你们能想象我当时有多愤怒吗？要是我还能走动，必定带上俩砍刀去找那帮人拼了。

我把自己的情况告诉了叶真大师，问他有没办法能帮我报仇，我甚至口不择言地跟他说："你不是说我上辈子有恩于你吗，现在就是你报恩的好机会，你一定要帮我报仇！"

他听完我的话后就摇头叹息："现在的恶果，其实是你们夫妇一手造成的，你要是还想迁怒于他人，只会为自己带来更多恶孽……"这时我才意识到，我之所以落得如此下场，错不在那帮凶徒，而是错在自己的贪婪。如果我听从他的劝告，不再给别人做人流就不会弄得家破人亡。

经历了这件事之后，我终于意识到恶有恶报的道理，做损阴德的事情早晚会得到报应的。为了不让我跟阿采犯下的过错累及小浩，我不再想报仇的事，而是诚心诚意地请求叶真大师帮我镇压婴怨。他没有因为我对他的瞒骗而推却我的请求，而是一如既往地帮助我。

他让我把黑诊所里留下的死胎全部烧掉，然后就像之前那样把骨灰和凑数的纸人装进原来那个宝塔里。随后，给我喝了碗宁神茶，他帮我做了场法事，然后让我找个偏僻的地方把宝塔埋掉，并一再叮嘱我要把神器压在宝塔上面。

把所有事情都办妥后，他就跟我说："这把残剑虽然其貌不扬，但实乃喋血无数的上古神器，具有凶邪霸道之灵性，乃大凶之物。常人占之，轻则性情暴戾，重则持剑滥杀无辜。不过，此剑虽为大凶之物，但亦有其大善之处。以其镇压婴怨，若不受外力阻碍至少能起百年之效。"

虽然他说如无意外，古剑起码能镇压婴怨一百年以上。不过，阿采的死可把我吓怕了，正所谓“不怕一万，最怕万一”，如果真的有什么意外，我害怕遭殃的会是小浩。为了小浩的安全，我决定带着小浩搬到别的地方。反正阿采都已经死了，而我的父母有其他兄弟姐妹照顾，我走了也没太多牵挂。

我想反正是要走，不如走远一点，走得越远就越安全。当时我银行里有几百万的存款，足够以投资移民的方式移民到加拿大，于是我就带着小浩远走他乡……

第十二章　引蛇出洞

“到了加拿大之后，我就开了家餐馆……”吴宇继续向我们诉说他的往事——

我念完初中后，就没有再念书了，没多少文化，连二十六个字母也不全认识，英语就只会说“虾佬”。我本以为到了加拿大之后，会因为不会英语而为生活带来很多不便。可是到达后我才发现原来一句英语也不会，对生活其实没有多大影响，不会粤语反而更麻烦。

我刚到那里的时候，因为什么都不懂，所以就向当地的华人移民服务机构求助。可是帮助我的社工只会说粤语，我们都听不懂对方说什么，最后竟然要一个会说粤语的当地西人帮我们作翻译，这事后来经常被我们当做笑话。

虽然到现在我还不太会说粤语，但基本上能听得明白，所以对生活的影响不大。不过，我虽然渐渐习惯了当地的生活，但小浩一直都没能习惯，直到快上完中学还是老向我抱怨这不好那不好，尤其是经常说周围的人都对他很不友善。我还听他的班主任说，班里的同学都不太喜欢他。

老实说我觉得在加拿大，不管是华人还是西人都比国内要友善得多，最起码我的汽车在路上坏了，路过的司机肯定会下车问我要不要帮忙，哪怕他正在赶时间。在国内这种事不是没有，但恐怕不多见。所以我想，不是别人对他不友善，而是他不懂得交际。阿采死得早，这孩子是我一手带大的，他的脾气我很清楚，我这当爸的也觉得他很不好相处，更何况是别人。

那边的学校跟国内的不一样，不会只重视学生的成绩，反而更重视学生的家庭及成长。他的班主任专门找了几个人跟我一起谈过这事，其中竟然还有个心理专家。专家说他母亲早死，而我对他又过分溺爱，所以养成了他自私、自卑又霸道的性格。还建议我尝试让他过独立的生活，不能让他过分依赖我，否则不利于他的成长。

西人做事的方式跟我们很不一样，我们总是想把儿女留在身边，但他们却喜欢让孩子自己照顾自己。虽然我很想把小浩留在身边，但是专家所说也有道理，我不可能让他一辈子待在我身边，因为我总有一天会老，总有一天会死掉。所以他上完中学后，我就想让他到其他省份读大学。

可是，当我问他想到哪里上大学时，他竟然说想回国内上大学，而且他选择的大学还是在我们家乡附近。开始的时候我是十分反对的，可是他很坚持，说国外的人都不友善，一定要回国内上大学，不然就不上大学。我拗不过他就只好答应了，反正叶真大师说神器能镇压婴怨百年以上，而到现在才过了十来年，所以我想应该没有什么问题。

唉……善恶终有报，天道好轮回，不信抬头看，苍天饶过谁!

这话说得没错，做了坏事终究是会有报应的，再怎么躲也躲不过。春节时小浩还回加拿大跟我一起过，当时他还生龙活虎地跟我在家门前铲雪，没想到才过了个把月，我再次见到他的时候，他已经是一具满身遍布伤痕的干瘪尸体……

从吴宇的叙述中，我发现了不少有价值的线索，但也有不少疑问。譬如校方对此事实行严密的消息封锁，其他四名死者的家长均尚未得知儿子的死讯，为何远在加拿大的他却会这么快就知道?我就此对他表示质疑，他叹息道:“为了培养小浩的独立能力，我听从心理专家的建议，尽量不跟他联系。不过，虽然我们很少通电话，但并不代表我完全不知道他的情况。因为他是用我的附属卡，所以我能查到他的每一笔消费，我就是靠着这些消费记录来猜测他在国内的情况。当发现他三天也没用过附属卡时，我就给他打电话，打他租住的房子没人接听，打他手机也一直关机。我觉得很不对劲，就打学院的电话，向他班主任了解情况，可是对方却一再支吾其辞。这时我意识到肯定是出事了，于是就马上坐飞机过来。没想到到了之后，我见到的只是他的尸体……”他的双眼泛起隐隐泪光。

“你终日在学院里是为了找出凶手，为儿子报仇?”我问。

他轻轻摇头:“我的确是在找凶手，不过我只是想为自己赎罪。”

“赎罪？为什么要赎罪呢？”蓁蓁好奇地问。

他苦笑着说：“可能你们不会相信，其实我真的没有想过要为小浩报仇，因为我心里明白，真正害死他的人不是别人，而是我这个父亲。都怪我当年财迷心窍种下了恶因，现在才致使他为我承受恶果，所以真正害死他的人是我。”

“这也不能怪你啊，你不用太过自责。”蓁蓁安慰道。

“不是，你们不明白当中的因果，小浩的确是被我害死的。”强忍的泪水终于从他那沧桑的双眼中涌出。

“凶手所用的凶器，就是你当年用来镇压婴怨的古剑？”我想我已经明白他所说的因果了。

他惊诧地看着我，徐徐点了下头：“没错，小浩就是被我埋下的神器杀死的。”

“你为何如此肯定？”我又问。

他无奈苦笑：“当年我埋下神器和宝塔时，理南学院还没兴建，而为了培养小浩的独立能力，我让他自己选择学校。可是，我万万没有想到，他所选择的学校竟然就建在我埋藏宝塔的地方。报应，一切都是报应，苍天不会放过任何一个曾经作过孽的罪人……”

虽然他神情哀伤，但我必须向他了解此事的来龙去脉，于是提出疑问：“虽然学院建在你埋藏古剑的地方，但这并不代表凶手就一定是用它来杀人，你凭什么认定凶器就是你埋藏的古剑呢？”

“就凭小浩干瘪的尸体……”他说完这句后，花了点时间来平复心情，然后才向我们讲述当中的因由——

叶真大师施法镇压婴怨时，跟我说必须用活人的鲜血才能激发神器的灵性。他本来打算用自己的血，不过他当时已经六十多岁了，我怕他会受不了，所以就提议用自己的血。他也知道自己力有不逮，就跟我说血不用太多，让剑身沾上一点就行了。我以为他的意思是用神器割开皮肤，使剑身沾上一点血，于是就把神器拿起准备割自己的手腕。可是，他突然很慌张地把神器抢过去，心有余悸地跟我说：“你差点就没命了。”

我见他如此紧张，便问他到底是怎么回事，他向我解释道：“这神器并非寻常之物，不但带有魔性，而且沾血即活。刚才你若用它划破肌肤，不消片刻它就会把你全身的血液吸光，不留一滴。如此一来，你还能活吗？”听他把眼前这把其貌不扬的古剑说得如此神奇，我心里只是半信半疑，不过片刻之后我就完全相信了。

我听从他的吩咐，到厨房拿来了菜刀，划破手腕流出一碗鲜血交给他。他把鲜血倒在神器上，我本以为鲜血会沿着剑身流到地上，可是实际上鲜血在沾上剑身的那一刻就瞬间消失了，像是落在烧得快要熔化的铁条上那样，一沾上剑身就立刻蒸发，根本没能流到地上去。

他跟我说，要是我刚才直接用神器割破手腕，我全身的血液瞬间就会被它吸光，马上变成一具干瘪的干尸……

“所以，你看见儿子的尸体后，马上就肯定他是被你当年埋下的神器杀害的？”他的叙述已经给我答案，我这只是想确认一下。

他点了下头：“没错，当我看见小浩的尸体时，我就知道他是被我害死的。而且，我还知道陆续会有人被神器杀死。”

“为何这么说？”我又问。

“当年叶真大师跟我说，神器具有魔性，如果使用不当是会使人迷失心智的。开始时我还不太相信他的说法，但当他把我的鲜血倒在神器上时，我就完全相信了。因为在那一刻，突然有大量零碎的记忆片段在我脑海中涌现，我还莫名其妙感到烦躁和愤怒，甚至有一种想杀人的冲动，不过这种感觉很快就消失了。他告诉我，血液能承载记忆，附在神器上那些恶灵的零碎记忆会使我性情大变，甚至占据我的思想。他在事前给我喝宁神茶，就是为了保住我的心智。”他顿了顿又继续说：“他还告诉我，神器的魔性极深，就算自身的血液没有落在神器之上，单是长期留在身边也很容易受其魔性操纵。所以，一路上他都得以灵符把神器的魔性封印，要不然还没到我家，他就会失去常性到处杀人。”

我想我已经明白这宗案子的来龙去脉了，吴宇当年所埋的古剑被凶手意外发现，凶手因为不知道古剑的厉害，所以被其操控并在学院里随意杀人。而吴宇为了弥补自己犯下的过错，终日在学院里溜达，以求找出凶手。倘若事实果真如此，那么我就能猜到凶手是谁了，于是便问道：“跟你在树林里起争执的女生就是凶手？”

吴宇略感愕然地看着我，沉默片刻后用力地点了下头：“没错，就是她。经过这些日子的调查，我能肯定神器就在她手上，而且她已经被神器的魔性所操纵。”

“她是学院里的学生？叫什么名字？”这是我最关心的问题。

然而，在这个至关重要的问题上，他竟然不肯给我答案：“我暂时不能告诉你们。”

“为什么？难道你不想将她绳之以法，还儿子一个公道吗？”蓁蓁突然激动地揪着他的衣领，把他从椅子上揪起来。

“想，当然想了！我不但要还小浩一个公道，而且还要为自己赎罪。”他的神情也很激动。

蓁蓁冲他大吼：“那你为什么不肯告诉我们，凶手是谁？”

“我不是不想告诉你们，只是暂时不能跟你们说。”他说着渐渐低下头来。

“你可知道，我们晚一刻抓到凶手，就有可能多一个受害者！难道你还想让她杀更多人，好等你的儿子在黄泉路上多几个伴儿？”蓁蓁用力地摇了他几下。

他猛然抬起头：“没有，我没有这么想。”

“那你为什么不能现在就告诉我们？”蓁蓁还是那么激动。

“我现在不能说,反正我现在不能说……”他再次低下头不断重复类似的话。

我们花了整晚时间也没能让吴宇说出凶手是谁，无奈之下只好放他离去，谁叫他拿有外国国籍，我们不可能长时间拘留他。不过这样也好，反正把他关起来也不见得会有什么线索，还不如来一招引蛇出洞，我就不怕他不会再次跟凶手见面。只要跟着他，早晚能抓到凶手。

跟蓁蓁整晚也没有合眼，早餐还没来得及吃就得跟在吴宇屁股后面跑，这可真是命苦啊！要不是雪晴得处理别的案子，我才不想干这份苦差，要知道跟踪是一件很无聊的事情,而且还是跟踪一个欧吉桑。我们跟了他老半天的时间，除了得知他住在理南学院附近的酒店外就没有别的发现，因为他一直待在房间里，似乎是在睡觉。长生天哪，我也很想睡觉，真想在他隔壁开个房间休息一会儿，可惜蓁蓁却强烈反对我这个提议：“谁知道你这大色狼会不会做出奇怪的事！”无奈之下，只好待在走廊的尽头等他出来。

吴宇一觉睡到中午才起床，我们悄悄跟着他后面，期间我不小心踢倒了一个垃圾桶，还好他似乎没有发现我们。他离开酒店后，走进一间便利店买香烟和火机，之前并没有发现他有抽烟的习惯，应该是因为心情烦乱所以才想抽烟吧！接着，他便向学院的方向走，在学院门外进了一家快餐店。

此时正值午饭时间，快餐店里有很多学生就餐，但总算还有几个空位。不过很奇怪，明明还有别的位置可以选择，可他却偏偏要坐到洗手间旁边的位置上。因为店里人山人海，他并不容易发现我们，而且我们连早餐也没吃，所以就干脆悄悄地混进去，找了个能监视他的位置，边盯着他边吃饭。

他吃完饭后上了趟洗手间，然后就坐在原来位置上似乎是在等人。我发现他从厕所出来时，手里拿着一根已经点上的香烟，但是他坐下来后却一口也没有抽过，只是不时瞄上几眼。我觉得他这个举动很可疑，但一时又想不到有哪里不对劲。

正当我琢磨着当中的玄机时，洗手间里突然传出一阵慌乱的惊叫，一名全身湿漉漉的男学生随即从里面冲出来破口大骂。他的朋友都走过来问他发生了什么事，他说男洗手间里消防喷淋头无缘无故地喷出来水，使他全身都湿透了。说着还掏出手机、MP3 等物查看，发现都因为沾水而失灵了，当即大呼经理过来。

快餐店的经理刚走过来了解情况，就被这群男生围起来要求赔偿。经理没有立刻答应他们的要求，他们就一起起哄使场面乱作一团，还引来了其他客人的围观。扰攘多时后，一头汗水的经理终于把这帮学生摆平，其他客人也就各自散去。然而在这曲终人散之时，我却发现吴宇不见了，他大概是趁刚才混乱的时候偷偷溜走了。

难道，他知道我们在跟踪他，故意甩掉我们？他为何要甩掉我们呢？他刚才奇怪的举动跟消防喷淋头失灵又是否有关系呢？

我们这招引蛇出洞似乎没把蛇引出来，反而让蛇偷跑了。我开始怀疑吴宇是否真的是想为自己犯下的过错赎罪，或许他才是真正的凶手。

第十三章　生日礼物

跟蓁蓁冲到快餐店外，放眼四望连吴宇的影子也没看见，他肯定是有预谋地甩掉我们。大概是我刚才在酒店踢倒垃圾桶时被他发现了，虽然那时他装作若无其事，但从他一连串怪异的举动来看，当时他就已经开始盘算怎样甩掉我们。

我把心中所想告诉蓁蓁，可她却以疑惑的眼神看着我：“他是神仙吗？怎么可能预知洗手间的喷淋头会无缘无故地喷水出来？”

“我们回去看看或许会有发现，反正现在也不知道他跑哪里去了。”说罢我就跟她一同返回快餐店。

我们进入男洗手间时，喷淋头已经不再喷水，但地板湿漉漉的，有一名店员正在拖地。他说洗手间要清理一下，暂时不能使用，叫我先到外面等待，还疑惑地看着蓁蓁，大概是在想怎么会有个女的跑进来。当我向他出示警员证，并表示我们是来调查的，他就没有再多言，继续拖地，只是不时偷瞄我们两眼，大概是在想怎么喷淋头失灵也会有警察来调查吧！

洗手间里其中一格的积水特别多，我想失灵的喷淋头就在这一格。果然当我把视线上移就看见马桶正上方有一个喷淋头，而且原来应该嵌在中间的汞合金玻璃闩不见了，在地上我还发现一个已经被泡得稀烂的烟头。

“你们的消防设备很久没检查了吧？不然怎么会无缘无故地喷水出来呢？”蓁蓁询问正在拖地的店员。

“这个我不太清楚，你们去问经理吧！”店员略显慌张，可能以为我们是来调查消防设备的。不过，他随即又补充一句：“我们这家店才开了半年多，所有东西都是新的。”

“嗯，你们的设备没问题，是有人故意打坏喷淋头的。”我蹲下认真辨认烟头的牌子。

“是刚才被淋湿的男学生吗？他想敲诈这家店？”蓁蓁问道。

“不是，是吴宇干的。”我边说边踩着马桶往上爬，查看喷淋头的情况。

“可是当时他在外面啊，怎么可能把喷淋头弄开呢？”她露出不解的神色。

“他比我们想象中要狡猾得多，你看这里……”我指着喷淋头的内侧，“这个位置有燃烧痕迹，但不太明显，应该是烟头弄成的。还有你看这个烟头。”我从马桶上走下来，指着泡得稀烂的烟头继续说：“这个烟头跟他刚才买的烟是同一个牌子。”

“你的意思是，他把烟头放到喷淋头上去？”她还没弄明白是怎么一回事。

“不是烟头，是整根烟！”我点了两根烟，一根自己抽着，另一根则交给她。

她皱眉道：“你把烟给我干吗？”

我把手上的烟抽了两口再交给她，并问道：“这两根烟有什么分别？”

她疑惑地看了一会儿：“没啥分别，就是这根被你抽过，短一点点。”

我笑道：“所以他从洗手间出来时，手上的烟虽然点上，但一口也没抽过。”

“他把香烟当时钟来用？”她终于想明白了。

吴宇上洗手间时，同时点了两根烟，一根塞在喷淋头的缝隙里，一根自己拿着当做计时器用。这样他就能知道喷淋头的汞合金玻璃闩，大概在什么时候会被香烟烫得爆裂。这家快餐店人山人海，一旦喷淋头喷水出来，肯定会有人遭殃，并且会引起混乱。而混乱必定会分散我们的注意力，他就是利用我们短暂的分神跑掉的。

之前我只是把吴宇当做一个普通的欧吉桑看待，现在不得不对他改观，因为他的智商并不低。虽然他是吴浩的父亲，但此刻亦不能排除他就是凶手。或许吴浩的确不是他杀的，但他有可能杀害了其他受害者。

"现在该怎么办？"走出快餐店时，蓁蓁问我。

我摊开双手耸肩道："还能怎么办，到学院里走走碰碰运气呗！难道你认为打他手机，他会告诉你现在在哪里吗？"

她白了我一眼后，就跟我一起到学院溜达，希望能够找到吴宇。然而，他既然有心甩掉我们，又怎么会轻易让我们找到，直到天色全黑的时候，我们还是一无所获。正当我琢磨着是否该叫阿杨带些伙计来帮忙时，手机突然响起，屏幕显示出一个既陌生但又让人兴奋的号码——吴宇打来的电话。

"您好，慕先生，你们还在学院附近吗？"他客气的开场白让我觉得他不怀好意。

不过，从他巧妙地逃脱我们的跟踪开始，我就觉得他不是善男信女。聪明人之间的对话无须过于转弯抹角，于是我便直说："你现在在哪里？"

"你们很快就会见到我的，我就在教学楼后面的小山坡上，也就是小浩遇害的地方，你们之前应该已经来过吧？"原来他躲藏在小山坡上，怪不得我们找了半天也找不到他。

"你在那里干吗？"这是一个多余的问题，因为他在那里干吗跟我们并没有什么关系，我们的目的只是把他找出来。不过，现在天色已全黑，他又躲藏在如此僻静的地方，动机让人怀疑。

"你们马上过来，我会告诉你们凶手是谁。"他的语气很冷漠，让人觉得暗藏杀机。

我并没有为他愿意透露是谁而感到兴奋，因为他回避了我的问题，于是我便冷漠地问道："昨晚你打死也不肯告诉我们凶手是谁，为何现在却想说了？"

"你们来了自然就会知道。"他说罢就挂线了。

我越来越觉得他可疑了，之前打死也不肯说的事，现在却主动要告诉我们，摆明就是一场鸿门宴。然而不入虎穴，焉得虎子，就算明知是危险我们也必须走一趟。希望断剑仁孝不是在他手上，要不然我们这一趟可说是凶险至极。

小山坡我们去过，从现在的位置步行过去用不了十分钟，然而当我们走了大概五分钟时，我的手机便收到一条信息，是见华发过来的。她这时候应该在教室里上晚修，怎么会发信息给我呢？她可不是那种不守课堂纪律的人。我带着疑惑查看这条信息，一看就不由紧张起来了，因为消息的内容是："申羽哥，快来救我！我在湖边的小树林。见华"。

"怎么了？"蓁蓁也许是看见我面色不对劲。

我没有回答她，马上回拨见华的手机，可是她已经关机了。

"发生什么事了？"蓁蓁又问道。我把手机递给她看，她看过后也大为紧张，连忙问："现在该怎么办？"

吴宇方面可以晚一点再过去，但见华这边却不能耽误片刻，因为她现在可能正遇到危险，所以我让蓁蓁跟我先到湖边查看，然后再去找吴宇。然而，当我们一路狂奔地来到小树林时，却发现这里一个人也没有。到底是怎么回事呢？

再次拨打见华的手机，还是处于关机状态。我正为此心烦意乱时，又收到一条消息，这次是吴宇发来的："到了没有？我约了凶手在这里见面，我已经看见她了。"长生天哪！你刚才怎么不说要跟凶手见面啊！

虽然吴宇有可能是撒谎，不过他是唯一可能知道凶手是谁的人，所以我们必须相信他。可是，我们身处的湖边树林跟小山坡一个东一个西，就算我们用尽全力跑过去，至少也要十五分钟，希望他能尽量拖住凶手。

为了让他有所准备，我冒着被凶手发现的危险给他回了条消息，表示我们将会在十五分钟后到达。发完消息后，我们一同往小山坡的方向跑。

蓁蓁虽然跑得很快，无奈我的体能有限，所以我们到达的时间比预计要晚五分钟。当我喘着气跑上山坡时就发现情况不妙，因为我听到一声惨叫，应该是吴宇发出的。

山坡上有两个人影，因为光线昏暗，而且有些距离，所以我没能看清楚他们的样子，只能从身影判断是一男一女。男的应该是吴宇，那女的肯定就是凶手，随后所见的景象也验证我的推测——女的从对方身上拔出一把类似短剑的物体，男的随即倒下。

"你在干吗！"蓁蓁冲那女性身影大叫，对方闻声立刻逃走，她迅即追过去。

我真怀疑蓁蓁的智商有没有90，这时候干吗要大呼小叫，就不能悄悄走到对方身旁再亮手铐吗？然而这时候责怪她也无补于事，只希望她能追上凶手，且不会挨上一刀。

我没蓁蓁跑得快，跟过去也帮不了忙，所以我就走到倒下的男人身前查看。借助月色我看见的是一具枯干的干尸了，不过他的衣着跟吴宇完全一样，且刚才的惨叫也是吴宇的声音，所以几乎能肯定他就是吴宇。

我给流年打了个电话后，就在死者身上查找线索，在他的口袋里找到了一封信。我掏出手机，启动手机电筒软件以此照明。借助屏幕的光线，我发现这封信竟然是写给我的——

慕申羽警官：

您好！

现在你应该明白，我昨晚为何不告诉你凶手是谁吧？就算我告诉你，你也没有足够的证据拘捕她，所以我想让你当场把她抓获，这样她就没有狡辩的机会了。

你别以为我这样做很伟大，也不用为我的死感到难过，因为我是为了替自己赎罪才这样做的。我实在是作孽太深了，不但害死了阿采，还害死了小浩。

现在我是孤家寡人，活着对我来说只是一种折磨，致使我一度有自杀的念头。但我不想死得毫无意义，最起码在我死之前，得为小浩讨回一个公道，以及弥补我所犯下的过错。所以，我打算像小浩一样，死于神器的剑刃之下，让你们将凶手绳之以法。

希望我死后能在天堂跟小浩及阿采团聚，而不是被打下十八层地狱。

永别了！

救赎的罪人　吴宇

看完这封信后，我有种想跳河的冲动。怎么会这么巧，本来我们能当场把凶手抓获，可偏偏在这个时候见华却发来了消息，使我们耽误了些许时间。然而，就是这些许时间使我们与凶手失之交臂。要不是见华的消息，或许我们不但能将凶手当场拘捕，吴宇可能也不用死。希望蓁蓁能把凶手追到，不然吴宇就白白牺牲了。

然而，事实却总是让人感到失望，当看见蓁蓁一个人回来，我就知道凶手已经跑掉了。虽然大感失落，但我还是期望她能给我带来有关凶手的线索，于是便问道：“有看清楚凶手的相貌吗？”

蓁蓁摇了下头：“没能看清楚，她很熟识这里的地形，专挑一些昏暗的地方跑，我根本没能看见她长什么样子。”

“那可麻烦了，现在吴宇死了，线索全断了。”我无奈叹息。

“你看看这个，凶手在逃跑时掉落的。”她的语气突然变得很怪，向我伸出紧握的右手，并缓缓地打开。

当她把手掌打开时，我看见了一串珠链。一种窒息的感觉突然袭来，我觉得心脏有片刻的停顿，因为在她手中的并不是普通的珠链，而是一串定魂铁。我慌忙把左手伸出，确定我手中的定魂铁是否存在。自幼就踪随我的珠链仍然依偎在手腕上，她手上的珠链并非我所掉落，然而这正是我感到吃惊的原因。

“我记得见华好像也有一条这样的手链……”她欲言又止，把珠链递给我。

我把手机的亮度调至最高，借助屏幕的光线仔细观察她递上的珠链。懂得佩戴定魂铁的人并不多，而且每颗珠子都有独特的花纹，所以我能肯定这串珠链是见华十六岁生日时，我送给她的生日礼物。

难道，凶手是见华？……

第十四章　男扮女装

“这种手链很普通嘛，你会不会是记错了？”老大看着手中的珠链，罕有地以询问的语气跟我说话。

“你不用怀疑我的记忆力了。”我伸出左手，示意他对比一下我手腕上珠链，并解释道：“每一颗定魂铁珠子表面的花纹都不一样，你手上这一串是我在谊婆远亲家里翻箱倒柜，一颗一颗地挑出来的，花纹比我平时戴的这串要漂亮得多。”

老大略皱眉头，平日闪烁着狡黠光芒的小眼睛在此刻却带着些许不安，沉默了片刻才开口：“如果你怀疑凶手是我女儿，我还能毫不犹豫地让你抓她回来，但要是见华的话……”

我从他手上把珠链拿回来，苦笑道：“你以为我很想去抓住见华吗？她可是小相的妹妹，而且我怎么也不相信她会是个杀人不眨眼的女魔头。”

“你明白我的意思就好，这宗案子得仔细调查。我不希望凶手逍遥法外，但也不允许有人含冤受屈。”老大说罢就向我扬了下手，示意我出去。

刚踏出门口时，我好像听见老大在喃喃自语："本以为能查到小相的下落，没想到竟然会牵连他的妹妹。有意思，这宗案子越来越有意思……"

虽然我不相信见华是凶手，但我亦不能徇私枉法，因此我必须认真调查此案，查明真相以为见华洗脱嫌疑。当然倘若见华真的是凶手，我亦会亲手将她逮捕，虽然我极不愿意这么做。

要为见华洗脱嫌疑，我首先需要弄清楚两件事，一是我送给她的手链为何会从凶手身上掉落，二是她为何会在关键时刻给我发消息。要知道答案，最好的方法当然就是直接去问她本人，我想她不会对我撒谎，或者说我希望她不会对我撒谎。

跟蓁蓁来到理南学院，见华就跟平时一样，远远看见我们就笑着向我们挥手，小跑到我们身前，略为喘气地笑着说："申羽哥、蓁蓁姐，你们又来请我吃饭吗？"

"什么我们啊，每次都是我掏腰包哦！"我装作若无其事，像平时一样跟她开玩笑，并示意她一同到学院的餐厅用膳。

在前往餐厅的途中，见华突然小声地问我："蓁蓁姐怎么了，怎么一直都不说话呢？你们是不是闹别扭了？"

蓁蓁心里想什么向来都是直接写在脸上，毫无演技可言，当然会让见华察觉不妥之处。然而，我可不想直接跟见华说，"我们怀疑你就是凶手"，因为我实在不相信她会是凶手，怕这么说会对她造成伤害。所以，我就装模作样地小声回应："这是我们的事情，你这小丫头别多嘴。"

见华嘟起嘴来："不说就不说嘛！"

"你们在嘀咕什么？"蓁蓁捅了我一下，我跟见华打着哈哈继续走。

来到餐厅后，我本来想找个机会婉转地询问见华昨晚为何给我发信息，以及手链的事情。要是换作别人，我能想出一百几十个方式询问，但对方是见华，我还真不知道该如何开口。蓁蓁大概是见我一直没有开口，心里着急，竟然替我开口询问："见华，昨晚九点左右，你不是在上晚修吗？怎么给阿慕发消息了？"

见华愕然地看着蓁蓁，片刻后才回答："哪有，我昨晚没有给申羽哥发消息啊！蓁蓁姐你可别误会。"敢情她以为蓁蓁吃醋了，不过这样也好，起码不至于让场面变得太尴尬。然而，她如此回答或多或少会让人生疑，毕竟我的确是收到过她的消息。

"那时候你是在教室里自修吗？"蓁蓁这个问题看似多余，不过倘若见华能证明自己当时是在教室里，那么她就有不在场的证据，可以洗脱凶手的嫌疑。看来蓁蓁跟了我这么久，开始变得聪明了。

然而，见华的回答却让我略感到失望："昨晚我有点不舒服，没有去上课耶。"

蓁蓁似乎想继续追问，我怕她会把见华吓怕了，所以就暗地里扯了她的衣角一把，示意她让我来说。然后就以半开玩笑半责问的语气对见华说："那你昨晚跑到哪里摸鱼了？"

"我哪有去摸鱼！"见华嘟起嘴来，"我是真的觉得不舒服，在宿舍里睡觉了。"

"有人能证明吗？"蓁蓁冲口而出地说了这句话，语气就像审问疑犯一般。

见华似乎发现气氛有些不对劲，疑惑地看着我："申羽哥，是不是发生什么事了？"

我连忙笑道："哪会有什么事发生，只是昨晚我收到一条莫名其妙的信息，是你的号码发过来的，我给你打电话又没打通，所以就有人吃醋了。"

"你在说谁啊！"蓁蓁恶狠狠地瞪着我。

见华看见我们打情骂俏般的举动，之前疑虑一扫而空，反而变得紧张起来，急忙跟蓁蓁解释："蓁蓁姐，我真的没有给申羽哥发信息，你可别误会啊！"

蓁蓁刚想开口辩解，我马上又扯她的衣角，示意她不要添乱。她气鼓鼓地瞪了我一眼后，就扭过头不说话。见华见状就给我使眼色，大概想问我蓁蓁是不是生气了。我笑道："你把你昨晚情况如实说出来，她就不会生气了。"

见华皱了下眉头："我昨晚就在宿舍里睡觉，没什么特别的事情发生啊！"

"当时宿舍里有其他人吗？"我问。

她想了一会儿才说："应该没有吧，大家都去上晚修了，就只有我一个人。"

这可麻烦了，没有人能证明她当时是否真的在宿舍里，要洗脱嫌疑就更难了。我思索片刻后又问："那你的手机当时在你身上吗？"

"在啊，昨晚我把手机放在桌子上充电，应该没有人动过。"她露出困惑的神色。

本来还一相情愿地以为能从她口中得到为她洗脱嫌疑的证据，没想到越问反而越让人觉得她大有嫌疑。不过，她没有为自己辩解那就足以证明她并非真凶。当然，这只不过是我一相情愿的想法。

跟见华分别后，蓁蓁便问我刚才为何不询问见华有关珠链的事情，我讪笑道："现在还不是时候问这个。"

"那要等到什么时候才问？"她那逼人的目光让我感到一阵心虚，正想开口分辩时她又说："现在的情况已经很明显，只差确认而已。如果你不愿意出面，我可以代你开口。"

"我不是这个意思……"想不到我在她面前也会有支吾其辞的时候。

"那是什么意思？"她以认真的眼神盯着我，还向我逼近一步，"我也不希望见华是凶手，但我们可是警察耶，查明真相逮捕凶手是我们的职责！"

"这个……"一时间，我也不知道该怎么回答她。

幸好，她突然一改语调："别说我不近人情，我给你一天时间去调查。如果到了明天，你还没有找到能为见华洗脱嫌疑的证据，那么就让我来拘捕她。"

虽然蓁蓁平时经常会跟我唱反调，但很少会如此认真，看来我这次真的太过感情用事了。尽管她只给我一天时间，可是我实在想不到任何拒绝的理由，只好讪笑着点头。现在所有表面证据都对见华十分不利，要在今天之内为她洗脱嫌疑着实不易，不过事在人为，只要认真调查总能找到一点蛛丝马迹。然而，花费半天时间在学院里溜达后，我们还是一无所获。

跟蓁蓁溜达到一栋教学楼前，听见里面有争吵声传出，虽然听得不是很清楚，但感觉里面吵得相当激烈。这个时候学生都已经放学了，所以我觉得很奇怪，于是就进去看看到底发生了什么事。

走进教学楼后，发现这里是一间阶梯室，争吵声是来自讲台上的一对男女，讲台前有十来个学生在围观。那对男女所穿的衣服很特别，男的是中山装，而女的则穿着一件红色旗袍。我想大概是话剧社在排练吧！

脑海突然灵光一闪，想起了一件一直以来都被我忽略的事情，就是本案的五名死者都有一个共同点——他们都曾经是话剧社的成员。

正当我想着从话剧社入手，或许能找到一些蛛丝马迹，并以此为见华洗脱嫌疑时，身旁传来一个少女的声音："申羽哥、蓁蓁姐，你们也来看排练吗？"见华随即从我身旁冒出来。

长生天哪，我竟然忘记了见华曾经说过，她也进了话剧社。现在看来，她的嫌疑就更大了。

我边跟见华闲聊边看讲台上的话剧排练，他们似乎是在排一场爱国剧，内容我倒没怎么在意，但女主角却让我有一种似曾相识的感觉。不管是声音还是相貌，我都觉得很熟识，但我能肯定并不认识她。因此，我便问见华："讲台上那个女生叫什么名字？”

“嘻嘻……”见华掩嘴娇笑，并没有回答我的问题，反而说：“你猜。”

她这么说还真让我感到莫名其妙，对于一名不认识的女生，又怎么可能猜得到对方的名字呢？于是我只好笑说猜不到，让她告诉我。她笑了好一会儿才开口：“其实你之前已经见过她，还知道她的名字呢！”

“我什么时候见过她了？”我对自己的记忆力还是比较自信的，能肯定之前绝对没有见过这名女生。

见华突然哈哈大笑：“哈哈哈……你之前不是在我教室里见过他了吗？他其实是小坚！”

“什么？”我大感愕然，立刻仔细观察讲台上的女生。认真看清楚后，发觉这“女生”的相貌的确与小坚十分相似，而且声音也有点像。可是，现在的他怎么看都是个女生，若不是见华提醒，实在难以让人想象他竟然是男扮女装。

随后，见华告诉我，小坚很有演话剧的天分，尤其是反串女角，不论声线扮相，还是言行举止无不惟妙惟肖。很多认识他的人第一次看他排练时，都认不出他来。

看着小坚出色的表演，脑海里突然浮现那晚在湖边树林发现吴宇跟神秘女生争吵的情景，而且越听就越觉得他的声音跟那女生有几分相似。一个念头渐渐于脑海中形成——难道小坚就是那个神秘女生？

这个假设并非绝无可能，当初因为发现他见血就晕，所以把他排除于嫌疑名单之列，但现在认真思量就觉得这未免过于轻率。因为我忽略了本案一个要点，就是被仁孝剑所杀的死者，根本不会有鲜血流出！当然这只不过是我的推测，绝对不能以此断定他就是凶手，我得认真调查一下他才行。于是，我便向见华询问小坚的背景。

“听说他的父母都是下岗工人，父亲现在是当门卫的，而母亲则是个清洁工，家里的环境可不怎么样……”见华看着讲台上女装打扮的小坚，缓缓向我们讲述他的情况——

虽然小坚家里比较穷，但他从来都没有怨天尤人。他的性格比较乐观，认为只要自己肯努力，总有一天能改善家里的环境，所以他很认真读书，学习成绩也很好。

他从小就很喜欢演戏，上中学时也有参加话剧社，扮女装的本领就是那时候练出来的。他本来是想报读北影的，不过听说上北影的花费很高，他虽然演女角演得惟妙惟肖，但现在娱乐圈的竞争那么激烈，潜规则又那么多，毕业后不见得就能找到工作。所以，他并没有报读北影，而是选择了能为他提供奖学金的理南学院。

进了理南学院之后，他虽然很用功学习，但也没有放弃自己的兴趣。他曾经跟我说过："就算只有少得可怜的几名观众，只要能站在舞台上表演，我就会觉得很满足。"所以，他在学习之余会尽量抽时间练习，整个话剧社里要数他最用功了。

他的演技的确很好，甚至比一些明星更好，有时候他会莫名其妙地发脾气或者突然变得神经兮兮的，其实只是跟我们开玩笑而已，但我们根本看不出他是装的……

有道是"戏子无情"，古人说戏子圆滑且虚情假意，虽然当中含有偏见成分，但善于在舞台上表演人生百态的演员，在日常生活中又如何分辨他们哪一刻才是真情流露呢？而且，见华曾经跟我说过，小坚跟其中一名死者吴浩有过节，这让我对他更加怀疑。当我向见华提起这件事时，她便说："他最讨厌就是吴浩这种纨绔子弟了，跟几个进话剧社闹着玩的公子哥儿都闹过矛盾……"

第十五章　名册玄机

从见华口中得知小坚曾经跟几个进话剧社闹着玩的纨绔子弟闹过矛盾，这不禁让我生疑，于是便询问跟他闹过矛盾的有哪些人。见华的回答让我有喜出望外的感觉，因为跟他闹过矛盾的纨绔子弟当中，竟然就有本案的五名死者。随后，见华就详细地向我们讲述事情的经过——

小坚对排练和表演都很认真，不但对自己的要求非常严格，对别人也一样。如果我们做得不好，他会很友善地指导我们如何才能做得更好，但是如果我们心不在焉或者马虎了事，他就会很生气。

虽然小坚进话剧社的时间不是很长，但因为他的演技好，做事又认真，所以社里很多事情都由他负责，后来更当了副社长。而且他擅长演女角，社里的男生几乎都跟他演过对手戏，而吴浩这些富家公子参加话剧社只不过是为了追求女孩子，当然不会认真排练，所以经常会被他臭骂一顿。听说，我还没进话剧社之前，就有两个高年级的公子哥儿被他骂走了。

不过，在社里他虽然比较有地位，但在社外可就不一样。之前我都跟你说过吴浩故意戏弄他，用他女朋友送的围巾擤鼻涕的事情了，听说他的女朋友为了这事跟他闹翻了。其他挨过他骂的富家公子，或多或少都戏弄过他，所以他最讨厌的就是这些人了……

听完见华的讲述后，我对小坚的怀疑就更深了，或许从他身上能找到突破口，为见华洗脱嫌疑。

正当我打算对小坚进行深入调查时，喵喵给我打来电话："阿慕哥，你有一份快递耶。"

"是谁寄来的？"我随口问道。

电话回传来喵喵那软绵绵的声音："不知道耶，文件袋上面没有写。"

"那是从什么地方寄来的？"奇怪了，会给我寄文件的大概就只有银行或者政府部门，怎么会有人给我寄来匿名的快递呢？

"耶，让我看看……"稍时片刻后，她才慢腾腾地说，"理……南……学院，耶，你们现在不就是在那里吗？"我愣了一下，回过神来便连忙叫她把文件袋打开，看看里面有些什么。又过了片刻，她以迷茫的语调回答："只有一张纸，好像是一份点名册的复印件…… ××× 系大一 × 班，日期是昨天。"这份点名册竟然是见华那一班的，更重要的是时间就是昨天，难道这份点名册里有什么玄机？为了弄清楚这份匿名快递是怎么一回事，我跟蓁蓁马上返回诡案组。

回到诡案组后，我立刻就向喵喵要来点名册查看。点名册本身虽然没什么特别之处，但它却让我知道小坚绝对不会是凶手，因为昨晚我们在小山坡发现凶手时，他正在教室里自修。

除了得知小坚当时在上晚修之外，这份点名册并没能为我提供更多信息，我从头到尾看了好几遍，只发现晚修时有好几个学生缺席，而当中就有见华。

现在可好了，小坚的嫌疑基本上可以排除，但见华的嫌疑反而加深了。而且还徒添了一个新疑问，就是这份点名册是谁寄来的，他有什么目的？

虽然快递是匿名寄来，但我还是拿起贴有快递单的文件袋查看。然而，一看见快递单上的字迹，我立刻就呆住了。快递单上的字迹十分秀丽，阳刚中带有几分阴柔，我一眼就能认出是谁的字迹。

"怎么了？"蓁蓁见我呆住了，就把手伸到我面前晃动。

我稍微回过神来，但还是难掩惊讶之情，声音略为抖颤地说："这份点名册是小相寄来的。”

“什么？是小相寄来的？”蓁蓁也大为惊讶，然而，她的惊讶与我略有不同，“他怎么会寄一份对他妹妹不利的证据过来呢？他不是最疼爱见华吗？”

得知快递是由小相寄来的，我的大脑一时未能有效地运转，但蓁蓁一言便把我惊醒。虽然小相向来办案都是不念私情，但是倘若对象是见华，那么就值得斟酌，而且这宗案子并不是由他负责调查，他没有必要主动为我们提供对见华不利的证据。那么说，这份点名册绝对不会对见华不利，相反应该是对见华有利才对。

我一向都非常相信小相的判断，既然他能寄来这份点名册，那么内里肯定有能为见华洗脱嫌疑的证据，只是我们还没有发现而已。所以，我立刻仔细查阅点名册中是否暗藏着什么玄机。

然而，两小时过去了，我把点名册从头到尾看了几十遍，上面的每一个名字都印在我脑海里，可是我还是没有发现有什么可疑之处。这只是一份普通的点名册复印件，没有任何标记或记号，也没有任何提示性的文字。快递单的情况也一样，除了收件人那一栏上有小相秀丽的字迹外，其他地方应该都是快递员填写的，当然也没任何提示。文件袋的内内外外也被我翻过遍了，同样也没有特别的发现。

到底这份点名册有何特别之处呢？这是一个让我百思不解的问题。不过，我坚信小相把它寄给我，肯定有他的用意，他没有明示应该是为了避嫌，毕竟他的妹妹也牵涉案中。心念至此，我便没有再浪费时间去找那些不存在的记号和提示，而是把重点放在点名册的内容上。

点名册的内容很简单，只不过是记录学生是否有来上课……难道问题就出在没来上晚修的学生身上？想到这一点后，我马上就发现一个可疑的名字，当即拍了一下脑袋：“之前怎么会没想到是她！”

“有发现吗？”蓁蓁突然从我身后冒出来。这时我才发现，大家都已经下班了，就只有她一直安静地待在我身后。

我向她点了下头：“嗯，我想我已经知道凶手是谁了。”

“你只是看这份点名册就知道凶手是谁了？我怎么什么也没看出来。”她睁大眼睛看着我。

我笑道：“我才不像你那么笨。”

“切！”她轻蔑地白了我一眼，“你也不见得有多聪明，要不是小相给你寄来点名册，你明天就得跟我去带见华回来。”

我尴尬地笑了笑，马上转移话题：“我们现在就去找见华吧！”

“啊，你对着这点名册看了半天，结果还是觉得见华就是凶手？”这回她的眼睛睁得更大。

“待会你就知道了。”说罢我就跟她驾车去理南学院。

来到理南学院的时候，晚修时间已经过了，我给见华打了个电话，得知她在宿舍。现在距离宿舍的关灯时间还早，所以我们就马上到宿舍找她。

来到她的寝室发现只有她一个人在，询问后得知其他人大概都跟男朋友拍拖去了，她没有男朋友当然就得在寝室里待着。

“见华，我现在问你一些事，你一定要如实回答，因为这些事关系到你是否会被拘留，我跟你哥都不希望你受到任何伤害……”我把事情的始末一五一十地告诉见华，并跟她说，我收到了小相寄来的点名册。

“哥哥还活着……”见华喃喃自语了片刻，便扑到我胸前牢牢地抱着我，眼泪如暴雨般落在我的肩膀上，“哥哥怎么不来找我，他是不是不想要见华了，呜呜……”

我轻抚着她柔弱的肩膀，安慰道：“他要是不关心你，又怎么会给我寄来点名册呢？他要是不关心你，又怎么会对你的事了如指掌？”

“你的意思是……哥哥就在学院里？”她突然转悲为喜，急忙擦去脸上的泪水，拉着我往门外走，“申羽哥，我们现在就去找哥哥。”

我把她拉回来，按在椅子上让她坐好，然后才给她解释：“你哥哥没有来见你，自有他的苦衷。你跟他相依为命多年，难道还不知道你在他心中比任何人都重要？”她低下头想了一下，泪水又涌出来。

良久之后，见华终于平复了心情，但一开口还是略带抽泣之声：“申羽哥，你想问什么就尽量问吧，我要是知道一定会告诉你的。”

“你看这串珠链。”我把凶手掉落的定魂铁手链掏出来，递到她身前。

她面露惊诧之色，悲伤中略带两分喜悦：“你在哪里找到的？我还以为自己弄丢了。”

若是对待别人，我必然会以如此重要的证据逼对方坦白交代一切，甚至直接逼对方认罪。但此刻的对象是见华，我则完全没有这个打算，因为我知道她不是凶手，也相信她不会对我有任何隐瞒，于是我便如实说：“这串珠链是凶手在逃走的过程中掉落的，所以你必须清楚地告诉我，你是在什么时候发现珠链不见的，要不然我们很难为你洗脱嫌疑。”

“我是今天早上才发现手链不见的，可是我昨晚明明是把它放在床头了。”她的身体微微抖颤，大概是因为得知自己嫌疑极大而感觉到害怕。

“你说的昨晚是指什么时候，我需要知道准确时间。”这一点十分重要。

她稍微想了想便回答：“昨晚快要上晚修的时候，我觉得有点不舒服，所以就没有去上晚修。室友都离开之后，我就上床休息，当时手链还在的，我就把它放在床头，时间大概是七点钟。躺在床上没多久，我就睡着了……”

“你睡觉的时候，有没有人进过寝室？”又是一个至关重要的问题。

她想了想，面色突然变得不太好：“好像有吧……”

我让她拿出手机给我查看，从中确认昨晚收到的信息的确是从她的手机发出的，但信息发出的时候她应该已经睡着了，那么发信息的人肯定就是凶手。我想凶手应该是发现了我们准备到小山坡，从而洞识吴宇想让我们当场抓捕她的计划，因此便利用见华的手机给我发短信，以此调虎离山。凶手还随手拿走见华放在床头的手链，以作嫁祸之用。

如果一切都如我所想，那么我就能肯定凶手是谁，但还需要作进一步确认，于是便问见华：“你知道是谁进来过吗？”

“当时我睡得迷迷糊糊的，只是依稀觉得有人进来了，但不知道是谁。”她的目光移到一旁，没有跟我正视。

“看着我。”我双手扶着她的肩膀，为免吓到她，我以最温和的语气说，“你不用再为她隐瞒了，因为我已经知道她是谁了。”

她柔弱的娇躯猛然一颤，像个做错事的小孩般看着我，声音颤抖地说：“你、你已经知道了？”

我把手机还给她，并示意她看昨晚发出的那条信息：“在学院里认识我的人不多，知道你会叫‘申羽哥’而又能自由进出这间寝室的人更只有一个，那就是……小菁！”

她的身体颤抖得更厉害，泪水再一次汹涌而出，并不断地摇头：“不、不可能，小菁不会杀人，她不可能会杀人……”

我给她递上纸巾，继续道：“这是事实，她不但杀人，而且还存心嫁祸给你，要不然她不会拿走你的手链，并且在逃跑时故意掉落。我想就算我们没有在凶案现场碰见她，她也会把手链丢在那里。”

“不会的，不会的，她不是这样的人……”她一个劲地摇头，我也不知道该如何安慰她。

蓁蓁不知道是觉得我无从下手，还是一时气上心头，竟然把见华揪起来，还恶狠狠地说："你到现在还不肯接受现实，她根本没把你当朋友，只是把你当替死鬼！"

蓁蓁突然发飙可把我吓到了，见华当然不会好到哪里，愣住半晌后便低下头来，语带抽泣地喃喃自语："小菁根本没把我当朋友，她没把我当朋友……"

"别哭！她都不把你当朋友，你还为啥要为她流眼泪，为啥要维护她！"蓁蓁以洪亮的声音冲见华大吼。

见华止住哭泣缓缓抬起头，擦去脸上的泪水后向我们点了下头："我知道了，你们要知道什么就尽管问吧，我会把知道的都说出来。"没想到蓁蓁这一发飙竟然把见华惊醒了。

虽然已经能肯定小菁就是凶手，但我还有很多疑问，譬如见华答应过她不对任何人说的那件事……

第十六章　人情如纸

见华曾经说过小菁的成绩本来很好，但自从上个学期末发生的"那件事"开始，她就变得没心思念书。从时间上看，凶案就是发生在"那件事"之后，所以弄清楚当时发生了什么事，应该就能知道她为何会杀人。因此，我便要求见华把事情的始末如实告知。

"我、我答应过小菁……"见华面有难色，显然仍念记着对小菁的承诺。

"你到现在还想维护她！"蓁蓁又发飙地冲她大吼。

她像做错事般低下头，片刻后才开口："其实，小菁曾经跟吴浩谈过恋爱……"她在我们惊讶的目光下，徐徐讲述小菁那段不为人知的往事——

小菁来到学院之后，虽然很用功念书，不过她终究是个女孩子，到了这个年龄哪会不想男女之间的事情呢？而在这个时候，吴浩就出现在她面前。虽然在大部分人眼中，吴浩都是神憎鬼厌的人，但她当时也是个涉世未深的小女孩，所以就懵懵懂懂地跟他走在一起了。

虽然我并不喜欢吴浩，但既然小菁愿意跟他在一起，我也希望他们能开花结果。可是，我万万没想到吴浩竟然是个如此不负责任的负心汉。

上个学期期末的时候，有一晚我发现小菁躲在洗手间里哭，于是就问她发生了什么事。她告诉我她的例假迟了一个多月，然后把一根小棒拿给我看。我没弄明白这是什么意思，她告诉我那这根是验孕棒——她怀孕了！

原来在吴浩的一再要求下，小菁跟他偷尝了禁果。他们两个都没有这方面的经验，吴浩又不敢去买避孕套，所以他们一直都没有做任何避孕措施，这样当然会怀孕了。

我问她现在怎么办，要是让老师知道，说不定会被退学。她当时的眼神非常迷茫，像是在跟我说话，但更像喃喃自语："怎么办？小浩不要我了，怎么办？"随后她告诉我，原来她已经跟吴浩说过了，但对方竟然对她甩手不管，只是给了她一点钱，让她自己解决。我当时很生气，想跟她一起去找吴浩说清楚，但她怕会让别人知道，叫我别去找吴浩，也不要跟任何人提起这事。

之后没多久就是寒假，吴浩拍拍屁股就溜回了加拿大，根本没有管小菁的死活。我跟小菁也不知道如何是好，只知道这事不能让任何人知道，尤其是她的父母。所以她给家里打电话，撒谎说买不到车票，不能回家过春节，留在学院里过年。

虽然父母方面能暂时蒙混过关，但她的肚子会一天一天地隆起来，早晚会让学院的老师发现。要彻底解决这个问题，唯一的方法就是……把孩子打掉。

对小菁来说，这是一个沉重而痛苦的决定，可是我们实在想不到别的办法。虽然已经决定了要把孩子打掉，但是我们对这方面的事情一点经验也没有，也不知道该到哪家医院做人流。本来，我们是想到一些大医院做这手术，可是到那后发现那里人山人海就却步了。后来看见一间小医院的传单，稀里糊涂地就去了……

在手术前，那个女医生说这只是小手术，不会有大问题，叫我们尽管放心。我们看她也像个有经验的医生就相信了她，可是万万没想到手术竟然出了意外，导致小菁的下体大出血。当时我不知道如何是好，只知道打电话给悦桐姐。

悦桐姐接到电话后马上就过来帮忙，把小菁送到人民医院，还好抢救及时，要不然就连她也保不住了。不过，性命虽然是保住了，但医生说小菁的子宫壁破损严重，这辈子不可能再怀孕……

原来这就是见华一直为小菁保守的秘密，也就是小菁堕落的原因，那我现在明白此案到底是怎么一回事了。

小菁因涉世未深与吴浩偷吃禁果，并导致怀孕。而吴浩则少不更事，得知自己把小菁的肚子弄大了，不知如何是好，就选择了逃避，溜回加拿大当做什么事也没发生过。但是他也不敢让父亲吴宇知道此事，所以春节过后还是回来继续学习，当然也得再次面对小菁。而他回来之后，已失去生育能力的小菁必然会找他谈判。

如果我没猜错，谈判的地点就是发现吴浩尸体的小山坡，也就是当年吴宇埋下装有流产胎儿骨灰的宝塔及古剑仁孝的地方。也许在谈判的过程中，吴浩再次表现出不负责任的态度，甚至与小菁发生肢体推撞。混乱中，小菁无意间发现吴宇埋下的仁孝，更一怒之下对吴浩狠下杀手。这就能解释为何吴浩的尸体会有如此多的伤痕，或许蓁蓁说得没错，那是因为凶手对死者恨之入骨。

或者吴浩的死并没能使小菁解恨，又或者她的思绪已被附有邪恶念力的仁孝所操控，在话剧社里耳濡目染到另外四名死者如何玩弄女生的事情后，她就有向负心汉报复的疯狂念头。

吴宇隐约察觉儿子出了意外，便立刻从加拿大赶来，却得知儿子已死于非命。虽然痛失爱子，但在悲痛之余，他发现儿子竟然是被自己当年埋下的古剑所杀，便认为这一切都是自己种下恶孽所带来的恶果。所以，他终日在学院里流连，目的就是找出凶手还儿子一个公道，也为自己所犯的过错赎罪。

虽然吴宇已经查出凶手就是小菁，并甘愿牺牲自己，设下圈套让我们当场逮捕她，可是最终却功亏一篑，白白牺牲。

现在案情已经很明朗了，几乎所有疑团都已经被解开，当前唯一要做的就是将小菁逮捕！然而，就在我准备问见华，到哪里能找到小菁时，她突然呆望着我身后的房门："小、小菁……"

我猛然回头，看见小菁神情冷漠地站在门口，冷笑道："我还以为你不会把这件事告诉别人呢！"

"我、我……"见华语带哽咽，没能继续说下去。

我掏出警员证，严肃地对小菁说："我们怀疑你跟近期在学院里发生的六宗凶案有关，请你跟我们回警局走一趟。"

"哦，那要不要上手铐？"她的回答很平静，还把双手伸出，仿佛毫不在意。蓁蓁见状便取出手铐快步上前，准备给她戴上手铐。

当蓁蓁走到她身前的时候，她的嘴角微微上翘，双目更突然闪出一丝令人心寒的凶光。可是蓁蓁却没有注意到她的变化，抓住她的手想给她戴上手铐。她猛然把手缩回，让蓁蓁铐了个空，随即迅速把手伸到背后，竟然在外套里拔出了一把像匕首般短小的断剑！

虽然我只是第一次看见这把断剑，但用脚指头也能猜到，它就是已连夺六条人命的可怕凶器——仁孝！

小菁突然面露狰狞之色，手握仁孝狠狠地往蓁蓁身上砍。因为事出突然，蓁蓁根本没有闪避的余地，只好用手铐来抵挡。然而，采用现代冶炼工艺制造的精钢手铐，在这把拥有上千年历史的古剑面前竟然不堪一击，古剑犹如热刀切黄油般，在接触的瞬间便把手铐的钢链斩断。

唯一能护身的东西被毁，蓁蓁只能以赤手空拳抵挡对方攻击。不过，要是小菁手上的只是一般利器，那还没什么，大不了受一点皮肉之苦，以蓁蓁近身搏击能力，要毫发不损也不是难事。可是，小菁手上的是一把瞬间就能置人于死地的可怕凶器，换上是谁也会有所忌惮。

果然，在小菁的猛然攻击下，蓁蓁显得难以招架，只能一再退避。然而寝室就这巴掌大的地方，没一会儿就已经退无可退了。

蓁蓁无处可退，但小菁却继续进逼，眼见古剑快要落到她身上，我正准备扑上前帮忙时，身旁响起见华的哭叫："不要！"

见华猛然扑出，但她并非扑向小菁，而是扑到蓁蓁身上抱住了她。说时迟那时快，我还没弄明白她的用意，一抹红光便于眼前闪现。

仁孝参差不齐的剑刃落在见华柔弱的娇躯上，四溅的鲜血伴随着尖锐的惨叫声，犹如梦魇一般。眼见见华香消玉殒，一股怒意从心底涌起，随手抓起身旁一个热水瓶就往小菁身上掷去。

热水瓶砸到小菁身上，内胆随即破裂，还冒着白烟的开水全洒到她身上，几乎把她的上衣完全沾湿，立刻烫得她整个人跳起来。她在慌乱中把仁孝掉到地上，我当然不会错过这个机会，马上冲上前把她按在地上……

在审讯室里，被绷带包得像木乃伊一般的小菁，面无表情地坐在椅子上。她已经承认了杀害吴浩父子及其他四名死者，并准备详细地向我们交代事情的始末——

我想见华已经告诉你们，我跟吴浩的事情了吧！那时候的我真的很傻很天真，竟然会喜欢他这个一无是处的渣滓。

之前我已经跟你们说过了，吴浩这种浑蛋不会有人喜欢他，可是我却稀里糊涂地跟他在一起了。不过除了我，他的确没有跟其他女孩子好过。我之所以这么肯定，是因为他根本就什么也不懂。

我们第一次发生关系是在他在学院外租住的房子里，他哀求了半天我才点头，但当我闭上双眼让他解下衣服，等待与他合为一体时，他却不知如何入门。最后竟然要开电脑，看他储存在电脑里的色情电影，学着来做。虽然是跟着电影里的男女主角来做，但他的动作很粗鲁，把我弄得很不舒服。

可能你们会怀疑，怎么我跟他在一起，学院里除了见华就没有人知道，那其实是他故意不让别人知道的。别看他平时很臭屁，实际上他很自卑，一点自信也没有，怕让同学知道我们在一起，会取笑他。所以他不想让别人知道，也不让我跟别人说。

除此之外，或许还有一个原因，虽然我一直都不愿意相信，但事实应该如此。那就是他根本不喜欢我，他喜欢的是见华，跟我一起是因为我很容易就被他弄到手，并且可以借助我来接近见华。所以，他一直都不想公开我们的关系，尤其是在见华面前，总是装作跟我很疏远似的。不过他不知道，其实见华一早就知道我们的关系了，因为见华是我在学院里最好的朋友，我觉得在她面前没必要有任何隐瞒。

见华的确是我最好的朋友，最起码在我把胎儿打掉之前，我都视她为最亲密的姐妹。

经历险些让我丧命的人流，并从医生口中得知以后再也不能生育后，我一度感到很失落，觉得整个世界的人都对不起我，还觉得见华是存心害我的。从那天开始，我就经常一个人走到教学楼后面的小山坡上，在那里静静地待着，默默地流泪。

我不知道为什么会跑到那地方，总觉得那里好像有什么东西在呼唤我。在那里我的悲伤能得到短暂的平复，但与此同时又感到一股莫名的愤怒。

新学期开始后，吴浩虽然从加拿大回来了，但他却对我不理不睬。我可是为了他而这辈子也不能生孩子了，他这样对我，我当然不会轻易罢休。所以我就约他到小山坡上，准备跟他摊牌。

我不知道自己为何会约他到小山坡上摊牌，只是觉得在那里我会感到很安全。我跟他约定晚修后在那里见面，可是他却磨磨蹭蹭迟了个把小时，要知道在此之前他跟我约会都是很少迟到的。我知道自己在他心里已经没多少地位，所以一看见他就觉得很生气，而且他爱理不理的态度更让我怒火中烧。

不过，只有这些还不至于会让我想杀死他，最让我生气的是，他竟然跟我说："我跟你在一起，只不过是为了接近见华而已，你还真以为我会喜欢你？！"想不到我为他付出了这么多，换来的竟然是一句如此无情的话，试问我又怎能不生气？

我当时几乎要气得疯掉，扑到他身又抓又咬。不过男女有别，不管我多生气，论力气终究是比不上他。而且他一点也没有怜惜我，狠狠地甩了我一巴掌，还把我推倒在地上。他把我推倒后，骂了我一句“疯婆子”，然后就想离开。

我不想这样就让他走，很想给他一点教训，甚至想杀死他，可是我根本打不过他。突然间我有一种很强烈的欲望，渴求得到力量，渴求得到能杀死他的力量。

就在我有这种想法的瞬间，脑海中仿佛有人跟我说：“你需要的力量就在这里……”我感到自己倒下的地方有我想要的东西，于是就拼命地挖开地上的泥土。果然，我只是挖了一会儿，就让我找到一把像匕首一样的短剑。

我拿起这把短剑时，心里就好像有个炸弹炸开一样，愤怒让我全身发抖，立刻吼叫着追上那个还没走远的负心汉……

把吴浩杀死之后，我并没有感到害怕，反而有一种莫名的快感。这种感觉很强烈，使我有再次杀人的冲动。不过，我并不想随意滥杀无辜，只想把那些像吴浩一样的负心汉杀个干净，而话剧社给了我一个寻找猎物的最佳平台。

在话剧社的男生当中，有不少是像吴浩那样，纯粹是为追女孩而来的纨绔子弟，他们都死不足惜。所以，我故意跟他们勾搭在一起，然后跟他们到偏僻的地方，在他们想跟我做爱时把他们杀掉。

至于吴浩父亲的事情，我想你们或多或少都知道一些。这个老头子挺厉害的，他从吴浩的遗物中找到我的相片，以此推测出我们的关系。还一再缠着我，要我把在小山坡上发现的短剑交给他。

我早就厌烦他的纠缠了，从那次在湖边的树林里跟他吵起来开始，我就想杀了他。不过现在想来，他大概是故意惹怒我的，因为他没有证据能指证我杀死他的儿子，所以就想我动手杀他，以求玉石俱焚。他约我在小山坡上见面那晚，要不是我恰巧看见你们往那里走，他的计谋或许就能成功了。

我看见你们就知道他肯定是想逼我出手，然后让你们把我抓住。我知道见华当时在宿舍里休息没有去上晚修，于是就赶紧跑回寝室，趁见华睡得迷迷糊糊，就用她的手机给你发信息，并且拿走她放在床头的珠链，再到小山坡上跟吴宇见面。

来到小山坡后，吴宇果然想逼我出手，一再惹怒我，但与此同时他又想方设法地拖延时间。我知道他是想等你们上来，所以我就没有再跟他啰唆些什么，直接把短剑插入他的胸口。

我怕吴宇曾经跟你们说过是我杀死他的儿子，但他既然要以身犯险来让你们抓我，那么肯定没有实质的证据指证我。所以我在逃走时故意丢下见华的珠链，这样你们就会怀疑见华，而不会怀疑我……

小菁的叙述跟我的推测大致相同，但我还有一点没能想明白，就是她为何会选择见华作为嫁祸的对象，她不是说见华是她在学院里最好的姐妹吗？我道出心中疑惑，她冷笑一声："姐妹？没错，我的确曾经将她视为最亲密的姐妹，但自从吴浩说跟我在一起只是为了接近她的那一刻开始，我就再也没有把她当做姐妹。"

我突然想起两句诗："人情似纸张张薄，世事如棋局局新。易涨易退山溪水，易反易复小人心。"从结义金兰到反目成仇之间，相隔的原来只有一句话的距离。

尾　声

一

盘问完小菁之后，我跟蓁蓁就打算到医院探望见华，顺便把惹来满城风雨的断剑仁孝和一些其他案件的证物送到技术队检验。

之前的六名死者，在被仁孝划破皮肤那一刻，全身的血液便被瞬间抽干，几乎是见血即死。可是，柔弱的见华在挨了一剑后竟然能奇迹般活下来，仁孝的"吸血"能力对她似乎不起作用。当然，光是这一剑也够她受的，看见她背后的伤口，我就觉得心疼。

见华的身体虽然虚弱了一些，但医生说并没什么大碍，不过在医院里待上十天半月是免不了的。悦桐在病房里，当着众人面指着我的鼻子骂了半天，说我不但没有照顾好见华，反而让她受伤。要不是见华帮腔，她肯定还会一直骂下去。本来还想直接把证物交给她，免得又要到技术队跑一趟，但现在看来还是跑一趟比较好。

在前往技术队途中，我给沐阁璋师傅打了个电话，问了他两个问题。一是小菁为何无缘无故走到小山坡上，这个连她本人也没能说清楚；二是仁孝为何没有要见华的命。第一个问题，他想也没想就给我答案："那是因为'物以类聚'！"随后，他详细地给我解释——

其实，这是念力的另一种表现。不过在解释这个问题之前，我得先给你说一下堕胎的事情。在某种意义上，堕胎等同谋杀，不管是施行手术的医者，还是胎儿的父母都是杀人犯。

医者，收受钱财为他人堕胎，良心泯灭，与杀手无异，自有天谴。

父母者，不管有何因由、有何难处，也不管是否自愿，凡未能让胎儿平安降生，皆为罪过，必招厄运。

其实，哪怕胎儿是为凶徒强暴所得，胎儿本身亦无半点罪过，若其母自愿堕胎，必定招来婴怨纠缠。若其父母是为自身原因而堕胎，那更是罪加一等。

若堕胎是不得已而为之，亦不见就能心安理得。不管是被迫，还是外力所致，凡没能让胎儿平安降临人世皆属罪过。保护子嗣乃父母天职，只求享乐而不顾后果，导致子嗣死于非命即为罪过。

也许我说这么多道理，可能会把你弄糊涂，或者我能说得简单一点。如果你是一个尚在腹中的胎儿，那么你肯定十分渴望能降生人世，但最终你连外面的世界是什么样子也没能看过一眼就被人杀死了，你又有何想法？答应是肯定的，那就是怨恨！

胎儿虽然非常脆弱，但毕竟也是生命，也拥有某种程度上的念力。他们可不管是什么原因使他们没能顺利地出世，只要是胎死腹中，他们就会感到怨恨，恨他们的父母，恨施行手术的医生。

胎儿的念力虽然相对弱小，但因为他们心中毫无杂念，唯一的念头就只有降临人世。倘若死于非命，无法降临人世，便会产生非常强大的念力，是为婴怨。婴怨比世人所谓的“鬼”更可怕，往往会让胎儿的父母及施行手术的医生吃尽苦头。

好了，说完婴怨，现在让我告诉你小菁为何会无缘无故走到小山坡上，其实原因很简单，就是“物以类聚”。

小山坡上有吴宇埋藏的宝塔，宝塔内有数之不尽的胎儿残骸，这些残骸都是婴怨。虽然有仁孝把这些婴怨镇压住，但当其附近出现其他婴怨，前者是会把后者吸引过来的，是为物以类聚。

小菁做了人流，自身就有婴怨跟随，而且她当时还为情所困，思绪相当混乱，被宝塔里的婴怨引到小山坡上几乎是理所当然的事……

听完沐师傅的解释，我开始明白当年叶真大师为何要让吴宇把宝塔埋在偏僻的地方，原来就是怕会把附近的婴怨招来。或许这就是命运吧，吴宇当年做梦也不会想到，自己埋藏宝塔的偏僻之地竟然会被建成学院，更想不到自己的儿子会来到这里念书。

对于第二个问题，沐师傅没有立刻给我答案，反而问了我一个很奇怪的问题："见华是哪个民族的？"

"当然是汉族了！"

"那就奇怪了，想不通，想不通……"他一直在电话里喃喃自语，直到挂线的时候也没能说清楚是怎么一回事。

挂掉电话时，我们已经来到技术队，走进办公室时郎平用十分幽怨的眼神看着我。我想见华出事后，他应该没少挨悦桐的训话，但这也不能怪我啊！虽然这不是我的错，不过他那眼神可让我受不了，于是便叫蓁蓁快点把证物交给他，然后就以最快的速度"逃走"。

蓁蓁打开装着证物的袋子，把证物一件一件地取出放在桌面上，然而她取出几件后就突然惊叫起来："啊！怎么不见了？"

我问她什么不见了，她并没有立刻回答，只是探手到袋子里翻了好一会儿，随后更干脆把袋子里的东西全部倒出来，逐一清点。

"仁孝不见了！"她不说，我也发现仁孝不见了。可是奇怪的是，其他证物一件不少，唯独那把断剑不知所踪。

我是亲眼看见蓁蓁用牛皮纸把仁孝包好，再封上胶纸，然后才放进袋子里的。而现在不见了，那么肯定是在路上弄掉了，所以我就让她仔细回想一路上发生过些什么特别的事。她想了一会后，便恍然大悟地说："我知道了，离开医院时有个男人碰了我一下，我想应该就是那时候让他偷了！"

印象中，离开医院时的确是有个男人碰了她一下，不过当时我正跟沐师傅通电话，所以并没多加留意，甚至连那男人身材相貌也没看清楚。于是，我便叫她描述一下对方的外貌。

她稍微想了想就说："他大概有一米八高，身形中等偏瘦，肤色比较白，长相挺帅气的，不过帅气中又带一点忧郁……"

"你说的人怎么那么像队长以前的男朋友啊！"郎平突然插话。

"不是像，我想那人就是小相。"虽然我极不愿意相信这个事实，但小相的确有这个本事，能在碰撞的瞬间就把对方的东西弄到手。虽然一些手法高明的扒手也能做到，但一般的扒手又怎么会打这把破烂的断剑主意？

小相为何要把仁孝偷走？难道两年不知所踪的坤阖也在他手上？他要这两

把古剑干吗呢？会不会跟他的失踪有关？一连串问题让我的思绪极其混乱，也只有在找到小相后才能得到答案。

二

“许菁已经承认了所有指控，一共六条人命，死刑是免不了的。才十九岁的小妮子，下手竟然会这么狠，还想嫁祸给自己的朋友。”梁政把一份档案递给厅长。

厅长接过档案后并没有打开翻阅，静默片刻后才开口：“案中的凶器还没找回来吗？”

梁政脸上的肌肉微微抽搐，双眼显现不安的神色：“还没找到，不过问题不大。”

“‘问题不大’的意思是指许菁已经认罪了，有没有凶器也没关系，还是指你认为偷走凶器的人不会用它来杀人？”厅长以冷厉的眼神盯着梁政，后者沉默不语，良久他换上稍微轻松的语气：“阿政，这里只有我们两兄弟，我就有话直说了。据我所知，你们怀疑偷走凶器的人，就是你那个已经失踪两年的旧部属相溪望。”

“是阿慕告诉你的？”梁政眼中闪现一丝怒意，不过马上就消失了，并喃喃自语，“不可能，他比我还紧张小相的事，绝对不会跟你说这事……”

“用人不疑，疑人不用，怀疑自己的下属是当上级的大忌。你就不用怀疑你的下属了，他们都对你很忠心，不过我也有自己的办法。”厅长狡黠一笑。

梁政点头不语，但心想：还敢跟我说用人不疑，我才不相信你没有在我那里安插亲信。不过，这人到底是谁呢？除了阿慕之外，其他人都有可能。

两人沉默不语，皆在猜测对方的心思，似乎都在享受这种兄弟之间，不带恶意的钩心斗角。良久，厅长首先打破沉默：“好了，这事我相信你懂得如何处理，只要不再出类似的命案，我就不会再过问。我们还是说说另外一宗案子吧……”

“刑侦那边又有奇怪的案子要转交给我们处理了？”梁政眼中闪烁着期待的光芒。

厅长微笑道：“这次不是刑侦有案子转给你们，而是老花又要跟你借兵了。”

梁政略显疑惑地皱了下眉头：“老花？他那小县城哪来这么多的奇怪案件发生啊，他不会是仍然不死心，还想招阿慕做女婿吧！”

"呵呵，可能是吧！"厅长笑了笑，但很快就收起了笑容，"其实这次并不是老花要跟你借兵，而是他的女儿紫蝶，他只是替女儿跟我讨个人情而已。说起这闺女可真能干啊，她现在调到另一个县区的派出所当副所长了。不过，她新上任就遇到一宗奇怪的案子，所以才会找你帮忙。"

"原来是紫蝶那丫头，没问题，我想阿慕会很乐意去帮她。这臭小子最近老是想着小相的事情，我也想找个机会让他冷静一下。"梁政顿了顿又说，"对了，那是宗什么样的案子，紫蝶这丫头向来都很要强，应该不会随便向别人求助。"

"老花在电话里并没有说清楚，只是说他闺女上任的县区里有一只猫脸妖怪出没，还闹出了命案，就像那些吓唬小孩的传说那样。要不是他很认真地跟我说这事，我还以为他只是开玩笑而已。"厅长对此似乎也将信将疑。

"猫脸妖怪……"梁政思索片刻后便露出好胜的笑容，"这宗案子一定很有意思！"

◎ 灵异档案　诡异县区及沐家镇邪宝剑

"执念之剑"的灵感是源于沐师傅跟某求说的两件事。

第一件事虽然谈不上灵异，但绝对"诡异"。在讲述这件诡异的事情之前，某求得先介绍一下原型的提供者，他其实就跟上一卷原型的提供者是同一人，而某求给他安排的角色就是神秘的灵异论坛管理员——沐阁璋。

沐师傅是个很有趣的人，他虽然学佛却老跟某求说想调戏雪晴（囧），某求只好满足一下他的低级趣味，谁叫他经常告诉某求一些匪夷所思的事情。

第一件事发生在他一位朋友所在的县区，当地非法辨别胎儿性别及堕胎现象十分普遍，几乎到了失控的地步，男女比例严重失衡。据最新的人口普查，该县的男女比例竟然是117∶100，也就是说将来将会有近两成的男孩找不到老婆。更可怕的是，去年全县就只有两个女婴出生，其余全是男婴。

生男生女本有自然规律，人为干预的后果有多可怕，现在已经初露端倪了。远的不说，前段日子就有人在网上发帖，组织光棍们到越南买老婆。虽然发帖者的本意是国内的姑娘过于势利，对男方的要求过高，不过正所谓"皇帝女不愁嫁"，本土姑娘之所以能有更多的选择，归根究底是光棍太多的缘故。

生个儿子要是讨不到老婆，还不是不能后继香火？或许现在国人应该改变一下观念，生女儿才是延续香火的正确选择。“生仔好听，生囡好命”这句广东俗语，在现今形势下已经不见得再带有酸葡萄的味道。

不管怎么样，为了选择性别而堕胎绝对不是一个明智的决定，扼杀一个新生命的降临，跟谋杀又有何分别呢？

第二件事是关于沐师傅的家族，沐家于明代乃是武将世家，家风剽悍、世代习武。沐家先祖因立下大功，得到某位王爷的赏识，将其削铁如泥的随身宝剑赐予先祖。

自此，这把宝剑就一代传一代，世代皆为沐家的家传之宝。经历数代的传承后，直到满清入主中原，沐家先祖不愿为满清朝廷效力，便主动放弃仕途，开了家镖局，以走镖为生。

当时的兵器以刀为主，会用剑的人并不多，沐家也不例外，因此宝剑就被收藏起来。又经历了数代，沐家出了一名剑术高手，宝剑才得以重见天日。说来也怪，此剑术高明的先祖自从携宝剑走镖开始，生意就出奇的好，而且每趟镖都是一帆风顺。就算偶尔遇到些山贼土匪，亦能轻易击退，甚至毫发无损。

因为镖局生意越来越好，沐家一族都认为是受到先人的庇荫，为此给宝剑徒添几分迷信的色彩。其后，沐家后人不管哪一房蒙受厄运，都会到主房请出宝剑到自宅坐镇数日。有趣的是此法万试万灵，只要有宝剑坐镇基本上都能做到消灾解难。

时至民国时期，因为经历社会动荡，沐家一族大多都已失散，而宝剑则落在沐师傅这一房手中。沐师傅的父亲小时候曾经见过此剑，当时宝剑就放在沐师傅曾祖母的房子里，据说曾祖母病重那几年，只有在存放宝剑的房间里才会觉得舒服一点。据沐师傅的父亲说，走进存放宝剑的房间时，会觉得气温明显比别的地方低，有种寒气逼人的感觉。

1958 年，政府为实现“赶英超美”而开展大炼钢运动，民间能用于炼钢的金属基本上都会被收缴上去，以炼制那些求量不求质的废钢。沐师傅的爷爷因为不忍宝剑被毁，只好将宝剑赠与一位根红苗正的军烈属，以求宝剑能免遭被毁的厄运。

[卷十完]

卷十一 · 猫脸婆婆

引　子

一

清澄的夜空，云淡风轻，月色格外明亮。

皎洁的明月下，是一条宁静的小乡村，名叫千汶村。在这夜阑人静之时，村子里各家各户皆已闭门休息，唯独四婆的房子仍映出昏黄的光线。

四婆这间破旧的小房子，已经很久没有这么热闹过了，最起码在邻居的印象中，近十年也没有过。这一夜，四婆应该会觉得很高兴，她生前最喜欢的就是热闹。

然而，喜欢热闹的老人此刻却只能安静地躺在狭小的房间里，躺在伴随她走过大半辈子的木板床上。她苍老而干瘪的脸庞，在穿透窗户照入的月色映衬之下，显得十分安详，但安详中又带有几分诡秘。劳累的一生已经走到尽头，放松的时刻终于降临了。

房间外是不足二十平方的厅堂，在这里有四婆久违的热闹，她的五个儿女有四个都在这里。她已经有很长时间没跟他们见过面，虽然在这四人当中有三个就住在本村，但平日还是难得见上一面。上一次见面是在春节，他们只是做个样子似的过来遛一圈就走了。

所以，他们这次到来，四婆一定会很高兴。不过，这只是邻居们的猜测而已，此刻谁也不知道四婆心里想什么，因为她在今天早上就已经离开人世了。

按照千汶村的俗例，先人离世不能立刻下葬，而是必须在家中停尸三天后才能殓葬。在这三天里，儿女必须不分日夜地守灵，一为表示孝心；二为防止有灵性的动物接近尸体，导致诈尸。

四婆的儿女在她生前虽然并不孝顺，但在其死后有些事情还是得做，不然外人会说闲话。其他人或许无所谓，不过老大高强和老三高贤分别是本村的村长和教师，虽然他们平日对四婆不好早已是街谈巷议的事情，但宁为人知、莫为人见，门面功夫还是得做足。尤其是高强，他还想继续做村长，当然得在村民面前树立一个正面的孝子形象，就像他每次讲话都大谈自己廉政守法一样。

然而，绝大部分人都是说一套做一套，虽然他们在母亲死后都是第一时间赶来，虽然白天在外人面前他们尽量表现出孝子贤孙的一面。但在这夜阑人静之时，没有一个外人在场的时候，他们渐渐脱下虚伪的外装，恢复原本丑陋的本性。

“我们现在刚好四个人，要不要搓几把麻将？”最先按捺不住的是二姐高好，平日天天都在四方城内拼杀的她，今日一整天都没碰过麻将，早已手痒难耐。

“嗯，好！那到你家把麻将桌搬过来，这里连电视机也没有，无聊死了！老三，你也过去帮忙。”高强对自己弟弟说话就像平日向下属发号施令那样，完全不会在意别人是否愿意。

老三高贤心里虽然颇有微词，但自己的教师工作是在对方的安排下得来的，平日也经常得找这位当村长的哥哥帮忙，所以只能忍气吞声。

老四高财冷眼看待眼前的一幕，嘴角微微上翘。幸好，当年他没有像老三那么窝囊，待在这个狗不拉屎的鬼地方，要不然现在也得像老三那样，必须对老大唯唯诺诺。虽然在外面打拼让他吃了不少苦头，但看见老三那副奴才相，他觉得这一切都是值得的。最起码对老大的无理要求他敢说不，而不是像老三那样只会低头不语。

高好的住处跟这儿相距不远，没一会儿她就跟老三把麻将和麻将桌搬来了，搓麻将的声音随之于宁静的小乡村内响起。

而在一墙之隔的房间里，在嘈杂的麻将声中，四婆依旧安静地躺在床上，月光穿透窗户洒落在她安详的脸庞上格外诡秘。

一个神秘而优雅的黑影突然出现在窗户上，那是一个细小的黑影，它的主人是一只全身毛发黑如墨液，并散发着邪恶气息的黑猫。

房间里只有四婆安静地躺在床上，厅堂中的四人正于四方城内拼杀，丝毫没有注意到房间里的动静。或者说，他们根本不在意房间里会发生什么事情。

黑猫站在窗台上，默默凝视房间内的一切。良久，它确定在这房间里不会遇到危险之后，便以优雅的姿态从窗户跳到床上，再从容地爬到四婆身上，站在她胸前静静地凝视着她苍老的脸庞。

月色下的黑猫，仿佛露出了诡秘的笑容，犹如捕获猎物的猎人。

厅堂里的四人仍在四方城内拼杀，他们对房间内发生的一切浑然不知，直到屋外传来一声尖锐的惊叫，可怕的噩梦便拉开了序幕……

二

是夜，四婆的头七。

据《西藏度亡经》所载，人死后第七夜，其灵魂将会返回家看望亲友。

在四婆的小房子里，厅堂内，她的四名儿女皆披麻戴孝，神情肃穆。七天之前，他们还在此处谈笑风生，大砌四方城，但现在一反常态，不苟言笑。四人均默不做声，默默地坐着，仿佛各怀心事。

四婆的外孙女菲菲独自蹲在门外，把香烛冥镪投入火盆中焚化，当她准备把一张冥币放入火盆时，一滴晶莹的眼泪滑过她白皙的脸庞，滴落于冥币之上——几乎每一张冥币都沾有她的泪水。她的动作十分缓慢，却很认真、很仔细，尽量使每一张冥币都完全化成灰烬，仿佛每张冥币都附托着她对外婆的思念。

厅堂内的四人整夜都沉默不语，直到子夜时分终于有人打破沉默。最先开口的是老三高贤，他整夜都忐忑不安，如坐针毡。他本来不想开口，但沉默带来的寂静使他感到一份难以言喻的恐惧，他想让大家说说话，所以才先开口：

“那个……你们说，娘今晚会回来吗？”

然而，他似乎并不善于交谈，一开口其他三人马上就看着他，各自的眼神都很复杂，有恐惧，有愤怒，还隐隐带有不安。不过，他们并没有接话，就像根本没有人说过话一样，厅堂内再次恢复寂静，大家再度恢复沉默。

平静的湖泊在掀起涟漪之后，很快就会恢复平静。但有谁曾想过，平静的只是湖泊的表面，而湖底或许暗流汹涌。

老大高强一直在抽烟，在老三开口之前，他脚下已经有超过二十个烟头。此刻他仍在抽烟，表面上跟刚才没有任何变化，但是夹在两指之间的香烟已经快燃烧到尽头，他却一点也没有察觉。

“噢！”高强惊叫一声，两指间传来灼热的刺痛使他迅即把烟头甩掉。其他三人均被他的惊叫吓了一跳，如惊弓之鸟般向他投来诧异的目光。他大为尴尬，装作若无其事，迅速再点上一根烟以掩饰内心的窘迫。

沉默，良久的沉默，如死寂般的沉默。高贤实在忍受不了这种可怕的沉默，所以他又重复刚才的话题：“你们说，娘今晚会回来吗？”

“老三，你给我闭嘴！”高强恼羞成怒般大吼，在这寂静的深夜里如同惊雷。高贤随即缩了缩身子，畏惧之色尽表于颜。

“娘要是回来，不是很好吗？”老四高财抽出两根烟，抛了一根给三哥，另一根自己点上，再以挑衅的眼神看着大哥，悠悠地吐出烟雾。

“你想说什么！”高强对四弟怒目而视。

高财不屑地冷笑着，吸了口烟才开口：“娘这几年虽然有点糊涂，但谁对她好，谁对她不好，娘还是知道的。”

“你他妈的给我闭嘴！”高强怒目圆睁，站起来把手中的香烟使劲丢在脚下，恶狠狠地对四弟说，“你一年也不回来一趟，还敢说我对娘不好！要说不孝，你跟五妹才是最不孝！”

高财也站起来冲大哥怒吼：“我跟五妹到外面是为了生计，哪像你，花光爹的钱买个官回来当，滋滋润润地当你的村长，我们在外面吃了多少苦头你知道吗？要是有条件，谁不想天天回来看娘？”

“别说得那么好听，要不是为了荔枝园里的东西，你才不会老大远跑回来！”二姐高好一语中的，高财的脸色立刻沉下来。

兄弟两人继续争吵，高好不时替大哥说话，使四弟脸红耳赤。

老三高贤则沉默不言，因为他的目的已经达到了，他只是想能听见些声音，使自己不会因为寂静而感到害怕。他把手上的香烟点燃，悠然地享受这份争吵中的宁静，目光不经意间落到窗户上，随即放声尖叫："娘、娘真的回来了！"

众人的目光一同投向窗户，窗外有一个苍老的女性身影，在朦胧的月色映衬下，凌乱的头发之下竟然是一张半人半猫的可怕面孔！恐惧的惊叫于厅堂中响起，窗外的怪物露出诡秘的笑容，随即消失于夜色之中。

"出、出去看看。"高强刚才与四弟争吵时的气势消失了，取而代之的是怯弱。

高财没有回话，他的怒意也在瞬间消失得无影无踪，缓缓坐下，似乎在想些什么。高好和高贤也一样，坐在凳子上一语不发。见大家都没有反应，高强也就不再说话。厅堂里再次恢复沉默，死寂般的沉默，充斥着恐惧的沉默。

门外，菲菲仍在为外婆烧冥币，对房子里发生的一切充耳不闻。

翌日，一具男性尸体被发现倒卧于村外的荔枝园之中……

第一章　阴森危楼

慈母手中线，游子身上衣。
临行密密缝，意恐迟迟归。
谁言寸草心，报得三春晖！

脍炙人口的《游子吟》在表达母爱伟大的同时，也说明了孝道的重要性。道家、儒家等的传统思想皆以孝为始，有道是"百善孝为先，万恶淫为源"，要成为一名顶天立地的人，首先要做到的就是孝顺父母。

时至今天，孝道就像其他老祖宗留下来的瑰宝一样，渐渐已经被人遗弃，甚至被视之为落伍、过时。虽然有不少人表面上对父母很孝顺，但实际上只不过是做给外人看而已，真正孝顺父母的人，在现在这年头着实是凤毛麟角。

鄙人慕申羽，是一名刑警，一名神秘的刑警，或者说是一名专门调查神秘事件的刑警。我所隶属的诡案组，名义上是刑侦局辖下的临时小组，但实际上我组无须听从刑侦局的命令。因为我组是由厅长亲自任命，所有处理的案件只需直接向厅长交代。

这一次我要处理的是一个关于孝道的案件，在准备向大家讲述案情始末时，我多少也有点心虚。因为工作的关系，我已经有很长一段时间没有回家探望父母了。

日渐西斜，残阳如血。

能看见如此美丽的日落，本应是一件惬意的事情，可是现在我实在惬意不起来，因为我正驾驶着一辆车身上印有“公安”二字的悍马，在高速公路上以超过一百二十公里的时速狂飙。

这次是我加入诡案组之后第二次出差，虽然两次出差的目的地不同，但性质却是十分相似，都是被老大“卖掉”！要把这件事说清楚，得从中午的时候开始……

“想不想放几天假休息一下？”老大突然把我叫到他的办公室，像只黄鼠狼似的问我。

自从被他抓来诡案组之后，我就只“休息”过一次，而且这所谓的“休息”其实只是让我去偏远的山区调查案子而已。不过，这也已经是三个月前的事了。所以，当他挤出一副黄鼠狼给鸡拜年的模样跟我说这句话时，我的汗毛都竖起来了，无力地问道：“这次又想把我卖到哪里去了？”

他那双狐狸般的小眼睛滴溜溜地转动着，狡黠地说：“别说得那么难听，我怎么会把你卖掉呢！这回可是你的老相好跟我要人，我当然得成人之美了。”

“什么老相好啊，我才不信小娜能支使你。”我白了他一眼。

他一脸坏笑地看着我：“我也不信你只有小娜这个老相好。”

这老狐狸不知道又想耍什么花招了，虽然我跟不少女性的关系不错，但真正谈过恋爱的就只有小娜，除了她之外还哪来老相好呢？他分明是想挖苦我，所以我也懒得跟他啰唆，直接问道：“别跟我耍花招，有话就直接说出来，反正我也逃不出你的五指山。”

他若无其事地说：“其实也不是什么要紧的事，只是老花的闺女出了点状况，想让你过去帮一下忙。”

“什么？紫蝶出什么状况了？”我双手按着桌子站起来，焦急地问。

“小事情而已，你要是不愿意，不去也没关系。反正最近案子挺多的，我们也忙不过来。”他随手拿起一份档案翻阅，摆出一副爱理不理的模样。

这老狐狸真的快要成精了，只是三言两语就已能反客为主了，我只好和颜悦色地问：“老大，紫蝶到底出了什么状况了？”

他看着我微微一笑，合上档案才开口：“这闺女风光了，现在已经是兴阳县派出所的副所长，不过她新官上任就碰到一宗棘手的案子。详细情况我也不是太清楚，只知道她管辖的地方出现一只猫脸妖怪，而且还弄出人命。”

我疑惑地问：“什么猫脸妖怪啊，是一只变异的大猫吗？”

他收起笑容，认真地说：“听说是一个老婆婆变成妖怪，猫脸人形，具体情况我不是很清楚。”

“猫脸人形……”我突然想起百老汇歌剧《猫》，但此猫并非彼猫，起码歌剧里的表演者不会弄出人命。

“别想那么多了，你的老相好还在等你呢！”老大说罢就把我赶出门外。

蓁蓁似乎听见老大最后说的话，我发现她用异样的眼神看着我离开诡案组……

有了上次的经历，这回我找来一辆装有卫星导航的警车来出差，所以并没有在路上浪费多少时间。但是这次的目的地比上次要远，最终我还是没能赶在天黑之前到达。

把警车驶出高速公路时，已经是晚上七点多了，本想在路边随便找个饭店祭祀五脏庙。然而，这里比我想象中还要偏僻得多，公路两旁的店铺少得几乎到了凤毛麟角的地步，而且绝大部分都已经关门了，走了一段不短的路程也没有一个能填饱肚子的地方。所以，我就干脆踩尽油门，打算先找到紫蝶再说。

根据卫星地图的显示，从高速公路出口到兴阳县派出所大概就一小时的车程，但实际上我却花了两个多小时才到达。原因并非我在途中迷路，而是路况比我想象中要差得多。驶出高速公路后大部分路段都是泥路，不但崎岖难行，而且冷不防还会有块大石头在路中央，最要命的是在到达城区之前，我连一盏路灯也没看见，没有在半路翻车已算我熟读驾驶手册。到达城区后情况也不见得能好到哪里，虽然路上鬼影也没一只，但我的车速也从没超过六十公里。

好不容易才来到派出所门前，本想让值班室的伙计给我开门，可是按了几下喇叭也不见有人走出来，只好下车走上前查看。值班室的灯亮着的，但是里面却没有人。长生天哪，值班的伙计该不会跑去摸鱼了吧！要是这时候有人来报案咋办？

值班室里没有人，我只好自己招呼自己了。大门只是随便掩上，并没有上锁，于是我就把大门推开，然后把警车驶进大院里。

派出所的办公楼是一栋破旧的两层建筑，外墙有多处剥落，看样子应该有四五十年历史了，要不是看见门口写着“兴阳县 ×× 派出所”的字样，我还以为是一栋待拆的危楼。我想，紫蝶大概是被调到一个贫困县了。

我站在这栋危楼一般的办公楼前，掏出手机拨打紫蝶的电话，听筒传出一个冰冷的女性声音：“您所拨打的用户已关机……”真是屋漏偏逢连夜雨，她怎么能在这个时候关掉手机，我可还没吃晚饭呢！

我在这里人生路不熟，而且这里别说是酒店，就连正常营业的小餐馆也没能看见一间，今晚叫我怎么过啊！我可不想饿着肚子在车厢里待上一晚，于是便打算进办公楼看看有没有人。

办公楼的一楼虽然黑灯瞎火，但二楼其中一个窗户有灯光映出，应该还有人在里面。可是，我在那个窗户下叫了几声也没有人回应。窗户是关上的，我想就算里面有人也不见得能听见。看样子得不请自进了。

和大门一样，办公楼的门只是虚掩着，并没有上锁，轻推一下就打开了。门轴转动时发出刺耳的吱呀声，让我心里隐隐感到不安。虽然此时还没到十点，但这里却如午夜坟地般寂静，而且附近皆黑灯瞎火，让人有一种阴森恐怖的感觉。在城市里就算是子夜时分也不会如此寂静和黑暗。

借助朦胧的月光，我只能看清楚办公楼外的事物，进门那一刻犹如跨进了另一个世界，一个没有光存在的黑暗世界。我的眼睛仿佛瞬间瞎掉，眼前除了黑色就再也没有其他颜色。我没有急着上二楼，因为我根本看不到路，所以我想先站一会，让双眼适应黑暗。

片刻之后，我的眼睛开始适应这个黑暗世界，不过视野还是十分有限。这栋有几十年历史的建筑物设计得实在不怎么样，不但窗户不多，而且都很小，凭借从窗户透进来的朦胧月色，我能不绊倒就已经很不错了。

这栋办公楼虽然十分破旧，但面积倒不小，最起码在我目所能及的范围里并没有看见通往二楼的楼梯。印象中，警车里并没有电筒之类的照明工具，幸好我最近换了部带拍照灯的手机，虽然照明范围相当有限，但也聊胜于无。

借助拍照灯发出的惨白光线，我走进了这栋伸手难见五指的危楼，那感觉就像走进鬼屋一样。不知道是否是心理作用，我总觉得这里的气温比外面要低很多，而且还有种背脊发凉的感觉。本想把电灯打开，但找了一会也没发现开关在哪里。与其继续浪费时间寻找，还不如摸黑前进。

外厅宽敞而空荡，几乎每走一步都能听见回音，就像有人跟在我身后似的，让人大感不安。好不容易才穿过外厅，虽然只是很短的时间，却像过了很久似的。不知何时冒出了一身冷汗，一股怪风从窗户吹来，顿生一阵凉飕飕的感觉。

外厅的尽头有一道木门，打开这道破旧的木门时，让人不安的吱呀声再一次响起。刚才打开外面的门时，这种吱呀声就已经让我有种牙根发软的感觉，现在更是毛骨悚然。刺耳的吱呀声于黑暗而空荡的空间中回荡，犹如在地狱深渊受尽残酷折磨的冤魂在呻吟，让人全身的汗毛都竖起来了。

门后是一个办公厅，这里的窗户比外厅更少，光线更加昏暗，我只能扶着一张又一张陈旧的办公桌前进。快要走到办公厅尽头时，心底突然生起一阵寒意，不由浑身哆嗦了一下。我觉得有人盯着我，对方就在我身旁不远的地方，隐藏于黑暗之中。

我以手机照明，希望能看清楚对方是什么人，不看还好，一看就几乎连头发也竖起来了。因为对方跟我的距离有点远，拍照灯惨白的光线并没能让我看清楚对方的相貌，只看见一张铁青色的脸。

“你是谁？”或许我真的被吓傻了，竟然会说这样的话。这句话应该是由对方先说，毕竟我是个外来的不速之客。

对方依然呆立着，不但没回话，甚至没有把脸转过来正视我，仿佛根本没听见我的话。这更让我感到恐惧。我开始觉得自己是不是找错了地方，这里根本不是派出所，或者说是一间早已荒废的派出所。那么说，在这里出现的人，很可能就是……

我不敢再想象下去，鼓起勇气向前走，试图看清楚对方是个什么人。然而，我刚往前走了两步就感到脚下一滑，整个人往前扑去，扑在对方身上。他贴墙而立，所以我没有把他扑倒，反而在墙壁的反作用力下，被他反过来把我扑倒了。

他的身材虽然不算肥胖，却异常深重，估计超过三百斤，压在我身上那一刻几乎把我的肋骨也压断了。我被他压得喘不过气，连忙叫道：“你快把我压死了！”然而，面对我呻吟般的惨叫，他竟然无动于衷，甚至连动一下也没有，犹如尸体一般死死地压在我身上。

我伸手去推他，发觉他的身体不但僵硬，而且还冷得像冰块一样。恐惧再次笼罩在我身上，不知道从哪里涌出来的力气，使我能瞬间把他推开，随即连滚数圈，直到碰到一张办公桌才停下来。

慌忙爬起来躲到办公桌后面，我的心里才稍微平静了一点，但心脏还是跳个不停。一个中等身材的成年人，体重不可能超过三百斤，而且他的身体还像冰块一样冷……脑海瞬间闪现无数个假设，但只有一个念头盘踞于脑海之中挥之不去——僵尸！

我不会这么倒霉吧，真的遇到传说中的僵尸了？心中的恐惧陡然大增，想探头出去看清楚对方的情况时，却发现刚才不知道把手机丢到哪里去了。就算手机在手也不见得有多大作用，因为这里实在是太暗了，而且我也滚得老远去，倘若我不走近一点，根本不可能看清楚对方的情况。但现在我要走过去，心里又是千百万个不愿意。他不走过来，我就已经得烧香拜佛了，哪还敢过去招惹他！

正当我心里盘算着是否该“敌不动，我不动”，躲藏办公桌后面待到天亮时，如催命曲般的脚步声便于办公厅中回荡。

嗒、嗒、嗒……

第二章　诈尸奇案

回荡于办公厅内的脚步声既缓慢又诡异，仿佛每走一步都异常谨慎。让我胆战心惊的是，声音并非来自前方，而是从身后传来。我慌忙转过身，手脚并用地往后退，缩进办公桌底下。虽然这样也不见得安全，但总算有一份自我安慰的安全感。

诡异的脚步声渐渐靠近，但仔细聆听却发现似乎是来自另一个房间，难道对方正从二楼下来？正当我为此略感安慰时，一个冷酷的女性声音响起：“什么人？”随即整个办公厅便亮起来。

经历漫长的黑暗，在刹那间重见光明时，往往需要更多时间去适应。此刻虽然眼前一片光亮，但我还是什么也看不见，只好闭上眼睛等待。我能静心等待，但对方却不能，她显然比我更紧张。只是片刻的时间她就已经来到办公桌前，冷酷地喝道：“你是什么人，快出来！不然我就开枪！”她大概把我当成小偷了。

为免无辜地挨上几颗“花生米”，我连忙叫道：“紫蝶，是我。”虽然眼睛还没能适应，但单靠声音我就已能认出对方就是我要找的人——花紫蝶。

双眼终于适应了光明，不过接下的事情可让我感到十分难堪，因为我得在紫蝶面前很窝囊地从桌底下钻出来。而万万没想到的是，之后还有更窝囊更难堪的事情等待着我。

"慕申羽！你怎么会躲到桌子底下？"身穿警服的紫蝶一脸惊奇地看着我。也许因为一时没反应过来，她的手枪还指着我的脑袋。

虽然只是相隔了三个月，但眼前的可人儿明显要比之前成熟了，也许是因为环境的转变吧！毕竟现在她已经不再是在父亲保护下的幼苗，而是能独当一面的副所长。

我可不想直接跟她说，我是因为害怕才躲在桌底下，当即岔开话题："你还好意思说，我一个人来到这里人生路不熟，你不来迎接我也就算了，给你打电话你还把手机关掉，害我自己摸黑进来找你。现在好了，终于把你找到了，可你竟然想杀人灭口！"边说边把她手中那把对准我额头的54式手枪轻轻移开。

"你怕什么，子弹都在枪套里还没装上，只是吓唬你一下罢了。"她把手枪收插回腰间的枪套里，并用外套遮掩，然后掏出手机来查看，当即轻拍自己的额头，"唉，没电也没发觉，这些日子可真是忙晕头了。不过，你就算要找我，也用不着找到桌底去吧？"长生天哪，她怎么又把话题转回来了。

正当我盘算着该如何再把话题岔开时，她突然惊叫道："哇！怎么倒下来了？"随即快步走向我刚才被"僵尸"压住的地方。

我往那里望去，差点没当场晕倒，刚才把我吓个半死的那个人影，原来是毛主席的铜像！

她走到铜像前想把它扶起，但使尽力气也抬不动，我见状便赶紧上前帮忙，跟她一起把铜像扶起来。把铜像放回原位后，她便问我："你刚才在这里搞什么鬼啊？我在二楼看档案，听见楼下叮叮当当的，还以为是哪个小偷不长眼跑到这里来呢！"

"我还没吃晚饭呢，你该不会让我饿着肚子等到天亮吧？"我赶紧转移话题。

"你不说，我也没想起自己也没吃晚饭……"她迟疑了一下又道，"你还没告诉我，刚才发生什么事了？"

"今天的天气真好，我们现在开车去兜兜风好不好。"我装疯扮傻地往外走。

"给我站住！你不把这事说清楚就别想走。"她三分严肃七分嬉笑地责问，并马上就追上来把我拉住。

她拉得太用力了，我一时没站稳就扑在她身上。她大概也没想到会出现这种情况，似是自然反应般抱住我，重心全落在上半身，结果当然是我把她给扑倒，两人一同倒在地上。

夹杂女性体香的薰衣草香气悄然钻入鼻腔，不由让我感到全身酸软，胸口压着充满弹性的酥胸又是另一种醉人的感觉，销魂荡魄也莫过于此。

她并没有立刻把我推开，也没有说话，只是安静地躺在我身下。两人良久的沉默让气氛变得异常尴尬，但我却乐于享受这一刻的尴尬，我想她的想法也一样，最起码她没有主动破坏这种尴尬的宁静。

虽然我很享受与美女相拥的感觉，但总不能就这样压着她直到天亮吧，只好依依不舍地离开她那柔软而温暖的娇躯，爬起来讪讪笑道："饿晕头了，连站也站不稳。"

她站起来轻轻拍去警服上的灰尘，双眼刻意回避我的目光，脸色娇红地说："我们先去弄点吃的吧，就当是给你洗尘。"

为了让气氛不那么尴尬，我故意嬉皮笑脸地对她说："那你打算带我到哪里吃山珍海味呢？这里应该有很多野味吃吧，穿山甲、猫头鹰、果子狸什么的。"

"你以为这里是度假村啊！哪来什么野味。就算有也不会让你吃，一只猫头鹰就够罚你三个月工资了。"她扬了下手，示意我跟她走，"走，跟我回家，本小姐亲自下厨给你做饭！"

我继续站着没跟她走，她走了几步回头发现我还待在原处便疑惑地问："怎么了，现在不饿了吗？"

我严肃地说："我正在想一件事。"

"是什么事呢？"她的神色更显疑惑。

"这里有医院吗？"我面露难色。

"大医院没有，只有卫生站。"她上前关切地问："怎么了？觉得哪里不舒服吗？要不我陪你到邻县的医院去。"

我还是一脸严肃："现在倒没有不舒服，但吃过你做的饭菜后就不好说。"

"找死啊你！"她的粉拳不轻不重地落在我胸前，之前的尴尬就此一扫而空。

警员宿舍就在派出所后面，所以我们直接步行过去。经过空无一人的值班室时，我便随口问她："这里晚上没有人值班吗？"

她叹了口气才回答："有是有，不过摸鱼去了。从我调来那天开始，晚上就没见过有人值班。"

"不是吧，这可是擅离职守啊，你这副所长是怎么当的？"我略感诧异地问。

她又叹了口气，发牢骚般跟我说："你过来的时候应该也有看见了，这里可比冲元县还要偏僻。县里的年轻人大多都去了省会等经济发展得比较好的地方打工，留下来的全都是老弱妇孺，平日很少会闹出大乱子。就算是出了些小问题，他们通常都会找村长乡长之类的人解决，经常十天半月也没一个人来报案。白天没人来报案，晚上就更没有了，所以值夜班的名单基本上只是做做样子，不管轮到谁都是签到后就溜回家。所长对此也是睁一只眼闭一只眼，我这个初来乍到的副所长又能有什么意见？”

从她的眼神中，我能看出一份说不出的委屈，以她倔犟的性格，在这里应该没少吃苦头。我想派出所里大概没有几个人听命于她，纵使挂着副所长的头衔，但实际上只不过是个无兵司令而已。或许，这就是她要我来帮忙的原因吧！

她闷闷不乐的样子着实让人心疼，所以一路上我都跟她说些有趣的事，希望能够哄她开心。咋说侃大山也是我的特长，来到宿舍门前时她就已经笑得合不上嘴了，其实我也没说别的，只是跟她说些伟哥的糗事而已。不过，当她告诉我眼前的就是警员宿舍时，就轮到我合不上嘴了。

这贫困县还真不是盖的，警员宿舍盖得像茅房似的，全都是只有一层的砖瓦房，感觉下雨时肯定会漏水，头顶有飞机飞过说不定就会倒塌。虽然紫蝶之前任职的冲元县也是个穷地方，但待遇也不至于这么差，这回真是太委屈她了。我本以为她会跟我大吐苦水，但实际上她对此却不以为然，也许已经习惯了。

跟随她进屋后，发现房子里面虽然同样简陋，但有种清雅舒适的感觉，或许是因为这里有她留下的香气吧！感觉虽然舒适，但并不能填饱肚子，此刻我的肚子正在激昂地演奏着《义勇军进行曲》，于是便催促她赶紧弄点吃的。

她娇嗔道：“现在不怕吃我做的东西会不舒服了？”

“牡丹花下死，做鬼也风流！”我虽然一脸嬉笑，但心里想的却是，做只饱鬼总比做饿鬼好。

她娇笑一声随即走进厨房，约三分钟后便端着两碗冒着热气的东西出来了。我一看就皱起眉头：“你打算给我吃什么啊？”

她的回答简单直接：“方便面。”

“不是吧，你说亲自下厨就是给我泡方便面？”

“不满意你自己去弄啊！这里没有煤气，得用柴火做饭呢！而且我长这么大也没做过饭，能给你泡碗方便面已经是你的福气！”她稍微有点生气，但生气的模样也挺好看的。

“那你平时也是只吃这个吗？”我怜悯地问。

"平时能到食堂里吃，但现在这个时间食堂里哪会有人给我们做饭。"她白了我一眼又道，"你不想吃就算了。"说罢就想把方便面收走。

我连忙把碗抢过来："吃吃吃，这可是花大小姐亲手泡的方便面呢，有钱也买不到。"在这种穷乡僻壤里，要买包方便面还真不是有钱就一定能买到的，还是先填饱肚子再说。

她没有说话只是微微一笑，坐在我身旁跟我一起吃面。

把肚子填饱后，是时候说说正事了，我点上根烟，边享受饭后烟的幸福边向她问道："你刚才不是说这里很太平的吗，那找我过来是为了什么事呢？"

"可能是因为我运气不好吧，这里本来的确很太平，但我一上任就出了一宗奇怪的案子。"她虽然说自己运气不好，但她好胜的表情让我知道，她觉得这对她来说是一好事。

"详细情况怎样？"我问。

"这宗案子得从半个月前说起……"她认真地向我讲述已掌握的情况——

案子发生在本县的千汶村，村里有个名叫刘四妹的老婆婆，今年七十三岁，村民都叫她四婆。她的丈夫名叫高耀，十年前就去世了，膝下有五个儿女，其中三个就住在千汶村，另外两个长期在外很少回来。

四婆近年身体不太好，大概在半个月前去世。按照俗例她死后，她的儿女必须到她家中为她守灵，但因为五女儿高顺身体也不太好，所以没能赶来，当晚只有其他四名儿女守灵。

奇怪的事就从这晚深夜开始。

四婆的大儿子是千汶村的村长，名叫高强。据他说，在守灵当晚，四婆的尸体原本安静地躺在房间里的，但到了半夜的时候却突然活过来了，跳起来冲到厅堂。他跟他的弟妹看到四婆冲出来时可被吓个半死，因为四婆面容发生了可怕的变化，右边脸倒跟之前没两样，但左边脸竟然变得像猫脸一样。

当时，他们几个都吓呆了，还没反应过来四婆就冲出门外了。等他们回过神来时，四婆就已经不知所终了。

已死的人突然跳起来，还能四处走动，光是听说就已经够吓人的。不过此事虽然十分可怕，但四婆毕竟是他们的母亲，所以第二天高强就召集全村村民帮忙，到处寻找四婆。然而，一连找了三天也没有找到她的下落，活不见人死不见尸。

附近的地方几乎都找过了，但始终也没能找到四婆，他们只好放弃了。虽然没能找到母亲的下落使他们感到很遗憾，不过四婆已经七十多岁，而且在此之前身体情况也不太好，就算她当晚是活过来，经过之后的三天应该也活不成了。

大家都以为四婆的事情这样就过去了，她的儿女还是按照俗例继续为她办丧事。然而，在四婆头七那天晚上，奇怪的事情又发生了。

那天晚上，四婆的儿女在她家里给她烧冥币和祭品，上半夜还风平浪静，没任何异常的地方，但到了子夜时分可怕的事情就发生了。

当时，四婆的外孙女史菲菲正在门外烧冥币，而高强等人则坐在厅堂里。据高强说，最先发现异状的是老三高贤。那时候他们正在闲话家常，高贤突然指着窗户尖叫："娘回来了，娘回来了！"

大家听见后便一同望向窗户，果然看见四婆就在窗外。高强说四婆当时的脸还是半人半猫，非常吓人，还向他们露出诡异的笑容，把他们都吓呆了。他们被吓得愣住了好一会儿，回过神来的时候，四婆就已经消失了……

正当紫蝶说到诡异之处时，她那部放在桌子上充电的手机突然响起，把我们吓了一跳。我看了下手表，时间已接近子夜，于这种偏僻的山村而言，现在已经很晚了，若不是要紧的事情应该不会有人给她打电话。

到底发生了什么事呢？

第三章　荔园阴森

紫蝶向我讲述千汶村的诡异案件时，她的手机突然响了，此时已经是晚上十一点，这么晚还会找她的人，肯定不会只是想找她聊聊天这么简单吧！

"喂，你好，我是花紫蝶……"紫蝶刚作自我介绍，就露出严肃的表情，一言不发地认真聆听。

手机听筒传出喧嚣的声音，虽然我没能听清楚电话彼端的人在说什么，但从语气判断，对方似乎十分惊慌。而且紫蝶在接听的过程中，眉头越皱越紧，对方显然不是跟她说什么好消息。果然，她挂掉电话后就一脸严肃地跟我说："千汶村又出命案了，村民都怀疑凶手是四婆。"

"又？之前已经发生过命案了吗？"我问。

她点了下头："嗯，刚才我还没说完。在四婆头七那一夜，她的四个儿女看见她在窗外出现后，都吓得魂飞魄散。他们不敢留下来守灵，各自匆忙地回家，只留下史菲菲一个人在四婆的房子里守灵。但是那一晚，高贤并没有回到自己家中，第二天村民发现他的尸体倒卧在村外的荔枝园里。"

"高贤是四婆的三儿子吧，村民怎么会怀疑四婆杀死自己的儿子呢？"有道是虎毒不食子，虽然四婆有可能是诈尸了，但也不见得会把自己的儿子杀死。

她边往外走边跟我说："这事也不是三言两语能说清楚，我们还是边走边说吧！"

我快步跟上前并问道："这次出事的是谁呢？"

"是高好，四婆的次女。"她简短地回答，却使我的思绪凌乱不堪。

我们驾车前往接连发生命案的千汶村，途中紫蝶继续向我讲述有关此案的情况——

大城市里几乎每天都有各种各样的命案发生，所以对于你来说，命案可以说是家常便饭。但对于兴阳县这个小县区来说，命案可是天大的事情，更何况千汶村只有两三百人，突然有人莫名其妙地死去，当然会闹得人心惶惶。所以当我获悉这宗案子后，马上就要求所长让我去调查。

据我了解，四婆是本地人，这辈子也没有离开过兴阳县，最远也就是到过邻村。她的五个儿女，大儿子高强是千汶村的村长；次女高好无业，但她的丈夫陈路是千汶村副村长；三儿子高贤在村里的团结小学当教师；四儿子高财年轻时到省会里打工，现在是一家服饰公司的老板；五女儿高顺也是年轻时就外出到省会打工，听说近年患了肝病身体情况较差，所以没有亲自回来为四婆办丧事，只是让女儿史菲菲代劳。

四婆早年与丈夫经营一个荔枝园，据说年轻时赚到不少钱，在当地也算是比较富有的一户。但后来不知为何家道中落，所以她的四儿子和五女儿才会到省会谋生……

紫蝶现在虽然已贵为副所长了，但从她对案情的叙述就能知道，她的办案能力还有待提高。她收集到的都是些基础信息，跟案情并没有直接关联，一些关键性的问题，她也没有提及，譬如高贤是怎样死的。于是我便问道："高贤的尸体被发现时，身上有没有明显的致命伤，尸检报告出来没有？"

她没好气地回答："你还以为这里是省会啊！我上哪给他找专业的法医，能找到个愿意做尸检的赤脚医生就已经很不错了。"

“你可以让所长去找人帮忙啊！要求上级调派一个法医过来，也不是什么难事。”我不解地问道。

她娇俏的脸庞略现怒意：“那个老鬼做事总是得过且过，想让他帮忙办点事可比登天还要难。”

唉，早知道把流年也拉过来就好了，不过他也不见得会愿意过来。光抱怨并不能解决问题，虽然没有法医检验尸体，但只要细心调查总能发现一些蛛丝马迹，所以我再次询问紫蝶死者的情况。她突然哆嗦了一下：“高贤的死状挺可怕的，而且单从表面看，他的致命伤只有一个，就是左胸上有一个像是被手指戳出来的伤口，应该是被人用手指刺穿了心脏……”

“什么？用手指刺穿心脏？”我被她说糊涂了，用手指能戳穿胸前的肌肉，并刺破心脏吗？

“不可思议吧，我看见高贤的尸体时也很吃惊，这就是大家怀疑四婆是凶手的原因。正常人是不可能用手指把别人的心脏戳穿的，但如果是丧尸或者妖怪之类的话……”她面露寒色，显然为此深感畏惧。

一只用手指就能杀人的妖怪，的确能让人感到毛骨悚然，但问题是高贤的诡异死状会不会只是巧合。我道出心中的疑惑，紫蝶叹了口气说：“我想就不是了，因为高好的情况也差不多，都是被手指戳死的。或许，她的死状会更可怕。”

说到此处时，我们已经来到一片荔枝园前面。这片荔枝园占地约为两亩，园内的几十棵荔枝树都长得很茂盛，应该有几十年树龄。正因为园内树木枝叶茂盛，所以光线十分昏暗，纵使地方不大，但也不能看清楚里面的情况，只能看见光影晃动，应该有不少人在里面。

我把警车停在园外，刚下车就看见一个穿着治安队制服的小伙子小跑过来。他跑到我们身前，紫蝶就对他说：“小军，情况怎么样？”

这个叫小军的治安队员一脸惊惶之色，声音颤抖地说：“我也不知道该怎么说，花所长，你还是亲自过来看看吧！”说罢就引导我们进荔枝园。

我们一同来到荔枝园的中央，这里有十来人围在一起，当中还有三人是穿着治安队的制服，都是五十出头的老家伙。一名年约五十肠肥脑满的男人看见我们就走过来，忧心忡忡地对紫蝶说：“花所长，又出事了，你可要多派几个人来保护我啊！”

紫蝶看了他一眼，不耐烦地回应：“我跟所长说说，看看能不能安排。”说罢就没有理他，走到众人围观的地方。

大伙看见紫蝶走过来，都自觉地散开，我跟着她上前查看。遍布枯枝败叶的地面上躺着一具女性尸体，因为光线昏暗，所以我没能看清楚她身上有哪些伤口。还好，紫蝶向小军要了支手电筒给我，要不然就得把尸体搬到光亮的地方。

借助手电筒昏黄的光线，我认真地观察尸体的情况，首先要看的当然就是她的胸口。然而，在她胸前并没有发现可致命的伤口，甚至连血迹也没有。小军似乎察觉我的用意，小声地提醒我："她的伤口在头上。"

把手电筒往上移，光束掠过尸体的脖子后，出现于我眼前的是一张惊愕的面庞，死者在遇害之前或许遇到一些意想不到的事情。再把电筒往上移，可怕的一幕便出现了。在死者的太阳穴上，有一个可怕的血洞，大小与手指相似，就像紫蝶所说那样似乎是用手指戳出来的。血洞仍有鲜血冒出，我用手在死者的脖子上探了一下尸温，发现尸身并不冰冷，死亡时间应该是在两小时之内。

单从表面看，死者的确很像是被人用手指戳死的，但有这个可能吗？之前紫蝶说第一名死者是被人用手指刺破心脏已经够匪夷所思了，现在眼前这名死者更是被手指戳穿了太阳穴。虽然太阳穴是颅骨骨板中最薄最脆弱的部位，但怎么说也有颅骨保护，就算是武侠小说中的高手大侠，也不见得能用手指直接在别人的太阳穴上留下一个如此可怕的伤口。除非凶手并不是正常人，而是传说中身体已经僵硬得如同钢铁的……诈尸！

难道四婆真的诈尸了，而且还回来杀死自己的儿女？

这个推测虽然不可思议，但根据眼前所得到的情报显示又的确有这个可能，不过办案可不能如此草率就下判决，必须详细了解每一个细节。因此，我便询问在场的众人，谁在死者生前最后见过她，又是谁最先发现她的尸体。

"他是谁啊？"肠肥脑满的男人指着我询问紫蝶，听他的语气，他似乎对我并不友善。

紫蝶不耐烦地看了他一眼，然后走到我身前向众人介绍我的身份："这位是被誉为'刑侦新人王'的刑侦局的头号神探慕申羽，我为了调查你们村的案子，特意从省会请他过来帮忙。"她还真会吹呢，把我那个早就没人记得的名号也搬出来，大概是从上次调查龙洞村的案子中得来的经验吧！在这种穷乡僻壤里突然出现一个城里人，或多或少都会被神化，这对之后的调查大有帮助。不过，让我想不通的是，她为何会知道我有这个称号呢？

紫蝶这先声夺人的招数，效果似乎蛮不错，原来对我不太友善的"肠肥脑满"马上就上前跟我握手，并作自我介绍："我叫高强，是千汶村的村长，也是……"

他往地上的尸体瞥了一眼，“也是她的哥哥。希望慕警官多多关照，早日把这件事处理好，免得村民天天都提心吊胆。”

他的话说得也还真冠冕堂皇，自己的两个弟妹死得如此诡秘，恐怕天天提心吊胆的是他，而不是他口中的村民。不过，这对我并没有多少影响，反而他越是害怕就越会主动给我提供信息。所以，我就从他开始了解死者的情况，而我的第一个问题，当然就是死者在出事前的情况。

“今晚是娘的二七，按照俗例我们得到娘家里拜祭她，并且清理房子里的旧物……”高强给我递上了一根烟，然后迫不及待地给自己点上一根，重重地抽了一口才开始讲述不久前所发生的事情——

根据我们村的风俗，人死后第十四天要做“二七”，除了烧香烛冥币之类的事情外，主要是把房子的旧物清理掉。这样就算娘回来了，看见生前用过的东西都被扔掉，就不会再留恋人间，安心上路。

按照俗例，清理的工作是由出嫁女做的，家中男丁则负责烧冥币和纸扎品。因为五妹的身体不好，没有亲自回来为娘办丧事，而让她女儿菲菲回来，所以清理的工作就交由她跟二妹来办，而我跟老四则在门口烧冥币。

本来一切都很正常，我没发现有什么不对劲的地方，不过大概到了十点钟，二妹突然说有事要回家一趟。按照俗例，我们整晚都得待在娘的家里，直到天亮之前谁也不能离开。而且当时东西还没清理好，她突然说要回家，我当然有些不高兴了，随口说了她两句，她竟然发起脾气来，跟我吵了一会就走了。

她走的时候说只是回家一趟，马上就会过来，而她家就在没多远的地方，几分钟就可以走个来回了。可是，我们等了快半小时也没看见她回来，就给她家里打电话。当时是老陈接的电话，他说二妹整晚都没有回去。（他指着一名戴着眼镜的中年男人，告诉我对方就是死者的丈夫陈路。）因为老三在一个星期前出了事，我们很害怕她也会出事，所以我就马上让治安队的伙计帮忙，一起去找她，没想到她真的出事了……

“你们是在什么时候发现死者的？是谁先发现她？”听完高强的叙述后，我便直接询问这两个较为关键的问题。

“我们是一起发现她的，时间大概是……”高强想了想继续说，“大概是在十一点吧！”

“我们发现她就给花所长打电话了。”小军说。

根据现场的情况，尤其是尸体附近地上的血迹看来，这里应该就是凶案的第一现场。而且死者从离开众人视线至尸体被发现，中间只有一小时的时间，凶手应该没时间转移尸体。但问题是死者为何会来这里呢？

我道出心中疑惑，高强摇了下头说不知道，我再看着陈路，他亦摇了下头。正当我为死者为何半夜三更会到这人影也没一个的地方溜达而感到困惑时，一名年约四十，相貌俊朗且衣着光鲜的男人便冷笑一声："说不定是老三把她带到这里的呢！"

第四章　见龙在田

正当我为死者高好为何会到荔枝园里溜达而感到困惑时，在场一名年约四十的男人冷笑一声："说不定是老三把她带到这里的呢！"

他一开口众人的目光便全落在他身上，高强更是怒目斥叱："老四，你这是什么话！有像你这样说话的吗？"

"我说什么不好！我说老三把她带来又怎么样，说不定下次他们俩就会把你也带来！"被称为"老四"的男人冷哼一声，摆出一副剑拔弩张的姿态，似乎准备跟高强大干一场。眼前的问题已经够多了，我可不想他们再给我添乱，于是便迅速挡在两人中间，把他们分隔开，并严肃地喝道："冷静点，争吵并不能解决问题！"

"老四"又冷哼一声，退到一旁不再说话，高强则愤愤不平地瞪了他一眼。我把高强带到一边,问他这个"老四"是什么人。他一脸怒容地说："他叫高财，是我四弟，在外面开了家山寨公司赚到几个臭钱就自以为是，根本不把我这个当哥的放在眼里。"随后,他还滔滔不绝地向我细数他这位四弟的"恶行"——

这臭小子从小就以调皮捣蛋出名，他读书的时候，学校的老师三天两头就过来向爹娘投诉他，不是逃课就是跟同学打架，爹差点没被他气死。后来就更不好了，他干脆连书也不念，小学还没毕业就出来瞎混。

我本以为他不念书会少惹点事,没想到他整天游手好闲反而惹来更多麻烦，今天偷了张婶家的鸡，明天又弄死李叔家的猫，反正从来没让我们家安宁过。最后，我们实在受不了他，而且当时又有不少同村的兄弟外出打工，所以我们就让一个叔堂表兄把他带到省会去。他这一走，我们一家就安宁了。

后来，他在省会里赚了点钱，还开了家山寨公司，好像是做衣服什么的。他当了老板就以为自己很了不起，每次回来都牛得不得了，专跟我作对，我随便说句话，他也能跟我顶上四五句。就像这次给娘办丧事，我要怎么办他都有意见，总是跟我唱反调……

从高强的叙述中可以看出，他跟高财的关系非常恶劣，不过这只是他们兄弟之间的家庭纠纷而已，跟案情似乎并没有多大关联。所以我敷衍了他几句后，就把话题带入我关心的事情上："高财所说的'老三'是指在一个星期前去世的高贤吗？"

"嗯，高贤是我的三弟，他在村里的小学里教书。"他点了下头，语气比刚才稍微平和一些。

我又问："那他为何会说是高贤把死者带来的呢？"

他突然又变得咬牙切齿："他这人就是狗嘴吐不出象牙，什么脏话都能说出口，他还恨不得我们全都死光，好让他把爹留下的东西独占！"

我随口问道："令尊留下了什么东西？"

我本来只是随口一问，没想到他的反应还挺大的，神情立刻紧张起来，但随即就装作若无其事地说："其实也没什么，就是这片荔枝园而已。爹还在的时候，园里的荔枝产量还不错，但是我们几兄弟各有各忙，娘的年纪也大了，所以爹走了之后，这里就没有人打理了。"

他明显是在撒谎，虽然我对这里还不是很熟识，但这里地处偏僻，就算这片荔枝园的产量很高，扣除运输成本后应该也赚不了多少钱。或许，对于本地的农民来说，尚能算得上是一笔不错的收入。但对于已在省会拥有一家小公司的高财来说，把这片荔枝园送他，他大概也就只会等果实成熟时带上一班朋友来玩一两天而已。

虽然高强的话让我觉得很可疑，但这毕竟是他们的家事。作为外人，只要是与案情无关的事情，我还是别多管闲事比较好。此刻当务之急还是弄清楚两名死者的情况，高好的情况我已经知道得差不多，所以我就向高强询问高贤的情况，并询问尸体的停放地点。

"老三的尸体已经火化了。"他面露不安的神色。

"什么？凶手还没找到，这么快就把尸体火化？"我大感疑惑，把紫蝶叫过来，问她怎么案子还没调查清楚就把死者的尸体火化了。

"是家属坚持要立刻火化的，我也没办法啊！"紫蝶一脸无奈。

我问高强为何仓促地把高贤的尸体火化，而不等警方做进一步调查。他面露难色地回答："老三死得这么可怕，村民都觉得他是被娘弄死的，怕他会诈尸。所以就不管什么传统俗例，在他出事第二天就把他火化了。"

"你们真是太……"我本想说他愚昧无知，但话快要说出口时便被我硬咽回去。因为从现在的情况看来，实在不能怪他们这么做，毕竟四婆是在众目睽睽之下诈尸，而死者又很可能是被四婆所杀，谁敢保证死者不会像四婆那样诈尸呢？

就在我为此而感无奈时，高强露出一副欲言又止的表情，我便问他有什么事，他十分尴尬地说："二妹的尸体……"

尽管他没有把话说全，不过我知道他是想尽快把高好的尸体火化。虽然这样做对调查有一定影响，但毕竟是家属的意愿，作为刑警的我也不便加以阻挠，只好让他自行处理。

他当即就展露出笑容，仿佛刚刚死去的并不是他的妹妹，而是一个不相干的陌生人。他三步并作两步地走到死者的丈夫陈路身前，两人交头接耳了几句，陈路略感无奈地点了下头。随即他便大声地支使在场的几名治安队员，叫他们把死者抬到荔枝园外的空地上就地火化。

那几名治安队员当然不乐意遵从这个命令，毕竟没有谁会愿意搬动尸体，而且还是一具随时也有可能诈尸的尸体。不过高强咋说也是本村村长，不听他的命令很可能马上就饭碗不保。所以，他们你推我搡了好一会儿后，终于在高强的斥叱下，一起把死者抬起来，搬到荔枝园外的空地上。

尸体被搬到空地后，高强就叫他们到附近多找些柴枝过来，准备把尸体火化。因为这里不像荔枝园那么阴暗，所以趁他们找柴枝的空当，我打算借助月光再次查看死者的尸体，看看会不会有新的发现。然而，当我走近尸体时，身后突然传来一个少女的声音："大舅，姨妈她……"

我回头一看，发现有一名身材健美的妙龄少女站在高强身旁看着我身前的尸体，以手捂嘴，面露惊惶之色。没一会儿，这名少女就哭着走过来，跪在尸体面前失声痛哭。

"菲菲，你姨妈已经去了，再哭也无济于事，你还是快回你外婆家守灵吧！"高强大为不满地对少女说，随后更小声地嘀咕："娘今晚二七，家里连一个守灵的子孙也没有，成何体统呢！"

"姨妈，都是菲菲不好，要是我刚才坚持陪你回家，你就不会出事了……"

叫菲菲的少女握住死者的手，眼泪如暴雨般滴落。

我走到高强身前，问这名少女是什么人，他回答道：“她叫史菲菲，是我五妹的女儿。五妹因为身体不好需要住医院，所以就让她过来帮忙办娘的丧事。”

我又问：“她跟死者的关系很好吗？”

“也没什么关系好不好的，她这次过来就住在二妹家里，可能平时接触比较多吧……”他想了想又说，“她小时候被五妹丢在娘家，住了有五六年吧，当时她好像也经常会到二妹家里溜达。”

此时，那几名治安队员已经捡来了不少柴枝，高强见状便上前把菲菲拉起来，但菲菲却拉住死者的手不愿放开。两人拉扯片刻之后，突然一同停下了动作，呆站在一起。

我上前问他们发生了什么时，高强立刻回答道：“没事，没事！”但菲菲却指着死者紧握的右手说：“姨妈手上有一张字条。”

我闻言便立刻上前，紫蝶的动作比我还快，一个箭步就已经抢在我前面。她不知道从哪里找来了一双手套，戴上后就用力地想掰开死者的拳头。因为此时尸体已经出现尸僵，她可花了不少气力才把拳头掰开。

死者手中有一张小字条，紫蝶把字条递给我看，借助手电筒的光线能清楚看见上面只写着四个字——见龙在田。

死者于死前紧握着这张字条，那么她的死或者她之所以会到荔枝园应该跟字条上的内容有一定关联，但我并不明白这四个字蕴涵什么玄机，不过见紫蝶一副若有所思的模样，我便问她是不是想到些什么。她的回答还真让人感到意外：“我想到了降龙十八掌。”

“什么？我没听错吧，这跟降龙十八掌有什么关系？”我实在想象不到，一个平凡的村妇跟武侠小说中的神功能扯上什么关系。

然而，紫蝶却认真地说：“见龙在田就是降龙十八掌的第三掌。”

我想她大概跟蓁蓁一样，被武侠小说祸害了，便没好气地说：“你认为死者是洪七公还是郭靖的徒弟？”

本以为我这么说就能把她堵住，没想到菲菲竟然插话说：“三舅出事之前，好像有说过潜龙什么的。”

“潜龙勿用！降龙十八掌的第五掌。”紫蝶突然来劲了。

菲菲恍然大悟地说：“对，就是潜龙勿用！”

长生天哪！这到底是一宗怎么样的案子啊，先是四婆诈尸，然后又莫名其妙地跟降龙十八掌扯上关系。现在我的脑袋就像左边是面粉，右边是水，一思考脑袋就成糨糊了。就在我思绪一片混乱的时间，高强不耐烦地对菲菲说："小孩子别那么多话，快回你外婆家守灵。"说着就强行把她拉开，让治安队员把柴枝放在尸体身上，准备当场火化。

当我想再向菲菲询问有关高贤的事情时，高强竟然挡在她身前对我说："有什么事，你直接问我就行了，这闺女还小，不懂事，就会乱说话。"随即便催促菲菲离开。

我越来越觉得高强不对劲，他似乎刻意隐瞒着些什么。而且短短半个月内，他的母亲及弟妹合共三人先后离世，后两人更是死得不明不白。可是，他竟然没有表现出应有的悲伤，仿佛死去的只是与他毫无关系的陌生人，这让我对他更加怀疑。

虽然我觉得他非常可疑，但此刻却不便向菲菲了解情况，因为有他在场，菲菲说话多少会有些顾忌，这不但不能获取我想要的信息，反而会让他生疑。所以，我装作若无其事地向紫蝶招了下手，然后就跟他说："这里已经没有我们的事，那我们就先走了。"

他好像恨不得我们马上就离开一样，连忙向我们点头挥手，就像紫蝶刚刚到来时那样。我想如果不是我的出现，他现在应该是一再挽留紫蝶，希望她能尽快找出凶手。

他肯定有不可告人的秘密！

跟紫蝶返回警车时，她疑惑地问我："你不觉得我们该再向菲菲了解一下情况吗？她好像知道很多事情，一些高强没有跟我们说的事情。"

我没有立刻回答她的问题，而是为她打开车门，并做了个"请上座"的手势。上了车后，她露出稍微不悦的神色："我们现在就回去吗？"

我打着哈欠回答："哈……不知不觉已经凌晨一点多了，我今晚要睡哪呢？"

"我怎么知道你要睡哪！"她稍现怒容，还把头扭向窗外。

我笑道："我今晚就到你宿舍睡好了。"

"你想得美，我才不会让你跟我睡一起……"她顿了一下，又说："你是不是迷路了，回宿舍不是走这个方向。"

"你还真想跟我一起睡呢！"我放声大笑。

"哪有！"她恼羞成怒地瞪着我。

我嬉皮笑脸地说："不然，你这么急着回去干吗？"

"这……"她一时语塞，但随即就转换话题，"你走这条路干吗？"

"答案不就在前面吗？"我往前指了指。前方有一名少女在黑暗中独自步行，也许是警车的灯光引起了她的注意，她回过头来看了看。当车灯照在她仍留有泪痕的俏脸上时，紫蝶便叫道："她不是菲菲吗？"

我减慢车速，缓缓地向菲菲的位置驶去，并说："或许，在回宿舍之前，我们可以到四婆家坐坐。"

第五章　初遇四婆

因为高强似乎有意隐瞒某些事情，在他面前很难向菲菲了解实情，所以我先跟他道别，与紫蝶驾车离开，然后再回过头来找菲菲。

高强这家伙还真够没良心，自己身旁有好几个治安队员在候命，竟然还让外甥女独自离开。虽然这里是穷乡僻壤，治安情况并不太好，此时已经是凌晨一点多了，而且这里还连一盏路灯也没有，他就不怕菲菲出意外吗？不过这样也好，最起码我们现在向菲菲了解情况就没有任何顾忌。

菲菲大概没有料想到我们会转个头回来找她，所以看见我们时表现得十分意外，说话也不太自然："你们找我有事吗？"

我点了点头，直接把来意说清楚："我们想多了解一些有关高贤和高好的事情，还有高强刚才说，你外公好像留下了什么东西，你知道是什么吗？如果方便的话，我们还想到四婆家看看。"

"现在吗？"她略显不安，似乎不太愿意答应我的要求。

"如果不方便，我们可以明天再来，但希望你能明白时间是很宝贵的。现在已经有两个人遇害了，谁也不知道第三个受害者会在什么时候出现，所以我们必须争分夺秒。"我尽量让语气温和一点，以免让她觉得我在强迫她。

或许，我这招还凑合吧，她点头说："其实也没什么不方便，大舅他们今晚应该也不会到外婆家了。只是现在都已经这么晚了，我怕会影响你们休息而已。"

当了这么多年警察，还是第一次有受害者家属跟我说如此体贴的话。其他人大多都只会催促我们尽快逮捕凶手，又或者抱怨给他们添太多麻烦，像菲菲这么懂事的女孩子并不多见。因此，我不由对她多添一分好感。

我让菲菲上车一同去四婆家，途中她解答了我不少疑问，当中还涉及她外公高耀留下的宝物——

妈妈很年轻的时候就到省会打工去了，她跟我说这是因为大舅。那时候，外公的荔枝园产量很高，而且外公又是个脑筋比较灵活的人，所以赚到不少钱。当然跟城里人相比，这些钱并不算多，但在这里已经算是很富有了。

本来以外公当时的家财，妈妈大可以安坐家中，用不着外出打工。可是因为大舅十分好赌，经常在外面欠下一屁股债，被人押回来跟外公要钱。虽然外公已经说了不下十次不认大舅这儿子，但毕竟是亲生骨肉，而且又是长子，总不能眼睁睁看着他被讨债的人打死吧！所以，只好一次又一次地帮他还债。外公的钱就是这样让大舅败了一大半。

后来，外公觉得这样下去不是办法，荔枝园的收入虽然不错，但就算赚到再多的钱也不够让大舅拿去赌。因此，外公想了一个解决的办法，就是帮游手好闲的大舅找一份工作，好让他不再整天想着去赌。

可是，大舅虽然念完了初中，但念完书后就只是三天打鱼，两天晒网地到荔枝园帮一下忙，其他事情什么都没做过。而且他是那种好高骛远的人，一般的工作他根本看不上眼，外公给他找了好几份工作，他都是只去了一两天就不干了。

外公被大舅弄得没有办法，就问他到底想做什么样的工作。当时上一任的老村长恰好要退休了，村里正准备选一个新村长，他就跟外公说想当村长。

虽然村长是村民选出来的，但千汶村是个小地方，全村大概就两百人，而且大家都互相认识。当时年轻的村民大多都已经外出打工，留下来能当村长的人并不多，所以谁要是想当村长，先跟大家打个招呼一般都不会有问题。不过，就是因为大家都互相认识，都知道大舅是个怎样的人，所以他要当村长就相当困难了。

为了能让大舅当上村长，外公可没少花心思，当然也没有少花钱。听妈妈说，外公当时几乎花掉家财给村民送礼。最后，大舅终于如愿以偿当上了村长，而外公也把钱花得七七八八。因为外公已没多少钱能留给当时还没结婚的四舅和妈妈，所以他们只好先后到省会打工去。从那时候开始，四舅跟大舅的关系就变得非常糟糕。

听妈妈说，四舅跟大舅的关系本来就不太好，从小就经常吵架，打架也不鲜见。后来外公为帮大舅选村长，连准备留给四舅结婚用的钱都花光了，四舅一气之下就跟同村的兄弟到省会打工了。妈妈也因为这件事跟外公闹过一阵子别扭，没过多久也像四舅那样出去打工了。

自从大舅当了村长后，四舅跟外公的关系一直都不太好，他老是说外公太偏心，家里的钱全都花在大舅身上。三舅还好，起码在婚事上得到外公的资助，还帮他建了房子。但是四舅却几乎什么都没得到，所以他每次回来都不怎么跟外公说话，买东西也只买外婆那一份。

可能因为是女儿的关系吧，妈妈并没有像四舅那么固执，虽然开始那几年的确很生外公的气，但自从我出生之后，他们的关系就开始转好了，我还是外公外婆带大的。我还记得我在外婆家里住到六岁才回城里上学，之后每年春节都有过来探望他们。直到近几年，妈妈的身体不太好，我才来得比较少。

外公将近去世的时候，我跟妈妈也来探望过外公，当时我还小，有很多事情都记得不太清楚。不过，我记得外公在临走之前好像说过，他在荔枝园里埋下了一件无价之宝，具体的位置只有他跟外婆知道。他还当着大家的面交代外婆，必须等到快要去陪他的时候才能告诉大家这件无价之宝的具体位置。

虽然外公没有说清楚为何要这么做，但妈妈告诉我，那是因为当时四舅还在生外公的气，没有赶来见他最后一面，外公怕大舅会把宝物独吞，所以就没有告诉大家宝物藏在哪里。妈妈还说，外公走后头七还没过，大舅就偷偷去荔枝园找宝物了。虽然他几乎把整个荔枝园都翻遍，但最终也没有找到外公留下的宝物，就气冲冲地问外婆，外公是否真的把宝物藏在荔枝园里了，具体是藏在哪个位置。

当时外公刚刚走了，外婆还很伤心，大舅这个时候来追问宝物的事情让她很生气，当众骂了大舅一顿。妈妈他们也看不过眼，纷纷指责大舅不孝，外公明明说了要等外婆快去陪他的时候才能告诉大家宝物埋藏的位置，但现在头七还没过，大舅已经打起宝物的主意来。

大舅自知理亏，打从那时候开始，就再也不敢提及宝物的事情……

听完菲菲的叙述后，我开始明白高强为何一开始对我们那么热情，但后来却又想让我们尽快离开，因为他不小心说漏嘴，向我提及宝物一事。俗语说“多个香炉多只鬼”，他大概是怕我知道此事后，宝物最终会被政府充公了。因为根据法律的规定，但凡是在地下挖出来的东西，都是属于政府的，哪怕他父亲埋下的是传家之宝，政府也有权收归国有。

（“多个香炉多只鬼”乃广东俗语，本意为多一件事就多一份麻烦，不过现在通常被理解为：多一个人知道某件事情，就多一个人分享此事所得的收获。）

解除了对高强的疑问后，我就想向菲菲了解一下高贤出事前的情况。然而，正当我想开口时，坐在副驾位置上的紫蝶突然指着前方叫道：“小心，那里有人跑出来！”

我顺着紫蝶所指的方向望去，看见一个人影从路边蹿出来。对方的动作虽然不算很快，但此时已经是凌晨时分，而且周围黑灯瞎火，要不是她提醒我，我肯定会把来人撞飞。我忽然想起跟她第一次见面，也是现在这个情况，当时她突然从松林里冲出来，一头撞到我的车子，还把我吓个半死。

幸好这次有她提醒，所以还没撞上我就已经踩下刹车。因为这里没有路灯，而且对方就站在警车前面，车头灯只能照到她的上胸部以下的位置，并没能看清楚对方的相貌。不过单凭身形判决，她应该是一名老婆婆，身穿一套奇怪而又肮脏的衣服。

我跟紫蝶各自打开车门，准备下车查看前方的老婆婆是否有受伤，可是菲菲却突然叫道：“别下车，她身上穿的是寿衣！”

菲菲这一叫可把我们吓了一大跳，马上仔细观察老婆婆的衣服。她的衣服虽然污迹斑斑，但仔细辨认还是能看出的确如菲菲所说，是一套寿衣。更要命的是，我还发现路的两旁茂盛的草丛中，隐约能看见一个个土包，似乎全都是坟墓。

半夜三更在一个遍地坟墓的地方，突然有一个穿着寿衣的老婆婆出现，还真是一件让人头皮发麻的事情。

“她怎么会半夜穿着寿衣到处乱跑，啊……”紫蝶的话说了一半就发出惊恐的尖叫，因为老婆婆突然冲向她那一边，似乎想袭击她。

我连忙叫她把车门关上，但车门好像被什么东西卡住了，她关了好几次也没有关严。正当她想再一次推开车门重新关上的时候，重物撞击车门的声音响起了，恐怖的一幕也随即展现于眼前。

借助车灯昏黄的光线，我能看见车窗外那张让人毛骨悚然的怪脸，一张半人半猫的可怕脸庞。这张脸的右半边并无任何异样，像是一个无精打采的老婆婆，其可怕之处在于左半边。她的左半边脸竟然和猫一样，而且是只盛怒中的猫，就差没有猫毛。我想，她就是接连夺去两条人命的四婆，而她现在似乎想把我们也列入她的杀戮名单当中。

四婆一会用身体撞击车门，一会又用双手往车窗上乱抓，甚至还想张口咬车门。虽然车门没有关严，但她似乎并不懂得把车门拉开，她的行为表现完全没有理性可言，犹如野兽一般，仿佛没有思考能力。

虽然她不懂得把车门拉开，但她野兽般的力量也足够让我们心惊胆战，她每一次撞击车门都能让整辆警车抖动，再这样下去，我怕警车早晚会被她撞翻。不过，我的担忧似乎是徒劳的，因为她把警车撞翻之前，车窗大概就会先被她砸破。

她对车窗又抓又咬，抓了一会儿后竟然被她弄出一道裂缝来，而且她似乎并非我想象中那么笨，发现车窗出现裂缝后，她就开始用双手猛烈地敲打车窗。随着她的敲打，车窗的裂缝越来越多，虽然防爆膜能阻止玻璃粉碎，但整个车窗被她砸下来也是早晚的事。眼见车窗快要掉下来，紫蝶一时不知所措，竟然不再拉住车门，惊惶地往我身上退。

在狭窄的车厢里，被一位美女压在身下，那感觉其实挺美妙的。要是在平时，我必定会好好享受这美妙的一刻，但现在可是大祸临头啊！车门还没有关上，而且车窗马上就会被四婆砸掉，我哪还有心情享受这份诗情画意。

车厢内就只有巴掌大的地方，我们根本没有任何能作掩护的物体，要是被四婆钻进来，后果肯定不堪设想。现在唯一能依靠的就只有紫蝶腰间的手枪，反正她已经坐到我身上，我也顾不上什么男女有别，直接伸手到她腰间乱摸。在感受了几把她娇躯的柔软后，我终于把手枪拔出来了，可是当我把手枪对准四婆并扣下扳机时却发现——没有子弹！

“子弹在这里。”紫蝶慌忙从枪套里翻出三颗子弹并交给我。

我刚拆下弹匣，还没来得及装上子弹，菲菲就突然从后座扑上前，大叫“不要”并伸手打落我手中的弹匣及子弹。我还没回过神来，便听见“砰”的一声响起，车窗已经被四婆砸了下来，掉在副驾的坐椅上，而她那双枯枝般的可怕魔爪正伸向我们……

第六章　无价之宝

在狭窄的车厢内，与一名身穿警服、年轻貌美的女副所长为伴是很美妙的事，更要命的是她还压在我身上不安地蠕动。在感受着对方的娇躯如何软玉温香的同时，还能呼吸着混合女性体香的薰衣草香气，如此美妙的时刻实在难以不让人往“下流”的方面去想。然而，此刻我却下流不起来，因为四婆那双可怕的魔爪跟我们的距离不足十厘米。

虽然我手中握着一把手枪，可是子弹及弹匣都被菲菲打落了，四婆又正使劲地把双手伸过来，我根本没可能在这个时候去找回子弹和弹匣。

四婆的动作十分激烈，在发出一些可怕的叫声的同时，还不断有口水从嘴巴里流出来，犹如一头饥饿的野兽。我想如果被她抓到，就算不被撕成几块，也得被她咬掉几块肉。虽然她不懂得拉开车门，似乎也不懂得直接从车窗钻进车厢，但她的双手不断伸向我们，身子越来越往前倾，早晚也会钻进车厢里。就算她没能钻进来，单是那枯枝般的双手不停在我们身旁乱抓，就已经够吓人的。

我跟紫蝶被四婆逼得贴着车门，要逃到后座已不可能，唯一能摆脱困境的方法就只有打开车门逃走。但是，我不能确定打开车门后，我们的处境就一定会比现在好，因为失去了警车的保护，我们就只能以赤手空拳与四婆对抗。我可不以为自己能以徒手对付如野兽一般的四婆，也没信心能跑得比她快，所以打开车门只能作为最后的选择。

眼见四婆的“枯枝魔爪”就在咫尺之间，我想现在已经别无选择了，于是便想打开车门逃走，并示意紫蝶及坐在后座惊慌失措的菲菲做好逃走的准备。然而，正当我想弃车而逃的时候，却发现因为身体过于贴近车门而无法拉动门把。

要拉开车门必须先向前倾身体以腾出空隙，但倘若我这么做，我或者紫蝶必定会被四婆抓伤。如果四婆只是个普通人那倒没什么大问题，可是她早在半个月前就已经死了，被她抓伤会有什么后果，谁也不知道。然而，若我不冒险打开车门，我们被四婆抓伤，甚至被她撕成碎片也是早晚的事。

就在我不知该如何抉择的时候，菲菲突然大哭着叫道：“外婆，别这样，你别这样！你把菲菲吓坏了，呜呜呜……”

菲菲这一哭，原来张牙舞爪的四婆突然就呆住了，虽然她左边的猫脸还是那么狰狞，但右边的人脸却露出慈祥的神色，右眼更是落下一滴眼泪。突然的转变使得我一时不知如何应对，还没回过神来，四婆突然吼叫一声，随即退到车外，双手抱头仰天大叫。

我可被她吓坏了，不知道她接下来会干什么，慌忙拉开车门，准备随时逃走。然而，就在我的神经如弓弦般拉得绷紧时，她忽然不叫了，只是静默地看着我。在与她的眼神接触的瞬间，我竟然觉得像是同时与两个人对视，或者说是与两个生命对视。

四婆与我对视良久，没有发出任何声音，甚至没有挪动分毫，犹如石像一般。而我虽然也没有动，却汗流如雨。

紫蝶的情况也跟我差不多，不但香汗淋漓，而且我感到她的身体越来越热。

恐怖而尴尬的时刻可让我备受煎熬，幸好随着四婆再一次大吼，恐怖的无声乐章便随之结束。因为大吼过后，她就冲进路旁的草丛里，消失于浓浓夜色之中。然而，四婆的离开虽然暂时带走了我们的噩梦，却没带走我们的尴尬，紫蝶还躺在我的怀里呢。

四婆走后，紫蝶并没有立刻离开我的身体，我想她大概是因为尴尬而不知所措吧！我也不知道应该如何打破这一刻的尴尬，正为此而绞尽脑汁之际，菲菲的哭声从后座传来。

紫蝶连忙下车转到后座安慰菲菲，我趁机说："这里不安全，我们还是赶紧进村吧！"说罢便驾车前驱，甩脱尴尬的气氛。

把警车驶进千汶村的时候，已经是凌晨两点多了，整个村子皆黑灯瞎火，而且鸦雀无声、万籁俱寂，静得就像墓地一样。经历了刚才有惊无险的一幕后，现在得以静下来，很多问题便涌现于脑海之中，有一个问题更让我想了好一会儿也没能想明白。此时，在紫蝶的安慰下，菲菲已经不再哭了，于是我便问："菲菲，之前你不是说你外公为了让高强当上村长，几乎把所有钱财用来给村民送礼吗，那他为何还会有宝物藏在荔枝园里？"

菲菲并没有回答我的问题，反而问我一个莫名其妙的问题："你知道这个村子为什么会叫千汶村吗？"

我到这里来才几小时，连千汶村是啥样子还没看清楚，哪会知道它名字的来由。本以为紫蝶会知道，但她也是一头雾水地摇了下头，只好让菲菲公布答案了。

"其实千汶村本来应该叫'千坟村'，刚才你们也看见了，村外有很多坟墓，就算没一千座至少也有八百座……"菲菲叹了口气，才开始向我们讲述"千坟村"的来历——

小时候听妈妈说，村里的人本来不是这么少，曾外公年轻的时候，村里起码有五六百人。当时村名也不叫千汶村，而是叫高家庄，因为村里的人大多都是姓高的。那时候是民国年间，外面的局势很乱，不过这里比较偏僻，所以还没有被战火波及。可是，有一天村里突然来了很多拿着枪的军人。

据说，那是一个叫党琨的小军阀和他的军队，他们进村后就把村里的男人都抓起来充军，谁要是不听话就当场打死。大家都很害怕他，只好听从他的吩咐。

他来了之后，除了训练村民怎样打仗之外，还让部分村民给他挖地道。大家都知道他是想在村里跟别人打仗，虽然担心村子会被毁，但谁也不敢反抗。

果然，几个月之后，真的有其他军阀攻打村庄，而且对方还兵强马壮。党琨的军队根本不是对方的对手，从没打过仗的村民更是手足无措。对方势如破竹，没多久就已经攻到村口，党琨一方只不过是作垂死挣扎而已。

党琨在知道自己不可能打胜这场仗的时候，竟然让手下把挖地道的村民都抓到他面前，然后亲手用枪把他们打死。之后，他和他的手下就一起自杀了。

攻打村庄的军阀进村后，发现党琨已经死了，就把仍然活着的村民全都抓起来，逐一吊起来严刑拷问，问大家党琨把宝物藏在哪里。村民连党琨有什么宝物，甚至有没有宝物也不知道，哪会知道他把宝物藏在哪里呢？后来，有村民提及地道的事情，可是去挖地道的村民都被党琨杀了，其他人只知道有这回事，至于地道在哪里，大家都不知道。

军阀认为村民刻意隐瞒，所以杀了不少村民，但最终也没能问到地道的位置，更不知道宝物藏在哪里。后来，他们大概认为村民根本什么也不知道，所以就没有再为难村民，而是在村里村外挖地三尺地寻找宝物。找了十来天他们就走了，至于有没有找到宝物，村民并不知道。

军阀虽然走了，却留下了遍地尸体，而且这些尸体大部分都是本村人。因为已经过了十来天，这些尸体大多都已经开始腐烂了，部分更是面目全非，要辨识谁是谁也不容易，为免有所遗漏，村民只好把所有尸体都一一埋葬在村外草丛里，也就是你们刚才看见的土包。

因为村外有数百座土坟，而且村里姓高的人也因为这件事而死了一大半，所以外村人渐渐就不再叫村子做高家庄，而是改叫千坟村。后来，大家都觉得“千坟村”这名字兆头不好，所以就改成了“千汶村”……

菲菲刚把千汶村的来历说完，我们便来到了四婆家门前。四婆的房子十分破旧，明显已经有些年头了，仿佛随时都会倒塌。昏黄的烛光从敞开的窗户中映照出，或许因为风的关系，忽明忽暗，看上去就像一间鬼屋似的。我突然觉得走进这间房子后，就永远也出不来了。

幸好，在踏入门口的那一刻并没有像我想象那样，四婆突然从门后跳出来掐着我的脖子。四婆并不在房子里，房子一个人也没有，只有于风中摇曳的烛火。菲菲走到厅堂中间，伸手拉了一下从房顶垂下来的吊灯开关，昏黄的光线立刻充满了狭小的厅堂。

吊在厅堂中央的电灯泡就像一个风烛残年的老人，昏黄的灯光仿佛也带着疲倦的气息。不过，光线虽然昏暗，但总算能让我看清楚厅堂里的事物。

厅堂里的物件并不多，唯一的一张桌子放着香烛祭品，以及四婆生前的照片。照片中的四婆与一般的老妇人无异，虽老态龙钟但也慈眉善目，实在难以想象她就是刚才袭击我们的……猫妖!

虽然不知道四婆为何会变成现在这个模样，但一看见她左边的脸，我就觉得这事应该与猫有关，或许我该给伟哥打个电话，让他跟沐师傅联系一下，说不定能获得一些重要的信息。但是在此之前，我想先让菲菲继续刚才的话题。

“地方简陋,请恕不能好好地招呼你们了。”房子里只有四只简陋的木凳子，菲菲请我们坐下后，就继续向我们讲述有关荔枝园宝物的事情——

当年被抓去挖地道的村民，虽然在敌对军阀进村之前就几乎被党琨杀光，但还是有漏网之鱼，而唯一逃过此劫的就是我的曾外公高明。

曾外公被抓去挖地道时只是个十来岁的野孩子，因为年纪小，所以党琨的手下在他面前说话并没有太多顾忌。曾外公因此从他们口中听来不少事情，其中包括为何要挖地道——原来党琨挖地道的目的并不是用来打仗，而是用来收藏宝物。

党琨这伙人其实是一名大军阀手下的一支队伍，因为要募集大量军费用于扩充军队，所以大军阀就派他们四处盗墓，然后把盗得的金银玉器及古董变卖，换取庞大的军费。

开始时党琨还听命于大军阀，把从古墓里盗取的东西全部上缴。但后来渐渐就觉得，与其为他人作嫁衣裳，还不如自己大干一场。而且当时大军阀的势力日渐削弱，恐怕用不着多久就会被其他军阀消灭。于是，他就盘算着脱离大军阀自立门户。他的手下都很支持他，毕竟经过他们双手的都是价值连城的宝物，但他们得到的却是少得可怜的军饷，甚至还经常被拖欠。

所以，当他们发现了一个藏有大量宝物的古墓后，就立刻作出叛变的决定。

党琨本来打算挖个地道把从古墓里挖出来的宝物藏起来，然后另外找个地方避避风头，等大军阀倒台后，再把宝物挖出来。可是，他们当中有内奸，此事让大军阀知道了，并派出军队攻打他们。

曾外公是个机灵的人，他知道党琨一旦与大军阀的军队交战，不管谁胜谁负，参与挖地道的村民都不会好过，要么就是被党琨杀人灭口，要么就是被大军阀严刑逼供。所以，他在大军阀的军队到来之前就偷偷溜走，在一个隐蔽的山洞里躲了个把月。

曾外公返回村里时，战事早就结束了，大军阀的军队也已经离开。所以他才能幸免于难，成为唯一参与过挖地道，但没有被杀死的人……

菲菲说到此处时，沉默了片刻才又开口："这些事只有我们家族的人知道，妈妈作为女儿更是只知道其中一部分，所以大舅才会这么紧张。"

我思索片刻后说："你的意思是，你外公所说的宝物就是当年党琨藏在地道里的古董？"

"我也不是太清楚，妈妈说曾外公活着的时候，每次提起这些事都说他不知道党琨的宝物具体是藏在哪个位置，但外公去世时却说把一件无价之宝收藏在荔枝园里。"她顿了顿又说，"外公这辈子都在村子里生活，最远也就是到邻近的城区卖掉园里的收成，其他时间都不会离开村子。按理说，外公不可能拥有什么贵重的东西，除非是曾外公留给他的。"

菲菲说得也有一定道理，高耀只不过是个村夫，就算给他一颗拇指大的钻石，他大概也会以为是颗玻璃珠而已。但是，倘若他所说的宝物是他父亲高明留给他的，那就另当别论了。虽然高明也是一个村夫，不懂得何谓无价之宝，但党琨及其手下必定深谙此道，他们收藏在地道里的东西，随便一件也是价值连城。

解开了这个疑惑之后，心中大感释然，但这只不过是漫漫长夜的开始而已。反正我今晚大概也没地方可睡，不妨与紫蝶跟菲菲聊到天亮。而接下来我们的话题就从"降龙十八掌"开始……

第七章　双尾猫妖

这宗案子最奇怪的地方，莫过于两名死者为何会在深夜出现在荔枝园里。根据我的观察，高好的尸体并没有被移动的迹象，极有可能是在荔枝园遇害。

而高贤的尸体已经被火化，所以我只能从菲菲口中了解他的情况。

“三舅那晚很奇怪，不时喃喃自语地说潜龙……”菲菲想了好一会儿也没能记起“潜龙勿用”这四个字，还好有紫蝶提醒她。随后她就开始向我们讲述高贤出事前后的情况——

因为妈妈生病住院了，所以我是在外婆走后第二天才赶过来为她办丧事的。妈妈跟我说过，按照俗例外婆的尸体要在家里停放三天，然后才能送去火化。可是我到时，外婆的尸体就已经不在家里了，问大舅他们是怎么回事，他们都支支吾吾谁也没有跟我说清楚。后来，我从隔壁的梅婆口中才知道，原来在我到的前一晚竟然发生了那么可怕的事。

也许因为亲眼看见外婆诈尸的可怕情景吧，所以在为外婆做头七的那天晚上，大舅他们都坐在厅堂里一言不发，我只好一个人到门口给外婆烧冥币。

外婆家里没有洗手间，要方便只能到房外解决。三舅那晚不知道是不是水喝多了，经常走到外面方便，而他每次从我身旁经过时总是喃喃自语。开始时我并没有听清楚他在嘀咕些什么，当然也没敢问他，后来听多了，渐渐就发现他好像是在说：“潜龙勿用到底是什么意思呢？”

到了凌晨时分，大舅跟四舅突然吵起来，接着三舅又说看见外婆在窗外出现，然后姨妈就问我有没有看见外婆。我整晚都在门外烧冥币，按理说如果外婆在房外出现，我肯定能看见，可是我整晚都没看见有人在附近走动。

三舅说一定是外婆回来找人去陪她，姨妈立刻就吓得脸都发青了，连忙说家里还有事，要马上回去。大舅和四舅虽然什么也没说，但脸色都不太好看，只有三舅接上姨妈的话头：“既然菲菲什么也没看见，那就让她给娘守夜好了，我明天有课，要先走了。”他说完也不等别人回应，便三步并作两步往门外走。

姨妈看见三舅走了，她也跟着走，四舅也一样，一句也没说就走了。大舅见他们都走光了，就跟我说：“菲菲，你今晚就在这里守一夜吧！”说完就急不可耐地走了，只留下我一个人在这里。

可能因为我当时什么也没看见吧，所以并没有觉得害怕，反而不明白他们为何会如此害怕。就算外婆的鬼魂真的回来了，怎么说她也是我们的亲人，肯定不会加害我们，那又有什么好怕的呢！不过，随后我就想起妈妈曾经跟我说过，他们对外公和外婆都不太好，我在这里住的时候，对此也略知一二。四舅平时很少回来，基本上都没怎么理会外公和外婆；大舅他们虽然就住本村，但外公和外婆有什么事，他们也是不闻不问。所以，我想他们大概知道自己对外婆不好，所以才会这么害怕。

我是由外公、外婆带大的，虽然后来到了城里念书，但我知道他们最疼的就是我，所以一点也不觉得害怕，反而很想能再次见到外婆。毕竟我来晚了，没能见到外婆最后一面。

我在这里守了一夜，并没有什么特别的事情发生。但第二天一早，村里的人就炸开了锅，因为有村民经过荔枝园时，发现了三舅的尸体……

随后，我询问了菲菲发现高贤尸体时的情况，其中包括现场的血迹，以及尸体躺卧的姿态等，最终得出的结论与高好大致相同——荔枝园是凶案的第一现场。总结现在收集到的信息，不难得出两名死者的五个共同点：

一、他们都是四婆的儿女。

二、他们都是于午夜时分，主动去到凶案现场。

三、他们都是在离开四婆家后便到凶案现场。

四、他们都是疑似被人用手指戳死。

五、他们于死前曾提及或接触过“潜龙勿用”、“见龙在田”这两个疑似与降龙十八掌有关的词句。

从以上五点看来，此案的关键就在于死者为何会主动到达凶案现场，而他们之所以会去那里似乎又跟“潜龙勿用”及“见龙在田”有关。所以，调查理应从这两个词句开始。然而，我除了知道这两个词句是出自降龙十八掌之外，就再想不到别的，但两名死者皆是普通的村民，哪有可能跟武侠小说里的绝世武功扯上关系呢？

疑问一个接一个，而且越想就越脱离现实，把我弄得一个头三个大。就在我脑海一片混乱时，紫蝶突然跟我说：“他们到荔枝园会不会跟高耀埋下的宝藏有关呢？”果真是一言惊醒梦中人，之前所有想不通的事情，现在都能想明白了。

高耀死前埋下了宝物，但只有四婆才知道准确的位置。以高强的性格，如果四婆把宝物的位置说出来，他必定是第一个去挖掘的。他没有去找宝物，那就说明了四婆并没把准确的位置说出来。

高好及高贤之所以半夜到荔枝园去，应该是他们发现了相关的线索，打算把宝物挖出来据为己有。可惜他们都棋差一着，在荔枝园中被杀。或许，四婆在诈尸后虽然失去了理性，但仍然念记着宝物一事。所以，当她的不孝儿女想打宝物的主意时，她就扑出来把他们杀死。倘若我们也能找到相关的线索，说不定四婆就会再次出现。虽然四婆现在犹如野兽一般，但只要事前做好准备，要把她抓住应该没有什么问题。

现在当务之急就是找到有关宝物位置的线索，而线索的关键很可能就是“潜龙勿用”及“见龙在田”。高贤和高好都是离开四婆家后便立刻去到凶案现场，他们很有可能是在这里发现了相关的线索，因此我便问菲菲能否让我查看四婆的遗物，可惜她却说：“按照俗例昨晚要清理外婆的东西，所以大部分都已经被搬到房子外面烧掉了。”

“唉，那可不好办了。”我不由摇头叹息。

正当我为不知该从何入手而犯愁的时候，菲菲似乎想到些事情，突然叫道：“我想起了，床底下好像还有些东西没丢掉。”随即就带我们进房间。

四婆的房间十分狭小，当我们三人都走进来后，就几乎连转身的位置都没有。菲菲并没有怕弄脏衣服，一进房就跪下来钻进床底找四婆的遗物。或许是因为正处于守孝期间，她穿着一条较为紧身的白色长裤，钻进床底后她健美的臀部就完美地展现于我眼前。

广东有句俗语叫“十八廿二无丑女”，意思是十八至二十二岁的女性没有一个不漂亮。菲菲的年纪就只有十八九岁，不但相貌姣好，身材还玲珑浮凸。美色当前本是一件赏心悦目的事情，可惜我现在却无暇欣赏。房间本来就十分狭窄，为了给菲菲腾出空间，我跟紫蝶只好退到墙角。

正当我想入非非之时，菲菲已经捧着一个布满灰尘的小纸箱从床底钻出来。她把纸箱递过来并说：“找到了，外婆的东西就只剩下这些了。”我接过纸箱后，就跟她们一起返回厅堂。

我把纸箱直接放在地上，拍去表面的灰尘再把它打开。纸箱里只有五本书，我全部取出来发现其中一本是手抄的《易经》，其他四本都是与风水有关的书籍。还好，在这些书当中并没什么武功秘籍，要不然这宗案子也就够离奇的。

从纸箱表面的灰尘判断，应该很久没有被人打开过。我问菲菲，四婆是否很少看这些书，谁知道她竟然说：“外婆不识字，从来也不会看这些书。”

“那不就是白费劲了吗？”紫蝶略感气馁。

我笑道：“那也不一定，既然四婆不识字，那么这些书应该是高耀的。”

菲菲点了点头：“嗯，我小时候经常看见外公看这几本书。”

“没想到你外公原来对风水感兴趣……”我随手把《易经》拿起翻阅，只翻了两页就大叫起来：“见龙在田！”

“有发现吗？”紫蝶立刻凑过来，只看了一眼也惊诧地叫道，“潜龙勿用？”随后她就笑起来，“哈，看来我们是本末倒置了，‘见龙在田’和‘潜龙勿用’虽然是降龙十八掌的招式，不过我听别人说过，降龙十八掌其实是出自《易经》的。”

知道本案跟那些武功秘籍无关，我不由大松了一口气，因为原本虚无缥缈的案情，似乎在这一瞬间便往现实迈进了一大步。于是，我便认真地查看《易经》内容。

这是一本年代久远的《易经》，看样子应该不是高耀抄写的，里面除记载了六十四个卦象之外就没有别的内容，连一句注解也没有。不过奇怪的是，在最后一页中央莫名其妙地写着一个“敲”字，字迹跟前面书写卦象的部分完全不同，应该是后来写上去的。虽然我没能看明白这些隐晦难懂的卦象，但至少能发现“见龙在田”和“潜龙勿用”是出自乾卦的初九及九二。那么说，高贤和高好应该是发现了宝物位置跟这两个卦象有关，所以才会到荔枝园。可是，单靠这两个卦象又怎么能知道宝物藏在哪里呢？

就在我为此百思不得其解之际，门外突然传来一个苍老的女性声音：“菲菲，你回来了。你姨妈是不是出事了？”

我转个头往门外一望，发现有一名六七十岁的老妇人拄着拐杖从外面走进来，当她发现我跟紫蝶时，便问菲菲：“这两位是……”

菲菲为我们互作介绍：“这两位是警察，是来调查三舅及姨妈的事情，姨妈刚刚走了……这位是梅婆，就住在隔壁。”接着，她就告诉梅婆，高好已经在荔枝园中遇害，以及我们刚才受到四婆袭击。

梅婆听过摇头叹息：“这只猫妖太可怕了，如果不尽快把它收掉，我们村恐怕以后也不会有好日子过。”

“猫妖？为何这么说？”虽然四婆的左边脸的确很像猫，但也不能就此便说她是猫妖。

“你们是外地人，有些事情可能不知道，双尾猫妖应该没听说过吧……”梅婆自己搬来一只小板凳坐下来，向我们讲述有关双尾猫妖的传说——

很久很久以前，我们这里有个叫福生的年轻人。他的父母早死，又没有兄弟姐妹，算得上是个孤儿。他很穷，父母留给他的只有一把破锄头，连住的地方也没有。为了生活他只好跟地主租了一块田，并在田边盖一间简陋的草房安身。

福生虽然穷，但他既勤奋又善良，经常会帮助别人，从来也不会跟别人争吵。他不但对人好，就算是对待动物也一样。有一次他在山边发现一只年纪很大，而且尾巴还被人割断了的黑猫，于是就把它带回了家用心地照顾，直到它的伤势痊愈后才送它离开。也许你们会觉得这只是一件很平常的事情，并没有什么大不了，但是要知道福生当时可穷得连自己也吃不饱。

虽然福生是个好人，可惜他实在太穷了，到二十多岁还是没能讨上老婆。而且他的善良在某些人眼中，却是一种懦弱的表现，经常会有人占他便宜，尤其是地主。

地主是个吝啬刻薄的人，他经常会叫福生到他家里做事，却从来也不给工钱，而且还经常借故加福生的田租。虽然很多人都觉得地主这么做很过分，劝福生不要再帮他做事，但每次有人这么说时，他都只是憨憨地笑一下，之后还是继续替地主做事。

可能因为坏事做多了吧，地主虽然娶了好几个妾侍，却只生得一个女儿。他这个女儿名叫珊珊，自幼就体弱多病，几乎每天都要喝药，他家里甚至有一个专门给她熬药的下人。

珊珊十六岁那年得风寒，病得十分严重，好几个大夫来看过都说救不活了，让地主为她准备后事。地主就只有这个女儿，哪舍得她走得这么早呢，可是什么办法都试过了，到最后她还是走了。

珊珊是在深夜走的，地主本来打算第二天早上就为她安排葬礼。可是第二天一早，地主带着家丁到她的房间准备送葬时，却发现她竟然坐在梳妆桌前梳理头发。这可把所有人都吓坏了，家丁们以为是鬼，全都吓得往外逃，只有地主没有跑。

地主没有跑并不是因为他胆子大，而是被吓得双脚发软，想跑也跑不动。珊珊看见地主站在门外就上前向他请安，还亲热地挽着他的手臂。地主可被她吓坏了，立刻就尿了出来。不过，他很快就发现珊珊的身体是温的，而且还能清楚地看见她的双脚，应该是人而不是鬼。

随后，地主就问珊珊前一晚是否发生过什么特别的事，珊珊告诉他，昨晚自己整晚都很难受，后来迷迷糊糊地睡着了。随后她做了一个梦，梦见牛头马面要来抓她到地府，但突然有一个神仙出现把他们赶走了。这个神仙很奇怪，头上有一双猫耳，眼睛也像猫那样，而且还有两条尾巴。

神仙在梦中跟她说：“你的寿阳已尽，虽然刚才我已经帮你把牛头马面赶走了，但他们一定会再次回来把你带到阴曹地府去。你如果还不想死，就要尽快找一个能给你添寿的男人，并且立刻跟他成亲。”

她问神仙要到哪里才能找到这个男人，神仙说：“明天最早在你父亲的田地里干活的人，就是能给你添寿的人。”

地主听完珊珊的话后，立刻就带人到田地里巡视。此时才刚刚天亮，地主本以为得等上好一阵子才能看见有人下田干活。但是，他刚来到田地的时候，就已经看见有一个人在田地里除杂草，而这个人就是他平时最看不起的福生。

虽然地主不太喜欢福生，总觉得他过于憨直，说难听点就是笨。不过他可是唯一能给珊珊添寿的人，就算不喜欢也没办法。于是他便让家丁把福生抓起来，什么也没说就押回了家。

福生并不知道自己为什么被家丁抓到地主家，直到穿上新郎官的衣服时才知道珊珊的事情，以及地主要招他做上门女婿。虽然他跟珊珊素未谋面，甚至连对方今年多少岁也不知道，而且地主平时也经常欺负他，这门亲事还是强迫的。不过，以他的家境能讨到老婆就已经是祖宗显灵了，更何况这么做能救珊珊一命，所以他也就没有反对。当然，就算他反对也没用，地主还是会来硬的。

自从死而复生之后，珊珊的身体竟然奇迹般好起来，不再像以前那样经常生病，天天与药为伴。她的性情也发生了很大变化，之前经常会无理取闹，但现在却判若两人，像个秀外慧中的大家闺秀。

珊珊的改变让地主觉得很奇怪，但她死而复生本来就已经够神奇的，这些改变也算不了什么，或许是因为她受到神仙的恩泽，所以才会这样。毕竟，她是梦见神仙才活过来，在梦中或多或少也能吸取到一点仙气。有了这些想法之后，地主心里就舒坦多了，还到处跟别人说自己的女儿遇到了神仙。

性情大变的珊珊对福生非常好，憨实的福生当然也不敢对自己的妻子有丝毫不敬，所以两人自成亲之日起便相敬如宾，恩爱得羡杀旁人。但地主可不像女儿那样，他从来也没有把福生当做自己人，仍然是很看不起他，总认为他难成大器，不管他做什么都觉得他做得不好，动辄就对他拳打脚踢。所以，福生入赘地主家后，仍是没能过上好日子。

福生在地主家中吃了不少苦头，心里或多或少都有离开的想法。但每当他回到卧室，受到珊珊温柔的侍候，他的心肠就硬不下来，只好每天继续让地主打骂。

不过，福生这种苦乐参半的日子并没过上多久就结束了，因为在他跟珊珊成亲三个月后，地主就突然死了。而且他死得很可怕，眉心上莫名其妙地出现了一个洞，像是被人用手指戳出来一样。

地主不明不白地死掉后，他的老婆、妾侍就开始吵着要分家，但吵了没几天竟然全都死了，而且都是跟地主一个死法，全部都是身上被戳出一个洞来。当时大家都怀疑是福生把他们杀了，认为他为了谋取地主的家产而杀人。但是珊珊却说，地主一点也不相信福生，生怕他会偷东西，所以他不管去哪都有家丁跟随。而地主死后，她又天天都与福生形影相随，福生要是杀人了，她不可能不知道。

既然有珊珊证明福生的清白，衙门对此事自然就不了了之，办完地主和他妻妾们的丧事后，福生就顺理成章地继承了地主的所有家产。

之后，福生跟珊珊便夫勤妇慧地过着幸福的生活，但这种生活只是过了一年而已。

一年后的某个晚上，福生在夜里醒来觉得口干，于是就起床喝水。当他回到床上的时候，突然摸到两条毛茸茸，像尾巴一样的东西。他顿时吓了一跳，以为有猫狗之类的动物跳到床上去。

为免床上的动物伤害到珊珊，福生不敢惊动它，于是便蹑手蹑脚地走近桌子把油灯点亮，然后拿着油灯走到床前，想看清楚床上的是什么动物，再想办法把它赶走。可是，当他走近床前时却被眼前的景象吓得大叫，他刚才摸到的的确是两条尾巴，但这两条尾巴竟然是从珊珊背后露出来的！

珊珊被福生惊醒后，马上就意识到对方发现了自己的尾巴。她让福生先别慌，坐下来慢慢听她解释，然后便问福生是否还记得，自己曾经救过一只黑猫。福生想了想，记起的确有这么一回事，不过已经是很多年的事了。

珊珊笑着跟他说："其实，我就是那只黑猫……"

第八章　长夜漫漫

"听见珊珊这么说，福生立即就觉得头皮发麻……"虽然现在已经是凌晨两点多了，但梅婆并没有表现出一点困意，依然绘声绘色地为我们讲述双尾猫妖的传说——

福生心里虽然十分害怕，却不敢表露出来，继续听珊珊的解释。

珊珊说她是一只修炼多年的山猫，好不容易才炼出第二条尾巴，也算是略有所成。她本来在山上过着与世无争的日子，可是有一天却不小心踩到了猎人的陷阱。猎人把她抓住后发现她有两条尾巴，知道她已经修炼成精，就把她的尾巴剪掉，然后丢到山边去。

尾巴是她的精元所在，失去尾巴后她就变得十分虚弱。恰好此时福生路经山边发现了她，并把她带回家照顾，所以她十分感激福生。伤势痊愈后，她又回到山上修炼，数年之后两条尾巴先后长出来了，她的法力也得到恢复。回想当初要不是得到福生的照顾，她肯定小命不保，如此大恩怎能不报呢？于是，她就下山找福生报恩。

下山后，她发现福生还像当初那么穷，而且经常被地主欺负，所以她就想去教训一下地主，并偷点值钱的东西给福生。但是，当她来到地主家，发现刚刚去世的珊珊时，马上就改变了主意。

她趁所有人都睡着的时候，偷偷爬进珊珊的房间，给珊珊度了一口灵气，这样她就变成了珊珊，情况就像借尸还魂那样。

第二天，她跟地主撒了个谎，说自己梦见神仙所以才活过来，但实际上真正的珊珊已经死了,她只是借用了珊珊的尸体而已。为了报答福生的救命之恩，她还跟地主说福生能给她添寿，骗地主招福生做女婿。

她本以为这样就能报答福生的大恩大德，但没想成亲之后，地主并没有把福生当做自己人,反而经常打骂福生。所以,她就把地主还有他的妻妾全都杀掉。

福生听完珊珊的解释后，表面上不露声色继续跟她共枕同眠，但他心里其实已经有了盘算。第二天一早，他就让家丁把珊珊抓住，还召集所有村民，在祠堂前把她烧死。

珊珊被烧死后，大家本以为此事就这样便过去了，但实际上事情还没有结束。大概过了个把月，村里有个老婆婆死了，她的儿女把她抬到山上准备下葬。上山后，儿女们有的烧香烛冥镪，有的挖掘墓穴，谁也没注意到一只有两条尾巴的黑猫悄悄跳到老婆婆身上，给她度了一口气。

当有人发现异样时，黑猫已经消失得无影无踪了，而老婆婆却突然活过来，跳起来往山下冲去，没一会儿就不见影了。在场的人都吓个半死，大呼诈尸了，连忙敲锣打鼓地把村民都叫来帮忙寻找，可是找了一整天也没找到。

第二天，村民找到福生那里去，竟然发现福生家里上下十几口人，除了一个十来岁的小丫鬟外，其他人竟然全都死了。几乎每具尸体上都有一个手指大小的血洞，福生的尸体最可怕，满身都是血洞，像个马蜂窝似的。

村民问活下来的小丫鬟到底发生了什么事，她说昨晚有一个长着猫脸，身穿寿衣，背后长出两条尾巴的妖怪冲了进来。这个妖怪一进门就说她是珊珊，回来是要找福生报仇的，然后看见人就扑上去，用她背后那两条尾巴把对方戳死。丫鬟可被这只妖怪吓坏了，连忙躲到柴房里才能侥幸逃过一劫。

此后，双尾猫妖虽然再没出现，但村里每当有人去世，儿女都必定会为死者守灵三天，以防止双尾猫妖再次出现，借死者的尸体害人。虽然现在已经实施了火葬，但我们这里一直都保留着这个传统……

原来千汶村的村民为先人守灵的传统是源自这个传说，我想高强之所以如此急于将高贤及高好的尸体火化，大概也是因为这个传说吧！可是，四婆的情况虽然跟传说有相似之处，但也不能就此断定她是被双尾猫妖附身。

然而，当我说出心中所想，梅婆竟然说："那是因为你们不知道四婆去世那晚发生了什么事……"接着，她就告诉我们一件更可怕的事情——

可能因为年纪比较大的关系吧，我晚上总是睡得不踏实，有一点小动静就会醒过来，刚才我就是被你们那辆汽车的声音弄醒的。每次夜里醒来后，我就很难入睡，所以我才会过来跟你们聊聊天，四婆去世那天晚上也是这样。

那天半夜里，我听四婆这儿很吵，像是有人在打麻将，吵得我一点睡意也没有。这附近很少会有人这么晚还打麻将，而且当晚这儿还在办丧事，我就奇怪谁还会打麻将打得这么晚。反正我也睡不着，干脆就起床走过来，想看看是怎么一回事。

我从家里出来后，发觉麻将声是从这里传出的，心想打麻将的肯定是高强这几个不孝子。我跟四婆是同村姐妹，又做了几十年邻居，高强他们对她怎么样我最清楚。她在世的时候，这几个不孝子就对她不闻不问，现在人都死了，他们也不让她安心上路，竟然在她的灵前打起麻将来。我越想越来气，就打算过来教训一下他们。

从我家房子走过来要经过四婆的房间，从窗户能看见房间里的情况，我走过来的时候，好像看见有个黑影从窗户跳进房间里。虽然我已经一把年纪，但眼睛还没模糊，而且那晚的月光挺明亮的，视野也很清晰，我应该不会看错。所以，我就加快脚步，想上前看清楚那黑影是什么东西。

当我走到窗前时，立刻就吓得叫起来，因为我看见一只猫妖正在给四婆度气!

虽然四婆的房间有点昏暗，但我还是看得十分清楚，那是一只黑猫，有两条尾巴的黑猫。它爬到四婆胸前，对着她的嘴度气，看样了是想占据她的尸体。要是让它成功那可不得了了，我想把它赶走，可是我在窗外又赶不了它，只好冲它大叫几声。

猫妖被我的叫声吓到了，惊慌地跳下了床，一会儿就不见了。我本以为把它赶跑就会没事，可是四婆的脸突然抽搐了几下，不一会儿左脸就变得像猫一样。接下来就更加可怕了，她、她竟然弹起来!

她突然坐起来，而且动作很怪异，跟我们平时起床的姿势不一样，没有用手撑床就直接坐起来，就像电视里的机器人……或者说是像僵尸那样，非常吓人！她坐起来后往窗外看了一眼，但我不知道她有没有看见我，她的双眼根本没有焦点，我连她在看什么也不知道，只知道她的脸非常可怕。

她的左脸就像猫一样，而且是一只凶残的猫，眼睛睁得贼大，而且仍然在不停地抽搐着。她的右脸虽然没什么变化，只是眼睛眯得只剩下一条线，就像刚刚睡醒那样，却有一种说不出的怪异感觉。

她往窗外看了一眼后，突然大叫一声，然后就冲出房间……

按照梅婆这么说，四婆的确有可能是被猫妖附身了。不过有一点我没能想明白，就是在双尾猫妖的传说中，被附身的老婆婆是整张脸都变得像猫一样，可是四婆却只是左边脸变成了猫脸。而且刚才我们被她袭击时，并没有发现她有尾巴。

我道出心中所想，梅婆想了想便答道：“那应该是因为猫妖度气的过程并没有完成，只度了半口灵气，所以还没能完全占据四婆的身体。”

她说得也有一定道理，假设当时猫妖真的正在进行占据尸体的某种仪式，但在最关键的时刻却因梅婆的出现而被打断，那么出现只占据一半的情况也不是没可能的。我突然想起刚才被四婆袭击时的一幕，她本来还差一点儿就能抓到我跟紫蝶，但一听见菲菲的声音就立刻停下手来……难道，她还没完全迷失本性?

虽然还有很多疑问尚未得到答案，但今晚的收获已经算不少了，而且我或许还能继续从梅婆及菲菲口中得到更多信息。然而，正当我想向她们询问一些相关的信息时，一个男性声音便从门外传进来：“花所长、慕警官，你们这么晚还没回去啊？”我往门外一看，发现来者是高强。

高强从门外走进来，当他看见梅婆在厅堂里面时，本来就不太好的脸色就更加难看了，不过他还是硬挤出一个笑脸对紫蝶说："花所长，现在都已经这么晚了，你们要回去应该也不太方便吧，如果你们不嫌弃，不如到我家休息一晚吧！"随即又对梅婆说："梅婆，你怎么也这么晚呀？快回家睡觉吧，要是你有什么闪失，我可担当不起啊！"

梅婆不屑地白了他一眼，撑着拐杖站起来，边往外走边不满地嘀咕："我的事用不着你管，你还是管好自己的小命吧，四婆早晚会回来找你。"

"你……"高强虽怒意尽表于脸，不过也许是因为紫蝶在场的关系，他并没有立刻发作，只是狠狠地盯着梅婆远去的背影。梅婆离去后，他很快就换上一副和颜悦色的面容，客气地跟紫蝶说："花所长，现在已经不早了，你们还是快点到我家休息吧！"

紫蝶没有立刻回答，而是向我投来询问的目光。梅婆已经回家了，而且高强在场跟菲菲说话也不太方便，还是先休息一会吧，反正用不着多久就天亮了。于是，我便向紫蝶点了下头，并向高强笑道："高村长还真是及时雨啊，我还为今晚没地方落脚而犯愁呢，要不然也不会来打扰菲菲了。"

"哦，原来是这样，慕警官你早说嘛，我家有的是地方。"高强露出让人厌恶的笑容，示意我们跟他走，"来来来，我给你们带路，我家离这里不远，走几步就到了。"

我和紫蝶向菲菲道别后，就跟着高强离开，不过刚走出门口他就突然停下来："哟，不好意思，我忘记了要跟菲菲交代些事，你们等我一会。"说罢也不等我们回答，他就返回房子里，过了两三分钟就出来了。他出来时面露笑脸，像碰到什么好事似的。

高强的住处距离四婆家没多远，步行五分钟左右就到了。他的房子虽然谈不上富丽堂皇，但跟四婆那间摇摇欲坠的破房子相比，差距可不是一般的大，最起码他家的客厅就比四婆的房子大三四倍。

高强跟我们说他有一个儿子，不过正在城里上大学，没有回来为四婆奔丧，所以他家里就只有他的妻子一人。他的妻子也姓高，名叫高燕，是本村人。这个高燕显然是个势利的人，刚见到我们时还一脸不悦地向丈夫抱怨怎么这么晚还吵醒她，但一听见我们是警察马上就换上谄媚的嘴脸，并热情地为我们准备房间。

高强的房子一共有三层，一楼是客厅、饭厅跟厨房，二楼是主人房及他儿子的房间，三楼共有三个房间，其中一间放满了杂物，另外两间则是客房。我跟紫蝶当然就是睡客房了。刚进睡房时我就感到一阵心酸，因为客房的空间可比四婆的房间大多了，甚至比四婆整间房子还要大，而且地方干净整洁。闲置出来的客房都要比母亲住的地方好，高强也够不孝的，亏他父母当年为了让他选上村长而散尽家财。

现在已经是快凌晨四点了，能睡的时间并不多，所以我并没有睡。只是关了灯躺在床，闭上双眼于脑海整理现有的情报。

四婆的诈尸几乎已经能肯定，但她只是“普通”的诈尸，还是被猫妖附身却难以作出定论。或许我该询问一下流年，但现在这个时候给他打电话，不被他骂死才怪，还是等天亮后再说吧！

虽然诈尸的问题暂时不能得到相关的解释，但猫妖方面或许能马上就得到答案。我爬起来拨打伟哥的电话，这厮果然还没睡，而且还蛮精神的，电话一接通就说个不停：“慕老弟，怎么这个时候想起我了？山区的姑娘还不错吧？听说那里的价钱挺实惠的……”

我没好气地回答：“你别把我归到你那一类好不好，我找你是有事要你帮忙。”

“有什么要帮忙的尽管开口，给我留两个美女就行了。”他迟疑片刻又补充道：“三个，不不不，四个，四个就好！”

我懒得跟他瞎掰下去，恶狠狠地说：“呸！别跟我扯淡，我这里没什么美女，女所长倒有一个，要不要我让她把你调到这里来？这里没有网吧，甚至连网线也没有，你就等着过没有网络的日子吧！”

话筒里传来他的哀号：“不能上网，你让我怎么活啊！”

“那就别再瞎扯，我在这里遇到了些怪事……”我把四婆的情况及双尾猫妖的传说告诉他，然后吩咐道：“你尽快跟沐阁璋师父联系，问他这世上是否真的存在双尾猫妖这种妖怪，以及四婆有没有被猫妖附身的可能。”

“要找他可不是这么容易……”

“要是容易我就用不着你去办了！”我冲电话大吼后就挂线了。

我刚把电话挂掉，房门就徐徐开启，一个女性声音从门外传来：“跟谁通电话这么动气了，不会是蓁蓁吧？”房门打开后，紫蝶脸带微笑地走进来。

“不是，只是叫同事帮忙办点事而已。”我不知道她为何会提起蓁蓁，印象中她们应该只见过一次面。

她轻轻地把门关上，没有开灯就直接走过来坐在床边默默地看着我。朦胧的月光穿透窗户洒落在她娇美的脸庞上，给人一份神秘而高贵的感觉，眼前这个外表倔犟的女子，其实也有温柔妩媚的一面。我突然有种想亲她的冲动，不过一想起蓁蓁怒气冲冲的模样，这种冲动立刻就消失了，只是笑着跟她说："怎么了，睡不着吗？"

她点了下头："嗯，有些事想不明白，想跟你聊一下，不会妨碍你睡觉吧？"

我笑道："都快天亮了，现在睡的话，待会起床时会头痛的。"

"那就好了。"她笑了笑又道，"我正想跟你讨论一下这宗案子，你对高强这个人有什么看法吗？"

"他啊，我只觉得他是个自私自利的小人，除了贪生怕死之外，并没有什么值得我们在意的地方。"高强虽然让我觉得很讨厌，但在这宗案子里他似乎并不是十分重要。

"但你不觉得他很可疑吗？"紫蝶似乎另有见解。

老实说，我实在不觉得高强有什么可疑的地方，于是便问："你指的是哪方面呢？"

"刚才他突然要回四婆的房子里找菲菲，你不觉得奇怪吗？他似乎是不想让我们听见他跟菲菲的对话。"她露出怀疑的眼神。

我笑道："那也是人之常情，他大概是回去问菲菲，梅婆刚才跟我们说了些什么。不过，我想菲菲应该只是随便敷衍他几句，毕竟他只是进屋两三分钟而已，说不了多少话。而且他要是知道我们刚才的谈话内容，出来时也不会面露笑容。尤其是关于荔枝园宝物的事情，如果菲菲如实告诉他，他不紧张得要死才怪。"

"你说的也是，不过我直觉觉得他很可疑。"她的眼神十分坚定，似乎所说的就是事实。

女人总是相信自己的直觉。但办案可不能全凭直觉，我们需要的是确实的证据。当然我没有把心中的想法说出来，紫蝶一向都很要强，如果我直接跟她说不能凭直觉办案，她不跟我吵起来才怪，必须用较为婉转的方法才行。所以我便问她："你觉得高强是出于什么目的才会这么奇怪呢？"

"我觉得他可能是凶手！"她的答案可把我吓了一跳。

"为何这么说？"虽然觉得莫名其妙，但她既然有此怀疑必定有她的道理，不妨听听她的见解。

她一脸严肃地说："首先有一点我们是能肯定的，就是高强十分在意荔枝园的宝物，这一点我们能从他的表现看出来。"我点头表示认可，她继续说："其次，高贤和高好死前都跟高强有过接触，而且他们死后，高强亦是第一时间到达现场。"

"这一点我并不同意，因为高财的情况也差不多，都是出事前跟死者有接触，出事后第一时间赶到现场。"我随即又补充道："更重要的是，高强不可能在死者身上留下如此可怕的伤口。"

本以为我的反驳会让她不高兴，没想到她反而更认真地说："这才是我觉得可疑的地方，刚才四婆袭击我们时几乎毫无理智可言，但两名死者都是只有一个致命伤口，你不觉得很可疑吗？"

经她一说又的确让人觉得很奇怪，刚才四婆袭击我们时就像条疯狗似的，被她袭击过的人必定会遍体鳞伤，而不是除了一个致命伤之外就没有其他伤痕。

难道，四婆并非真凶？

第九章　黎明前夕

如果杀害高贤及高好的凶手不是四婆，那么会是谁呢？

要知道凶手是谁，首先要确定凶手的杀人动机，从目前的状况看来，两名死者都是四婆儿女，也就是高强的弟妹。如果高强是凶手，那么他的动机很可能是……

"荔枝园的宝物！"紫蝶道出我心中所想，并解释道："高强很有可能是为了宝物而杀死他们，只要他的弟妹全都死了，那么宝物就会成为他的囊中之物。"

她的想法不无道理，但高强为何要现在才杀人，而不是在高耀去世后立刻就动手？我道出心中的疑问，她思索片刻便答道："那应该是因为他一直都不能确定宝物的位置，高耀去世时他不就把荔枝园翻过遍吗？"

"你的意思是，高强发现两名死者是知道了有关宝物位置的线索，所以就对他们下手。"我问。

她点了下头："我想高强应该是先逼他们把知道的说出来，他们都不肯说，所以就被杀了。"

这种情况也不是没有可能，高强这个人自私自利，自己得不到的东西，他也不会让别人得到。倘若对方不肯把线索说出来，那么让对方把线索带到地府去，当然是最稳当的做法。但是，我总觉得好像遗漏了些什么，可是一时间又想不出来。

紫蝶突然静默了片刻，然后脸带疑惑地问："你说高强这么热情地邀请我们来这里，会不会有什么古怪呢？"

她不说还好，一说我的汗毛就竖起来了。之前在荔枝园外发现高好手中的字条时，高强的态度就开始转变，总想让我们尽快离开。但是现在却又主动让我们留下来，难道……他想把我们也杀了？

我道出心中所想，紫蝶随即颤抖了一下，显然她也觉得有这个可能。我让她给手枪装上子弹以防万一，然后就准备一同出去看看高强有没有耍花招。然而，正当我想打开房门时，却听见外面有动静。

嗒、嗒、嗒……

门外的声音虽然细微，但在这夜阑人静之时却十分清晰，我甚至能肯定正有人蹑手蹑脚地上楼梯。此时能在房子里自由活动的就只有高强夫妇，不管正在上楼梯的是高强，还是他的妻子高燕，反正都是不安好心，我才不信他们摸上来是为了问我们想吃什么早餐。

我示意紫蝶不要出声，跟我一起躲在门后，等对方一进门便将其制伏。我们紧张地等待对方进门，准备给其迎头重击，但是当细微的开门声响起时，房间却没被打开，对方应该是先到紫蝶的房间里查看。

这回可麻烦了，对方要是发现紫蝶不在房间肯定会有所警惕，那么我们的伏击极有可能会失败。与其冒险跟对方硬碰，还不如以静制动，先确定对方想干什么再决定如何行动。我给紫蝶使了眼色，示意她返回床上，但她似乎没弄懂我的意思，我只好直接把她拉到床上去。

我连拉带推地把紫蝶弄上床，过程中身体上的接触是无法避免的，我本以为这或多或少也会引起她反感。但没想到她竟然十分配合，一上床就马上把被子盖上，跟我搭被同眠。当门把的转动声响起时，她更乖乖地钻进我的胸膛里。此刻，我们就像恋人一般，互相拥抱入睡。

房门悄然打开了一道细缝，借助窗外的月色，我能看见一双并不友善的眼睛透过门缝窥视房间内的情况。利用被子的遮掩，我本想把手伸到紫蝶腰间，准备随时拔出她的配枪以作应变。期间我"不小心"地在她的翘臀上摸了几把，她虽然没有什么大反应，但我能感觉到她的心跳很快。

紧张的时刻过得特别慢，门缝中的双眼犹如窥视猎物一般，静静地注视着我们。还好，床位于背光的位置，对方应该没能发现我正眯着双眼待机行动。我本以为对方看见我们相拥而眠，应该会毫无戒心地走进来袭击我们，但实际上对方似乎并没有这个意思。房门在我紧张的等待中悄然关上，细微的脚步声再次传入耳际，徐徐消失于黎明前的寂静之中。

脚步声消失之后，我稍微松口气，但紫蝶的紧张似乎并没有消退，我仍能感觉到她的心跳很快。我这时才意识到，自己正紧紧地搂住她娇美的躯体。怪不得她的心跳仍这么快，原来是因为我的轻薄。

我慌忙放开她的娇躯，正思索着该如何避免将会出现的尴尬时，却发现她以含情脉脉的眼神看着我。月光落在她的脸上，使她化身成一位散发着银色光芒的仙女，她的美丽让我有窒息的感觉。这一刻，在我心中只有一个念头——亲她！

正当我想一亲香泽时，她便吐出如兰般的气息，幽幽地说："你喜欢蓁蓁吗？"

我的脑海中顿时出现蓁蓁咬牙切齿的凶狠模样，仿佛被闪电打中一样，整个身子抽了一下，一亲香泽的欲望随即消失。她似乎察觉到我的变化，微微笑道："你不用否认了，我就知道你喜欢的是蓁蓁……"

当怀中的美女知道你心里喜欢的是另一个女人时该怎么办？老实说，一时间我也想不到该怎么办。不过，正当我为此而不知所措时，紫蝶却继续幽幽地说："但我不介意……"她这话可让我愣住了，但她并没有给我发愣的机会，刚把话说完就闭上眼睛，为我献上情深的一吻。

紫蝶向来十分要强，我万万没想到她竟然会主动向我表白，或许她真的已经长大了，不再是上次见面的小女孩。现在的她比之前更有吸引力，我想任何一个正常的男人在这种情况下，都有可能会控制不住自己。

可是，此刻我的脑海中却只有蓁蓁的一笑一颦，她的粗暴、她的率直、她偶尔的妩媚温柔，完全占据了我的思绪……

"你在想什么？"紫蝶甜美的声音虽然把我带回现实之中，但蓁蓁的影子依然于脑海中挥之不去。她见我没有回话，便叹了口气："你是在想蓁蓁吧！"我突然感到些许怯懦，但还是微微点头。

我本以为她一定会不高兴，但她没有。她不但没有露出不悦的神色，反而主动搂住我的脖子，脸带好胜的笑容："总有一天，你心中想着的只有我一个……"随即再次以她的樱唇封住我的嘴，不让我说话。

这种感觉很好，好得让我想暂时忘记蓁蓁，以便紫蝶能完全占据我的内心。不过，当我尝试忘记蓁蓁时，脑海却出现了另一个人——高强！

刚才在门外窥视我们的人不论是高强还是高燕，肯定都是高强的主意，而他之所以要来窥视我们的情况，自有他不可告人之处。他主动邀请我们到他家休息，应该为了监视我们，以确保我们不会妨碍到他。但他有什么事是不能让我们知道的呢？

"菲菲！"我突然感觉高强很可能会对菲菲不利，不自觉地叫出她的名字。若是平时我这举措并无不妥，可是此时我正与紫蝶缠绵。

紫蝶露出嗔怒之色，不悦地说："原来你心里不但有蓁蓁，还有个菲菲。"

"不是，你误会了……"我连忙向她解释，"高强偷偷摸摸上来窥视我们的情况，很可能是准备做某些不可告人的事情，而他要做的事极有可能是加害菲菲。"

"为什么你觉得他会害菲菲呢？"她怒意略减，但脸色仍然不太好看。我想在这种情况下，应该没有哪个女生还能和颜悦色，要是蓁蓁的话，肯定已经把我踹下床了。

"因为菲菲知道很多有关荔枝园宝物的事情，而且她怎么说也是高耀的外孙女，有继承宝物的权利。"我本以为这个解释客观且合理，这个话题应该就此打住了，但没想到紫蝶的脸色反而变得更加难看，沉默片刻后才开口："如果高强真的要动手，他要杀的人不会是菲菲，而是高财。"

我愣了片刻，她说得没错，对于宝物一事，高财肯定知道得更多，而且他跟高强一样是高耀的儿子，论承继权应该先轮到他。可是，为何我首先想到的会是菲菲呢？这个问题，一时间我并没有想到答案，但紫蝶却想到了，怒气冲冲地说："你心中根本没有我！"说着就一脚把我踹下床。

我爬起来时，紫蝶已经站在床边整理衣饰，并以带有怒意的眼神瞥了我一眼，冷漠地说："不管高强想做什么，他的举动都说明他不安好心，我们有必要出去看看。"此时此刻除了点头，我想不到还能作怎样的回应。

贴着门聆听外面的动静，确认房外没有任何异样后，我们就像做贼一样先缓缓地打开房门，窥视门外的情况。月光透过窗户洒落在走廊的地板上，使地板犹如一面镀银镜子，美丽但诡异。一个念头突然在我脑海中闪过——在这银色的地板上，会不会突然出现一只诡秘的双尾黑猫呢？或许，它会对我们露出让人不安的微笑，并利用深邃的猫瞳告诉我们："你们是跑不掉的……"

突然觉得有东西碰了我一下，不由全身颤抖起来，差点没叫出来。回过神来才发现，原来只是紫蝶在身后催促我而已。

跟紫蝶蹑手蹑脚地走出房间，置身于被月光染成银色的走廊中，心中莫名升起一种异样的感觉，仿佛我们走进了一个虚幻的世界，眼前的一切都是虚假的。我真害怕那只传说中的双尾猫妖会突然出现在眼前。

穿过虚幻的走廊后，我们来到漆黑的楼梯前。银色到黑色之间的转变，使之前的虚幻感一扫而空，此时在我心中的就只有对未知的恐惧。如果刚才害怕突然出现的是双尾猫妖，那么现在我该害怕的应该是四婆。在这黑漆而狭窄的楼梯中，倘若碰上四婆，那么我们大概就只有死路一条。

幸好，四婆并没有出现，最起码我们一直走到一楼，离开那让人不安的楼梯时，也没有发现她的身影。不过，这并不代表我们已经安全了，因为危险正隐藏在我们没注意到的阴暗角落。

穿过宽敞的客厅，大门就在眼前，本以为马上便能离开这个让人不安的地方，但没想到大门竟然上锁了。千汶村只是个穷乡僻壤，而且这里又是村长家，应该不会有小偷来光顾吧！高强把大门锁上，恐怕是为了把我们困住。当我发现客厅的窗户都没有安装防盗栏时，我就更加肯定自己的想法，因为没有小偷会大摇大摆地从正门进来，窗户通常是他们的首选。

既然大门被锁上，我们就只好当一回小偷，从窗户爬出去。然而，当紫蝶准备打开靠近大门的窗户时，我眼角瞥见一道银光闪过，自然反应般回过头来。

"哇！"一回过头我就被眼前的景象吓得大叫，因为我看见高强的妻子高燕正举着一把手臂长的砍刀向我们冲过来！她冲到我跟前就一刀砍下来，还好我发现得早，连忙避开这致命的一刀。砍刀的刀刃几乎跟我擦肩而过，要是我慢上半秒，恐怕已经掉了一只手臂。

来势汹汹的一刀虽然避开了，但高燕并没有就此罢手，这回她刀锋一转给我来一招横扫千军，我只好后退躲避。虽然避得惊险，但总算暂保住了小命。不过俗话说"躲得过初一，躲不过十五"，因为退得太急，我一时没站稳绊倒了！

高燕带着狰狞的笑容一步一步向我逼近，我只好手脚并用地往后退，但没几下就已经退到墙角。她得意地再度举刀，在月光的映照下，刀刃泛起让人心寒的银光……

第十章 终日乾乾

高燕带着狰狞的笑容一步步向我逼近，手中的砍刀闪烁着让人心寒的银光，我已经无路可退，只能像待宰的羔羊般等待死亡的降临。然而，就在我闭上双眼等待她结束我的生命时，紫蝶的声音响起：“放下武器，把双手举起来，不然我就开枪！”

睁眼一看，发现紫蝶双手持抢，枪口对准高燕。后者先是一愣，砍刀随即从手中滑落，双手缓缓举起。砍刀就落在我两腿之间，差点没把小慕砍掉，吓得我一身冷汗。我赶紧拾起砍刀，连滚带爬地蹿到紫蝶身旁，以刀尖指着高燕喝道：“你想干吗！”

“你、你们是想要钱吧，我都给你们好了，别、别伤害我……”高燕的回答虽然略带结巴，但语气却没有给人惊慌的感觉。

紫蝶厉声道：“谁要你的钱，你为什么要袭击我们！”

“你、你们不是小偷吗？”她的回答依然让人觉得十分做作。

我顿时恍然大悟，她是想以小偷的名义把我们杀掉！为了不让她继续装疯扮傻，我立刻把电灯打开，使她能看清楚我们的样子。

灯亮起后，她马上就露出惊愕的表情：“原来是你们啊，我还以为有小偷溜进来呢！”

我懒得跟她演戏，直接问道：“高强在哪里？”

她迟疑片刻才回答：“他、他刚才说下来上厕所，我还以为他被小偷抓住了。”

她显然有心隐瞒，继续问她只会浪费时间，于是我便叫她把大门打开。她叫我们等一等，然后就去拿钥匙。我想她必定会想方设法地拖延时间，所以她刚转身我就示意紫蝶从窗户离开。

离开高强那间暗藏危机的房子后，紫蝶便说先去找高财，因为高强很可能会先对他下手。可是我们并不知道高财住在哪里，所以最后她还是跟我先到四婆家找菲菲，虽然她对此稍有不悦。

我们以最快的速度跑到四婆家，可是到后却发现门虽然是打开的，但里面一个人也没有，电灯也没有亮，只有昏黄的烛光在摇曳。正当我担心菲菲可能已经遭遇不测时，梅婆便出现在我们眼前。她看见我们就走过来问："你们不是去了高强那里吗，怎么又跑回来了？"

我向她解释这是因为我们担心菲菲可能会出意外，所以才跑回来，并问她菲菲去哪里了。她皱了下眉说："菲菲应该不会有事吧，她只是去她姨妈家休息而已。"她带我们到屋外，指着不远处一间两层高的房子又说，"那间就是了，我刚才亲眼看着她进去的，应该不会有问题。"

得知菲菲没事，我便松了一口气，但紫蝶却并没有放松下来，问梅婆是否知道高财住在哪里。梅婆答道："他在村里没有房子，之前回来都不过夜，但这次为了给四婆办丧事得住上一阵子，所以就住在余新家里。"

我问她余新家在哪里，她指了个方向说："就在那边，我带你们过去吧，反正都快天亮了，我也睡不着。"此时天色微明，我看了下时间，原来已经快六点了。

梅婆扶着拐杖带我们去高财的住处，途中她跟我们提起余新的事情："他本来是个穷小子，但后来去了省会给高财打工，到现在也差不多有十年了，算是赚到点钱吧！前两年，他回来讨媳妇还盖了新房子，高财就是在他的新房子里住。"

"他现在还给高财打工吗？"我随口问道。

"是啊！这次他们是一起回来的。"梅婆点了下头，随即又补充道，"说来也奇怪，之前他们都不会一起回来，听说是得有个人在省会打理公司的事情，但这次却一起回来了，可能因为现在有余新的老婆帮忙吧，他老婆去年生了孩子后也去高财那里做事了。"

"高财还没有结婚吗？"我这么问是因为如果他已经结婚了，让自己的妻子照看一下就行，用不着让同乡的妻子打理。

梅婆叹了口气才说："高财可是个命苦的孩子啊，四婆还活着的时候最忧心的就是他的婚事。他结过两次婚，不过两次都离了，第二次还只是去年的事情而已。"说到此处，她突然停下来指着一栋崭新房子又道，"这就是余新的房子了。"

我走到门前本想找门铃按，可是找了好一会儿也没有发现，心想在这穷乡僻壤里应该没有安装门铃的习惯吧，于是便只好用最原始的方法——敲门！然而，我在这道铁制的大门上，从敲到拍，再到拍到手疼，门内依然没有一点动静。

难道高财已经遇害了？正当我思量着是否该破门而入时，紫蝶的手机便响起了，她接听后脸色立即大变，惊愕叫道："什么！高强死了？"

我一时惊呆了，连忙追问紫蝶："发生什么事了？"

她匆匆挂掉电话，神色慌乱地回答："高强死了，治安队的人在荔枝园发现他的尸体，我们现在就过去看看。"

高强突然死亡推翻了我们对他就是凶手的推测，如此一来高财及菲菲也就暂时不会有危险，现在当务之急是赶快到现场了解情况。于是，我们别过梅婆马上去取回警车，争取在第一时间赶到荔枝园。

我们来到荔枝园外时，第一道晨光已经照亮了天空，小军等几名治安队员惶恐不安地在园里守候，看见我们到来马上就围上来。小军一上前就慌乱地对紫蝶说："花所长，刚才有村民经过这里时发现了高村长的尸体，就在这园里面。"

"先带我们过去看看再说。"紫蝶没作片刻停留，边说边往园里面走，我紧随其后一同进入荔枝园。

虽然昨晚来过，但当时光线昏暗所以没能看清楚周围的环境，现在得见荔枝园全貌，不禁大感惊奇。整个荔枝园共有六十三棵荔枝树，分成两部分，各呈豆芽状排列，而且排列方向是相反的，感觉就像是一幅太极图。最奇怪的是，左边那部分中央竟然不是荔枝树，而是一棵丛生竹。

高强的尸体就躺在丛生竹前面，我准备查看尸体的情况时，突然发现丛生竹旁有一块简陋的墓碑，仔细一看碑上竟然写着"先严高公讳高耀大人之墓"几字，原来高耀就葬在自己的荔枝园里。高强的死会不会跟父亲的坟墓有关呢？毕竟他的尸体就躺在高耀坟前。

要知道高强的死是否跟高耀的坟墓有关，最好的方法当然是在尸体上找答案。

高强的致命伤在于前额，眉心的位置上有两个手指大小的血洞，跟之前两名死者一样，伤口就像是用手指戳出来似的。除此之外，我并未发现尸身还有别的伤痕。我突然想到一个疑点，之前我跟紫蝶曾经推测高强可能是凶手，并认为他是因为没能从死者口中获得与宝物有关的线索而杀人灭口。

可是，现在看见他的尸体，我就想起之前两名死者身上除了一个致命伤口之外，就没有别的伤痕。如果凶手曾经威逼过死者，不可能不对其动手，只要有肢体上的冲突就必然会留下痕迹。也就是说，凶手根本没有对死者进行威逼，而是一出手就立刻置对方于死地。

难道，凶手的杀人动机并非寻找宝物？

就在我为凶手的动机而陷入沉思时，紫蝶突然叫道："他手里拿着张字条。"说着就从口袋里掏出一双手套迅速戴上，把尸体紧握的拳头掰开取出字条，查看后念道："终日乾乾？"随即把字条递给我。

我接过字条发现上面就只写着这四字，我记得在高耀那本《易经》里，乾卦九三的卦辞是"君子终日乾乾，夕惕若厉，无咎"。虽然我不太明白卦辞的意思，但三名死者的死都与之有关。菲菲说高贤死前曾经嘀咕着"潜龙勿用"，而高好及高强的尸体上分别发现写有"见龙在田"和"终日乾乾"的字条，这三个词语分别出自《易经》乾卦的前三卦。

我突然想起高好的尸体被发现时，所在的位置就是荔枝园右则的中央。于是便问紫蝶，高贤被发现时，尸体躺在哪个位置。她想了想便指着丛生竹的另一边说："应该是在这附近吧，反正我记得就是在这竹子旁边。"

这里的荔枝树排列得犹如一幅太极图，而三名死者又分别于太极图阴阳两极处被发现。难道，他们已经发现了宝物位置的私密，并因此而被杀？那么说，凶手肯定已经知道宝物的准确位置，所以他没有对死者作任何逼问，只是为了防止他们捷足先登而杀害他们。可是假设凶手已经知道宝物的位置，为何他不直接挖取宝物，而要一而再、再而三地杀人呢？

难道，真凶是四婆？

依现在的情况看来，四婆的嫌疑最大，因为她是唯一个在乎宝物的人。可是，以她现在的状况，应该没可能如此干净利落地杀人。案情似乎又回到起点，现在的情况甚至比我昨晚刚到时更坏，疑团不减反增，弄得我一个头三个大。

就在思绪凌乱之际，身后传来一阵轻狂无礼的笑声："哈哈哈……又死掉一个！死得好，死得好，全都死光就最好，哈哈哈……"回头一看，发现一名三四十岁的男人驾驶着一辆轻便摩托车进入荔枝园，而高财就坐在摩托车后座。印象中高财昨晚也是跟这个男人走在一起，我想他应该就是余新吧。他们下车走近，我就闻到一阵浓烈的酒气，显然是他们刚喝过酒。

高财走到自己兄长的尸体前，狠狠地往地上吐了一口口水，咬牙切齿地说："我早就说了，娘早晚会回来找你！"他这态度实在太恶劣了，怎么能在死人面前说这种话呢，而且对方还是自己的兄长。

我突然想到一件事，四婆五个儿女当中已经死了三个，剩下的就只有高财和因病没能回来奔丧的幺女高顺。现在高财成了家中独子，若此时找到高耀留下的宝物，他就能顺理成章地继承下来。假设他是凶手，那么之前的疑团就能一一解开——他早就知道宝物埋藏的位置，只是为了合法继承而杀害其他继承者。

可是，根据《文物保护法》的规定，凡在我国境内“地下、内水和领海中遗存的一切文物，属于国家所有”。如果挖出来的宝藏被鉴定为文物，那么他所做的一切都会付诸东流。这就是高强在我们得知宝物一事后，不愿意让我们介入调查的原因。

虽然还有很多事情都没能想明白，但高财作为本案的最大获益者，他的嫌疑最大，所以我便问他，昨晚离开荔枝园后到高强的尸体被发现之前，这段时间去过哪里，做过些什么，跟什么人在一起。

我这一问,他就面露恶色,极其不满地叫道:“怎么了？怀疑到我头上来了！我用得着对付他吗，多行不义必自毙，他做了这么多坏事，早晚会遭殃，我才不会为了他而弄脏自己的双手。”说罢就点了一根香烟，自顾自地抽烟，看也不看我一眼。

当我想继续追问时，余新便上前插话：“老板昨晚一直都跟我在一起，你们别想冤枉他！”

“那你们离开荔枝园后去了哪里？”我问。

我本以为余新会说回家里休息了，这样我就能立刻逮捕他们，因为我跟紫蝶刚刚才去过他家，他家里根本没有人。可是，他的回答却是：“我跟老板喝酒去了，喝得挺高兴的，要不是知道这里发生了件大喜事，我们还不想这么快就回来呢！”

我问他这个时候还有能喝酒的地方吗？

“靠！我老板有的是钱,还愁没地方喝酒！”他随手把小军拉过来,又道,“你可以问问他，福德的馆子啥时候会没酒喝！”

小军怯弱地给我解释：“福德是我们村里的人，他在距离村子好几里的那条公路旁边开了间馆子，因为主要是做过路司机的生意，所以什么时候去拍门都有饭吃、有酒喝。”

余新是高财的下属，他的话并不可信，要证明高财是否有不在场证据，只能到福德的馆子里了解一下。因此，处理好凶案现场后，我跟紫蝶拉上正准备离开的小军，立刻前往那间什么时候都有饭吃、有酒喝的馆子，打算在那里吃早餐。

途中我给雪晴打了个电话，让她帮忙调查一下高财在省会那边的情况。随后又拨通了流年的电话，向他讲述四婆的事情，希望能从他口中得到医学上的解释。

第十一章 酒后逞威

“你确定跳到四婆身上的黑猫真的有两条尾巴？”在电话里向流年说完四婆的情况后，他马上提出这个疑问。

经他一问，我才注意到一个非常重要的问题，就是四婆诈尸时的情形只有梅婆一个人看见，没有人能证明她所说的就一定是当时的实际情况。首先，我不能确定梅婆没有撒谎；其次，就算她没有撒谎，当时是深夜，四婆的房间里黑灯瞎火，而她所说的双尾猫又是通身黑色，要看清楚它是否有两条尾巴并不容易。

流年随后的补充更加肯定我的想法：“以梅婆的年纪，视力应该不太好，在当时的环境下不可能看得太清楚。我想她当时的确是看见有一只黑猫跳到四婆身上，但并不是什么双尾猫，而只是一只普通的黑猫而已。”

“普通的黑猫有可能让尸体诈尸吗？”坊间虽然有不少黑猫能使尸体诈尸的传闻，但可信度不高，所以我想知道在医学角度上对此有何解释。

“有！”流年给我肯定的回答，随即解释道，“死亡并非一瞬间的事情，而是一个过程。这个过程分为濒死期、临床死亡期、生物学死亡期。处于临床死亡期的人，虽然心脏停止跳动，呼吸中断，听觉、视觉等反射活动亦消失了。但全身的组织还没有遭到普遍性的损坏，仍能进行微弱的新陈代谢，身体的器官和机能还有生存的能力，因此有复活的可能。

“这种情况，往往出现在中风、失血、休克、触电、溺水、窒息等骤然发生的器官系统间严重不协调的时候，只要及时得到抢救，呼吸和心跳就会重新开始，这样就能活过来。但若没能得到及时的抢救，当事人往往会被视为已经死亡，而在这个时候有猫鼠之类的生物靠近，它们身上的生物静电有可能会对当事人造成刺激，从而出现所谓的诈尸。这种情况跟心脏电击除颤术有些相似，都是通过电流使当事人的心跳及呼吸得到恢复。不过，因为当事人的大脑长时间处于缺氧状态，所以就算活过来也是神志不清，甚至只表现出某些原始的野兽本能。”

他虽然为四婆的诈尸找到科学的解释，但我还是有一个疑问：“如果此事与双尾猫的传说无关，那么四婆的左边脸为何会变得像猫一样？”

他答道：“如果她是因为中风而进入临床死亡期，这个就很好解释了。”

“你的意思是，她的猫脸其实只是面瘫？”对于这个解释，我略感惊讶。

“嗯，虽然可能会让人觉得非常巧合，但四婆这种情况完全可以用科学来解释，跟那些鬼怪传说没有直接关系。”他顿了顿又补充道，“不过，有一件事我得提醒你，依现在的情况看来，四婆虽然活着，但只是一具没有思想的行尸走肉，如果没有得到别人的照料，最多只能活两三天。”

四婆从诈尸那天到昨晚袭击我们，之间足足经历了七天，肯定有人在背后照顾她，而照顾她的人极有可能就是凶手。若事实果真如此，那么之前的所有疑问几乎都有答案了，但我还有一个问题需要确定，于是便问道：“以四婆现在的情况，有可能从她口中问到宝物的准确位置吗？”

“这个得看实际情况才知道，也不是完全没有可能。虽然四婆现在表现出原始的兽性，但她在袭击你们时，听见外孙女的声音不就放弃了袭击吗？这说明她还没完全失去理性，如果耐心地诱导她，或许能从她口中得到一些信息。”

有了这个答案，我就明白这宗案子到底是怎么一回事了。

四婆诈尸后，凶手找到了她，并把她藏在没人知道的地方加以照顾。随后，凶手从四婆口中得知道宝物的准确位置。为了能合法地继承宝物，凶手以《易经》乾卦的前三个卦象，逐一向三名死者作出暗示，以吸引死者单独到荔枝园寻找宝物，然后再诱导四婆去把他们杀死！

能做到这些事情，并且能从中得益的人只有一个，那就是高财！若事实正如我所想，那就没有必要到福德的馆子走一趟了，因为高财极有可能在众人离开后，就安排四婆到荔枝园潜伏，这样他是否有不在场证据亦是无关紧要的事情。

不过心念至此时，小军已指着路边一个简陋的草房叫道：“到了，到了，那间就是福德的馆子了。”昨晚我只吃了一碗方便面，现在肚子可是在高声抗议，反正也得找地方吃东西，不妨顺道向店主打听一下高财在此喝酒时的情况。

下车走到馆子前发现店门是关着的，不过门前有个写着“吃饭拍门”的牌子，而且牌子上还有一盏亮着的电灯。小军一上前就用力地拍门，并大叫福德的名字，我真怕他会把那道摇摇欲坠的店门拍倒。还好，没过多久就有一名中年男子把门打开。

“福德你咋搞的，都日上三竿了，你还不开门，想睡到什么时候啊！”小军打趣地说。

叫福德的男人推了小军一把，打着哈欠说：“去你的，都是给你哥害的，昨晚半夜跑过来拍门，还非得拉着我陪他们喝酒，哈……”他瞥了我跟紫蝶一眼后又说，“你是带人来吃东西吧，快进来吃完就走，别妨碍我睡觉。”说罢便请我们进去。

这间馆子还真是简陋得可以，屋内就只有两张桌子几张凳子，其中三张凳子拼在一起，看来福德刚才就睡在凳子上。老实说，我可不觉得这种地方会有什么好吃的东西，要不是想问福德昨晚的情况，我才不愿意在这里用膳。

果然，当我问福德有什么拿手小菜时，他便没好气地说：“哪有什么拿手小菜，我这儿就只有酱牛肉、咸菜和馒头，还有冰冻的啤酒。你们想要哪样，还是全部都要？”

“冰冻的啤酒？”我环视四周，并没有发现屋内有类似冰箱的物体，于是便问他哪来冰冻的啤酒。

他指着门外的水井说：“那不就是冰箱吗？还不费电呢！”原来他把啤酒放到水井里，用冰凉的井水泡着。

虽然一大早就喝酒对身体并不好，不过若要打开一个男人的话匣子，最好的方法就是喝酒。因此，我除了让福德准备食物外，还让他从水井里捞几瓶啤酒上来。馆子里的食物都是早就做好了，他只需用门外那个简陋的炉灶加热一下就行了。所以，我们没等多久，食物和啤酒就已经摆到桌子上。

本想拉上福德浅酌几杯，以便从他口中了解高财的事情，可是他却推搪说：“昨晚才跟高财和余新那两个龟孙子喝到天亮，刚合上眼你们就来了。你们就行行好，让我睡一会吧！”

他一再推却，我只好表明身份并道出来意，希望他能告诉我们，高财两人在此喝酒时的情况。他虽然非常困倦，但还是打着哈欠告诉我们——

他们啊，是下半夜才来的，一到来就使劲地踹门，差点没把我这馆子踹得塌下来。高财的心情似乎不太好，进来就说要喝酒，我到水井前捞了几瓶啤酒上来，再给他们弄了些酱牛肉和咸菜之后，就想继续睡觉。可是他硬是要把我拉到桌边跟他们一起喝，毕竟大家是一个村子的，我也不好意思拒绝，只好坐过去跟他们喝喝酒聊聊天。

开始时，我们只是拉拉家常说些闲话，我们村也就高财这小子最吃得开，所以我们话题主要都是围绕着他们在城里的事情。后来多喝了几杯，高财就开始向我吐苦水了，先说他前后两次离婚，单是赡养费就花了五十多万。后来又说最近生意不好做，尤其是台湾那场风灾可把他害惨了。

我啊，虽然自己开了这间馆子，也算是个老板，但只不过是小生意而已，跟他那些大生意没法比，当然也想不明白台湾那边闹风灾，跟他的生意有啥关系？

我问他风灾跟他的生意有啥关系，他唉声叹气了好一会儿才给我解释。原来，他的服饰公司主要是做台湾人的生意，虽然这次风灾受影响的主要是山区，对城区的影响不大，但他的客户都以风灾为由不肯支付货款，使他损失了近百万。

我问他哪有这样做生意的，说不给钱就不给钱，哪还有王法啊。他说跟台商做的生意都是政府牵头，发货及收款全都交由政府指定的货运公司去办，每次发货之后大概要过一个月才能收钱。一个月说长不长，说短也不短，期间若是客户自身出了什么问题，那货款就悬了。之前偶尔都会出现收不到货款的情况，但只是个别客户，所以还不算是大问题。可是这次几乎全部客户都来这套，害得他血本无归。

不过，他说幸好自己的底子厚，还能撑得住。而且这次让不少底子薄的同行倒下了，只要撑过这一关，明年肯定能赚大钱……

福德说完后就想去睡觉，我也没什么要再问他，就先把饭钱付了，让他安心睡觉。他走到门外躺在一堆稻草上，没一会儿就听到他的鼾声，看来他真的很困了。其实我也好不到哪里，不过等待我去办的事情可多着呢，哪有睡觉的空闲，还是赶快把早饭吃完再去办事。

然而，就在我狼吞虎咽的时候，紫蝶却悠闲地跟小军喝起啤酒来。我本来是为了向福德套话才要这些啤酒的，现在他已经把知道的都说了出来，也就没必要再喝酒了，毕竟还有很多事情要去调查，一大早就喝醉了可不是好事。

我劝紫蝶不要喝酒，可她大概还为刚才的事情生气，没有理我继续跟小军举杯。小军只是普通的治安队员，而紫蝶可是堂堂的副所长，所以她每次敬酒，小军必定一滴不漏地喝个干净。

他们一杯接一杯地喝，没过多久就把桌面上的啤酒全都喝光了。把酒喝光后，紫蝶就搭着小军的肩膀问他："如果我没记错，你也是姓高的吧！"

"是啊，我全名叫高军。"小军满脸通红，显然酒量比较一般。

紫蝶又问："刚才我好像听见福德说高财是你哥耶。"

小军稍微有点迷糊地点了下头："我们是一个太公。"

"他平时应该经常关照你吧？"

小军从口袋掏出一部款式新颖的手机，憨笑道："这手机是财哥送我的。"

"哟，这可是最新的款式耶，一部差不多能顶你半年工资了，他为什么对你这么好呢？"紫蝶突然站起来，恶狠狠地瞪着小军喝道，"说，你是不是帮他做了违法的事！"

紫蝶突然翻脸不认人，吓得小军的脸由红转青，还差点摔倒在地。虽然我不知道她想要什么花样，但依现在的情况看来，静观其变或许是最佳的选择。

面对发酒疯般的紫蝶，小军显得惊慌失措，一时间不知道如何作答。紫蝶没有给他任何思考的机会，一把揪着他的衣领冲他大吼："还不快说，你们到底做了什么不法的勾当，高强他们是不是你们杀的！"

小军大概是被吓坏了，竟然"哇"的一声就哭了出来，连声道："没有，没有，我没有杀人，也没有做任何违法的事情。"

"没有？"紫蝶恶狠狠地瞪着他，再次大吼，"没有，他会送你手机？你不说清楚，我现在就把你押回派出所！"

小军求饶般道："没有，真的没有。财哥给我手机，只是为了村里有事发生时，我能第一时间通知他。就这样而已，真的，真的……"

紫蝶放开了他，脸上怒意稍退，喃喃低语："我就奇怪高财为什么待在这里喝酒，也能第一时间知道高强死了。"

"你们千万别在我这里打起来，我这小店可经不起折腾啊！"福德不知何时醒来了，在门外探头进来。

我略带歉意地跟他说："没事，只是喝了点酒，说话的声音大了一点而已。"

他不无担忧地看我们几眼才回到稻草堆继续睡觉，不过我想这次他肯定不能立刻睡着。反正早饭已经吃过了，紫蝶应该也没有什么事再问小军，所以我打算返回村里找余新，看看有没有办法从他口中套取一些有用的信息。

在返回村子的路上，雪晴给我打来电话。她的办事效率还真不是一般的高，只用了个把小时的时间，就已经查到高财那家公司的资料，而且她查到一个重要的信息——高财在省会负债累累！

第十二章　漆黑地道

在返回村子的路上，我接到雪晴打来的电话，原来她已经调查过高财的公司，并查到一些重要的信息，她在电话里详细地向我讲述调查的结果——

你让我调查的服饰公司名叫“雅琪汝”，是一家小型外贸服饰公司，主要做泰国、印尼及台湾的成衣出口生意。公司地址位于市中心的商业旺区，我刚才过去调查了一下，虽然已到了营业时间，却没有正常营业。而且大门的门把及锁头上都有少许灰尘，应该已经有一段时间没有开门营业了。

我在那里守候了一会，不但没等来公司的员工，反而来了四个地痞。那四个地痞带来喷漆，一上来就对着大门喷上“欠债还钱”之类的字样，喷完就准备离开。我以警察的身份把他们截住，他们知道我是警察后，不但没有惊慌的表现，反而为自己的行为感到理直气壮。

他们告诉我，高财借了他们老大的钱，现在连本带利得还一百五十万。还问我是否知道高财在哪里，如果我能帮他们找到高财，他们的老大会给我一份丰厚的报酬。我问他们，高财为何会向他们老大借钱，他们当中一个理着平头的大块头给我这样的回答：“周转不灵呗！这条街至少有十几个老板像他那样，一时资金周转不过来就跑了。”

他说这条街的公司都是做成衣出口生意，几乎都是出口到泰国、印尼及台湾。近几个月，这三个地方先后发生政治动荡、恐怖袭击及风灾，导致很多订单都没能收到货款。因为订单的数额动辄就是一百几十万，一些业务量大订单多的公司，光上个月就能亏掉几千万，这条街的另一个老板就欠了他们老大两千多万。

随后，我到附近一些正常营业的服饰公司了解过，情况就跟他们说的差不多。去年金融海啸的余波还没消退，近期几个主要的出口市场又接连发生大乱子，所以一些实力不足或发展过快的公司全部倒下了……

原来高财之所以会跟余新一起回来，而且还逗留这么久，主要是为了避债。他现在必定非常需要钱，而能最快获得大量金钱的方法，莫过于取得高耀留下的宝物。或许我能利用这一点，让他露出狐狸尾巴。

我交代雪晴再替我调查一下菲菲的母亲高顺的情况后，便挂掉电话把油门一踩到底，以求尽快返回村子向高财及余新套话。然而，当车子行经昨晚遇到四婆那段遍地坟墓的小路时，小军突然把头探出车窗外，指着路边的草丛大叫："你们快看啊，那个人好像是四婆！"

我闻言立刻把警车刹住，顺着他所指的方向望去，果然看见一个身穿寿衣，满身污泥的老妇蹲在路边的草丛中。虽然她背向我们，但背影跟四婆十分相似，而且除了四婆之外，我实在想不到还有谁会穿着寿衣到处闲逛。

我让紫蝶准备好手枪，然后揪着浑身发抖的小军一起下车，缓步走向草丛。走近后我更加肯定对方就是四婆，因为我已经从侧面看见她那张诡异的猫脸。然而，她似乎并未发现我们靠近，依然蹲在草丛中，低着头不知道正在做什么。

我轻轻挥手示意继续悄悄靠近，但没走几步小军就整个人瘫了下来，紫蝶更是惊声尖叫起来，我也被眼前的景象吓了一大跳——四婆那张诡异的猫脸上沾有不少鲜血，正对一块血肉模糊的东西又扯又咬，寿衣胸前的部分更是已经被鲜血染红！

紫蝶的尖叫惊动了正在享用早饭的四婆，她抬头瞥了我们一眼便立刻跳起来，并张牙舞爪地向我们冲过来。

小军惊叫一声就连滚带爬地往后逃，我也想跑，但从昨晚的经历来看，我就算使尽力气也不见得能跑得过像野兽一样的四婆。而且紫蝶此时已被吓呆了，我当然不能丢下她独自逃跑，于是便充英雄般往前走了一步，准备跟四婆硬拼！

张牙舞爪的四婆犹如一只能直立行走的野兽，直向我们冲来，当她快要跑到我身前时，我便想趁她正处于奔跑状态，脚步不太稳当，抬脚把她踹倒。蓁蓁平时很轻易就能把我踹倒，我以为要踹倒四婆应该不会太难。可是当我把脚踹到她身上时，却感到一股强大的冲力从脚传来，不但没把她踹倒，反而被她弹回来，自己倒跌在草丛里。更不幸的是，她被我踹了一脚便失去了平衡，饿虎扑食似的扑到我身上。

四婆压在我身上双手胡乱地舞动，挣扎着爬起来，随即张开她那张满口鲜血的"血盆"大口，准备享受我这份主动送上门的美味大餐。混杂鲜血的红色口水顺着她的牙齿滴下来，还伴随着浓烈的血腥味，让我恶心欲吐。不过，我现在并没有呕吐的空闲，因为我得用尽全力抵挡她的攻势，我可不想被她在脖子上咬一口。

然而，四婆的力气大得出奇，就像一块千斤大石一样压在我身上，压得我喘不过气。我的抵抗在她面前显得十分无力，她的血盆大口与我脖子之间的距离不断缩短，只有约一指宽时，我甚至能感觉到她呼出的气息带有烦躁的灼热。或许，只有鲜血才能暂时浇灭她嗜血的欲望！

我实在想不到任何脱身的办法，只期望她能给我来个痛快，一口把我的脖子咬断。正当我闭上双眼等待死亡的降临时，“砰”的一声响起，同时右肩传来剧痛及灼热的感觉。我本以为肩膀被咬了一口，但随即就发现似乎并不是这样。

我睁开眼睛发现，四婆左肩正冒出大量鲜血，把寿衣染得鲜红，并惊恐地跳起来，吼叫着往草丛深处逃。随即我便发现双手握枪的紫蝶正呆站着，原来刚才她开枪打中四婆的左肩，弹头穿体而出再打到我的右肩上。我查看了一下伤口，还好并不严重，只是皮外伤而已，当即用手按住伤口止血，并向紫蝶叫道：“快开枪，让四婆跑掉就麻烦了！”

紫蝶这才回过神来，连忙把枪口对准正在逃走的四婆，却久久没有开枪。我急问她怎么还不开枪，她慌乱地回答：“扳机扣不动，可能卡壳了。”

眼看快要让四婆跑掉了，我本想叫上小军一起追上去。虽然紫蝶的手枪卡壳，但四婆中了枪，我们有三个人应该能应付得了。可是，我这时才发现他原来早就溜了，情急之下只好拉着紫蝶的手就追上去，并边跑边向她索要手枪，尝试把它弄好。

当我跑到四婆刚才蹲坐的位置时，发现地上有一堆血肉模糊的东西，当中有一个像是鸡头的物体。刚才被四婆吃掉的大概是一只山鸡，还好她吃的不是人，或是土坟里的尸体。一个念头突然从脑海中闪现，她能如此残暴地对待一只山鸡，肯定也会以同样的方式去对待人，那么被她杀害的人必定会支离破碎，想拼出个全尸来也不容易。所以，她的三个儿女肯定并非她亲手所杀。

虽然能确认四婆并非凶手是一件值得庆幸的事，但以她现在的状况，不尽快把她抓住，早晚会有人遭殃。倘若我不能尽快把手枪弄好，首先遭殃的极有可能就是我们。

虽然自从六年前误杀一名罪犯之后，我就再也没有用过手枪，但我对手枪的构造还算熟悉。所以，很快就发现卡壳的原因只是弹匣内的子弹竖起，因此造成子弹不能正常入膛。这应该是因为弹匣使用时间过长，造成弹簧金属疲劳引致的。看来，紫蝶这把手枪是古董级的。

将子弹重新装好后，我便把手枪交还紫蝶，并告诉她卡壳的原因，提醒她这把手枪可能每射击一次就得整理弹匣。也就是说，虽然还有两发子弹，但实际上跟只有一发没多大分别，因为在危急情况下，根本没有整理弹夹的时间。

四婆虽然受伤了，但她跑得一点也不慢，没一会儿就在我们眼前消失了。幸好，她的伤口不断冒出鲜血，所以在路上留下了不少血迹，只要跟着这些血迹我们便能找到她躲藏的地方。

我让紫蝶给所长打个电话，叫他尽快派人来帮忙，毕竟人多好办事，多几个人来帮忙总比只有我们两个好。可是，她竟然一脸不屑地说："那些窝囊的男人根本帮不上忙，叫他们过来也没有用，更何况他们也不见得会过来。"

"怎么会呢？怎么说这宗案子也已经闹出三条人命了，能算得上是宗大案。"我不解地问道。

"要是在城里当然是大案，可是这儿是山区，只要没有人闹事，那些脑满肠肥的主儿才懒得管。他们会做的就是把事情捂住，只要上级没过问，他们就会当没这回事！"她越说越来气，之前应该为此受了不少委屈。

派出所的人不会过来帮忙，治安队那几个老弱残兵就更别指望了，小军在他们当中已经算是最能干的一个，但还是临阵逃走，看来我们只能依靠自己。

在紫蝶的帮忙下，我给肩膀上的伤口做了简单的包扎。因为只是轻伤，所以并不碍事，有些痛就是了。我们没有浪费任何时间，包扎好后马上就沿着滴落于杂草之上的血迹，寻找四婆的藏身之所。

沿着血路寻找，没过多久我们来到距离荔枝园不远的地方。这里遍地皆是长及膝盖的杂草，血迹在这绿葱葱的草地上犹如鲜花般显眼。可是，如此显眼的血迹在这毫无遮掩物的草地上突然就不见了，血路于草地中央中断，四婆仿佛凭空消失了。

"难道四婆长出了翅膀，会飞不成？"紫蝶疑惑地在血路的尽头踱步。

环视四周并没发现异常的事物，正为血迹为何会在此中断而百思不解之际，突然听见紫蝶惊叫，便连忙回头查看。可是，只是转个身子那一瞬间的时间，她竟然就在我眼皮底下消失了。心底不禁寒意大起，难道是四婆在搞鬼？

我惊惶地大叫紫蝶的名字，并走到她刚才所站的位置往四周张望，但并没有发现她的踪影。正惊慌意乱之际便听见她的声音："哎呀，痛死我了……"

她的声音十分缥缈，我分辨不出声音是从哪里发出的，仿佛来自另一个空间。正当我想问她在哪里时，突然脚下一空，身体迅即下落。一个念头在脑海中闪现——地洞！

本以为这次得摔个半死，但没想到地面竟然挺柔软的，不过我很快就发现那是因为紫蝶当了我的肉垫。

“哎呀，你想把我压死啊！”紫蝶使劲地把我推开，还泄愤般给我一记粉拳。

我爬起来查看周围的环境，发现我们掉进了一个奇怪的地洞里。之所以说奇怪，是因为这个地洞里除了头顶的入口外，还有六个通往不同方向的洞口，看样子是人工挖掘的。我突然想起有关千汶村来历的故事，难道这就是当年党琨让村民挖掘的地道？

现在虽然是早上，洞外阳光充沛，但因为洞口被杂草埋没，只有少量光线照进洞里，所以这里比较阴暗。站在洞口下面还有少许光线，但周围那六条地道就黑得让人畏惧。

草地上的血迹来到洞口就消失了，显然是因为四婆像我们一样掉进来了，又或者这里本来就是她的藏身之所。然而，眼前共有六条地道，天晓得她跑进了哪条地道去。我们并不知道地道里的情况如何，若贸然进入必定会遇到危险，谁知道党琨当年有没有设下陷阱。而且若地道是纵横交错的，我们也许会迷路或被四婆袭击。

还好，我取出手机照明，很快就发现地上有血迹。地上的血迹十分鲜红，显然是刚才滴落的，应该是四婆留下的。根据地上的血迹，我们马上就知道四婆进了哪一条地道。因为地道比较狭窄，只能让一人弯腰进入，紫蝶持有手枪当然是由她带头，而我则跟在她屁股后面。

在漆黑的地道里，看着一个丰满而性感的美女在眼前晃来晃去，也不能不说是一种享受。不过，这种享受并没能持续多久，在地道里前行了一小段后，紫蝶突然惊叫一声，我还没弄明白是怎么一回事，她那充满弹性的屁股就扑面而来。四婆的吼叫声随即传入耳际，我想帮忙，但因地道狭窄无从入手，甚至连发生什么事也看不见，我能做的就只有继续享受翘臀里的温柔。

四婆凶狠的怒吼、紫蝶初时惊惧的尖叫以及随后倔犟的呐喊，交织成一幅人兽交战的画面，在我脑海中浮现，而这场战斗最终以雷鸣般的枪声结束……

第十三章　醉翁之意

四婆死了，虽然她在一个星期前就已经死了一次，但这次她真的死了。

之前我还担心在地道里会跟四婆有一番恶斗，没想到她刚出现就被紫蝶开枪射杀。紫蝶的确比之前要成长了很多，我还记得上次我们遇到山鬼时，她那惊慌的表情，但这次与四婆狭路相逢，她的表现要比之前镇定得多。虽然刚才在地道外，她差点一枪就把四婆和我一起打死。

子弹打在四婆的左眼上，整个眼球被打爆了，但她的遗容却比之前要好看一些，原本扭曲的猫脸竟然恢复正常。当我跟紫蝶使尽力气把她的尸体拖出地道时，她的面容就像一般的老人那样慈祥，只是从眼眶涌出的鲜血使这份慈祥带有几分恐怖。

有些人当你需要他们时，一定找不到人，而当你把事办妥后，他们便会姗姗而来，小军等几个治安队员就是这种人。当我们把四婆的尸体拖出地道时，他们就出现了，小军看见我们还大声叫道："花所长，我带人来救你们了！"我真想把这小子塞到地道里去。

来人除了治安队员外，还有不少村民，当中包括高财及余新，我想一定是小军通知他们的。

四婆左脸变成了猫脸一事，在千汶村早已是路人皆知，虽然绝大部分人都没亲眼见过，但对此亦深信不疑。此时得见四婆的脸容已恢复正常，众人都露出惊奇之色，皆议论纷纷，认为猫妖已经离开四婆身体，所以四婆的脸容才会恢复正常。

我本想给他们解释，这大概是因为弹头射进四婆的大脑，切断了部分神经，从而"治愈"了她的面瘫。不过，我想大概没有几个人会相信，所以就懒得讲了。有些时候，要让人相信匪夷所思的事情背后的真相，或许比让人相信鬼故事更难。

高财跪在母亲的尸体前放声痛哭，不过我发现他一滴眼泪也没有流出来。村民得知四婆这回真的死了，不会再祸害千汶村，纷纷安慰他几句便各自离开。

我本想等村民离开后，便让紫蝶带高财和余新回派出所问话。虽然目前我们并没有实质的证据指证高财杀人，但现在四婆已经死了，我们要找证据就更不容易。只能利用他欠下高利贷这一点，试图向他及余新套取口供，希望能从中找到漏洞。毕竟天下没有完美的谎言，只要他们有说谎就一定会有漏洞，而这些漏洞就是我们能否破案的关键。

然而，高财似乎比我更加着急，其他村民刚离开，他就走到我跟紫蝶身旁假惺惺地带着哭腔问道："警官，我娘临终前有说过什么话吗？"

他似乎是想向我套话，我想他大概是怕四婆在临终前向我们提及有关宝物的事情，毕竟此事若有警方介入，宝物极有可能会被收归国有。我忽然想到一个让他露出狐狸尾巴的办法，于是便给紫蝶使了个眼色，示意她别做声，然后对他说："嗯，令堂是跟我们说过一些事情，不过她说话十分含糊，而且她提及的事，我现在也不太方便跟你说。这样吧，你先去给令堂办理后事，明天我们再来找你到荔枝园走一趟。"

我虽然把话说得很含糊，但已经给他暗示了四婆的遗言跟荔枝园有关，他不可能笨到认为跟宝物毫无关系。果然，他的脸色马上就变了，随便跟我们客套几句，就说要去为母亲办理后事。

紫蝶似乎明白我的用意，高财刚走，她就小声问道："我们接下来要怎么办？"

我抬头看了看天，笑着对她说："我们要办的事可多着呢，不过现在都已经是中午了，你是不是该先请我吃顿饭呢？我跟你说啊，你可别想再用一碗方便面打发我。"

她虽然稍现怒意，但怕被不远处的高财听见，所以没敢提高声线，只好小声骂道："就知道吃，我可在跟你说正事呢！"

"人是铁饭是钢，一顿不吃饿得慌啊，花所长！"我嬉皮笑脸地说。

她杏目圆睁一把扯住我的手臂拉了一下，加重语气说："你还在闹，刚刚才吃过早饭，哪有这么快就会饿。快点说，把这宗案子办好，你想吃什么都可以！"

"哎哟，花所长你就算不给我吃饭，起码也得带我去处理一下伤口吧！"被她扯了下手臂，我肩膀上的伤口就痛起来了。

她不好意思地跟我说了声"对不起"，我也不再跟她开玩笑，告诉她现在什么也不用做，因为高财今晚必定会到荔枝园挖掘宝物，我们守株待兔就行了。只要当场把高财抓获，我们就能证明他是为了得到宝物而杀害兄弟，这比现在抓他回去审问有把握得多。

驾车返回县城，在一间简陋的卫生站里处理好伤口后，我就在附近找了间像样点的小馆子，准备大涮紫蝶一顿。可是，这小馆子实在没什么贵价菜色，就算上满一桌也花不了多少钱。不过，虽然都是些简单的小菜，但味道还是挺好的，吃得我肚皮也快要撑破了。饱餐一顿后，正盘算着今晚该如何逮捕高财时，手机突然响起，接听后发现来电的是沐阁璋师父。

昨晚我让伟哥找他，目的是想就四婆的情况向他咨询，不过现在四婆都已经死了，也就没有这个必要了。于是，我便把现在的情况如实告诉他，并为打扰他而致歉。

然而，当他了解四婆的情况后却说："或许法医的解释没错，但我觉得有必要告诉你一些事情。"

他似乎对四婆诈尸一事另有见解，作为警察我当然乐于聆听不同的解释，于是便请他仔细道来。

他说："行尸走肉我们平时就听多了，但'行尸走肉症'我想你应该没听说过吧？"

"有这种病的吗？听起来挺别扭的。"且算我孤陋寡闻，还真从没听过如此奇怪的病症。

"这是一种极为罕见的心理病，通常会出现在一些觉得生无可恋、毫无生存斗志的人身上。患者虽然还活着，却认为自己已经死了，并且表现出某些怪异的行为。四婆的情况很可能就像法医所说那样，因中风而出现昏迷及面瘫，但实际上她并没有死去，只是她以为自己已经死了。或许受到双尾猫妖的传说影响，她在潜意识中认定自己被猫妖附身，所以才会做出种种怪异行为。"

他说得似乎也有些道理，不过现在四婆都已经死了，这些事情亦已经不再重要，我反而对双尾猫妖的传说有些兴趣，于是便问他这世上是否真的有双尾猫妖。我本以为他能给我一个肯定的回答，没想到他竟然模棱两可地说："可以说有，也可以说没有。"不过，他随即又给我解释——

猫是一种很神奇的生物，它们的智慧并不比人类低。你别看它们甘心做人类的宠物就小看它们，其实它们只是选择了懒惰的生存之道。时至今日，濒临灭绝的生物多不胜数，但你认为什么时候才会轮到猫呢？

大部分猫都是懒惰的，它们并没有善用上天恩赐的智慧。不过，也有极少数猫不甘于庸碌地度过一生，它们会竭尽所能把智慧发挥到极限，这就跟追求无上智慧的僧道一样。

当猫的智慧达到某个台阶，就会拥有迷惑人心的能力，简单来说就是能使人产生幻觉。对猫来说，这种幻觉是不经意的，很多时候它们虽然没有主动使用，但还是会不经意地使接近它们的人产生幻觉。而它们通常会让人产生的幻觉，就是自己身上的尾巴多了。

当猫的智慧越高，这种幻觉就越强。虽然它们由始至终都是只有一条尾巴，但随着智慧的提升，人类看见它们的尾巴就会越多。所以，尾巴的多少就成为一个衡量猫修为高低的指标。

虽然历史上的确有双尾猫，甚至多尾猫的出现，不过我得提醒你，现代因为条件有所限制，出现双尾猫的机会几乎为零……

"你的意思是，梅婆所说的传说有可能是真的？"我问。

他回答道："我只能说有这个可能。"

话至此处，我突然想起荔枝园里的荔枝树呈太极图排列，于是便问他那是不是一个风水阵。他经过仔细询问后才给我回答："这的确是个风水格局，不过很明显用错了。"随后，他就给我详细解释——

这是一个"太极两仪局"，若用得其所，在正确的位置安葬先人的遗体，能使子女和睦相处家业兴旺。可是按照你所说的，高耀的坟墓显然是葬错了地方。

整个荔枝园总共有六十三棵荔枝树，再加上一棵丛生竹就是六十四棵，分别代表《易经》的八八六十四卦，按照阴阳两仪分成阴、阳两阵排列，这些都没错，错就错在丛生竹的位置种错了。现在丛生竹所种的位置是阳阵的中央，这是阳气最为旺盛的地方，表面上看来这是风水局最佳的下葬之处。不过阳极阴生，把先人葬在这里，刚下葬时或许子女还能过得不错，但随后就祸事连连，不出十年八载必定死于非命。

正确的格局应该是把丛生竹种在阴阵中央，并把先人葬在那里。这样虽然开始那十年八载子女可能会比较倒霉，但否极泰来，之后便会福星高照，事事顺境……

有道是"虎毒不吃儿"，虽然我对高耀并不了解，但天下应该没有处心积虑加害自己儿女的父亲。他之所以会布下这个祸害子孙的风水格局，我想大概是无心之失。然而，沐师傅并不认同我的想法，他说："他不是无心之失，而是根本不懂得风水，因为阴阳两仪是风水的基本知识，如果连这也不懂，还不如那些江湖术士。"

那就奇怪了，高耀既然不懂风水，那么他为何要让子女把自己埋葬于荔枝园里呢？这个问题我虽然没能想明白，但沐师傅给了我一点提示：“或许跟他埋藏的宝物有关。”

“此话何解？”我问。

他答曰：“三名死者分别在阴阳两阵的中央被发现，而且他们之所以会都到荔枝园，很可能是跟乾卦的卦象有关。我想很可能是高耀或者四婆生前曾经提及，宝物埋藏在某个卦象对应的位置上，所以当他们得到乾卦的提示后，便立即到荔枝园寻找宝物。”

“那为何他们会分别到阴阳两阵的中央寻找呢？”我又问。

他笑道：“那可能是他们不会分辨阵法的阴阳，只知道乾卦对应的位置在其中一个阵法的中央。又或者他们虽然知道，但也知道高耀把乾坤两个卦象对应的位置弄错了。”

我思索片刻后，便恍然大悟：“那么说，宝物应该是藏在丛生竹附近！”

“嗯，应该就藏在那里。既然凶手一再提示乾卦，而死者对此又深信不疑，必定有其因由。虽然丛生竹生于乾位之上，但高耀误当成了坤位，所以宝物应该就藏在那里。”他顿顿又补充道，“或许，你们该找认识高耀的人了解一下他的生平，说不定能从中推测宝物的准确位置。”

虽然我对高家的宝物兴趣不大，但我们对此了解越多，就越能逼高财出手。所以，挂掉沐师傅的电话后，我便立刻跟紫蝶返回千汶村，到四婆家看看能不能找到菲菲询问高耀的生平。

来到四婆家时，我发现大门打开了，而且门前停有一辆轻便摩托车。我记得这辆摩托车应该是余新的，推想他或者高财应该就在屋子里。

果然，我们一进门就看见高财正在翻弄我们昨晚从床底下找出来的纸箱。

高财一看见我们，就做贼心虚地说：“我想带这些东西到火葬场烧给娘。”说罢也不管我们反应如何，就抱着纸箱快步往门外走。我还想问他菲菲去了哪里，但他已经走到外面去，摩托车的发动声随即响起。不过，余新这辆摩托车似乎有点问题，要启动并非一时半刻的事情。

纸箱里就只有四本风水书和一本手抄的《易经》，他要这些东西干吗呢？难道这几本书跟宝藏的位置有关？

这个可能性很高，虽然他极可能已经知道宝物的具体位置，但他肯定不愿意让我们知道，所以他必须抢在我们之前销毁这些线索。他这举动对我们来说有喜也有忧，喜是这表明他已经中套了，害怕我们会抢在他之前把宝物找到；

忧是他若成功地把关键的线索销毁，我们将会很麻烦。虽然我对宝物没多少兴趣，但倘若他认为我们没可能找到宝物，那么要让他露出狐狸尾巴并不容易。

此时，门外仍然传来摩托车的发动声，我一个箭步冲出去，打算以证物的名义把纸箱里的东西扣留下来，以给高财一点压力。然而，老天爷竟然在这个时候跟我开玩笑，我刚冲出来时他还满头大汗地发动车子，但在我伸手快抓住他的肩膀时，摩托车就发动了，从排气管喷出来的大量白烟差点没把我呛死。

我大叫高财的名字，他竟然装作没听见，不但头也不回，而且还加大油门带着一溜白烟跑了。要是他把箱子里的东西销毁，那么我的计划很可能会落空，所以必须马上把东西抢回来。

此时紫蝶也从房子里冲出来，并问我怎么了，我道出心中所想，并立即上车准备跟她上车追上高财。正想发动警车时，一个苍老的声音传入耳际："发生什么事了，老是吵吵闹闹的，就不能安静点好让四婆上路吗？"回头一看，发现梅婆正拄着拐杖走过来。

本来我们过来是想向菲菲了解高耀的生平，她没在这里，但梅婆应该比她更了解高耀的事情。此时我们的时间并不多，很多问题都必须赶在今晚之前解决，要不然给高财设套的计划很可能会失败。所以，我打算跟紫蝶分头行动，把警车的钥匙交给她，让她赶紧追上高财，索取箱子里的书籍。而我则留下来，向梅婆了解高耀的情况。

紫蝶也知道时间紧迫，所以没有多言，接过钥匙就马上驾车去追高财。

看着警车离开后，我就跟梅婆坐在四婆的房子门前聊起来，我先闲话家常般问她，怎么没有见到菲菲？她说菲菲去了火葬场给四婆办理后事。随后我就问她有关高耀的事情，她毕竟跟高耀做了大半辈子邻居，所以对他的事情十分了解，尤其是他跟四婆结婚后的情况。在近一小时的交谈中，她跟我说了不少高耀生平的点点滴滴，不过我最关心的还是与荔枝园有关的部分——

那荔枝园在我很小的时候就已经有了，本来是属于一个地主。听说地主是按照风水师父的指点种植园里的荔枝树的，他建这个荔枝园不是为了收成果实，而是为他刚过世的父亲准备的风水墓园。

地主本以为有了这个荫泽子孙的风水墓园，他的家族就能家业兴旺、子孙延年。可不巧的是这个风水墓园刚建好就赶上了土改，他们一家都被推出来批斗，谁也没能熬过来，就连埋在荔枝园的老地主尸体也被村民拖出来鞭尸。

地主死后，荔枝园荒废了很长一段时间，后来村里分配责任田，因为田地并不多，所以就把荔枝园也算上一份。可是，荔枝园因为长时间没人打理，园里的荔枝树结果非常少，要恢复产量得花很多工夫。而且就算把产量搞上去，也是白费工夫，因为那时大伙连两顿温饱也没能解决，根本没有人会花钱买水果。

大家都争着要能种水稻的田，没人肯要荔枝园，当时的村长为此搔破脑袋，最后只好以抽签决定荔枝园的归属。抽签对大家来说是最公平的，不过对抽中荔枝园的人来说就不一样了。我还记得当时抽中的是冯老爷子，他一抽到就哭出来了。

冯老爷子年轻时被地方的小军阀抓了去当炮灰，虽然被炮弹炸断了一条腿，不过总算把命保住了。后来，他讨了个傻姑娘做老婆，五十多岁才生第一个儿子。那个时候，他一家人几张嘴就是靠他这双手吃饭，让他接手荔枝园就等于让他们全家等着饿死。

冯老爷子的情况虽然很可怜，但人都是自私的，谁也不想挨饿，当然也没有人愿意伸出援手。正当他抱怨自己运气不好，并为此抱头痛哭时，高耀突然站出来接下这个谁也不想要的荔枝园。

高耀的举动出乎所有人的意料，他自小就头脑灵活，谁也没想到他竟然会做这么笨的事情。你们别说良心什么的，在那个年代谁不是只想着自己，就像那些村干部天天跟我们叫口号，说会跟我们一起勒紧裤带过日子，但在最糟糕那三年里，我们这些老百姓饿死了一大片，村干部们还不是一个个都脑满肠肥。

高耀其实一点也不笨，也不是慈悲为怀，他接下荔枝园是另有目的的。他知道荔枝园的来历，当然也知道这是一块风水宝地，亦已经盘算好怎样利用这块宝地来养活自己和四妹……

噢，四妹也就是四婆，他们当时还刚结婚没多久。他们结婚后就盖了这间房子，我闲来没事会过来跟四婆聊天，这些事都是她跟我说的。

她说高耀知道荔枝园是块宝地，只要稍微花点工夫就能恢复原有的产量，等到收成的时候，再把荔枝拉到附近城里去卖。他这想法现在听来像是很平常的事，但当时我们种出来的东西都是卖给供销社的，供销社不收的东西，我们就算是种出来也只能自己吃，不过城里就不一样了。在城里住的都是工人，不像我们得靠种田过活，他们能拿工资，部分人还有些闲钱。

那年头买粮买肉都得用粮票肉票，城里的人就算有钱也买不了什么，所以只要把荔枝拉到城里去卖，肯定能赚钱。不过，当时要到城里可没现在这么容易，别说没汽车，就连公路也没有。

幸好，高耀跟四婆都是能吃苦的人，他们天天都到园里折腾，第一年虽然挂果还是不怎么样，但第二年就大丰收了。那年夏天，每天一大早天还没亮，高耀就挑着两担荔枝进城，在城里随街叫卖。当时在城里卖荔枝的就只有他一个，所以卖得也挺快的。不过虽然如此，但每天回到村里时都已经是黑灯瞎火了。

虽然荔枝在城里的销量不错，但高耀只有两条腿一双手，每天也就只能跑个来回，园里的荔枝根本来不及挑进城里卖。四婆本来想跟他一起挑荔枝去卖，可是他却不想四婆吃这苦头，始终也没答应。眼看那满园荔枝来不及卖掉，别说四婆心里着急，我这当邻居的也替他们着急。

不过，高耀这家伙着实是有点头脑，他让四婆把荔枝都摘下来晒干，然后把荔枝干挑到城里卖。虽然当时村里谁家里也没有冰箱，但只要稍微注意一下，要把这些荔枝晒干保存几个月并不难。所以，最后他们还是顺利地把所有的荔枝都卖掉了。

高耀凭着他的头脑，把荒废多时的荔枝园变成了摇钱树，成为村里第一个富起来的人。可惜他虽然头脑灵活，但在管教儿女方面却不怎么样。也许是得到他的遗传吧，他的儿女一个比一个精，但全都只想着他的钱，经常都弄得家无宁日，尤其是在他大儿子当上村长之后。

他这辈子最放心不下的就是几个儿女，所以当他知道自己时日无多的时候，就想到荔枝园原来是个荫泽子孙的风水墓园，于是便到城里买来几本风水书研究。虽然他之前并不懂得风水，但研究了一段时间后还真的有点像模像样，什么阴阳五行的说得头头是道。

他说这风水墓园是好东西，可惜在布置上有点小问题，只要稍微修正一下就能让子孙大富大贵。他找人把园里其中一棵荔枝树砍掉，然后亲手在那个位置种上一棵竹子，还交代四婆在他死后要如何安葬。

虽然他当时说得天花乱坠，但现在看来也不过是个半吊子。我早就跟他说过，叫他找个风水师父来看看，可他又不听，还跟我说些奇怪的话，说什么醉翁之意不在酒……

梅婆这一句“醉翁之意不在酒”可让我一个头三个大，难道高耀要求死后葬在荔枝园里，目的并非荫泽子孙？那他到底又有何用意呢？

第十四章　死亡判官

从梅婆口中得知，高耀生前曾说过想安葬在荔枝园里其实是“醉翁之意不在酒”，如果他不是为了荫泽子孙，那他真正的目的到底是什么呢？

正当我为此百思不解时，汽车的引擎声把我从沉思中带回现实，抬头一看发现紫蝶正驾驶着警车回来。她把警车直接停在我面前，一下车就抱怨：“高财这家伙开摩托车像开飞机似的，而且还专往小路里窜，害我追了老半天。”随即从后座抱出高财刚才拿走的纸箱。

我接过纸箱查看里面的东西，发现四本风水书还在，但那本手抄《易经》却不见了。我问紫蝶有没有看见，她想了一会说高财把纸箱交给她时，里面就只有这四本书，大概是被高财暗中扣起来了。

高财把这四本风水书交给紫蝶，却暗中扣起手抄《易经》，这说明了《易经》才是宝物具体位置的关键。可是《易经》早就被我从头到尾看过了，里面并没有什么特别之处，除了最后一页写了个莫名其妙的“敲”字……

我突然想起高耀的“醉翁之意不在酒”，不由叫道：“我知道了！”

“你发什么神经啊！突然叫得这么大声。”紫蝶被我吓了一跳，不由对我瞪眼。

我略带歉意地笑了笑，答道：“我想，我已经知道高耀的宝物藏在什么地方了，明天一早我们就带人去荔枝园寻宝。”

“真的？”她惊奇看着我，又说，“你怎么知道的？”

梅婆也向我投来诧异的目光：“高耀真的把东西藏在荔枝园里吗？他儿子早就把那里的地皮都翻遍了，可这么多年来也没找着！”

我向梅婆笑道：“要不明天你也来荔枝园看看热闹，你一定想不到高耀竟然会把宝物藏在那地方。”说罢，我便向她道别，然后跟紫蝶驾车离开。

刚把警车驶出村口时，紫蝶便问我：“你真的知道宝物藏在什么地方吗？还是只不过是在梅婆面前做戏？”

“这是一道选择题吗？”我佯作严肃地问。

她瞪了我一眼说：“别说这种无聊的话，快告诉我。”

我耸耸肩笑道：“我既知道宝物藏在哪里，也是在梅婆面前演戏。”

“你真的知道宝物的位置？”她双眼睁得老大地看着我，随即又说，“那我们现在还等什么，马上就去把宝物挖出来啊！”

我用鄙视的目光瞥了她一眼：“没想到原来你这么贪心。”

她愣了一会，随即娇怒地打了我一下：“我才没有，只是一时没回过神来而已。”面对宝物谁能不心动，她这反应也是人之常情，只不过我们是警察，可不能为了宝物而放弃逮捕凶手的机会。

“你是不是走错路了，我们现在不是要去找高财拿回那本《易经》吗？”紫蝶发觉我正把警车驶向返回派出所的方向。

我回答道：“已经没有必要跟他要回来了，反正他总得回村里睡觉，梅婆会告诉他，我们已经发现了《易经》里的秘密。今晚他不去荔枝园把宝物找出来，到了明天就没有机会，他这些日子的努力也就白费了。”

“那也是……”她点了下头，沉默片刻又道，“那本《易经》里到底暗藏着什么秘密呢？你又是怎么知道宝物藏在什么地方的？还有……宝物到底藏在哪里啊？荔枝园不是早就被高强里里外外翻个遍了吗？”

“你的问题可真多，动一下脑筋不就知道了。”我并没有打算回答她这些问题，因为用不着多久她就会知道答案。

人总是有好奇心的，但同样也有自尊心，她的自尊心显然要比好奇心强得多。我知道她心里很想知道答案，但她没有再开口询问。

正当我想是不是该给她点提示的时候，手机响了起来，是雪晴打来的电话。她来电是为了告诉我调查高顺所收集到的情报……

趁着夜幕降临之际，我跟紫蝶偷偷返回千汶村，为免被高财发现，我们把警车停在邻近的村子里。虽说是邻村，但我们徒步走到荔枝园可花了不少时间。

入夜后的荔枝园可是个藏匿的好地方，随便爬上哪棵荔枝树都能得到很好遮掩。我跟紫蝶躲到丛生竹旁边的那棵荔枝树上，之后便是漫长的等待。

等待是一件极度无聊的事情，若是平时我还能跟紫蝶侃大山，但现在可不行，因为我们不知道高财什么时候会出现。一旦让高财发现我们的存在，原定的计划必定功亏一篑，所以我们不能随便交谈，最多只能向对方挤眉弄眼打发时间。

可是，紫蝶大概对我之前没有回答她的问题心有不忿，现在竟然完全不理会我的挤眉弄眼。我可不是一个习惯安静的人，加上昨晚一夜未眠，在如此无聊的等待中难免会犯困。就在我困得快要从树上掉下去时，紫蝶轻轻地推了我一下，我一个激灵差点就掉了下去。紧抓身旁的树枝，刚把身子稳下来，她就指着不远处示意我看。我顺着她所指的方向，发现有一个人影走进了荔枝园。

今晚的月色暗淡无光，而且园里的荔枝树枝叶茂盛，园内的光线十分昏暗，所以我并没能看清楚来人的相貌，只能凭身形判断他是个成年的男性。不过，就算没能看清楚也没关系，因为这个时候还会来这里溜达的人并不多。

果然，来人进入荔枝园后并没有浪费任何时间，径直走到丛生竹前。当他走近后，我就发现他带来了一把铲子。他围着丛生竹转了一圈，走到高耀的坟前便停下脚步，提起铲子没有半点犹豫直接插在隆起的土包上——他在挖高耀的坟墓！

紫蝶见状便想跳下去，我连忙阻止并示意她别急，先静观其变再作决定。我之所以这么做，是因为我察觉到异常之处。如果我的推断没错，宝物肯定不是在高耀的坟墓里，高财必定也知道这一点，所以他不可能挖父亲的坟墓。也就是说，正在挖坟的人并非高财。

我的推断很快就得到验证，一个男性的声音突然从黑暗中传来："余新，你这个吃里爬外的王八蛋，竟敢挖我爹的坟！"循声而觅，我发现了另一个男性身影，从声音判断他才是真正的高财。那么，正在挖坟的应该就是他的手下余新。

高财缓步向余新靠近，当他走到距离丛生竹五米左右时，我发现他手上拿着一把约半米长的砍刀。余新当然也看见了他手上的砍刀，当即以铲子护身，语气牵强地讪笑道："财哥，我只是帮你把东西挖出来而已。咋说也是你爹的坟嘛，怎么能让你亲自动手呢？"

"我可没想过要挖我爹的坟，也没叫你自作主张……"高财猛然举刀扑向余新，后者先以铲子抵挡继而奋力还击。

他们两人你来我往，虽一时间难分胜负，但高财在武器上占有优势。锋利的砍刀用不着多久就能把铲子的木柄砍断，余新命丧黄泉只是早晚的事情。

紫蝶拔出手枪似乎想下去收拾残局，我又再阻止她，在她耳边小声说："你的手枪只剩下一发子弹，他们一起上我们占不了多少便宜。"

虽然让他们继续打下去，早晚会出人命，但我们现在就下去，不见得就一定能阻止他们争斗，甚至还有可能受到他们的袭击。虽然紫蝶有手枪，但她一共才只有三颗子弹，之前遇到四婆时用掉了两颗，现在就只有那么一颗，就算她能用这颗子弹干掉其中一个，剩下那一个也不好对付。

虽说没有子弹的手枪也能起阻吓作用，但那是对一般人而言的，眼下这两个人已到了穷途末路的境地，谁能保证他们不会狗急跳墙。高财在省会欠下一屁股债，那些高利贷总有办法找到他，只是时间问题而已。高财要是有什么闪失，余新一定也不好过，因为高利贷们都是认钱不认人，找不到高财要钱，就会找高财身边的人。他跟高财在省会混了近十年，高利贷会放过他才怪。

反正他们得不到宝物，早晚都会被高利贷干掉，何不现在就给他们先来个你死我活，好让我们能坐收渔人之利。更重要的是，至今我们手上也没有能用于指证凶手的关键性证据，若现在能抓个现场，那么我们就能省掉很多工夫。

高财比我想象中更凶狠，面对跟随自己近十年的好兄弟，下手也毫不留情，刀刀都直奔对方要害。余新从开始的你来我往，互有攻防，渐渐变成疲于抵挡。

最终，高财高举砍刀狠狠地把余新手中的铲子砍成两截，同时也在对方身上留下致命的伤痕。

各怀鬼胎的两人已分出胜负，紫蝶大概认为已经尘埃落定了，便向我使了个眼色，准备下去把高财拘捕。我拉着她的手臂，向她示意先别着急，余新虽然受了伤，但一时半刻应该死不了，我们过一会再下去也不迟。她向我投来疑惑的眼神，我在她耳边小声说："高潮部分还没到呢！"她虽然更显疑惑，但对我并没有过多的猜疑，继续安静地注视着高财的一举一动。

高财向躺在地上无力呻吟的余新吐了口口水，不屑道："王八蛋，吃我的、穿我的，居然还敢反我……"说着还踢了对方一脚。随后，他便没有再理会余新，围着丛生竹转了一圈，呈现一副无从入手的姿态。

不消片刻，一个少女的声音于黑暗中响起："四舅，都这么晚了，你怎么会来这里呢？"

紫蝶睁大双眼看着我，似乎对再次有人走进荔枝园感觉十分吃惊。我向她回以淡然的微笑，用眼神告诉她，这是我意料之内的事情。

健美的少女身影如幽灵般从黑暗中呈现，缓缓地向高财走近。虽然我没有看清楚她的相貌，但凭着对身形及声音的判断，她必定是——史菲菲！

"你来这里干吗！"高财大概是杀红了眼，提着砍刀走向菲菲，似乎打算一不做二不休，干脆把菲菲也给杀了。

紫蝶大为紧张，想立刻就跳下去，但被我阻止了。她再次向我投来疑惑的目光，我向她点了下头，示意她必须相信我。虽然高财手持砍刀，但我知道菲菲一定不会有危险，有危险的应该是高财才对。

菲菲走到高财身前，不安地说："我刚才梦见大舅他们，他们说在地府里很寂寞，想多找个人去做伴。"

"那他们有叫你去陪他们吗？"高财的语气带着三分狰狞，持刀的右手悄然提起。

然而，在这危急关头，菲菲却没有表现出丝毫惊慌，只是幽幽地说："没有，他们想让你下去陪他们打麻将……"

"是吗？我可没空，你先下去陪他们玩玩吧！"高财高举砍刀狠狠地向菲菲身上斩下去，打算就此结束她年轻的生命。

但是，他的刀刃并没有落在菲菲身上，而是砍到了菲菲身后的荔枝树上，菲菲的身影如幽灵般避开了这突如其来的一刀。他大概没想到菲菲竟然能如此轻巧地避开他的攻击，愣了片刻才把砍刀从树干上拔出来，准备再度举刀。然而，菲菲并没有再给他挥刀的机会，纤细的手臂于石火电光的瞬间直指他的咽喉。

在菲菲看似柔弱的攻击中，高财无力地倒下，在地上抽搐了几下。他的咽喉似乎被戳穿了，但情况大概跟余新差不多，一时半刻应该死不了，就看我们能不能及时把他们送到医院。

我吩咐紫蝶先留在树上，暂时别现身，但要把手枪准备好，然后便纵身跳到树下。可能因为昨晚一夜未眠吧，着地时双脚有些许发软，一屁股砸在地上，差点没摔死。

对于我的突然出现，菲菲显然大感意外，但她很快就回过神来，冰冷地说："原来慕警官早就来了……"说着缓步向我靠近。

虽然园内的光线十分昏暗，但总算有几缕月光穿透茂密的枝叶落到园内，为令人畏惧的黑暗带来少许希望的曙光。借助一缕落在菲菲身上的月光，我能看见她手中正拿着一根约二十厘米长的条状物体，而这东西就是杀害高氏兄弟的致命凶器——判官笔！

第十五章　孝与不孝

行凶过程被别人看见怎么办？当然是杀人灭口！

我想菲菲肯定是这么想的，她紧握仍滴着鲜血的判官笔，一步一步地向我靠近，从她身上散发出来的腾腾杀气令人窒息。

“你比我想象中要聪明得多，四舅恐怕得再添一条杀警罪。”她的语气老练而冰冷，跟之前的乖巧懂事判若两人。

我缓缓往后退，镇定自若地问道：“高财都已经被你杀了，还怎能替你顶罪呢？”虽然高财还没死，但我可不认为菲菲有送他到医院的打算，若得不到及时的救治，他绝对过不了今晚。

“那还不容易吗？嘻嘻……”她发出跟她年纪极不相符的冰冷笑声，随即又道，“待会把你解决之后，我就把四舅丢到地道去。到了明天，路过的村民会发现这里只有你跟余新的尸体，而四舅却不知所终。再加上这把附有四舅指纹的砍刀，谁都会认为你是被四舅杀死的。

“你不怕总有一天会有人发现高财的尸体吗？”不知不觉间我已经背靠紫蝶隐藏的荔枝树了，虽然这里光线昏暗，但她的枪口就在头顶，应该能保证我的安全。

菲菲见我已经退无可退，也不再进逼，冷声笑道：“那里平时根本没有人会去，要不是外婆自己跑了出来被你们发现，你们也不可能找到那里去。况且地道里四通八达，不熟识情况的人进去后，是很难出来的。”

她既然能说出这话，足以证明她对地道里的情况十分熟识，这从侧面证明了：“四婆是被你藏到地道里的！”

“没错，外婆是我藏起来的，大舅他们也是我杀的……”她说着猛然向我扑过来，与此同时枪声响起，一切皆发生在迅雷不及掩耳的瞬间……

余新因为失血过多死了，高财比他好一点，虽然还躺在医院，但总算死不了。菲菲右手中枪，经过两天的医治已经没什么大碍了，不过这对她来说，或许并非一件值得庆幸的事，因为离开医院后等待她的便是审讯。

把菲菲从附近城区的医院押回兴阳县派出所后，我跟紫蝶就立即对其问话，要求她详细讲述事情的始末。她意图谋杀高财乃我们亲眼所见，也承认杀害高强等人，此刻已没什么好隐瞒的，所以便向我们一一道出此案的来龙去脉——

收到外婆去世的消息，妈妈本想亲自回千汶村奔丧。但是可能因为太过伤心，妈妈突然觉得很不舒服，到医院里检查后发现，肝脏的肿瘤出现恶化迹象。医生说必须尽快做肝脏移植手术，不然恐怕会危及生命。虽然我能把部分肝脏捐给妈妈，但面对不少于二十万的手术费，我们却是有心无力。

妈妈患上肝病已经好几年了，为了治这个病，家里的钱早就花光了，而且还欠了别人不少钱。现在别说二十万，就连两万块我们也拿不出来。爸爸对此已经无计可施，我只好借这次回来为外婆奔丧的机会，跟大舅他们借钱，但他们竟然说妈妈的死活跟他们无关，叫我自己想办法。可是，我能有什么办法在短时间内找到这么多钱呢？

我来到这里时，是外婆诈尸的第二天。因为外婆莫名其妙地诈尸，并且不知所终，而我又没能跟他们借到钱，所以就打算回去照顾妈妈，看看有没有别的办法。可是当我准备离开的时候，却意外地在村子外面发现了外婆。

当时，外婆虽然像一头毫无理性的野兽一样，但她听见我的声音后竟然还能认出我。我想她现在弄成这个模样，要是把她带回村子里，肯定会被那些没人性的家伙活活烧死，一定要找个地方把她藏起来才行。

我突然想起荔枝园附近的地道，小时候外公经常带我钻进地道里面玩，他当时还说曾外公也带他进去玩过，里面说不定还有宝贝呢！不过我在里面可没找到他说的宝贝，反而有一次差点被里面的机关弄伤。因为知道这个地道的人并不多，所以我决定先把外婆藏在那里，之后再作打算。

我把外婆带到地道里后，每天都有带东西给她吃。她的食量很大，每天都要吃很多东西，而且很喜欢吃肉，尤其是血淋淋的生肉。她一旦饿了就会发疯，要是哪天我来晚了，她就会跑到外面自己找东西吃。那晚我离开荔枝园时，本来准备带东西去给她吃，可是你们突然出现，我只好晚一些再去找她，没想到她早就觉得饿了，还在半路上袭击我们。

在照顾外婆期间，我想起外公曾说过在荔枝园里藏下宝物，如果能得到这些宝物，妈妈的手术费就有希望了。所以我就用尽所有方法向外婆套话，希望能从她口中得知宝物埋藏的具体位置。虽然她吃饱后会很安静，可是她的意识很混乱，而且几乎不能说话，只能发出一些无意义的叫声。我试过在夜里带她到荔枝园里寻找，但她只是围着那些竹子转，并没能告诉我确切位置。

虽然并不知道准确位置，但总算知道宝物就在这堆竹子里面，只要把这些竹子全部砍掉总会找到。但是，如果我真的这么做，肯定会惊到大舅他们。虽然他们不见得会反对我这么做，但是也不见得会让我得到宝物，他们肯定会说妈妈是外嫁女，没有继承宝物的权利，想方设法把宝物独吞。

为了能得到宝物以换取妈妈的手术费，我打算利用外婆这次不可思议的诈尸，把大舅他们全都杀掉。反正他们都对外婆不好，而且又不肯帮妈妈，全都死不足惜！

我的计划就在外婆头七那天开始，当晚我主动走到门外烧香烛冥镪，他们因为外婆诈尸的事情而深感惊惶不安，完全没注意到我离开了一段时间。在这段时间里，我跑到地道里找来外婆，趁着天黑把她带回村子，再让她从窗外走过，然后就让她躲在附近的草丛里。因为之前我已经让她吃了很多东西，她吃饱后便会像个洋娃娃般任由我摆布，所以这一切都进行得十分顺利。

大舅他们看见外婆在窗外出现后，都坐不住了，没过多久就想各自回家。他们离开时，我趁其他人没注意就跟三舅说，小时候经常听见外公喃喃自语地说“潜龙勿用”，问他是否知道有什么特别的含义。三舅虽然性格懦弱，但一点也不笨，有了这个提示，很容易就能想到宝物应该是藏在丛生竹所在的乾位上。

果然，当晚深夜三舅独自去荔枝园，打算独吞外公留下来的宝物。我当然不会给他这个机会，于是便用我手中的判官笔把他送到地府去。

外婆二七那晚，姨妈跟我一起清理外婆的遗物，我趁她没注意把一张写有“见龙在田”的字条放在杂物之中。她发现字条后，也像三舅那样迫不及待地想到荔枝园寻找宝物，借口要回家一趟，还为此跟大舅吵起来。为免被别人怀疑，我主动提出跟她一起回家，她当然是立刻拒绝了。要是我跟她同行，她还怎能到荔枝园找宝物呢？

她从外婆家到她自己家走个来回只要几分钟，过了十来分钟也没见她回来，我就装作非常担忧地跟大舅和四舅说，她可能出意外了。大舅可能是被三舅的死吓怕了，叫我留下来继续给外婆守灵，自己却跑到治安队去了。四舅也是贪生怕死的人，打了个电话叫上余新，也跑到治安队去了。

他们走开后，我就立刻跑到荔枝园，把还在分辨哪边才是乾位的姨妈杀掉，再立刻跑回外婆家里。

之后的事情，你们应该很清楚。本来我并没有打算这么快就杀掉大舅跟四舅，而是想等到外婆三七及尾七才杀掉他们，这样大家就更加相信他们都是被外婆杀死的。可是，你们的出现，使我改变了原定的计划。因为你们不但发现了外婆，还从梅婆口中知道了很多事情，而且我发觉慕警官是个很有头脑的人。为免夜长梦多，我决定尽快把他们杀掉。

当晚大舅突然跑过来，给了我一个很好的机会，他跟你们出去后又走回来，除了问我跟你们说过些什么之外，还问我跟姨妈清理杂物时有没有发现些特别的东西。我跟他说发现了一张奇怪的字条，并走到房间里立刻拿了张纸条写上

"终日乾乾"四字，然后拿出来交给他。

他大概是财迷心窍吧，竟然连字条上的墨水还没干透也没注意到。我知道他肯定会去荔枝园，所以你们走后，我打算就到荔枝园等他。不过，虽然你们还没有怀疑我，但我也得给自己准备好不在场证据，恰巧当时梅婆就坐在家门口，所以我就故意让她看着我返回姨妈家休息。

其实，我进了姨妈家后，马上就从窗口跳出，跑到荔枝园等待大舅过来送死。

第二天，我和四舅在火葬场办完外婆的后事回到村子时，梅婆跟我们说，你们已经知道宝物藏在哪里，还说明天就会带人去找出来。我知道四舅一定会抢在你们之前去找宝物，所以我就打算先把他杀了。反正，我知道宝物是藏在竹子里，而不是埋在地下，就算让你们找到也不能收归国有。只要我把四舅杀了，就不会再有人跟我争这宝物。

可是，我万万没想到，你们竟然会埋伏在荔枝园里……

菲菲在告诉我们真相之后，一再要求我们把宝物归还她的父母，以及准许她把部分肝脏捐给母亲。这两件事似乎都超越了我们的职权范围，所以我只能跟她说尽力而为。

把菲菲送进看守所后，紫蝶便问我那晚怎么会知道菲菲一定会出现，为何不让她阻止高财跟余新的打斗？我掏出手机在她面前扬了扬，笑道："一切玄妙就在那天下午雪晴给我打来的电话里。"

那天早上雪晴告诉我调查高财的情况后，我只是顺便让她再去调查一下菲菲的母亲高顺，没想到她竟然查出一些奇怪的事来。

原来菲菲的父亲是一位小有名气的武术教练，还赢过不少武术比赛，而他最引人注目的，是他所擅长的武器是极为罕见的判官笔。作为他的女儿，菲菲不但自幼习武，还经常帮忙教他的弟子习武，当然也能灵活地运用判官笔。

高强等三人的致命伤都像是被手指戳出来的，但正常人不可能单用手指就能把人的头骨戳穿。不过，如果凶器是判官笔，那就容易得多了。所以，我就怀疑真正的凶手极有可能是菲菲。

菲菲虽然连杀了三人，但她这么做完全是为了帮母亲筹集手术费，足以见其是个孝义之人。而高强等人，在四婆生前对其不闻不问，其死后亦只是一心想着宝物的事情。

孝与不孝，在此已得到鲜明的对比。

尾 声

一

在离开兴阳县之前，我跟紫蝶一起来到荔枝园，目的当然是寻找高耀留下的宝物。

进入荔枝园后，我就直接走到丛生竹前，然后把每一根竹子都从头到尾敲过遍。紫蝶问我在干什么，我笑着问她是否记得高耀那本手抄《易经》最后一页上写着的“敲”字。

其实这个“敲”字是高耀留给子孙的暗示，他的子孙如果能认真看这本《易经》，再细心想想就能知道，其实只要像我这样敲敲打打，便能找到他留下的宝物。

“你这样真的能找到吗？我可不觉得高耀能把东西藏到竹子里面……”就在紫蝶说这话时，我敲到一根发出闷响的竹子，便向她笑道：“现在不就找到了。”随即拿来砍刀，准备把这根位于丛生竹中央，极为粗壮的竹子砍下来。在砍竹子的过程中，我跟紫蝶说了一个有趣的故事——

清朝年间有一个狡猾的毒贩利用竹竿偷运鸦片，他所用的方法是在幼竹的竹竿上破开一道小缝，把鸦片藏进去，然后就让竹子自然生长。这样被破开的小缝就会缓缓合上，过上一段日子就完全看不出曾经被破开过。这时候，毒贩就会把整根竹子砍下来当做竹竿运送，以达到掩人耳目的目的。

有一次，毒贩在运送藏有鸦片的竹竿时，遇上官府的搜查，带头的是一名抽旱烟的官员。毒贩也不是第一次被搜查，所以并没有在意，认为对方不会发现他把鸦片藏在竹竿里。

可是，带头的官员竟然用烟杆敲打藏有鸦片的竹竿。虽然他只是为了把烟杆里的烟灰敲掉，但这可把毒贩吓坏了。就算官员不知道竹竿里藏有鸦片，给他这样一直敲下去，早晚会发现异状。所以，毒贩赶紧上前给官员塞钱。

官员虽然不知道毒贩的秘密，但对方给自己送钱，当然不会拒绝。之后，他每次重施故技，毒贩都会立刻把钱财送上。“敲竹杠”一词就是这么来的……

把故事说完后，粗大的竹子也已经被我破开，里面果然藏有东西。那是一个油纸包，只有手掌大小，封口用蜡封存得十分仔细。我把油纸包从竹竿里取出，感觉十分轻巧，一时间难以猜度里面装着的是什么宝物。

我小心翼翼地把油纸包打开，心中充满期待，到底高耀给子孙留下的会是什么宝贝呢？可是，当我把油纸包完全打开时，所有的希望及期待全都消失了，剩下的就只有失望。

紫蝶的心情跟我也差不了多少，看见从油纸包里取出的“宝物”便眉头紧皱，不满地骂道：“怎么搞的，这就是高耀所说的宝物吗？”油纸包里就只有这两样东西——一张黑白相片和一封信。

相片是一对男女的合照，在影楼里照的，我想相片中的两人应该是高耀和四婆。信是高耀写的，内容是给子孙的遗训。

原来当年党琨战败后，敌方军阀找到了地道所在，并把里面的宝物全部带走。高明后来虽然把地道翻个遍，但连一件值钱的东西也没找到，当然也没有宝物留传下来。

高耀自从为高强选村长一事散尽家财后，受尽儿女的冷眼，他深知五个儿女都是不孝的人，怕自己死后四婆会有一个落魄的晚年。于是他就设了这个局，把他跟四婆的“无价之宝”——他们第一张，也是唯一的一张合照藏在竹干里，希望借此能使子女孝顺四婆。可是，他万万没想到，他的苦心不但没能使四婆安度晚年，还使自己的三个儿女死于非命。

返回省会后，我去探望过菲菲的母亲高顺，她的情况的确很严重，必须尽快做手术，可又无力支付高昂的手术费。

我跟老大谈及此事，在他默许下将此事告诉一位在报社任职的朋友，让对方报道此事并为高顺筹款。当然，报道的重点只在于高顺的困境，对于发生在千汶村的一幕幕诡异事件只字不提。

二

梁政走进厅长办公室时，厅长便把话筒放下，并对他笑道：“老花刚打电话来跟我报喜，他闺女现在已经是所长了。”

“紫蝶这么年轻就当上所长了？”梁政先是一愣，但随即便笑道，“还好她那儿是个贫困县，要是在别的地方，恐怕会被冠上‘史上最年轻的女所长’的头衔了。”

“就算真的那样也没关系，她的成绩是有目共睹的，先在冲元县侦破奸尸案，调到兴阳县后又破了宗大案子。虽然这两宗案子都有小慕帮忙，但她也吃了不少苦头。”厅长顿了顿又道，“说起来，小慕这次的功劳可不小，要是我们一点表示也没有，会不会太过分了？”

梁政轻描淡写地说：“这小子最大的优点就是不会斤斤计较，而且这次是他自愿去帮忙的，所以你就不用为此费心了。”

“有个淡泊名利的下属还真让人羡慕啊！”厅长无奈地苦笑，随即递上一份档案又道，“好了，这些事我们有空再谈，现在先谈另一宗案子。”

梁政接过档案并打开念道：“洛克生物塑化有限公司一员工报称宿舍闹鬼……”他突然眉头略皱，向对方投射疑惑的眼神，不解道，“我并不觉得这宗案子有何特别之处，不就是有人自称见鬼了。这种事几乎每天都会发生，大多数只是报案人神经过敏而已，根本用不着浪费警力调查。”

“如果单纯是报案人自称见鬼，当然用不着为此浪费时间，更不可能放到我的桌面上。”厅长露出严肃的神色，“报案人的工作单位不久前出了一宗命案，而且你知道这家单位的工作性质吗？”厅长示意梁政继续查阅档案。

梁政仔细一看，马上叫道：“竟然会有这种企业！那里不就遍地都是尸体？”

厅长轻轻点头：“在这单位里也许见尸体比见活人还要多，按理说单位里的人胆量不会小到哪里去，若只是捕风捉影的小事，不可能会向警方求助。”

梁政思索片刻后便露出好胜的笑容：“这家企业很有意思，这宗案子一定更有意思！”

◎ 灵异档案　守灵夜的诈尸

这次的故事原型是由史博非MM提供，大家是不是觉得史MM的名字很诡异呢？某求觉得挺诡异的，不过她本人才是真正的诡异，是传说中的灵异体质，隔三差五就会见鬼，经常会遇到些不可思议的事情。

猫脸婆婆的事情发生在史MM的家乡——一个位于黑龙江境内的偏僻小村庄，此事虽然至今未经任何媒体报道，但当地人基本上都知道。

跟故事里描述的一样，史MM的家乡有一个风俗，老人去世后要在家中停尸三日，之后才能殓葬。有很多当儿女的，父母健在时不孝顺，但到了这个时候都装作孝子贤孙，为父母彻夜守灵。

根据当地的风俗，在守灵的三天里儿女必须不眠不休地看守尸体，以防止猫、狐等具有灵性的动物接触尸体。以科学的说法解释，动物身上的皮毛所产生的静电会使尸体诈尸，情况跟心脏电击除颤术有些相似。不过，当地人则坚信，有灵性的动物会借此机会把自己的灵气度给尸体，以此达到操控尸体的目的。

话说猫脸婆婆生活在一个偏僻的小村庄里，她的儿女虽然对她不孝顺，但是她去世时，儿女还是要依照俗例为她守灵。不过，儿女们所谓的守灵，其实只是围在一起打麻将，根本没有人认真看守尸体。

正当儿女们在四方城内拼杀时，一只黑色的山猫悄然跳到婆婆的尸体上，而且还“给尸体度了半口气”（引号内为史MM亲述）。这情境恰好被邻居看见，在其惊呼下虽然把山猫吓跑，可惜为时已晚。

婆婆虽然只被山猫传了半口气，但左边脸马上就变得像猫脸一样，而且还跳起来，见人就又抓又咬。她那几个正在打麻将的儿女，当场就被她咬死了。邻居因为当时身处房外，得以及时逃走，所以才能幸免于难。

邻居跑掉后，便找来其他村民帮忙，打算把婆婆抓住。可是婆婆的动作非常快，大伙追不上，结果被她跑掉了。

之后，坊间有很多关于婆婆的传闻，譬如有人说她为了修炼成仙，必须吃属鼠的小孩子；也有人说，她只要是孩子就会吃。一时间闹得家家自危，家长们都不敢让自己的孩子晚上在外溜达。后来又有人说，婆婆害怕红色的丝线，这种丝线当即就脱销了，几乎每个孩子身上都有几条。

当然，这些传闻的可信度并不高，但婆婆诈尸并亲手杀死自己的儿女却是事实。

至于婆婆后来的情况如何，坊间有很多种说法，比较可信的说法是，山猫只给她度了半口灵气，所以她没活多久又死掉了。

[卷十一完]

卷十二 · 冥府来使

引　子

一

朦胧的月光穿透灰蓝色的玻璃窗洒落在宽敞的工作车间内，在忧郁的蓝光映照下，能看见这里或坐或站或躺了数十人。这些人皆沉默不语、纹丝不动，仿佛在思考深奥玄妙的人生哲理，若静心聆听甚至能发现他们连呼吸的声音也没有发出——他们并不是“人”！或许说，他们过去曾经是人，但现在却不是。

在这车间里的其实是一具又一具人类尸体，有男有女、有老有少，生前来自不同的阶层，有着各自的故事，也怀着各种不为人知的秘密。然而，此刻他们却毫无保留地展示自己的身体，不但身无寸缕，甚至连皮肤及脂肪亦已被剥落。

十数具肌肉及骨架外露的尸体，皆展现出痛苦的表情，仿佛正在接受最残酷的酷刑。车间在忧郁的蓝光映照下，神秘而诡异，犹如一个恐怖的刑场。

在这个可怕的地方，在这个寂静的时刻，一声让人毛骨悚然的叹息于黑暗中响起。叹息来自车间最黑暗的角落，一个月光照耀不到的地方，在这里有一个男性身影。他坐在一张凳子上，单手托腮，姿态就像他身旁那具肌肉外露的尸体，不同的是他并没有赤裸裸地展现自己的身体，最起码他穿着一身洁净且整齐的浅绿色工作服。

良久的沉默使他犹如一具特殊的尸体，跟车间里的其他尸体相比，他只不过是套上了俗世的伪装而已。不过，他最终还是忍不住要把自己厌恶的伪装剥下来，恢复天上赐予他的纯真本性，站起来把上衣狠狠地摔到地上，取出手机拨打一个他最为熟识，但在手机里没有任何记录的号码："是我，如果一小时后没接到我的电话，你就立刻赶过来……"挂掉电话后，他便咬着牙冲出门。

冲出车间后，他没有半点犹豫，于月色之下径直冲向七层高的办公楼，因为他害怕下一刻会提不起勇气。冲进办公楼，走到行政办公室门前，里面隐约传出交谈的声音，时而轻声细语、时而开怀大笑，门内的人仿佛在畅谈着一些令人兴奋不已的事情。

他站在门前心中闪现一丝犹豫，因为打开这道门后，或许一切都会结束……包括他的生命。死亡固然让人畏惧，但不能作为埋没良知的借口，所以他最终还是把这道在他心中无比沉重的木门推开。

门开，门后有四个男人围坐在茶几前摆"龙门阵"，当中一名戴眼镜的中年男人看见他便热情地走上前友善地说："哟，小吴，原来你还没走啊！来，跟我们一起喝茶聊天。"随即请对方坐到他身旁的位置上。

被称做小吴的男人不安地坐下，正想开口时，坐他对面的胖子便把一个沉甸甸的信封抛到他面前，和颜悦色地说："你来得正是时候，这一份是你的。"

小吴看着茶几上的信封，双手久久也没有伸出，他知道信封里的是什么，也知道收下这个信封即意味着将再一次出卖自己的良知。然而，他亦知道若拒绝收下将面临可怕的后果。所以，他犹豫了。

坐在他左侧，身形稍微消瘦的男人看出他心中的犹豫，给他递上一根烟并问道："小吴，你是不是有话要跟我们说？"

小吴接过烟怯弱地点头，但良久也没有说话，只是默默地抽烟。恐惧与良知于他心中交战，几经挣扎后，良知终于战胜了恐惧。他把熄灭烟头后，颤抖的双手缓缓伸出，按在面前的信封上，把信封轻轻地往前推了一下。

胖子脸上的肥肉出现微仅可察的抽搐，双眼亦闪现一丝怒火，但他马上便恢复和颜悦色的脸容，微笑着问道："小吴，你这是什么意思呢？嫌分红太少吗？"

小吴连忙摆手摇头，惊慌地说："不是，不是，我不是这个意思。"

"那你的意思是……"胖子锐利的目光落在小吴身上，使后者不自觉地低下头来。

又是良久的沉默，小吴再次于心中交战，最终他还是坚定了决心，抬起头迎接对方如刀刃般的目光，坚定不移地说："我要辞职！"

"做得好好的，为啥突然要辞职呢？"说话的是坐在小吴右边的健壮汉子。

坐在小吴身旁的眼镜男轻拍他的肩膀，关怀地问道："有什么问题不妨直说，大家都是无话不谈的好兄弟，没什么不能说的。"

"我、我……"小吴一连说了两个"我"，仍是没能把心中所想说出来。

消瘦的男人给胖子使了个眼色，随即对小吴说："你要是不想说也没关系，我们又不是地痞无赖，绝对不会强人所难。"他把信封推到对方面前又说，"不过，这些钱是你应得的，你先收下吧！至于辞职的事，也不急于一时，反正从明天开始是国庆假期，等假期过后再作决定也不迟。"

"我、我真的不想再干了，但你们大可放心，我绝对不会把公司的事情告诉任何人。"小吴忐忑的目光在其他人脸上掠过，希望能透过表情揣摩他们的心意。但是在座四人除眼镜男略显不安之外，其余三人皆面无表情，这使他更感恐惧，不由怯弱地低下头来。

"既然你去意已决，那我也不勉强你，你走吧！"胖子惋惜地轻轻摇头，随即挥手示意他离开。

他猛然抬起头看着对方，似乎不敢相信对方所说的话，但随即便如释重负地松了口气，站起来向在座四人深深地鞠躬，没有收下茶几上的信封便转身走向门外。

眼镜男紧张地向胖子使了个眼色，显然不明白对方为何如此轻易便让小吴离开。胖子露出阴险的笑容，向壮汉扬了下眉。壮汉会意地耸耸肩，拿起茶几上的水晶烟灰缸，一个箭步冲到小吴身后，使劲地砸在他的后脑上。

石火电光之间，刚散落地上的烟灰迅即被鲜血染红……

二

三年后，国庆前夜。

杨忠独自坐在办公室里，十指不停地敲打键盘，把一沓单据上的资料输入电脑后，他打了个哈欠，随即摘下眼镜揉了揉眼睛。看着桌面上堆积如山的票据，他想今晚大概又要做到天亮了。每个月的最后一天，他都得要通宵加班，虽然早就习惯了，但也难免会略感困意袭来。

他伸了个懒腰，走到茶几前给自己泡了一壶铁观音，希望借此驱除困意。浓茶入口很快就有种提神醒脑的感觉，再点上一根香烟，困意渐渐消退。

一壶香茗入腹，困意消散于无形，是时候继续工作了。然而，当他准备返回办公桌时，却听见一声异响从工作车间传来。此时已是深夜，而且明天又是国庆假期，车间里应该不会有人。难道……

一想起车间里存放着各式各样的尸体，他便顿感毛骨悚然。虽然在此已经工作了好几个年头，但他对这些尸体还是心存畏惧，毕竟他们的工作说难听一点就是发死人财。他身体不由自主地颤抖起来，因为他害怕是无法安息的亡魂前来索命。

门！虽然传说鬼魅能穿墙过壁，但他还是仓皇地把门锁上，因为他害怕尸体会冲出车间，冲进办公楼，从眼前这道门冲进来把他撕成碎片。

办公室里很安全，最起码这里没有尸体，他大可以继续完成他的工作，等到天亮之后再离开这个安全的地方。可是，刚才那一声异响却让他坐立难安。

未知常常会给人带来最大的恐惧，而消除恐惧的唯一办法就是寻找未知的根源。或许，刚才那一声异响只不过是来自一只老鼠而已，人总是喜欢自己吓自己。有了这个想法后，杨忠的胆量便陡然大增，他拿起一支手电筒，轻轻地把门打开。

门外是无尽的黑暗。走廊上并没有窗户，黑得伸手不见五指，犹如进往冥府的黄泉路。虽然他每天都穿过这条走廊，但此时却觉得眼前的景象异常陌生，仿佛有无数尸体埋伏在走廊两侧的门后。还好，当他把灯亮起来后，这种恐惧也就渐渐消退。不过，这只是开始而已。

走出办公楼，离开自己最熟识的地方，杨忠就开始后悔。他不应该走出办公室，那里是最安全的地方，但他又压制不住心中的好奇……或者说是恐惧。所以，他最终还是走进了车间，走进了这个尸体的世界。

或许是心理作用吧，他觉得车间的走廊比起办公楼更为黑暗，使他不自觉地颤抖起来。他本想把电灯打开，可是走到开关前才记起明天是假期，总电力开关在下班时已经被关闭了。黑暗虽然令人畏惧，但未知更使人惊恐，他最终还是决定要弄清楚刚才的异响到底是怎么回事。

距离大门最近的房间是定型车间，这里存放了十数具形态各异的尸体，在白天也是个让人不安的地方。手电筒的光线于漆黑的房间里游走，出现于眼前的净是一具具没有皮肤的可怕尸体。杨忠只是匆匆看了两眼便把门关上，因为他害怕光线落在下一具尸体身上时，会看见一张狰狞的面孔，又或许安静的尸体突然动起来。然而，更让他感到恐惧的是，这里曾经是小吴工作的地方。

他突然想起，小吴离开的时候也是国庆前夜，也是现在这夜阑人静之时。他越想越害怕，对异响的恐惧迅即消失，取而代之的是小吴倒在血泊之中的一幕。虽然已经事隔三年，但当夜的情景仍历历在目，仿佛就发生在十分钟之前。他还记得当时是如何处理小吴的尸体，如何清理满地的鲜血……

恐惧把杨忠推往崩溃的边缘，他已经顾不上什么异响，只想尽快找个既光亮又安全的地方待到天亮。他疾步走向大门，想尽快离开这个黑暗的车间，返回光亮的办公楼，返回能让他觉得安全的办公室。

当他走到车间大门前，“砰！”异响再次回荡于耳际。这次他听得十分清楚，那是敲打金属箱的声音，而这里就只有地下室的储藏车间才有金属箱……

第一章　月夜怪谈

明月几时有，把酒问青天。
不知天上宫阙，今夕是何年？
我欲乘风归去，又恐琼楼玉宇，高处不胜寒。
起舞弄清影，何似在人间！
转朱阁，低绮户，照无眠。
不应有恨，何事长向别时圆？
人有悲欢离合，月有阴晴圆缺，此事古难全。
但愿人长久，千里共婵娟。

卷十二·冥府来使

苏轼的传世之作《水调歌头》，在表达中秋佳节对亲人的思念之情的同时，带出浓厚的哲学意味。其意境之高，古今中外能与之相提并论的诗词，虽不能说没有，但也寥寥无几。

中秋节是中国人四大传统节日之一，其意义不亚于春节。虽然近年随着社会风气的转变，中秋节已几乎成了“送礼节”，但不少独自于异乡谋生的“异客”依旧是“每逢佳节倍思亲”。在中秋节与家人团聚，共赏一轮明月，是广大离乡异客的心愿，但并不是每一人都有享受家庭温暖的能力和条件。

于异乡独自度过佳节并不是一件愉快的事件，倘若此时再遇到一些令人畏惧的怪事，那就更加不幸了。又忘了自我介绍，我叫慕申羽，是一名刑警，任职于专门处理诡异案件的诡案组，这次我所调查的案件就始于中秋佳节……

诡案组的办公室里来了一名年轻的小伙子，虽然中秋节刚过，气温还不至于寒冷，但他双手捧着热茶，身体哆嗦不止。他坐在我对面欲言又止，心里像有很多话要跟我说，却不知道如何开口。还好，在我快要失去耐性时，他终于开口了：“你相信世上有鬼吗？”

这是一个让人难以回答的问题，难处在于虽然我相信这世上有鬼，但刑警的身份却不允许我说出心中的答案，只好借用沐师傅那模棱两可的回答：“可以说有，也可以说没有。”并随即作出补充：“‘鬼’是存在的，但跟人们想象中的不一样。”

我本以为这一个官腔式的回答能敷衍他，但他似乎曲解了我的意思，激动地站起来抓住我的双手，像遇到知音般说：“你也相信世上有鬼，你也相信……”

我试图让他恢复平静，但收效甚微。既然不能让他平静下来，那就只好让他继续激动好了，反正我的目的是让他把事情的始末说出来，与沉默不语相比，现在情况要好得多。他也没有令我失望，话匣子一开就滔滔不绝地讲述他所遇到的可怕遭遇——

我叫石磊，是博济医科大学的毕业生。在实习结束之后，我本想到医院里工作，可是一直都没有合适的医院愿意聘请我，后来经朋友介绍就进了洛克公司。

说起来也挺像笑话的，当初我上医科大学时，一心想着毕业后要做个救死扶伤的医生，可我万万没想到，到头来竟然跟杀猪的一个德行。或许，比杀猪的更加糟糕。

洛克公司并不是一家普通的公司，我不知道其他地方是否还有这种公司，但省内肯定就只此一家，别无分店。因为公司的主要业务是……生物塑化!

“生物塑化”是个专业名词，说简单一点就是把生物做成标本，说直接一点就是把人的尸体做成艺术标本。而我在公司里的工作，便是解剖那些从灌满福尔马林的金属箱子里取出来的尸体，将尸体肌肉组织里容易腐烂的脂肪等组织一一剔除。

做这种屠夫般的工作，虽然跟我的理想大相径庭，但现实是残酷的，我不能一直待在家里。在找到愿意聘请我的医院之前，我必须解决自己的生活来源。本来我只是打算骑牛找马，要是有医院愿意雇用我，我就会马上辞职。但是，不知不觉间我就在公司里待了近一年，要不是发生了这么可怕的事情，也许我还会继续待下去。

事情发生在中秋节晚上，当晚大家都去玩了，只有我一个人在宿舍里上网。因为第二天早上不用上班，所以我打算通宵上网。平时我也经常会通宵上网，可是那晚到凌晨时分，不知道为什么我突然觉得很困，连电脑也没关就上床睡觉了。

我睡得迷迷糊糊的时候突然听见一阵敲打声。那声音很轻，很缥缈，我甚至不能肯定自己是否真的听见，还是只不过是做梦而已，所以我并没有理会，继续睡觉。可是我快要睡着时，敲打声再一次响起，这次我听得要清楚一点，知道声音是来自床边的窗户。

我迷迷糊糊地爬起来望向窗户，看见窗外有一个人影。虽然当晚窗外的月色十分明亮，对方就在眼前，但我也只能看见他的身影。他的脸庞隐藏于黑暗之中，犹如一名来自阴间的使者，浑身散发着死亡的气息。现在回想起来，那情景很诡异，也很恐惧。但是，当时我心里却一点也不觉得害怕，有的只是被吵醒后的愤怒。

虽然我心里有一股想揍他的冲动，但在此刻却有心无力。因为我实在太困了，困得连把手提起来的力气也没有，所以我没有理他，想躺下来继续睡觉。可是正当我想躺下时，他却忽然开口问我：“请问，您有看一个国字脸、浓眉大眼，穿着草绿色工作服的人经过吗？”

我已经困得眼皮也快睁不开，当然也没有多余的心思去想他的问题，随便说了声“没有”，就躺下来继续睡觉。不知道睡了多久，我又听见敲打窗户的声音，迷迷糊糊地爬起来，竟然又看见刚才那个人站在窗外，于是便恼火地问他又想干吗，谁知道他还是问我同样的问题："请问，您有看一个国字脸、浓眉大眼，穿着草绿色工作服的人经过吗？"

本来我是睡得迷迷糊糊的，但这时却被他气得醒过来了，气愤地冲他大吼："你神经病啊，我刚才不是已经说了！没有，没有，除了你，我谁也没见过！"

把他骂走后，我就用被子把头蒙上继续睡觉。但是刚合上眼，我就觉得有点不对劲，心想怎么会有人敲这窗户，之前好像从来也没遇过这种事。突然，我一个激灵就完全醒过来了，因为我想起自己住的是五楼，窗外什么也没有，怎么可能会有人来敲窗呢？

我连忙爬起来，把头探出窗外。

窗外只有明亮的圆月和微凉的夜风，别说人影，就连鬼影也没有。我突然觉得背脊凉飕飕的，什么也不敢想，再次用被子蒙头继续睡觉。刚才我还困得要命，可这时却怎么也睡不着，脑海里总是浮现出一些与鬼怪有关的事情。

我知道强迫自己不想东西是不可能的，只能换个法子想些别的东西，想网络游戏、想以前的女朋友、想工作的事情……我突然想起刚才那人说要找一个穿草绿色工作服的人，我们公司的车间主任不都是穿这种工作服吗？难道他要找的是某位车间主任？

一个可怕的念头突然在我脑海中出现——他或许是某具被制成标本的尸体！

虽然主任说公司的尸源都是由外国的志愿者捐赠的，但谁知道当中是否有猫腻，如果他并不是自愿被制标本，如果他生前是被人用欺骗的手段签下死后捐赠尸体的文件，甚至是被人杀死后偷偷运到车间里……我越想越害怕，蜷缩于被窝之内不住地颤抖。

虽然我尽量想些别的东西，以抹去这些可怕的念头，但那神秘而诡异的身影却始终于脑海中挥之不去。不管想什么，最终还是联想到那个鬼魅般的身影。我在被窝里颤抖了近半小时，心里很清楚要忘记那可怕的身影是不可能的，所以我只好自我安慰。安慰自己刚才只是做梦而已，其实窗外并没什么身影，一切都只是梦境。有了这个想法，我心里就舒服多了，不再像刚才那么害怕。

刚放松下来，我就感到有些尿意，虽然不是很急，却让我难以入睡，只好下床上厕所。掀开被子时，我心惊胆战地往窗外瞥了一眼，幸亏窗外什么也没有，要不然我说不定会吓得尿裤子。虽然没看见窗外有奇怪的东西，不过我还是像做贼一样慢慢下床，蹑手蹑脚地走向房门。可是，我刚下床走了没几步，那如催命曲般的敲窗声突然又响起。

那一刻，仿佛有无数根冰冷的钢针刺在我背上，冰冷刺骨的感觉从脊椎骨的末端开始，瞬间延伸头顶，让我感到一阵眩晕。

或许，晕倒是个不错的结果，可惜我并没有晕倒。下体传来的微温让我知道，自己已经被吓得尿裤子。一个大男人竟然被吓得尿出来，多么可笑的事情啊，不过这反而使我感到一阵轻松，仿佛恐惧都随着尿液排出体外了。

这一刻，我不知道自己是被吓疯了，还是已经麻木了，竟然不再觉得害怕，反而感到十分好奇。心想就算对方要抓我去当替死鬼，我起码也得知道他长什么样子。于是，我缓缓地转过身来，面向窗户。

当我转过来看到窗外的景象时，并没有想象中那么害怕，就跟之前那两次一样，窗外有一个男人用手轻轻地敲打窗户，如果不是意识到窗外并没有能让他站立的地方，那根本就不会让人感到害怕。他看见我转过身来就再三问同样的问题："请问，您有看一个国字脸、浓眉大眼，穿着草绿色工作服的人经过吗？"

有了前两次的经验，我知道只要回答"没有"，他就会马上离开，那么我就安全了……或许，他根本没有加害我的意思，但他的存在却让我感到害怕，只有让他离开，我才能心安。然而，正当我想开口时，却发现他身上所穿的不就是浅绿色的工作服吗？

之前因为睡得迷迷糊糊，而且坐在床上看他，月亮刚好就在他的头顶照下来，使我没能看清楚他的相貌。而现在所站的位置却能看见他的脸庞，虽然看得还是不太清楚，但仍能看到他长着国字脸，而且浓眉大眼，就跟他要找的人一样，难道……

我知道他要找的人，其实就是他自己，于是就跟他说："有！"

他又问："那你知道他走哪个方向吗？"

我一时间不知道该怎么回答他，想了好一会儿才说："他朝你来的方向走了。"

"谢谢！"他很有礼貌地向我道谢，然后，然后，然后他的身体渐渐变得透明，不一会就消失了……

"他消失了，就在我眼前消失了……"石磊把中秋夜的诡异经历说完之后，就不断地重复着类似的话，让人怀疑他的精神状况是否出现问题。

但是，既然我已经接手这宗案子，不管他的脑子是否有问题，也不能马虎了事，要不然老大可不能放过我。当然我的调查方向并非他的宿舍是否闹鬼，而是事实是否真的如他所言，所以我便说："石先生，你刚才也说了，中秋节当晚只你一个人在宿舍，你的可怕经历也只有你一个人知道，没有任何人能证明你所见的就是事实……"

"相信我，我没有撒谎，我没有撒谎！"他又站起来，激动地抓住我的双手，"我知道他一定是冤死的，这是一宗凶杀案！他的尸体可能被杀害他的人做了手脚，使他不能入土为安，所以他才会到处寻找自己。"

"石先生，你先别激动，安静听我说。"我让他坐下来，又道，"希望你能够明白，我们警察办事不能单凭你的片面之词，就相信你所说的事情。你说是凶杀案，那只是你的猜测，我们需要的是证据……"

我还没把话完，他就露出兴奋的表情："有，我有证据！"他不停地翻自己的口袋，不一会儿就翻出一个U盘递给我，"这就是证据！"

"这能证明什么？"我看着手中的U盘不解地问。

他解释道："那晚我的电脑整夜都没关，而且摄像头也启动了，把当时的情况都拍了下来。"

难道他所说的都是真的？他真的见鬼了？

或许，看过U盘里的视频之后，这一切便会有答案。

第二章　灵异视频

我把石磊的U盘交给伟哥，让他在电脑上播放，然后怀着期待的心情等待将会出现的诡异画面。其他人似乎也对这段视频很感兴趣，都围在电脑前观看，喵喵更是抱着一大堆零食坐在我身旁，还问我要不要吃，感觉就像看电影似的。

然而，这部恐怖大片的前半部分并没有任何惊艳之处，甚至令人觉得极其无聊，因为我们只能从屏幕上看到一个睡姿欠佳的男人。这个男主角当然就是站在我们身后忐忑不安的石磊。

我们都紧盯着屏幕，期待下一刻会出现震撼心灵的画面，可是五分钟过去了，屏幕上依旧只能看见正在睡觉的石磊。我想他所说的神秘人应该没这么快出现吧，于是就让伟哥把进度条往后拉，以节省时间。

把进度条的时间后拉一个多小时，画面发生了变化，石磊不再摆出欠佳的睡姿，而是坐在床上。为免错过精彩画面，我让伟哥把进度条往前拉少许，退回石磊还没坐起来的时候，然后再让他加快播放速度，到石磊有动静时才调回正常播放速度。

画面中的石磊缓缓坐起，就像一个赖床的学生，在母亲的训斥下才极不愿意地爬起来。然而慵懒过后，他所表现出来的便是愤怒，张开嘴巴不知道说了句什么。视频虽然有声音，但他的位置显然跟麦克风有着不短的距离，纵使把音响的音量调至最大，还是没能听见他在说什么。

“给我一点时间。”伟哥这次挺主动的，不用我开口就立刻处理视频。虽然没看懂他如何操作，但我想应该是用扩音软件把视频的声音放大。

伟哥没花多少时间就把视频处理好，虽然在播放过程中有不少杂音，但总算能听清楚石磊爬起床时，有略带怒意的声音：“谁啊！”

此时应该就是石磊第一次被敲窗声弄醒的时候，但期待中的诡异画面并没有出现，视频的画面仅限于他的床铺及床头柜，窗户并没出现于画面之内。不过这也没关系，他自称曾与那名神秘男子对话，只要在视频里能听见另一个声音，那么他所说的事情就有可能是真的。

围在电脑前的众人皆屏息凝神，准备聆听也许是来自冥府炼狱的声音，然而我们等来的却是石磊的一句“没有”。画面内的他说完就躺下来继续睡觉，而画面外的我们则面面相觑，为他的举动而感到疑惑。

不过这种疑惑瞬间即逝，因为事实已经非常明显，石磊所谓的可怕经历根本就没发生过。或许，我该带他到小娜那里，给他的精神状况作一次评估，而不是在这里跟他浪费时间。所以，我没好气地对他说：“石先生，视频我们已经看过了，你所说的神秘人不但没有出现在画面里，甚至连声音也没有，你是不是应该跟我解释一下呢？”

“相信我，我真的没有撒谎，你们继续看下去就会知道！”他还在坚持自己的信念。

反正都跟他耗了一个早上，也不在乎多浪费十来分钟，于是我便叫伟哥再次调整视频的进度条，快速观看后面的内容。

后半部分也没有给我们带来一丝惊喜，内容就跟他所说的一样，只不过缺少一名对手而已。整个视频就只有他一个人在演独角戏，他所说的神秘人压根几没出现过，不但没能看见人，甚至连影子、声音等所有能证明其曾经出现的证据都没有。

虽然事实已经摆在眼前，但石磊还是坚称他所说的都是事实，一句谎话也没说。这回我可已经到了无言以对的地步了，便给蓁蓁使了个眼色，一同把他揪到一旁按在椅子上。

我翻开档案夹查阅他之前做的笔录，以冷漠的语气说："石先生，根据你之前在刑侦局所做的笔录，你昨天辞去了洛克公司的工作。你工作期间是否曾经发生过不愉快的事情，又或者公司做了些对你不公平的事？"

他大概是被我们吓到了，一个劲地摆手摇头："没有，没有，我知道你们心里想些什么，虽然我在工作上不太如意，但公司的待遇并不差，如果不是遇到这种可怕的事情，我没必要主动丢掉这个饭碗。你们应该知道的，现在要找一份像样的工作不是一件容易的事情。"

他说的也不是没有道理，现在经济不景气，很多人都担心饭碗不保，如果不是遇到重大问题，又有谁会主动辞职呢？也许他的确是碰到一个足以令他放弃工作的问题，但依目前的情况看来，这个问题绝对不是他所说的"见鬼"。看来要处理这宗案子，就得从他身上找突破口，当然我所指的突破口是如何才能让他承认自己撒谎。

正当我盘算着如何逼他从实招来时，办公里突然来了位稀客。

"哟，原来你们都待在这里，我还以为你们都忙着，所以才把尸检报告拿过来，早知道先打个电话过来好了。"来人是法医流年，他走过来把一份报告递给我。

我捏着鼻子接过报告，厌恶地说："谁让你拿报告过来的，我可不记得手头上有哪宗案子需要劳烦你这千年尸妖。"说着还把报告当扇子用，扇走他身上那股常年不散的尸臭味，喵喵更直接拿空气清新剂往他身上喷。

"是你们老大说要的。"他并没有躲避，只是无奈地补充一句，"用得着这样对我吗？我也有自尊心的。"

"反正你也习惯了，就跟你闻不到自己身上那股恶臭一样。"我白了他一眼就没再理他，随意地翻阅报告的内容，让他自己招呼自己。

这是一位名叫杨忠的死者的尸检报告，虽然我对这个名字并没有特别的印象，但只是看了几眼就被这报告吸引住，原因是他死得很奇怪，甚至可以说是死得很有趣。报告上对死者的死因判断是遇溺，这倒是很平常的事，奇则奇在他的肺部、气管及口鼻都检验出福尔马林。也就是说，他是被福尔马林淹死的。更为奇怪的是，死者身上除了腰间有碰撞的痕迹外，并无其他外力造成的伤痕。

以此推断，他极有可能是自己一头栽倒在装福尔马林的容器里自杀的。

很难想象会有人用福尔马林来自杀，先别说那气味有多恶心，单是要找到足够把人淹死的分量就不是一件容易的事情。一面盆的液体是不可能让人以淹死自杀的，因为当大脑处于缺氧边缘时，求生的本能会让他竭尽所能恢复呼吸，如果没有受到外力影响，不可能就此淹死，这跟掐自己的脖子类似。然而，从报告上所说的种种迹象显示，死者的确是自己栽倒在装福尔马林的容器里淹死的，这不禁让人感到疑惑。

不过，这种疑惑很快就得到消除，但同时亦给我带来新的疑惑，因为我发现这名死者的工作单位竟然就是洛克公司，事发现场就是该公司的储藏车间，时间为国庆节前一晚。

石磊曾提及洛克公司里用于存放尸体的是注满福尔马林的金属箱子，我想杨忠大概就是淹死于这些箱子里。他死于国庆节前夜，而石磊则自称于三天之后的中秋节见鬼，这两件事是否有关联呢？

两件事情之间是否有关联，我暂时还不能作出判断。不过能肯定的是，老大一定认为两者有着莫大的关联，要不然也不会让流年把尸检报告送过来。

“原来你也是博医毕业的，那我可是你师兄哦！”不知道是否因为“臭味相投”，流年来了才一会儿，就已经跟素未谋面的石磊投契地侃起大山来。

也许是他乡遇故知的缘故，原来像只斗败公鸡般的石磊突然活跃起来，跟流年侃个没完。在向流年讲述他的可怕经历后，他们两人的话题就转换到校园里，从食堂里像猪吃的一般的饭菜到系里硕果仅存的美女无所不谈。

“宿舍是否还像以前那样，遍地都是蟑螂吗？”流年越聊越起劲。

“多得海了去了，陈教授还叫我们闲来没事就抓蟑螂去做解剖呢？”此时兴致勃勃的石磊，跟刚才判若两人。

“是陈煜教授吗？我也是他的学生呢！”流年高兴得张开双臂拥抱对方。

石磊竟然没有介怀他身上那股尸臭味，跟他热情相拥，并笑道：“看来我们真是有缘啊，你上学的时候应该没少吃陈教授的苦头吧？”

“那当然了，他可是出了名的虐待狂！”流年露出心有余悸的神色，显然大概被这位陈教授调教得很惨，不过他马上又笑道，“他有抓你去守冷库没？我刚上他的课就被他抓去守了三天。”

“才守三天已经算你走运了，我可被他关了一个星期呢！有个胆小的哥们还被他关了半个月，差点没被吓疯掉，之后就不敢再上他的课了，马上申请转到精神系去。”

“没想到陈教授现在下手比过去还要狠！”流年略显惊讶，又问道，“那他有叫你去挖材料做标本吗？”

石磊无奈地说：“他可把挖材料当成作业一样让我们做，我还记得那天是七月半，他要我们每人至少要挖一块材料回来，第二天要是谁没能交上就别想毕业。我现在想起来还有点后怕，先别说见鬼或者会有报应，要是被人发现了，说不定会被当场打死，我能熬到毕业已经是祖先积下的德了。”

“这老头子真是越来越疯狂了……”流年惊疑片刻，随即沉默不语。良久之后，他突然走到我身旁，在我耳边小声说：“我相信他没有撒谎。”

“为什么？就因为他是你的师弟？”虽然流年表面上让人觉得粗枝大叶，内里却是个心思细密的人，我不以为他会单纯到因为石磊是他的师弟就完全相信对方所说的一切，他这么说必定有一个能让人信服的理由。

然而，他的回答却让我大感意外：“没错，就是因为他是陈教授的学生。”他似乎知道我心中的疑惑，马上加以解释，“你怀疑石磊捕风捉影是正常的想法，那是因为你没见识过陈教授的厉害。你知道我们刚才说的守冷库和挖材料是什么意思吗？”

“愿闻其详。”我给他发了根烟，并为他点上。

他吐着烟圈徐徐道来：“陈教授是人体解剖学系的专家，他收学生很严格，不过他对学生只有一个要求，那就是胆量！人体解剖学的基础就是解剖尸体，没有胆量根本学不了，所以他经常会用一些奇怪的方法来锻炼学生胆量。我刚才说的守冷库，就是把学生单独关在存放尸体的冷库里过夜，而挖材料则是到学校附近的荒山野岭上挖坟，并把从坟里挖出的人骨带回学校做成骨架标本。”

“这陈教授是个疯子吧！”我不自觉地哆嗦了一下。

“更加疯狂的事情他也能做出来，我能对着尸体吃饭这本事，就是被他锻炼出来的。”他苦笑一下，又道，“初上解剖课时，很多人都会吃不下饭，我就是其中一个。他为了让我们能克服这个问题，竟然要求我们打饭到解剖室，边吃边看他做解剖，而且还指定要打番茄炒牛肉之类的恶心饭菜。虽然刚开始时谁也吃不下，就算吃了也会吐出来，但时间长了，大家都习惯了，也就不再觉得恶心了。”

听完他的求学经历后，一滴冷汗从我的额角滑落，不由惊叹道：“原来你的变态不是天生的！”

“靠，你这算是人话吗！”他瞪了我一眼，随即露出不怀好意的笑容。

我心里觉得不妙，可惜已经太迟了，他猛然张开双臂扑过来抱住我。长生天哪，今晚又得找洗米水除尸臭。

就在我思量着怎样才能把流年从窗户扔出去时，仍在电脑前观看那段无聊视频的伟哥和喵喵，先是窃窃私语，继而一同惊叫起来。

“你们叫那么大声干吗！”蓁蓁边骂边走到电脑前，伟哥跟喵喵都没有回答她，只是指着电脑屏幕让她看。她不明就里地瞥了一眼，随即惊叫道：“这是什么东西啊？”我想他们大概是有所发现，于是便走过去问他们怎么回事。

“你看这里。”伟哥总算从惊讶中恢复过来，指着屏幕让我看。屏幕所显示的是石磊第三次“见鬼”时的画面，他站在床边面向窗户，音响正传出他的自言自语，单从表面上看并无异常之处。不过，当我对伟哥所指的位置稍加注意，马上就发现问题了。

伟哥让我看的是床头柜上那面斜对着窗户的镜子，在石磊自言自语的时候，隐约能看见镜中有一个倒影，但当他说完“他朝你来的方向走了”后，镜面就渐渐变得光亮，倒影当然就随之消失。

我让伟哥把进度退回倒影还没消失的时候，并把画面定格，然后问他能不能把镜子的部分放大。他不屑地白了我一眼：“你不觉得问我这种问题，是对黑客的一种侮辱吗？这种事情毫无技术含量，手指头动几下就能搞定。不过，视频的解像度不高，放大后画面失真的情况会很严重。好了，搞定！”只是三言两语的工夫，他就已经把镜子的部分放大了。

看着屏幕上的画面，围拢于电脑前的众人不由一同惊叫起来，因为经过放大的镜子能清楚地看见一个人形的影子！而根据镜子摆放的位置判断，这个影子的主人理应是站在窗外。

难道石磊真的见鬼了？

第三章　画师异能

“竟然会有这种事？我还以为只是报案人神经过敏而已。”老大随意地翻阅石磊的笔录。

我把流年送来的尸检报告抛给他，并白了他一眼："鬼才相信你！"

他狡黠地笑着，拿起尸检翻阅片刻便问："有调查过这名死者的资料吗？"

我点了根烟，悠悠地抽了一口才回答："粗略调查了一下，他有妻有儿、收入稳定，而且死前并没有留下遗书，单从表面上看不像是自杀。"

"你这叫调查吗？根本就是刑侦局提供的资料！"老大睁着他那双小眼睛瞪着我。

我耸肩道："可他们把这宗案子当做自杀处理。"

老大突然运起狮子吼，冲我咆哮："要是他们能处理好，我们还用得着接手吗？还不快去洛克公司调查！"

"别那么大声，我的耳朵没问题。"我被他吼得烟也掉了，差点烫到大腿，狼狈地把烟头和身上的烟灰处理好后，才没好气地说："洛克公司我早晚也会去，不过我想先带石磊去见一下心理医生。"

"视频不是已经证明了他并非捕风捉影吗？还带他去见你的旧相好干吗？"老大露出一脸暧昧的坏笑。

"什么旧相好啊，别说得这么难听！"我白了他一眼，又道，"虽然视频能证明他所说的是真有其事，但是他一直都无法清楚地描述出神秘人的相貌，给他做拼图的伙计已经快要崩溃了。"

"好歹也是个大学生，表达能力不至于这么差吧！"老大略显疑惑。

我无奈地耸耸肩："或许并非表达能力的问题，他当时处于半梦半醒的状态，而且又受到极大的惊吓，现在要他准确地描述对方的相貌难免会有些困难。"

"那你这趟就去得光明正大了。"老大那张贱肉丛生的笑脸真让人觉得不舒服。

我有点气急败坏的感觉，冲口叫道："我得强调一下，我这是为了工作，不是为了见旧相好！"

"鬼拍后尾枕，快去干活！"这回真的给老大打败了。

（"鬼拍后尾枕"乃粤语方言，意为做亏心事后，不小心说漏嘴。）

离开老大的房间后，我便跟蓁蓁带着石磊来到小娜上班的医院找她帮忙，希望能利用催眠术诱导石磊描述出那个于窗外出现的神秘人的相貌。因为不知道对方底细，调查根本无法进行。

因为事前已经跟小娜通了电话，我们到时她已经做好了准备，随时能为石磊施展催眠术。虽然她跟蓁蓁已经不是第一次见面了，但我总觉得她们走在一起时有些别扭，虽然表面上她们还能有说有笑。

小娜请石磊进入她的诊室后，让我们在门外等候一会。她每次施展催眠术都是这样，从不让第三者旁观，纵使我曾经跟她一起度过了近四年光阴，也没见过她是怎样把人催眠的。她的催眠术在我心中总是如此神秘，亏我还是因为接受她的催眠治疗才认识她。

每次在等待小娜施展催眠术时，我都会不自觉地回忆当初她是如何催眠我，可是每次我都记不起来，仿佛我从来也没有接受过她的催眠。

“在回味以往的风花雪月吗？”蓁蓁突然不无醋意地问，把我从沉思中拉回现实。

我微微笑道：“你不会是介意吧？”

她白了我一眼，撇嘴道：“谁会在乎你的事情，别自作多情好不好！”

我正想回赠蓁蓁两句时，小娜跟石磊便从诊室里走出来，从她牵强的笑容判断，她对石磊的催眠似乎没有达到预期的效果。果然，她走到我们身前便略带歉意地说：“虽然他对那晚所发生的一切记忆犹新，甚至对那位神秘人的体形、衣饰等细节都能一一细数，可就是无法清晰地描述出对方的相貌。不管我用什么方法，他的回答都只是‘国字脸、浓眉大眼’。”

石磊不好意思低下头：“对不起，我给你们添麻烦了。”

我轻拍他的肩膀，安慰道：“这不是你的错，放松点，别在意。”虽然我嘴巴上这么说，心里却很犯愁。洛克公司所做的是“死人活”，不久前便莫名其妙地死了一个人，现在他又碰到这种可怕的怪事，若说当中没有任何关联似乎太不负责了。可是，他无法清楚地描述出当晚所见的神秘人长相如何，要把此事弄清楚无异于大海捞针。

“不如我们找沐师傅帮忙吧，他说不定会有办法。”蓁蓁提议道。

既然连小娜的催眠术也不能让石磊记起神秘人的相貌，也就只好向沐师傅求助了，毕竟他对稀奇古怪的事情特别有研究，说不定真的会有办法。

跟小娜道别后，我就给伟哥打电话，让他与沐阁璋师父联系，请教对方是否有能为我们解决当下难题的办法。虽然认识沐师傅已经有一段日子了，但至今我仍不知道他的联系方式。他这人很奇怪，虽然我们每次找他帮忙，他都不会推托，但每当我向他索要联系方式时，他总是说：“你让小伟找我就行了。”所以，每次我都必须通过伟哥才能找到他。

伟哥没过多久就给我回电话：“我已经把情况告诉沐师傅了，他说有一个人或许能帮上忙。这人名叫廉潇宇，是个插画师，他这个时候应该在家里，你们去……”他告诉我一个地址，然后又说，“沐师傅似乎对这件事挺有兴趣，他说要是我们再遇到其他困难，随时能找他帮忙。”

挂掉电话后，我们就按照伟哥所说的地址去找这位叫廉潇宇的插画师，虽然我不知道他在这事件上能帮上什么忙。因为不管他的画功如何了得，也不可能单凭一句“国字脸、浓眉大眼”，就把石磊所说的神秘人画出来。不过，我想沐师傅应该不会让我们白跑一趟。

廉画师住在一个安静的住宅小区里，我们在他家门前并没有找到门铃，只好直接敲门。我往那钢质大门敲了好一会儿，连手都敲疼了，门内还一点动静也没有，看来他应该是外出了。然而，正当我们打算离开时，大门突然打开了，一名三十出头，身形略为肥胖的男人站在门内恶狠狠地盯着我，低声咆哮：“你们是什么人，敲我的门干吗？”

我想这胖子大概就是我们要找的人，但是看他现在这副想杀人的模样，要他帮忙似乎并不是一件容易的事情。不过，既然已经来了，不妨先向对方道明来意：“廉先生，您好，我们是警察，是沐阁璋师父介绍我们……”

我刚说出沐师傅的名字，他那张杀人脸马上就消失了，取而代之的是和善的笑容：“原来你们是沐师傅的朋友，请进、请进，进来再说。”说着就请我们进屋。

他请我们到客厅坐下，并给我们解释，他刚才正在构思一幅插画，给我们一吵，灵感就跑光了，所以才会如此生气。

我略带歉意地说：“真抱歉，打扰到你的工作了。”

他笑道：“没关系，长命工夫长命做，反正这幅插画也不急。沐师傅是我的恩人，你们是他的朋友也就是我的朋友，我又岂能怠慢朋友呢！哎哟，我忘了给你们倒茶了，请稍等一下。”说罢，他就起身倒茶去了。

我趁他倒茶的空当稍微留意了一下周围的布置，客厅的布局简洁明亮，而且收拾得井井有条，并不像大部分从事创作的人那样，家里乱得像狗窝似的。不过，我很快就发现，这似乎并不是他的功劳，因为我发现茶几下放有几本女性杂志，我想他应该是跟女朋友同住。

我之所以认为他是跟女朋友同住，而不是已婚之人，是因为挂满客厅墙壁的图画。这些图画有油彩，也有素描，有风景画，也有人物画像，当中以一名英姿勃勃的女生画像居多，半数以上的图画都是绘画她的，我想她应该就是这房子的女主人。然而，客厅内虽然挂满图画，却没有一幅婚纱照，由此可见他们还没结婚。

“让你们久等了……”廉画师给我们奉上热茶后又道，“你们找我有什么事吗？”

“事情是这样的……”蓁蓁把我们的来意道明，希望他能画出石磊所遇见的神秘人的相貌。

石磊尴尬地说：“我只记得对方是国字脸、浓眉大眼，除此之外就没有别的印象了。”

“没关系！”廉画师安慰般地对石磊笑了笑，随即站起来把客厅的窗帘都拉上。

虽然我不明白他为何要这样做，但这里是他家，我当然不便多言。客厅的窗帘很厚，颜色也很深，一拉上，整个客厅立刻就暗下来，虽然还不至于伸手不见五指，但也只能勉强看清楚客厅里的事物。他拉上窗帘后就坐到石磊身前，语气柔和地说：“别紧张，放松点，把眼睛闭上，尽量回忆那人的模样。”

石磊按他的意思闭上眼睛后，他就把双手轻轻地放在石磊的肩膀上，并闭上双眼，又柔声道：“很好，再努力回忆一下，对，就是这样，再想想，再想想……”

“对不起，我真的想不起来。”石磊突然睁开双目，随即歉意万分地双手抱头。

看见石磊这个模样，我本以为这回又是白跑一趟，但廉画师竟然笑道：“没事，你做得很好，我已经‘看’得很清楚了。”

我还没弄明白他所说的“看”是怎么回事，他便随手在茶几下抽出一本画簿放在茶几上，不知道从哪个口袋掏出一支炭笔，先在画簿上画了个十字，然后就聚精会神地绘画起来。右手笔走龙蛇，左手也没闲下来，五指并用或点或抹，每一动作都没有丝毫犹豫，仿佛他所画的是潜藏心底多年的画面，不一会儿，眼睛、眉毛、鼻子、嘴唇、脸形便逐一呈现于画簿上。

他并没有花多少时间就把素描画好了，虽然用时不多，却画得栩栩如生。此时展现于我们面前的是一名中年男子的半身画像，国字脸、浓眉大眼，面目和善，嘴角泛笑，身穿整齐的工作服。我实在有点不相信，他单凭一句“国字脸、浓眉大眼”就能画出如此栩栩如生的画像，正欲开口询问时，蓁蓁突然惊叫道：“咦，我们刚才好像没说过那人是穿着工作服的！”我这才想起刚才我们谁也没有提及“工作服”三字，他又怎么知道石磊看见的神秘人是穿着工作服呢？

“是他，我当晚看见的就是他！”石磊双手颤抖地拿着刚画好的素描画像，面露惊疑之色。

“你确定？”我也为突如其来的变化感到惊诧。

石磊连连点头：“之前我一直记不起来，但现在看见这张画像，原来在记忆中模糊的面容，立刻就清晰起来了，我能肯定这就是他的样子！”

“太神奇了，单凭一句话就能画出连当事人也记不清楚的画像！”我对廉画师说出衷心赞叹。

“其实，我不是凭他那句简单的形容画的，而是凭他身上那一丝残念把画像画出来的。”廉画师谦逊地笑着，在我们疑惑的眼光下，给我们作出解释——

既然你们是沐师傅的朋友，那么肯定听他说过有关念力的一套解说吧，我所说的“残念”也是源自他这套解说。

人死后有可能留下念力，而念力是能量的一种形态，既然是能量就会有所消耗。所谓的灵魂就像我手中的炭笔一样，不管在何处留下痕迹都会消耗自己的能量，消耗殆尽时也就会魂飞魄散。不过，虽然灵魂的主体总会有消散的一天，但所留下的痕迹却不会轻易磨灭，而这些痕迹便是我所说的“残念”！

我自幼就受到残念的困扰，只要触摸某件物件，或者与陌生人擦肩而过，脑海中就会有各种各样奇怪的画面。有时是面目慈祥的老人安躺于床上微微地笑着，但有时却是面目狰狞的恶徒举刀欲砍，有时甚至是鲜血横流的车祸现场。这些突如其来的画面困扰了我很长时间，一直以来我都以为自己是撞邪了，直到我遇到沐师傅，才知道这原来是上天赐予我的天赋。

沐师傅说我的体质很特别，很容易受到念力影响，在脑海中形成相应的画面。从科学的角度解释，就是我的磁场有别于常人，很容易接收外来的脑电波，并令这些脑电波在自己脑海中转换成画面。

他说上天既然赐予我这种能力，我就应该好好地运用，尽量去帮助有需要的人。因为我是学美术的，画功还不错，所以他经常会介绍一些亲人已经去世，却没有其相片的人来找我，让我帮他们给去世的亲人画遗像……

“你确认这人已经死了？”这是一个很重要的问题。

他肯定地点头：“之前曾经有人找我画一名失踪多时的亲人的画像，可是不管我怎样集中精神，脑海里也没有出现那人的相貌，只好让对方失望而回。不过，后来他们给我打来电话，说失踪的亲人原来还活着，并且已经跟家人取得联系。”

那么说，画中人肯定已经死了，而且他的“灵魂”正在不断地寻找自己……

难道真的如石磊所想，他是死于非命且尸体不能入土为安？看来，我必须到洛克公司走一趟。

第四章 离职员工

洛克生物塑化有限公司还真是一家“神秘”的公司，之所以说其神秘，是因为我跟蓁蓁驾车在科技园里转了好几圈才找到这家该死的公司。实在很难想象一家占地超过一万平方米的大型公司，除了门前那个小得可怜的牌匾外，竟然就再没有任何相关的标志。我想这大概跟其从事尸体加工有关吧，毕竟这种产业并不容易让大众接受。

“这家公司该不会是欠了人家很多钱吧？”与我同行的蓁蓁看着车窗外那个只有电脑屏幕那么大的牌匾，露出一脸疑惑之色。

“我可不这么认为了，你看那保安抽的是什么烟。”我往门卫室指了指，示意她留意那个正在点烟的保安。

她瞥了一眼就说：“我又不抽烟，怎么知道他抽的是什么。”

我笑道：“他抽的是玉溪，一包要二十多块钱。我猜他大概遇到什么好事，又或者他们公司刚发了奖金，要不然很难想象一个普通的保安能抽得起这种香烟。”

“别说那么多废话，赶紧办正事。”她说罢便下车走向门卫室，我耸耸肩亦紧跟其后。

门卫室里有两名保安，其中一名正悠闲地吞云吐雾，品味着手中的玉溪香烟，另一名看见我们走近就隔着窗户厉声询问：“你们是干什么的？”

我从他们的胸卡得知问话的保安名叫朱光，正在抽烟的叫郭运。我向他们出示警员证，并表明来意：“你们公司有一位离职员工报案，说在宿舍里遇到怪事，所以我们特意过来了解一下。”

郭运突然露出欣喜的笑容，得意地向朱光扬眉，后者没好气地掏出钱包，并从中取出一张一百元的钞票重重地拍在桌子上，略带怒意地对他说：“靠，还真让你蒙对了，拿去买药吃！”

郭运一脸笑容，慢条斯理地把钱收进口袋，然后才跟我们说：“报案的是石磊那小子吧！”

“你怎么知道？”蓁蓁惊奇地问道。

“除了他还有谁会这么发神经！”朱光大概因为刚输了钱，所以语气带有三分怒意，骂骂咧咧地说，“这小子自以为是个大学生就很了不起，说自己读的是名牌大学，教他的教授都是牛气冲天的名人，说得天花乱坠，就差没说华佗是他徒弟。我靠，在车间里工作的有哪个不是医科大学毕业的！”

朱光的心情不太好，要从他口中得到中肯的评价是不可能的，所以我便对郭运问道：“他很惹人讨厌吗？”

郭运惬意地抽着烟，微微笑道：“那也不至于，他只不过是有点自大，不太合群而已。”

不管石磊的为人如何，他遇到怪异的事情已是不争的事实，我们有必要到他之前所住的宿舍调查一下。然而，当我提出这个要求时，对方却面露难色，郭运皱眉道：“石磊应该跟你们说过公司的情况吧，我们这里平时都是不让外人参观的，如果你们一定要进去，我得先跟厂长请示一下。”

他们只是这里的保安，很多事情都不能做主，这个我能理解。可是蓁蓁不是这么想的，杏眼圆睁摆出一副剑拔弩张的架势冲对方大吼：“为什么要先请示你们的厂长，是不是你们公司做了些见不得人的勾当！”

她这一吼可把对方吓了一跳，两人都呆了好一会儿，朱光先反应过来，紧张地说：“你可别乱说话呀，我们这儿是做合法生意的公司，哪有什么见不得人的勾当？而且因为公司做的产品比较特殊，工商跟海关都盯得特别紧，所以总经理他们做事从来都是小心翼翼，不敢有丝毫错漏。”

“工商跟海关过来检查，也得先通知领导吗？”我轻描淡写地问。

他们两人一时语塞，片刻后郭运尴尬地说：“两位警官，我们只是打工的，别为难我们好不好？”

“我没打算为难你们，但也不希望你们给我出难题。这样好了，你先带我们去宿舍，而你的同事则去请示领导。”我说着往大门瞥了一眼，示意他们让我们进去。

郭运与同僚对视了一眼后便把大门打开，并带领我们前往宿舍。我们刚迈出脚步，朱光就已经拿起电话通知领导了。

进门后才发现这里的环境挺不错的，绿化做得很到位，鸟语花香。要不是那栋七层高的办公楼，我还以为这里是个公园呢！看来这家公司的经济状况相当好，没想到原来“卖死尸”也能赚这么多钱。

宿舍在办公楼后面，为免让公司的领导捷足先登，我不断催促郭运加快脚步，他很合作，带领我们往宿舍一路小跑。宿舍楼高五层，跟一般的工厂宿舍类似，底层为食堂及娱乐厅，二楼以上才是给员工居住的房间。据石磊说，他之前所住的房间位于五楼走廊的末端，一路小跑再爬上五层楼梯有够我受的，到达五楼时我差点没背过气去。幸好，在我们走到房间门前时，公司的领导还没出现。

然而，当我想进入房间时却发现房门上锁了，于是便问郭运是否有钥匙。他摊开双手无奈地说：“我怎么可能会有钥匙，要不然住这里的家伙掉了东西，不就全都算到我头上？”

“这房间不是闹鬼了吗？怎么还会有人住？”蓁蓁疑惑地问。

郭运摆手笑道：“这世上哪会有鬼啊？！在公司里除了石磊这小子，没有一个人相信世上有鬼，要不然还怎能在这里混下去。”他说得也不无道理，在这里工作的人见尸体的时间，或许比见活人还要多，要是怕鬼的话根本没法留下来。

“那要到哪里找钥匙？”蓁蓁又问。

郭运答道：“除了住这房间的家伙，就只有行政部才有，要不我现在就过去拿？”

“不必了……”反正领导早晚会过来，等他们来了自然就会有钥匙，不过有他们在场，我能收集到的消息大概也只有些模棱两可的官腔话。与其浪费时间去找钥匙，还不如趁他们还没到来之前抓紧时间向郭运套话，因为我在房间门前发现了一个可疑之处：“我怎么觉得这层楼的窗户好像比其他楼层要崭新一些？”虽然我们还没有进房间，但每道房门旁边都有一个推拉式的铝合金窗户。铝合金使用了一段时间后就会出现老化，颜色会起些微变化，以此判断就得出这层楼的窗户要比其他楼层崭新的结论。

郭运略显惊讶地说：“警察就是不一样，这也能注意到。这些窗户其实是去年才装上的。”

“之前那些窗户全都破了？”蓁蓁惊疑问道。

因为郭运说的是“装上”，而不是“换上”，所以我向蓁蓁摆了下手，示意她少说话，免得丢人现眼。然后跟郭运说：“为什么去年才装上，之前没有人住吗？”

他点了下头："是啊，之前公司的员工没现在这么多，下面那三层也没有住满，所以这一层一直都是空着的，窗户也就没装上了。"

"石磊是去年才到这里工作的，这房间是他到来后才开始使用吗？"我又问。

他稍微想了一下便说："我记起了，当时公司增加了几个车间，所以招来了一些新工人，那小子应该就是那时候进来的，而这层楼也是为了安排他们住宿才进行装修的。"

"也就是说，在石磊之前没有其他人住这间房间？"我似乎想到些事情，但一时间有些捉摸不定的感觉。

他摇头笑道："也不能这么说，这房间又不是只有他一个人住，还有两个家伙跟他一起住呢！不过，也就只他说房间里有鬼，其他人连鬼影也没见过。"

"你知道的事还蛮多的，应该在这里工作了很长时间吧？"我随意问道。

他自豪地说："差不多五年了，除了厂长、经理他们，我算是在这里干的时间最长的。"

我突然想起廉画师画的画像，既然他在这里做了这么长时间，说不定会见过画中人。于是便把画像取出给他看，并问他对画中人是否有印象，他只看了一眼就说："他不就是吴主任吗？这画像画得还挺像的。"

"你认识他？"我立刻追问。

他轻轻点头："认识，他之前是定型车间的主任……"

"小郭！"从楼梯口传来的一声洪亮的怒喝打断了郭运的话语，循声觅去发现一壮一瘦两名中年男子向我们走过来，其中健壮男子正对郭运怒目而视。

郭运看见对方连忙低头哈腰地迎上去，以敬畏的语气说："李经理、梁厂长。"

健壮男子瞪了他一眼，责问道："谁让你带人上来的？"郭运的身体微微颤抖，低着头不敢回话。

幸好，消瘦男子立刻为他解围，笑道："老梁，你就别为难小郭了，总不能让他把两位警官晾在门外吧！反正我们公司也没什么见不得人的地方。"此男子随即上前跟我握手，并友善地说："两位警官你们好，我是这里的经理李希……"他指着健壮男子又说，"他是厂长梁雄，请别见怪，他其实并没有针对你们的意思，只是他的脾气本来就这样。希望你们能够明白，他身为厂长，要是太过和善就管不住手下的员工了。"

“没关系！”我回以礼貌的微笑，并向他展示画像，“你认识这个人吗？”

“他……”他稍现惊诧之色，但随即就恢复笑容，“我想起来了，他叫吴越，之前在这里做过车间主任，不过大概在三年前就辞职了。”

“你知道他现在的情况吗？”我又问。

他摇头笑道：“我虽然是这里的经理，但也不可能知道员工离职后的情况吧！”

“他在职时，有住过这房间吗？”我往石磊遭遇怪事的房间瞥了一眼。

他再次摇头：“没有，当时这层楼还没有装修，整层楼都没有人住。”

“他因为什么原因辞职的？”蓁蓁突然插话。

“个人原因。”李希耸耸肩又说，“他突然跑到办公室跟我们说要辞职，问他怎么回事，他又不肯说，我们想留也留不住。”

“那你有他的联系电话吗？”我问。

他皱眉道：“资料室里应该有他的资料，上面会有他的手机号码。不过他已经离开了三年，而且他又不是本地人，要是他到别的地方工作肯定更换号码。”他所言不无道理，看来要核实吴越的生死得花点工夫，或许伟哥能帮得上忙。于是我便向他索要吴越的资料，他并没有推辞，说他们随时能提供给我们，还说了一大堆警民会合作的门面话，并询问我是否现在就去拿。

他对我们的态度虽然十分友善，不像梁雄那样脸上流露出明显的敌意，但笑里藏刀的人最不好对付。他之所以愿意给我们提供吴越的资料，说不定是另有意图，而他的目的很可能是阻止我们进入眼前这间房间。所以，我便轻描淡写地回答：“不急，既然我们都已经来到门口了，不如先进房间里看看，我可不想再爬五层楼梯。”

果然，他虽然从口袋掏出一大串钥匙，却眉头略皱道：“钥匙我已经带来了，不过我虽然是这里的经理，但随便进入员工的房间似乎也不太好。”

他越不想让我进去，我就越要进去，因为里面很可能有他不想让我们知道的私密，所以我便说：“那能否请住这房间的员工过来一趟，陪我们一起进去？”

“这个嘛……”我本以为他还会借词推托，阻碍我们进入房间，但他只是稍微迟疑便点头答应，并对郭运说：“小郭，你去车间把住这房间的工人找来吧！动作快点，别让两位警官久等。”

郭运刚走，他就对梁雄说：“老梁，有我招呼两位警官就行了，你先回办公室忙别的事情吧！”

李希果然是笑面虎，他表面上虽然十分配合我们，但我发现他给梁雄使个眼色。或许，他的本意并非阻止我们进入房间，而是志在吴越的资料。我当然不能让他奸计得逞，于是马上叫住梁雄：“梁厂长，请稍等一下！”随即又道：“我知道你们还有很多事情要办，我也不想打扰你们太长时间。这样吧，反正梁厂长要回办公室，不如顺道带我的同事去拿吴越的资料。”

梁雄先是一愣，随即看着李希，等待他的表态。李希也呆了一下，不过马上就恢复过来，笑道：“这样也好，能节省大家的时间。”说着向梁雄点了下头。

他的爽快让我大感意外，不禁觉得他已经另有盘算。不管他心里在想什么鬼主意，现在当务之急还是调查眼前的房间以及要取得吴越的资料，所以我就让蓁蓁先跟梁雄到办公室走一趟，而我则跟他留下来等待住这房间的员工。

蓁蓁走后没过多久，郭运就带来两个二十来岁的男青年，并告知他们便是住这房间的员工。而李希此时也没再做任何小动作，用他那串钥匙打开眼前这道神秘的门……

第五章　已死之人

置身于曾经发生诡异事件的房间里，我并没有遍体生寒的感觉，甚至还觉得有些闷热。或许因为现在是大白天，或许因为这里是顶楼，不过我想最大的原因是现在房间里连同我一共有五个人。

虽然这房间并不算狭窄，但一下子挤进了五个人，难免会有些局促的感觉，不过这并不妨碍我的调查。

房间的布置跟我在视频里看见的没什么两样，不同的是石磊的床铺上已经空无一物。我仔细地查了一遍床边的窗户，发现窗外没有任何能让人立脚的地方，就连一根水管也没有，外墙平整得犹如镜面。除非石磊当晚所见的神秘人是蜘蛛侠，否则他绝对没可能出现在窗外。

我在房间里转了好几圈，没有发现任何值得怀疑的地方，可是李希之前的举动却又令我觉得他并不想让我进来调查，难道是我走眼了？既然靠双眼没能发现蛛丝马迹，那就只好寄望于住这房间的两名员工了。我问他们是否有觉得这房间有异常之处，他们给予我否定的回答，并一再嘲笑石磊是个胆小鬼，捕风捉影把自己吓到。或许，我让他们观看视频的诡异画面，他们就不会再嘲笑石磊胆小，但这对我并没有什么好处。

在房间里瞎转了好一阵子，还是没有任何收获，正想着是否该打道回府时，蓁蓁已经拿着吴越的资料回来了。虽然在房间里没有特别的发现，但能得到吴越的资料也算略有收获，凭着资料上的内容应该能找到他的下落。

向李希道别时，受到他热情的挽留，说要请我们吃饭。我对这种无聊的饭局不感兴趣，而且他也不见得会给我透露些有用的信息，所以我婉言谢绝了。

刚踏出洛克公司的大门，我便翻阅蓁蓁取来的资料。资料相当详细，不但有吴越的联系电话，还有他的学历证明等复印件，以及家庭成员等资料。我立刻拨打他的手机，跟意料中一样，听筒传来一个毫无感情的女性声音："你所拨打的是空号……"看来只有靠伟哥想办法了。

返回诡案组办公室，我马上就把资料及画像交给伟哥，问他有没有办法找到吴越，不管对方现在是死是活。伟哥自傲地白了我一眼，不屑道："你又在侮辱本世纪最伟大的黑客了，我现在就让你丫见识一下本黑客强大的搜索能力！"他看似随意地翻阅了一下资料，双手便于键盘上飞舞，液晶显示器内随即弹出一个又一个窗口。

伟哥令人讨厌的地方虽然多得数之不尽，不过他有两项本领却让我非常佩服。其一是他操作电脑时，通常只会用键盘，效率却比别人使用鼠标要快得多；其二是他浏览网页的速度非常快，面对不断弹出的窗口他只是瞥一眼就能知道当中是否有他所需的信息，并决定是保留还是关闭。

过了十来分钟，伟哥突然指着屏幕上繁多窗口中的一个叫道："看这里！"

伟哥所指的是某药业公司去年年度优秀员工表彰大会的专题页面，当中不但有吴越的名字，而且还有他的照片。我拿起画像认真比对，虽然两者有些微差别，但基本上能肯定是同一个人。于是便让伟哥继续搜索他的相关资料，尤其是联系方式。

"这里有他家及工作单位的地址，还有联系电话。"伟哥没花多少时间就把我需要的资料打印出来了。

吴越的工作单位就在本地，我本来想到他的单位确认他的生死，可是出门时才发现已经是下班时间。幸好，我手上有他的家庭地址，于是便直接向他家出发。

来到吴越家门口已是黄昏时分，各家各户皆已准备好晚饭，围坐于餐桌前享受美味的晚餐。从门缝渗出的饭香还真让人垂涎，可惜我们却无福消受，在工作完成之前也只能饿着肚子。

按下门铃后，很快就有人开门了，是一位三十岁左右的妇女，我想她应该是吴越的妻子沈茹。根据从洛克公司得来的资料，吴越早在五年前就已经结婚，并育有一子，名叫吴光。

沈茹以疑惑的眼神看着我们，询问我们的来意。我向她出示证件并问道："请问吴越在家吗？"她没有回答我，迟疑片刻后便把门关上。

"我们是不是太过唐突了？毕竟吴越去年还好好的，可能是在不久前才离开的。"蓁蓁突然变得感性起来。

我搔了下脑后勺，皱眉道："这也是人之常情，不过我们也得完成自己的工作……"

话语间，大门再度打开，我本以为是沈茹为自己的无礼向我们道歉，但出现于眼前的竟然就是我们要找的人——吴越！

"鬼啊！"蓁蓁惊叫一声，仓皇躲到我身后，平日的英姿荡然无存。

我也愣了一下，但随即就强作镇定地问道："请问您是吴越吗？"单从外表判断，对方的确就是吴越，不管是廉画师画的画像，还是伟哥打印出来的照片都跟眼前这个男人如出一辙。但是，人有相似、物有相同，说不定眼前人只是吴越的兄弟，而非他本人。毕竟，廉画师早已跟我们说明，要是对方还活着，他是不可能把画像画出来的。

然而，对方简单的回答，却让我再一次愣住："是！"

与吴越相对而坐时，我心中隐隐有种不安的感觉，仿佛眼前的并不是一个活人，而是一具尸体。虽然我一再试图让自己相信廉画师可能在某些地方弄错了，或者他根本就是撒谎，就算对方没有去世，他也能画出画像。可是，理智让我知道，这些假设都只不过是我的自我安慰而已。因为就算撇开廉画师不谈，单凭石磊的诡异经历就足以证明此事并不简单。

不过"存在就是合理"，既然吴越已经出现在我眼前，我就必须把此事弄清楚。于是我便问他为何离开洛克公司，以及辞职至今的情况。

虽然饭菜已经放在饭桌上，但吴越并没有因为我们耽误了他与家人进餐而流露出不悦的神色，只是表现得有些许紧张，夹着香烟的手指微微颤抖，或许是他第一次与警察面对面地交谈的缘故吧！不过大多数市民都会这样，毕竟"生不入官门，死不进医院”是时下市民的主流思想。

“作出辞职的决定，只是因为一时赌气而已……”他看了眼坐在饭桌前的妻儿，迟疑片刻后又道，“嗯，那应该是三年前的事情吧！当时我跟公司领导的关系不太好，所以就辞职了。”

“是什么原因令你跟领导的关系不好呢？”我问。

他耸肩道：“其实也没什么，只是待遇上的问题而已，他们不肯升我的工资，我就赌气不干了。”

“那辞去洛克公司的工作后，你做过些什么呢？”我又问。

他露出牵强的笑容：“之后我就进了现在的公司做一名医药代表，跑业务虽然是辛苦了点，不过钱也赚得多一点，也算是值得。”

随后，我向他问了很多问题，都是关于他在洛克公司时的情况，以及辞职后的事情。他对于辞职之后的问题对答如流，但对在洛克公司的情况却回答得很含糊，经常支支吾吾了好一会儿后又说不记得了。我向他提及石磊所住的房间，问他是否在那里有过特别的经历，可他竟然说没有印象，之前在洛克公司工作时也是在家里住，极少踏足宿舍。

虽然觉得非常诡异，但吴越的确是活生生地坐在我面前，这宗案子也就没有继续调查的必要了。不过，我总觉得他有些古怪，因为他对在洛克公司工作时的事情回答得十分含糊，而且李希说他是突然提出辞职的，并没有提及待遇方面的事情。李希给我的感觉是那种精明而狡诈的人，若没有触及他的利益，他应该不会撒谎。毕竟要掩盖一个谎言必须再说另一个谎言，而谎言说多了，总会被人识破。所以，我很怀疑眼前这个吴越，并非真正的吴越，可惜我又没办法证明自己的观点。

正在我为此而苦恼之际，从饭桌传来的哭闹声引起了我的注意，原来吴越的孩子吴光因为迟迟未能吃饭而哭闹起来。我突然想起从洛克公司得来的资料中，有家属的详细资料。资料上写着吴越辞职时，吴光的年龄是一岁，现在他四岁左右，跟资料吻合。脑海灵光一闪，立刻就想到一个方法，验证眼前人是否就是三年前在洛克公司工作的吴越。

“真抱歉，耽误你们吃饭，我想我们现在该走了。”我把手中的烟头往烟灰缸里掐灭，同时悄悄地拿走一个吴越抽过的烟头，然后就走到饭桌旁，蹲下来对正在哭闹的吴光笑道：“小朋友，对不起，叔叔耽误你们吃饭了。别哭好不好？叔叔马上就走。”说着取出一张纸手帕为他擦去脸上的鼻涕。当然这张纸手帕，我并没有扔掉，而是悄然收进口袋里。

翌日，我把烟头及纸手帕送到技术队让悦桐鉴定DNA，以确定吴越跟吴光是否是亲子关系，从而判断他是否就是曾在洛克公司工作的吴越。

做亲子鉴定需要一个星期，在这个星期里我忙着处理别的案子，本想等报告出来再确定调查方向，以免浪费时间做无谓的调查，反正这宗案子也不急于一时。然而，就在报告出来的前一天深夜，洛克公司又发生一宗命案，为这宗案子抹上了深厚的诡异色彩……

第六章　墙的秘密

早上刚回到诡案组办公室，就接到刑侦局小队长阿杨打来的电话。他说洛克公司出了宗命案，知道我手头上有宗案子与该公司有关，所以叫我尽快赶赴现场。我本来想叫上蓁蓁一起去，却没看见她的身影。她平时从来不迟到，该不会是出了意外吧？

我问喵喵是否知道蓁蓁去了哪里，她津津有味地吃着早餐，声调含糊地回答："你怎么连自己的岳父扭伤了腰骨也不知道呢？蓁蓁姐刚才打电话来跟老大请了几天假，说要在家里照顾你岳父。"

"虾叔啥时候变成我岳父了？"我皱眉道。

伟哥突然一脸严肃地插话："喵喵，你这样说就不对了！慕老弟跟蓁蓁虽然经常偷鸡摸狗地搞在一起，但人家咋说也不是合法夫妻，顶多也就是一对狗男女。所以，你只能说虾叔是慕老弟的未来岳父，而不能直接说是他岳父，知道吗？"

我随手拿起喵喵面前那碗吃了一半，还冒着热气的柴鱼贵妃粥往伟哥头上砸过去，在他撕心裂肺的惨叫声中，带着喵喵离开办公室。

命案发生在洛克公司的办公楼，死者疑似在昨晚深夜跳楼自杀。我本以为这只是一宗普通的自杀案，跟我正在调查的案子没什么关联，但当到达现场并获悉死者身份后，我便改变了想法。因为死者竟然是该公司的厂长梁雄。

虽然跟梁雄只有一面之缘，但他给我的感觉是那种刚强、霸道的人，实在难以想象如此硬朗的人会萌生自杀的念头。他的下属及同僚所给的口供亦显示，他应该不会起轻生的念头，尤其他那位哭得死去活来的妻子吕仪，更坚称丈夫必定是被人害死的。

因为吕仪坚称丈夫不会自杀，所以待她心情稍微平复，我便问她："你先生是在宿舍里住吗，怎么这么晚还会在这里？"

她边擦眼泪边摇头："不是，阿雄在家里住，平时很少会留到这么晚。半个月前杨会计突然死了，因为一时间没能找到人接手他的工作，所以阿雄这几天都忙到很晚才回家。"接着，她带着哭腔继续说："阿雄的父亲死得早，他又是家中长子，所以十来岁就已经挑起家庭的重担。这二十多年来，他做过搬运工、泥水匠，还做过水电工，可以说什么苦头都吃过。但他从来也没抱怨过一句，不管有多困难，他也会咬紧牙关挺过去。现在他也算是苦尽甘来了，而且我们的儿子还在念书，他怎么可能丢下我们不管呢？"

梁雄的儿子也插话说："爸是绝不可能自杀的，他平时经常教我，做男人一定要争气，要让家人过上最好的生活，只有没用的男人才会让老婆孩子吃苦！"

虽然梁雄的妻子及儿子都认为他绝不可能自杀，但根据现场的情况判断，他又的确是自己从办公楼的楼顶跳下来的。最起码，悦桐花了不少工夫也没找到他被人推下楼的证据。楼顶没有打斗的痕迹，死者身上也没有人为造成的伤痕，甚至连衣服也没有因为拉扯造成的撕裂。

虽然悦桐没找到死者被推下楼的证据，但她发现楼顶除了死者的鞋印外，还有另外一组鞋印。按理说，楼顶平时应该鲜有人踏足，所以这组鞋印很可疑，或许鞋印的主人就是致使死者跳楼的元凶。可是，谁能逼使死者跳楼呢？

"差点忘记了，给你。"正在做取证工作的悦桐，突然把一份报告递给我，是吴越的亲子鉴定报告。

在翻查这份报告之前，我于脑海中对案情作了一番分析——假设吴越其实早在三年前就已经死了，而且是被人害死的，凶手或许就是梁雄。这就能解释石磊所遇到的怪事，以及其他相关的问题。

一个星期前我所见的吴越，可能并非吴越本人，而是其兄弟。之所以这么推论，是因为每当我问及有关他在洛克公司工作的情况时，他总是回答得非常含糊，仿佛从没在此工作过。

如果以上假设成立，那么我所见的吴越极有可能就是迫使梁雄跳楼的凶手！但是，这一切都是建立在吴越跟吴光并非父子关系的前提上，如果他跟吴光的 DNA 能对上号，那么他就是吴越本人，他根本没有遇害，我的推论当然就不成立了。不过，我对自己的推论还是蛮有信心的。

然而，当我满怀信心地翻阅报告时，却发现他们两人的 DNA 吻合程度达 99.9%。如此一来，我之前的推论就完全落空了。虽然事实已摆在眼前，但我还是想为自己的推论寻找据理，于是便对悦桐说："他们真的是父子关系吗，会不会是叔侄呢？"

悦桐以鄙视的眼神瞥了我一眼："不可能！就算是两兄弟，DNA 的吻合程度也就只有 99%，叔侄就更低了。所以，我能肯定地跟你说，你送来的那两个样本肯定是父子关系。"

这宗案子够悬的，刚理出一点头绪，马上就发现是错误的。虽然此刻我的思绪较为凌乱，但还没到不懂得思考的地步，我发现洛克公司的总裁霍华晨并没有现身。公司里死了人，怎么说也是件大事，可是总裁竟然不露个面，只让李希这个经理在现场处理一切事项。

"阿慕，你看看这个？"悦桐打断了我的思路，给我递上一部用证物袋装着的手机，"死者坠楼前应该在打电话，因为手机在他手上，所以没有被摔坏。"

我翻查手机的通话记录，发现最后一个拨出电话的通话时间，跟法医推断死者的死亡时间相当接近，极有可能是死者在出事前拨打的。这是一条非常重要的线索，我当然不会放过，立刻仔细查阅。

拨出的电话在电话簿里的名字为"ＨＨＣ"，我翻查了电话簿里的其他电话号码，发现都是以字母记录。死者生前性情刚烈，没想到原来亦有谨小慎微的一面。很多人喜欢将亲友的电话号码直接以称呼记录，如妈妈、爸爸等，殊不知一旦手机落入他人之手，往往会因此给自己跟亲友带来损失。最常见的便是手机被盗后，小偷给亲友发信息要求充话费。而死者这种记录方式则避免了这方面的麻烦，因为这种带有密码性质的记录方法，我想除他本人之外，大概没有谁能看明白。

不过，这也难不倒我，直接回拨这个号码不就能知道对方是谁吗？可是回拨却发现对方关机了，看来得花点工夫才能知道对方是什么人，或许伟哥能帮上忙。

正想给伟哥打电话时，便看见有人从宿舍那边跑过来，并叫道："有个女警在宿舍里晕倒了！"

奇怪了，我们都在办公楼前，怎么会有同僚跑到宿舍里去？我往周围张望，悦桐就在我身旁，而阿杨的下属全是男的，那又何来女警呢？

“喵喵去哪了？”悦桐突然惊叫一声，我这才想起喵喵不知道啥时候不见了，于是便立刻跑向宿舍，悦桐随即跟上来。

因为发生了命案，所以员工们没有如常工作，全都在宿舍里等候我们问话。我跟悦桐跑到宿舍时，一些热心的员工告诉我们，晕倒的女警在宿舍的五楼。长生天哪，喵喵是不是早餐吃太多，吃饱了撑的，无缘无故跑上五楼去干吗？害我又得爬这该死的楼梯！

虽然我对爬楼梯没什么兴趣，但总不能让喵喵自生自灭，只好咬紧牙关往上冲。一口气跑上五楼，发现喵喵就倒在走廊末端的房间门前，有几名员工围着她不知所措，住这房间的两名员工也在其中。我喘着气走过去问他们发生了什么事，其中一名员工告诉我，喵喵刚才一路歪歪斜斜、左颠右倒地走过来，嘴里唠唠叨叨地不知道在说着些什么，走到房间门前就倒下来了。

我蹲下来把如棉花般的喵喵搂入怀中，发现她虽然双目微闭，但并没有昏迷，嘴巴微微张合，似乎有话想说。我把耳朵贴近她的嘴巴，她的声音虽然虚弱无力，但我还是勉强能听见她在说：“有人叫我，房间里有人叫我……”

按理说喵喵在这里应该没有认识的人，我也没听见有人叫她，但她一再说有人在叫她，而且还是在这诡异的房间门前。虽然DNA鉴定已经证实吴越仍然在世，石磊遭遇的怪事或许只是一场误会，但廉画师的画像以及喵喵此刻的怪异表现，却又让我觉得这房间有些古怪。反正住这房间的员工也在场，于是我向他们要求再次进房间调查。

我抱着喵喵跟悦桐及两名员工一同进入房间，房间内的情况跟上一次并没有什么差别。房间里就只有我们五人，并没有喵喵所说的人，可是她却依然说有人叫她。我问她叫她的人在哪里，她无力地抬起手指着一面没有窗户的外墙，以我勉强能听见的声音说：“就在那里，他就在那……”

那是一面雪白的墙壁，跟其他墙壁没两样，墙上没有门也没有窗户，当然也没有人，我实在不明白喵喵为何会说这里有人叫她。然而，我虽然没有发现异样，但善于观察的悦桐却似乎发现了问题所在，她在房间里转了一圈，对四个墙角都作一番仔细观察后，走到喵喵所指的墙壁前，严肃地说：“这面墙的颜色跟其他三面有些微差别，应该是后来砌的。”说罢又用指背在墙身不同的位置轻敲。

“发生什么事了？”阿杨跟下属蔡明走进来，使本来就挤满人的房间变得更加拥挤。

“你来得正是时候！”悦桐向阿杨轻轻招手，并露出不怀好意的笑容。

阿杨眉头略皱：“可我怎么觉得自己来得不是时候呢？”

“别说那么多废话，快找东西来把这面墙拆掉。”悦桐的表情并不像开玩笑。

这回阿杨的眉头就皱得更紧了，迟疑片刻道：“要我干这趟苦力没问题，但出了问题阿慕得付全责。”

我急忙叫道：“你们要拆墙关我什么事，我是路过的，我什么也不知道！”

“阿慕已经答应了，你还不快去找东西来拆墙。”悦桐这招也够狠了，竟然把黑锅推到我身上，不过更让我意想不到的是，阿杨居然真的让蔡明去找来一把消防斧，而且还撩起衣袖似乎准备亲自拆墙。长生天哪，这回我得怎样跟老大交代啊？

阿杨可没管我回去要怎样交代，斧头到手就按照悦桐的指示，往墙壁一阵狂砸。住这房间的两名员工大概被他吓到了，一溜烟地跑出去，恐怕是跑去报告领导了。果然，没过多久李希就风风火火地赶过来，一进门就大叫道：“你们想干吗？”

上次与李希接触时，觉得他是那种不露声色的笑面虎，不管面对什么事情都能沉着应对。可是现在他却急得大叫，说明这面墙里有能令他着急的东西。知道这一点后，我就不怕会背黑锅了，马上叫蔡明把他拦住，防止他阻碍阿杨发掘他的秘密。

阿杨在悦桐的指示下，在墙上渐渐砸出长方形的图案，当锋利的消防斧为这个图案添上最后一笔时，这块长方形的墙壁便轰然倒下。片刻的尘灰飞扬之后，在我眼前出现了一个壁洞，在壁洞里有李希不愿现人的秘密——一具尸体！

我让蔡明帮忙带喵喵到外面呼吸新鲜空气，我想她在此的使命已经完成了，因为我已经看见那个叫她的“人”。

在李希惶恐的目光下，我跨过阿杨拆墙弄出来的瓦砾，走到壁洞前仔细观察里面的尸体。因为尸体嵌入墙壁内，所以我没能看清楚他的相貌，但他赤裸的身体让我知道他是一名男性。

虽然这面墙应该是一年前，甚至是更早之前砌的，但尸体竟然没有任何腐烂的迹象，只是尸身明显脱水犹如干尸。然而，他又不同于一般的干尸，他的肤色较浅，与一般干尸的古铜色有天壤之别。更让我感到惊奇的是，我竟然没闻到半点异味。不过，当我触摸尸身后，一切疑问都得到了答案——尸身给我的触感如同塑胶，死者被制成了标本！

“尸体被藏在墙壁之中，而且被人制成了标本，能这么做而又不让别人知道的，就只有贵公司的高层……”我冷厉的目光盯着李希，他下意识地往后退了一步，随即欲转身逃跑。

阿杨随手捡起半截板砖，狠狠地掷到他的腿上，他惨叫一声便倒了下来。我上前给他戴上手铐，微笑道：“跑得了和尚跑不了庙，你是跑不掉的。你是个聪明人，我想你应该知道现在该怎么做对你才是最有好处的。”

他叹了口气，闭目思索片刻才开口：“人不是我杀的……”

“死者叫什么名字，是什么人？”我问。

“你们不是已经知道他的身份吗？”他露出茫然的神色。

我愣了一下，但马上就回过神来，冲到壁洞前并叫上阿杨帮忙，把洞里的尸体弄出来。虽然阿杨把墙给拆了，但因为尸体嵌在里面，面部处于阴影之中，所以我没能看清楚其面貌。待我跟阿杨折腾了好一会儿，合力把尸体弄出来时，我不由惊叫起来：“他、他怎么已经死了？”

在壁洞里的竟然是吴越的尸体，那我在一个星期前看见的人是谁？

第七章　地下密室

看着眼前的尸体，我愣了好一会儿。不管从哪方面判断，这具尸体至少被砌在墙壁内一年以上，可是我在一个星期前才见过吴越。如果这具是吴越的尸体，那我看见的人是谁？ DNA 鉴定不是已经证明那人就是吴越吗？

“阿慕！阿慕！你要发呆到什么时候？”悦桐使劲地在我手臂上捏了一把，痛得我跳起来。她见我回过神来，又问：“你到底怎么了？”

“没事，只是想起一些奇怪的事情而已。”虽然此事离奇诡异，但我想一定是某些地方弄错了，所以我打算先让李希把事情说清楚，于是便走到他身前要求他解释尸体的来历。

“他不是我杀的，虽然我知道事情的始末，但我从头到尾都没动过手……”他的身体虽然微微颤抖，语气却十分镇定，缓缓地向我们叙述尸体的来历——

这事发生在三年前，当时小吴在我们公司的定型车间当车间主任，他的技术很好，而且又有艺术天分，他所做出来的人体标本都非常出色，甚至有买家下订单时指定要由他亲自操刀。虽然在工作上，他的确是无可挑剔，但是他这人的性格可不太好，太过自高自大了。他倚仗自己有些本领就目中无人，连我跟老梁都不放在眼内，公司内的大小事务他都要管一管。我倒无所谓，好的意见我会接受，不好的意见就当做参考，可是老梁的脾气比较大，总是整天跟他吵个没完。

我还记得出事那天是国庆假期前一天，当天夜里我跟老梁，还有会计老杨在办公室一起处理一些账务上的工作。工作完成后，我们就围坐在茶几前喝茶聊天，小吴就在这时候突然闯进来。

小吴平时也经常这样闯进办公室，虽然有些无礼，但我早就见怪不怪了。不过老梁的脾气可没我这么好，他一看见小吴闯进来，站起来就破口大骂，我跟老杨好不容易才能让他坐下来。

老杨招呼小吴坐下，并问他进来有什么事情。他先说食堂的伙食不好，接着又说自己的工资太低，之后又说假期太少。老梁听着火气就来了，又跟他吵起来了，他也不甘示弱，不断数落老梁在工作中的种种不是。后来，老梁一时气不过，拿起茶几上的烟灰缸狠狠地砸到他头上，这一砸就把他砸死了。

虽然我知道老梁只是一时气不过，他不是故意要杀人的，但当时可把我吓坏了。他知道小吴已经死了，就狠狠地盯着我跟老杨，要我们给守密，并帮助他处理尸体，不然就连我们也一起杀掉。我跟老杨怕他杀红了眼，连我们也不放过，就只好答应了。

我们本来打算把尸体藏在储藏车间，因为那里存放了很多尸体，多一具也不会有人知道。可是，后来我们又觉得那里虽然有很多尸体，但都是由外国志愿者捐赠，体型相貌跟中国人有很大区别，很容易就会被人发现。与其放在那里，还不如直接把尸体制成标本。

于是，我们便趁着国庆假期，车间里没有工人，把小吴的尸体搬进车间里做脱水、塑化等工序。工序完成之后，我跟老杨就组织待在宿舍的员工去看电影，而老梁则趁机把尸体搬上来，并砌在墙壁里……

听完李希的叙述后，我检查了一下尸体……或者应该是“人体标本”。虽然经过了脱水及塑化，尸体起了些变化，但还是很容易就发现后脑勺的位置上有明显的伤痕，初步判断应该是受钝器打击所致。

表面上看来尸体的情况虽然跟李希的叙述没有出入，但稍作思考我就发现当中存在不少疑点，于是便问道："当时梁雄跟吴越分别坐在什么位置？"

李希迟疑片刻才回答："老梁坐在正中央，小吴坐在他对面。"

"那就奇怪了，梁雄的职位比你低，怎么会把主位给他坐了，而不是留给你呢？"我故意装作疑惑。

他露出牵强的笑容："我在职场打滚了这么多年，还会在乎这点小事吗？而且老梁跟我们一起共事了好些年，他的脾气我很清楚，在小事上他可能会要强一些，但在大事上他会听从我的意思。"

"原来是这样！"我佯装恍然大悟，随即又问，"那我就更不明白了，既然他坐在吴越对面，那他又怎么能用烟灰缸砸破吴越的后脑呢？"

天下没有完美的谎言，要掩盖一个谎言必须再说另一个谎言，但谎言一旦说多了，必然会被识破。李希现在就因此而陷入窘境，因为他已经无法再继续他的谎言，只能以惊愕的眼神回答我的问题。

"你的谎言虽然很完美，不过再完美的谎言也会有漏洞。"我点上根烟，逐一指出他的错漏之处，"其一，梁雄当时如果是坐在吴越对面，那他不可能砸破吴越的后脑，只能砸破吴越的额头；其二，虽然梁雄之前当过泥水匠，能独自把吴越的尸体砌在墙壁里，但是这事就算能瞒得过其他员工，也瞒不过你们的总裁；其三，你跟梁雄、杨忠分别是公司里的经理、厂长和会计，你们都是行政人员，不见得会完全熟识车间的操作，那你们又怎么可能将吴越的尸体脱水塑化？"

我把烟丢在瓦砾上踩灭，严肃地说："综合以上三点，我能肯定当时坐主位的并不是梁雄，而是你们公司的总裁——霍华晨！"

根据我手头上的资料，洛克公司的总裁霍华晨即该公司的创始人，该公司使用的生物塑化等技术亦是由他引进的，也就是说他懂得全套脱水塑化操作。如果他当时不在场，李希等人根本无法将尸体制成人体标本。但是，倘若他当时在场，以他的身份和地位，肯定不会为区区一个厂长而以身犯险。除非，吴越是被他所杀，或许是在他授意下被杀害。我觉得后者的可能性比较高。

李希万念俱灰的表情印证我的推测，最起码此案必定跟霍华晨有关，于是我便对他说："现在能叫你的老板出来了。"公司里出了命案，但总裁竟然没露面，这不禁让我感觉到好奇，或许这个霍总是故意躲起来了。

"他、他不在公司里……"一向让我觉得沉着冷静的李希竟然结巴起来，他显然是在撒谎。不过，就算他不想告诉我们霍华晨身在何处，也没有必要如此惊慌，此事必然另有蹊跷。为了验证我的想法，我决定给这个占地过万平方米的地方来一个地毯式搜查。

“阿杨，你跟你的下属说一下，我们把这里翻个底朝天，我就不信会找不到要找的人！”此语一出，李希立刻瘫倒在地，虽然我不知道他为何如此，但我知道搜查到底必定会有收获。

宿舍我们已经调查过，除了发现尸体的房间外，其他地方均无异状，所以我们把重点定在办公楼和车间。

喵喵在离开宿舍后就已经恢复精神，可是当我问及刚才的事情，她竟然说没什么印象，好像做了场梦一样。长生天哪，她到底是怎样挤进诡案组的?

记不起也罢了，反正我们已经找到了尸体，当下要做的就是把霍华晨也挖出来。办公楼层数多，房间多，所以我让阿杨和他的下属去搜查，而我跟悦桐及喵喵则去搜查车间。阿杨怕我们会有危险，让蔡明跟我们同行，毕竟没有蓁蓁在旁，遇到危险除了逃跑之外，我还真没有别的招数。

我们一行人走入宽敞而幽暗的车间，或许是一个员工也没有的原因，这里给人一种阴森恐怖的感觉，纵使把电灯打开，但依然隐隐感到一份寒意。车间分上下两层，大小工作间共有十多个，绝大部分都放有人体标本的半成品。喵喵因为胆小，不敢看这些恶心的尸体，一进入车间就躲在我身后扯着我的衣角，并把脸埋在我背后。还好，这次她没有晕倒。

我们仔细地搜查每一个工作间，除了那些披着艺术外衣的恶心尸体外，并没有发现异常之处，也没有发现霍华晨的身影。不过，我们搜查工作还没结束，因为在这车间下面还有一个更为阴森的地下室。

据我所知，这个地下室用于存放尸体，而该公司的会计杨忠就是疑为在此自杀。其实我早就该来这里调查，可是近来要忙的事情实在太多了，所以一直也没有踏足此地。我本以为这里是个冷库，但进入后却发现气温不算很冷，只是比外面略低一点。这里毕竟是地下室，这点儿温度差距也属正常。

电灯亮起来后，首先进入眼帘的是一个个长约两米、宽及高各一米有余的白色金属箱，这些金属箱井然有序地放满了整个地下室。我本以为这些金属箱会更高一点，因为这种高度实在很难想象杨忠是怎样掉进去淹死的。

一想起杨忠诡异的死法，以及这些金属箱里面净是一具具被福尔马林浸泡着的尸体，我就顿感毛骨悚然，恨不得立刻离开这个让人不安的地方。然而，此刻我却不能就此离开，因为我必须仔细搜查这个地方。

喵喵这胆小鬼是帮不上忙的，她只会躲在我身后不住地颤抖，我只能跟悦桐及蔡明分头搜查这个如墓室般的地下室。虽然喵喵帮不上忙是我意料中的，但我没想到的是她竟然还拖我们后脚，一直紧跟在我身后的她突然无缘无故地倒下了。

我连忙抱起她软绵绵的娇柔躯体，问她怎么了，她缓缓地抬起手指着地下室深处的墙壁，有气无力地说："他叫我们进去……"

"他？他是谁？"我抬头张望，此处除了我们四人之外，就没有其他活着的人。

然而，不管我怎么问喵喵，她的回答就只有一个："他叫我们进去……"

悦桐似乎察觉有异，立刻走到墙壁前用指背轻敲墙身，随即又在周围不住地摸索，不知道在找些什么。过了好一会儿，她才转过头来无奈地说："这面墙后面似乎有条通道，但我找不到打开通道的机关。"

我笑道："那还不好办，让阿杨过来舒展一下筋骨不就行了，反正又不是第一次。"反正已经把宿舍的墙给拆了，而且发现了罪证，就算再拆几面墙，老大也不见得会抓我去训话。

给阿杨打电话后，没过多久他就来了，而且这回还学精了，带来了两名提着消防斧的下属。这两个精力过盛的家伙，在悦桐的指示下，没花多少时间就在墙上打出一个洞口，洞内是一条漆黑的通道，但通道的末端有光线透出。我想，霍华晨必定藏身于此。

我们一众人穿过漆黑的通道后，到达了一个光明且开阔的空间，在这里有一个年约五十的胖子，以惊惶的眼神看着我们。虽然我是第一次见他，但我知道他一定就是霍华晨，而且我还知道他惊惶的原因，那就是他身前盛开的罂粟花……

第八章　共用身份

"我的天哪！你把这里当成金三角还是金新月啊？"悦桐看见霍华晨身前那一片以无土栽培方式种植的罂粟，不由惊叫起来。

在这间密室里除了有无土栽培的罂粟之外，还有全套海洛因加工设备，正如悦桐所说，霍华晨大概真的把这里当成了无法无天的金三角了。

“现在我明白是怎么回事了。”在进入密室的一瞬间，所有疑问在我脑海中都得到了答案。

三年前，吴越发现霍华晨等人借洛克公司为掩护，大量生产海洛因，因此而被杀害。霍华晨等人怕事情败露，便将其制成人体标本，并藏于当时无人入住的宿舍五楼。也许当时他们还会担心尸体会被人发现，但事隔两年后，他们就渐渐放松了警戒，同时因为公司扩大生产等原因，便让石磊等人入住藏有尸体的房间。

或许是天网恢恢，疏而不漏，又或者是吴越阴魂不散，使石磊遭遇怪事，引起了警方对洛克公司的注意。霍华晨作为主谋，自知警方一旦发现真相，自己必定法网难逃。为求自保，他便与李希合谋杀害有可能出卖他们的杨忠及梁雄!

我道出心中的推测，本以为霍华晨会点头认罪，但实际上他却蜷缩于墙角浑身颤抖，惊恐万状地不断摇头，良久之后才开口：“老梁他们不是我杀的，是小吴，是小吴的鬼魂杀的……”这一刻，我在他身上看不见半点企业家的气质，只能看见懦夫的胆怯。他断断续续地花了很长时间向我们讲述他如此惊恐的原因——

你说得没错，小吴的确是我们杀死的。他本来跟我们是一伙，但后来却想退出，我们当然不能让他带着我们的秘密离开，只好让他永远保守这个秘密。

我本以为他死后，这件事就已经了结了，最起码这三年来也没出过问题，但是半个月前老杨突然死了。我跟尸体打了半辈子交道，死人对我来说并不是什么大事，可是他实在死得太奇怪了。虽然我们对外说他是自杀的，但我心里知道，他这人最怕的就是死，别说自杀，就算让他多喝几杯，他也怕会伤肝。所以，我绝不相信他会自杀。

老杨莫名其妙地死掉，让我想起小吴的事情，当时我就想他会不会是被小吴的鬼魂害死的。因为除此之外，我实在想不到还有别的原因会使他死得如此怪异。不过，我也只是怀疑而已，毕竟事情都已经过去了三年，就算小吴的鬼魂要找我们索命也不会等到现在这时候。可是，我最害怕的事情，最终还是发生了。

昨天深夜，老梁突然给我打来电话，如果没有要紧的事，他是不会这么晚给我打电话的，所以我立刻就接听了。电话一接通，我就听见他的喘气声，他似乎正在奔跑。我问他发生什么事，他慌张地说："小吴在追我，他回来找我们报仇！"

我以为自己听错了，又问了一遍，他喘着气回答："是小吴，是他，他要找我们报仇……"接着他似乎停了下来，我没听见奔跑的声音，只听见他颤抖的声线："别过来，有话好好说，我们当时也是为势所迫，如果你不是坚持要走，我也不会出手。别过来，别过来，啊……"这是他最后的声音，没过多久我就接到公司保安打来的电话，说他跳楼死了。

知道这个消息后，我很害怕，因为我知道小吴一定不会放过我，他早晚都会像对付老梁和老杨那样对付我。所以，我得找个安全的地方躲起来，而最让我觉得安全的地方就是这里……

"太可怕了吧，真的闹鬼了？"听完霍华晨的叙述，阿杨健壮的身躯竟然也哆嗦起来，他的三个下属亦一脸寒色。

"或许……真的闹鬼了，因为我在一个星期前也见过吴越。"我牵强地笑着，身体也不由自主地抖颤起来。不过，我之前抖颤主要是因为身后的喵喵抖得像发动机一样，而且她此时已经不再是扯着我的衣角，而是从后紧紧地抱着我，仿佛一只受惊的小猫咪。

"一个星期前？那你上星期送来鉴定DNA的样本？"悦桐似乎想到些什么。

我轻轻点头，并道出与吴越见面时的情况，悦桐思索片刻便笑道："你哪是见鬼啊，你遇到的吴越肯定不是宿舍那具尸体。"

"怎么可能，亲子鉴定不是已经证实了他就是吴越吗？"我疑惑地问。

"没错，你送来的两个样本，DNA吻合程度虽然达99.9%，但也不能说明他一定就是小孩的父亲，也有可能是小孩的伯父或者叔叔。"

听她这么说，我就更为不解了，于是便问道："你刚才不是说过，兄弟之间DNA的吻合程度只有99%，叔侄的吻合程度则更低，怎么现在却又说他跟小孩可能是叔侄关系呢？"

她竖起食指轻轻晃动："兄弟的DNA有差别是肯定的，但如果是双胞胎的话，那么情况就不一样了。因为双胞胎的DNA吻合程度是100%，给双胞胎及他们的后代做亲子鉴定，以现时的技术而言，根本无法分辨。"

"那么说，杨忠及梁雄是吴越的双胞胎兄弟逼死的……"得知这一点，绝大部分疑问都已能得到答案，现在要做的就只有缉拿凶手！

我把洛克公司的烂摊子丢给阿杨处理，带着喵喵立刻前往吴越的住处，或许此时仍称他为“吴越”不太合适，奈何我并不知道他的真名，只好暂且用此称呼。

再次来到吴越家门前时，同样是黄昏时分，不同的是在我身旁的不是怕鬼的蓁蓁，而什么都怕的喵喵。我有点后悔刚才没跟阿杨借一个伙计，因为如果吴越突然发难，对我们使用暴力，我不能确定带着喵喵这拖油瓶是否能全身而退。

按响门铃后，没过多久门就打开了，这次开门的是吴越。他看见我略现惊诧之色，不过马上就恢复过来，微微笑道：“警察先生，还有事要问我吗？”

我冷漠地回答：“我这次是来拘捕你的。”

他并没有像我预料那样，露出惊愕的神色，只是平静地说：“哦，请稍等一下。”随即回头叫道：“小茹，我出去一下。”接着又对我说：“能到外面谈吗？我不想把孩子吓到。”本以为要把吴越带走得花不少工夫，没想到竟然如此顺利，他非常合作地跟我们回到诡案组。

“我叫吴越，我的名字跟我哥哥一样，都叫吴越……”他坐在我面前，平静地抽着烟，缓缓向我讲述此事的来龙去脉——

我跟哥哥出生在贫困的农村，父母是没文化的农民。虽然我们是双胞胎，但因为我们还有一个姐姐，所以父母为我们上户口时，村里那些当官的硬是说我们是超生的，只给我们其中一个上户口，另一个要上户口得交一大笔罚款。当时家里很穷，就算砸锅卖铁也交不起这笔罚款，父母没有办法就只好先拖着，没想到这一拖就拖到现在。

没有户口会带来很多麻烦，我跟哥哥遇到的第一个麻烦就是上学的问题。上学必须有户口，没有户口得多交一笔额外的赞助费。这笔赞助费对父母来说，跟上户口那笔罚款没两样，都是砸锅卖铁也弄不来的天文数字。虽然父母交不起这笔钱，但他们不想我们其中一个像他们那样，做个没文化的农民，一辈子守着那几块瘦田，过着望天打卦的日子。

因为我跟哥哥的相貌及身形几乎一模一样，就连父母和姐姐都经常会分不清楚，所以父亲想出一个办法，就让我们共用一个名字，或者说是共用一个身份。我跟哥哥轮流去上学，每人上一天，谁去上学回家后就跟另一个分享当天所学的知识。因为我们的学习机会来之不易，所以我们都特别珍惜，尤其是在姐姐因为家里穷，交不起学费而辍学之后，我们学习就更加认真了。

我们利用这个办法，完成了小学及中学的学业。后来我们考上了医科大学，仍旧用这个老办法，也是每人各上一天课，不同的是不用上课的人，需要在校外打工以赚取学费。因为纵使有在外打工的姐姐支持，但数额巨大的学费依然压得我们一家喘不过气来。

幸好，我们最终还是完成了大学的学业，虽然期间有人察觉端倪，但我们共用身份一事终究也没有被揭发。

大学毕业后，为免被人发现我们共用身份，所以我们分别在两地谋生，哥哥进了洛克公司，而我则在不同的省份里做医药代表。这些年我虽然去过很多地方工作，但为了不给哥哥添麻烦，我一直没有来过这里。哥哥在这里的朋友，甚至小茹和光儿都不知道我的存在。

我本以为我们一直都会继续这种生活，尽量避免碰见，直到我们不再为户口的问题担忧为止。可是，我做梦也没有想到，自己最终竟然会替代哥哥的身份。

三年前，国庆的前一晚，哥哥突然给我打电话，跟我说了些奇怪的话。他说如果一小时后没有接到他的电话，就要立刻赶过去接替他，替他照顾小茹和当时只有一岁的光儿。

我觉得他可能会有危险，就问他发生了什么事，他却不肯告诉我，只是一再要求我答应他。我们是双胞胎，体内流着相同的血，我知道不管是什么事情，在相同的情况下我必定会跟他作出相同的决定。所以我没有再问，答应他并默默地等待他的再次来电。可是一小时后，他并没有如约打来电话，事实上他再也没有给我打电话。

虽然我没见过小茹，也没去过哥哥家，但我跟哥哥私下一直保持联络，我知道他家在哪里，他也给我看过小茹和光儿的照片，所以我还不至于会找不着他们。不过我必须在最短的时间内处理好自己的事情，然后连夜乘车赶过来。因为我知道哥哥不想让小茹为他担惊受怕，所以我必须赶在她发现哥哥出事之前，出现在她面前。

我在第二天中午就赶到了，为免引起小茹的怀疑，我还特地去把头发理成哥哥的发型。我尽量把自己打扮得跟哥哥一样，本以为小茹不会发现问题，不过我忽略了一件很重要的事情——衣服。

哥哥的衣服都是小茹买的，所以我一进门，她就发现我身上的衣服并非哥哥的。幸好，她只是觉得奇怪而已，并没有起疑心，我顺势编了个谎言，说在公司里把衣服弄脏了，还为此跟领导吵了一架，一时气不过就辞职了。我故意装作心情很差，她就没有再多问，只是安慰我东家不打，打西家，反正家里还不至于没米下锅，叫我大可以休息一段时间再去找工作。

虽然这是我跟小茹的第一次见面，但我已经能体会到哥哥为何会跟这个女人结婚，因为她很温柔，也很贤惠，使我也情不自禁地爱上她。

之后，我就代替哥哥照顾小茹和光儿。要照顾他们首先得有稳定的收入，要有收入当然就得找工作。这些年来我都是做医药代表，有一定经验，要找类似的工作并不难。所以我并没有急于找工作，因为我有更重要的事要做，那就是查清楚哥哥的下落。

哥哥之前曾经跟我说过，他工作的洛克公司做着一些见不得光的事情，他一直为此而感到非常苦恼，并多次想辞职。因此，我想哥哥之所以会出事，十有八九是与这家公司有关。因为哥哥很可能已经被这家公司的人害死了，所以我不能直接进去调查，只能旁敲侧击。

然而，当我对洛克公司稍有了解之后，便发现事情并不像我想象中那么简单。哥哥莫名其妙地人间蒸发掉，这家公司竟然一点动静也没有。后来，我查到哥哥是主动辞职的，而辞职的时间就是他给我打电话那天。

我想哥哥的死应该跟洛克公司的高层有关，只有他们才能把哥哥的死掩饰得如此完美。同时我亦知道，要查清楚哥哥是如何遇害并不是一朝一夕就能办到的，所以我只好把此事暂且放下，先找一份工作以保证小茹和光儿的生活。

我进了现在的单位后，利用工作之便不断打听洛克公司的事情，当然我会尽量避免让公司的高层知道我的存在。因为他们一旦发现了我，肯定会对我不利。我用了近三年的时间，总算摸清楚这家公司的一些情况，还知道哥哥出事当晚，那个叫杨忠的会计就在公司里做账。他们公司很奇怪，主要账务都是堆在每个月最后一天晚上才做，我想应该是因为他们做了些不法的买卖。

哥哥出事当晚，杨忠就在公司里，我想他或多或少会知道有关哥哥的死因的事情。所以半个月前，我趁着他在公司里做账的机会，偷偷溜了进去。我本想以哥哥的身份吓唬他，使他把知道的都说出来，没想到原来他也有份参与杀害哥哥。

他以为我是哥哥的鬼魂，把全部事情都说了出来。他们公司借制造人体艺术标本为掩护，非法生产海洛因，并把海洛因藏在已经完成的标本里运送出境。哥哥不愿跟他们同流合污，就向他们辞职，但他们怕自己的罪行会被揭发便杀人灭口！

我知道真相后非常愤怒，大叫要他杀人偿命，他惊恐地说不关他事，杀人的是梁雄，并且连滚带爬地往后逃。可能因为慌不择路，他竟然撞到那些装尸体的钢箱子，而且还整个人翻了进去。我可以向你发誓，我当时真的没碰过他，他可能是因为太过惊慌，虽然箱子就只有一米多高，但他终究也没能爬出来。所以，我最多只能算是见死不救，谈不上故意杀人。

他死了之后，我知道其他三个有份参与谋害哥哥的人或多或少都会感到惊慌，尤其是那个亲手杀死哥哥的梁雄。所以，昨晚我又偷偷溜进去，在办公楼里找到了梁雄。

梁雄虽然没杨忠那么胆小，但毕竟是做了亏心事，最终还是被我吓到了，拼命地往楼上跑，一直跑到楼顶上。既然他已经跑到楼顶，我亦不妨送他一程，稍微吓唬他一下。我得再次强调一下，这次我也是什么也没做，就是吓唬一下他，是他自己心里有鬼，给我一吓就失足掉下楼去。

虽然杨忠跟梁雄的死可以说跟我有关，但实际上我并没有做过什么，就是吓唬一下他们。如果他们不是害死了哥哥，心中有鬼，肯定不会落得如此下场……

吴越的神情很平静，并没有流露出罪犯被捕后应有的惊惧，仿佛他所做的一切都是理所当然的事情，甚至不认为他的行为会触犯法律。倘若事实真的像他所说那样，或许就连法官也不知道是否该判他有罪，因为他的确没做过什么，只是吓唬一下两名死者而已。

但是，只要仔细推敲，就不难发现当中的漏洞：“存放尸体的金属箱怎么会没盖盖子呢？”

面对我的质疑，吴越只回以惊愕的神情以及良久的沉默……

尾　声

一

处理完洛克公司的案子后，我跟沐师傅通了一次电话，除了告诉他调查的结果外，还向他讨教一个问题，那就是石磊是否真的见鬼了？

他思索片刻后，便问我一个奇怪的问题：“你确定那晚是中秋夜吗？”在得到肯定的回答后，他就给我详细地解释——

鬼魂并非像人们想象中那么可怕，在绝大多数情况下，人们是不可能“看见”鬼魂的。而石磊所遇到的情况，只能说是万中无一。

每个人都带有磁场，但每个人的磁场都不一样，不过每十万人当中就会有两个人的磁场十分接近，如果他们走在一起，双方就会感到一种特别的感觉。如果他们是异性的话，或许会是一段浪漫爱情的开始。毕竟在人类短暂的一生里，能遇到两个与自己磁场相近的人，概率几乎是零。

活人有磁场，死人也有，只是比活人要弱得多。如果活人遇到跟自己磁场相近的尸体时，通常不会有特别的感觉，但某些特殊的环境下，这种情况会有所改变，月圆之夜便是其中一个特殊的环境。

月球是距离地球最近的星体，它对我们影响非常大，尤其是在中秋佳节，月满充盈之时。此时月球跟我们的距离最近，它的靠近会使我们的磁场产生某些变化，而这种变化发生在尸体身上就会起增幅作用。

石磊的遭遇很显然是因为他跟埋在墙壁里的尸体磁场相近，平日因为尸体磁场过于弱小，所以他并没有感觉到异样，但当尸体的磁场增强后，他的身体自然就会出现强烈的反应。当晚他突然犯困，明显就是因为受到尸体的磁场影响。

然而，尸体的磁场对他的影响并未止于此，随后他所遭遇的怪事都是磁场间互相作用的具体表现。实际上他当晚的所听所见，全都是幻觉……

听完沐师傅的解释后，我虽然有一瞬间觉得豁然开朗，但很快再次感到疑惑，因为我还有一个问题没弄明白：“如果他看到的都是幻觉，那视频又是怎么回事？”

“哈哈哈……”听筒里传来他爽朗的笑声，“别太自大，幻觉并非人类的专利。”

“你的意思是……视频中出现的影子是因为摄像头‘看’到幻觉了？”这可是比见鬼更让我吃惊的解释。

他又笑起来：“别这么吃惊，其实这并不是什么匪夷所思的事情，说简单一点，只是有磁石在摄像头旁边晃动而已。”

二

“海关扣查洛克公司运往德国的人体艺术标本，发现当中藏有大量海洛因，该公司的行政人员亦已经全部被拘留，看情况得毙掉好几个。”梁政把一份档案递给厅长。

“我还以为只是一宗小案子，没想到竟然能牵出一条大鱼，你们做得不错。”厅长接过档案稍微翻阅片刻又道：“这个沈茹真的不知道自己的丈夫掉包了？”

梁政坏笑着说：“哪会不知道，就算这大吴跟小吴相貌身材什么都一样，但毕竟是两个人，总会有某些差别的，譬如耐久度。”

“她不容易啊！在这里举目无亲，而且还带着一个小孩，要换别人或许也会像她这样装糊涂，亏这吴越还以为自己蒙混过关了。”厅长摇头叹息，随即又问：“吴越现在的情况怎么样？”

“他已经承认了设套谋害杨忠及梁雄，看情况至少得在牢里待上十年八载。”

“判刑的事交给法院去办吧，我们谈谈另一宗案子。”厅长把一份档案交给梁政。

梁政接过档案稍微翻阅便露出好胜的笑容：“这宗案子一定更有意思！”

◎ 灵异档案　问路冤魂奇案

也许会有人觉得本卷说的是鬼故事，没错，某求这次的确是在讲鬼故事，不过是一个真实的鬼故事。

这个鬼故事是由廉潇宇廉大画师提供的，当然此廉画师并非故事里的廉画师，虽然都是画师，但现实生活中的廉画师并没有异能，有的只是满脑的鬼点子。他开了间画廊，平时主要给平面媒体画插画，也兼做街头卖画生意。“爱好察言观色，曾经给比尔·盖茨在鼓楼画过肖像，黑其三千美元。”此乃他的原话。

言归正传，廉画师提供的是他爷爷的亲身经历，发生在建国初期，虽然他给某求提供了详细的事发地点，不过某求在此就不说出来了，只能告诉大家那个地方的麻辣火锅挺有名的。

话说某一天，一名来自天津的刑警到当地办案，因为到达时已经夜深人静，便想随便找一家旅店入住，可不巧的是一连问了三家旅店都客满了。第四家旅店是由一对老年夫妇经营的，老头子说自己的旅店也住满了，但老婆婆却说还有一个房间空着，只是环境稍微差了一点，有一点异味。刑警此时已经累得地板也能睡了，哪还会管环境好不好，再怎么不好也比睡大街强。

虽然老婆婆一再强调房间的环境不太好，但刑警进去却发现没什么不妥，也没闻到她所说的异味，就是有些空荡，整个房间除了一张古典大床之外什么也没有。刑警也没管那么多，反正有床就行了，脱了衣服就上床休息。因为实在是太累，他一上床就睡着了，可是刚睡着没多久，他就听见有人敲打窗户，于是便不耐烦地爬起来。

敲窗的是一名年轻人，看见他爬起就问他："先生，请问您有看见一个打蓝色领带，穿黑色礼服，戴蓝色礼帽的人吗？"他当时睡得有点迷糊，就随便应了一句"没看见"，年轻人很有礼貌地向他道谢后就走了，而他则倒下来继续睡。

不过，他睡了没多久又听见敲窗的声音，爬起来发现还是刚才那个年轻人，而且对方又问同样的问题。这次他有点不耐烦了，于是便冲年轻人大吼"没看见"，把对方打发走。

虽然对方走了，但这回他可睡不着了，总觉得过一会儿年轻人还会再来。于是，他就干脆坐在床上等对方出现。果然大概过了半小时，年轻人再一次敲响了窗户，他瞪着双眼正准备把对方臭骂一顿时，突然发现对方正是"打蓝色领带，穿黑色礼服，戴蓝色礼帽"的人，对方原来是在寻找自己！

刑警虽然办案多年，经历过不少大风大浪，但仍觉得一阵头皮发麻。不过他咋说也是个干练的刑警，脑筋一转便对年轻人说："噢，我有看见，他刚才朝你来的方向走了。"年轻人再次礼貌地道谢，然后就走了。

这回刑警再也睡不着了，于是便去找老夫妇，叱问为何会有精神病人骚扰他睡觉，并要求叫醒所有住宿的男性，以便找出烦扰了他半夜的年轻人。然而，刑警把旅店里的住客都折腾个遍后，却也没能找到之前所见的年轻人，于是便想对方会不会是从外面溜进来的。可是，老夫妇却说旅店本来是当地一豪门的住宅，院子的外墙有铁丝网围着，外人要进来并不容易。

就是因为要进来不容易，所以更加不能松懈，反正旅店里的住客都已经被吵醒了，刑警便让大家帮忙一起搜查旅店的每一个角落，以求把年轻人找出来。可是，他们把所有房间都搜索一遍后，也没发现年轻人的身影。

刑警为此大惑不解，刚才明明有个年轻人敲他的窗户，院子外墙又有铁丝网，对方要离开并不容易，但旅店里里外外都已经搜遍了却不见其踪影。正苦恼之际，突然有人说刑警所住的房间还没有搜。刑警心里想，不可能在自己的房间里，因为他出来的时候已经把房门锁上，但为了平息大家的疑虑，他还是带大家进去搜查。

房间里就只有一张大床，也没什么好搜查的，可是有一个房客却觉得床底或许能藏人，于是便自告奋勇地钻进去，结果刚钻进去就两腿一蹬，一动不动了。大家见状就把他拉出来，发现他的嘴巴大张，双眼亦瞪得老大——他被活活地吓死了！

刑警觉得不对劲了立刻报告当地的派出所，而廉画师的爷爷当年便是该派出所的所长。刑警毕竟是从大城市来的，所以派出所对此十分重视，派来了一个加强排的解放军战士。

整个加强排的解放军战士把刑警住的房间里里外外包围起来，全都以冲锋枪对准房间里的古典大床，然后由几名战士合力把大床翻开。大床翻开后几乎把在场的所有人都吓坏了，好几个战士甚至连冲锋枪也掉到地上。

床底钉着一具风干的男性尸体，模样十分恐怖，四肢被匕首钉到床底，舌头也被人钩出来钉在一旁。虽然尸体已经风干，但刑警仔细辨识后，发现他就是一再敲窗问路的年轻人！

经过仔细的调查后发现，年轻人原来是一名革命烈士，是潜伏国民政府多年的地下党，因为身份败露而被敌特残忍地杀害。

虽然证实了年轻人的身份，但刑警的“见鬼”经历却谁也解释不了，最后只好请来苏联的专家帮忙。苏联专家经过详细研究之后，得出一个惊人的结论——每十万人当中就有两个人的磁场十分接近，当他们走在一起，并在月光的影响下，可能会产生某种奇异的幻觉。

苏联专家的解释是不是很“奇幻”？不过如此奇幻的事情却是真实的，虽然此案已经是近一个甲子前的事情，但至今仍是当地警方的一宗悬案。

[卷十二完]

图书在版编目（CIP）数据

诡案组. 3 / 求无欲著.—南京：江苏文艺出版社，2010.1
ISBN 978-7-5399-3154-8

Ⅰ.诡…　Ⅱ.求…　Ⅲ.长篇小说—中国—当代　Ⅳ.I247.5

中国版本图书馆CIP数据核字（2009）第229752号

诡案组3

作　　者：求无欲
责任编辑：刘　霁
策划编辑：博集天卷　柳絮恒
版式设计：利　锐
封面设计：秦　啸
出版发行：凤凰出版传媒集团
　　　　　江苏文艺出版社　http://www.jswenyi.com
集团网址：凤凰出版传媒网　http://www.ppm.cn
印　　刷：北京京都六环印刷厂
经　　销：新华书店
开　　本：787 × 1092　1/16
字　　数：250千字
印　　张：19.5
版　　次：2010年1月第1版
印　　次：2013年8月第9次印刷
书　　号：ISBN 978-7-5399-3154-8
定　　价：24.80元
（若有质量问题，请致电质量监督电话：010-84409925）